BASTEI
LÜBBE

Evelyn Anthony

MALENKOVS MISSION

Roman einer raffiniert geplanten Rache

Aus dem Englischen übersetzt von Elisabeth Epple-Lang

BASTEI LÜBBE

BASTEI-LÜBBE-TASCHENBUCH
Band 10754

Titel der Originalausgabe: THE RETURN

Lizenzausgabe: Gustav Lübbe Verlag GmbH, Bergisch Gladbach
Printed in West Germany 1986
Einbandgestaltung: Manfred Peters
Titelbild: Mall Photo Design, Stuttgart
Gesamtherstellung: Ebner Ulm

ISBN 3-404-10754-3

1

Der Verkehr um sechs Uhr war dicht und bewegte sich zähflüssig. Es war der schlimmste Teil des Berufsverkehrs, der allabendlich an den Nerven eines jeden zerrte, der mit dem Auto durch das Zentrum von Paris fuhr.
Freitag mittag begann der Wochenend-Sturm auf das Land. Seltsam, wie gierig die konservativen Franzosen den englischen Brauch übernommen hatten, der aus einem liebenswürdigeren Zeitalter übriggeblieben war. Damals war der Auszug zu grünen Wiesen und frischer Luft noch in Muße und Ruhe vor sich gegangen. Jetzt trafen die Flüchtlinge aus dem Lärm und Schmutz der Städte erschöpft und entnervt auf dem Land ein.
Es war lange her, daß Anna Campbell-Martin ein Wochenende in Paris verbracht hatte. Am Freitagmorgen war sie mit einem für sie ganz untypischen Gefühl der Unruhe erwacht. Sie war nicht im geringsten launisch, und sie hatte dies in ihrem Leben immer bewiesen.
Mit Nicholas hatte sie nicht gestritten. Er hatte sie zum Diner ausgeführt, und sie hatten wie üblich die Nacht in ihrem Appartement verbracht. Er hatte ihr Blumen gekauft, einen großen Strauß süß duftender weißer Narzissen. Als sie erwachten, lag der Duft schwer in der Wohnung.
Nicholas war ein sehr hingebungsvoller Liebhaber, der sie immer mit großem Zartgefühl berührte und ihr sagte, wie schön sie sei und wie viel sie ihm bedeute. Es war, als wüßte er genau, wie tief ihre Ehe ihr Selbstvertrauen untergraben hatte. Mehr noch. Sie hatte den Glauben an die Ehrlichkeit eines jeden zerstört, der sagte, er liebe sie. Und

dies war das vierte Mal innerhalb von sechs Wochen, daß Nicholas ihre Pläne ohne eine wirklich befriedigende Erklärung geändert hatte. Er hatte ihr am Abend vorher, nachdem sie miteinander geschlafen hatten – und das vermerkte sie besonders unglücklich – mitgeteilt, daß er an diesem Nachmittag nicht mit ihr nach Rambouillet fahren könne.
»Aber weshalb denn, Liebling? Wir fahren doch immer zusammen ...«
Sie hatte versucht, ihre Enttäuschung vor ihm zu verbergen. Seit sie einander liebten, hatten sie jedes Wochenende in der Auberge St. Julien verbracht. Zweimal hatte er die Fahrt am Freitag abgesagt und sich damit entschuldigt, er müsse arbeiten. Diesmal wartete sie auf die Erklärung. Er hatte blaue Augen, und sie waren klar und ohne Falsch gewesen, als er antwortete:
»Ich habe eine sehr schwierige Autorin, Liebling. Ich habe versprochen, das Manuskript durchzusehen und ihr meine Vorschläge bis Montag zu unterbreiten. Wenn ich mit dir zusammen bin, kann ich wirklich nicht arbeiten. Ich werde den Freitag im Büro verbringen, und wir können dann Samstag morgen fahren. Bitte sei mir nicht böse. Würdest du die Dame und ihre Bücher kennen, wüßtest du, daß es sein muß!«
Es war schwierig, mit ihm zu streiten, schwierig, ihm Vorwürfe zu machen, wenn er sie anlächelte und ihre Hand sanft an die Lippen führte und sie zärtlich küßte. Ein sehr sensibler Mann, vor dessen Leidenschaft sie sich noch immer ein wenig fürchtete. Sex hatte ihr keinerlei Glück gebracht, bis sie Nicholas kennenlernte. Vor sechs Monaten, auf einer Verlagsparty, wo sie nur sehr wenige Menschen kannte und alle anderen einander zu kennen schienen, war er zu ihr getreten. Er hatte ihr einen Drink gebracht und ihren Arm genommen, als habe sie schon immer zu ihm gehört. So hatte es begonnen.
Seine Höflichkeit war von einer seltsam altmodischen Art. Die einzige wirklich zutreffende Bezeichnung ihrer Bezie-

hung war Huldigung. Er behandelte sie immer sehr sanft, als verstehe er, wie verletzlich sie war. Erst später erzählte sie ihm die trübselige Geschichte ihrer Ehe, die von schmutzigen Affären und Enttäuschungen geprägt gewesen war. Er war ein Mann, der mit beiden Füßen auf der Erde stand, und doch war irgend etwas an ihm, das nicht ganz dazu paßte. Vermutlich kam es daher, daß er Russe war. Zu Beginn des Monats hatte er sie gebeten, ihn zu heiraten. Der Antrag unterschied sich völlig von jedem anderen, und es hatte ernsthafte Bewerber gegeben, ehe sie schließlich das eine Mal gesagt hatte: »Ja, ja, ich werde dich heiraten« – vor acht Jahren ...

»Ich wollte dich schon lange fragen«, hatte er gesagt und ihr dabei auf die ihm eigene eindringliche Art in die Augen gesehen. »Aber ich wollte sicher sein, daß du dazu bereit bist. Ich wollte, daß du weißt, wie sehr ich dich liebe. Das weißt du doch, nicht wahr?« Anna hatte genickt, den Tränen nahe.

»Ich besitze überhaupt kein Vermögen«, sagte er. »Aber ich verdiene genügend, um dir ein angenehmes Leben zu bieten. Ich möchte, daß du ganz mir gehörst, so wie ich ganz dir gehören werde. Traust du mir zu, dich glücklich zu machen?« Sie hatte sich an ihn geklammert und geweint, und sie hatte das strahlende Glück auf seinem Gesicht gesehen, als er sie küßte. Aber noch immer blieben Zweifel. Ihr Mißtrauen hatte sich zu tief eingegraben, um plötzlich zu verschwinden. Weshalb hatte er beschlossen, an diesem Freitag das Manuskript zu überarbeiten, und so ihr Wochenende zerstört? Weshalb nicht am Tag zuvor? Es war immer ein Freitag, an dem er ihre Pläne änderte, und die Entschuldigung war fast immer die gleiche: Arbeit an diesem oder jenem Manuskript. Der spöttische Schatten ihres ersten Mannes grinste sie höhnisch aus dem Unterbewußtsein an. Ihm hatte sie nicht genügt, weshalb sollte Nicholas mit ihr zufrieden sein ... gewiß, er liebte sie, aber war sie nicht auch sehr, sehr reich?

Das waren Zweifel, ärgerlich unterdrückt, aber doch stark genug, daß sie darauf bestand, sie sollten sich noch spät Freitag nacht in der Auberge St. Julien treffen. Es gab keinen Grund, bis Samstag zu warten. Sie haßte Paris am Wochenende. Es war eine solche Freude, aufs Land hinauszufahren, lange Spaziergänge zu machen, die vertraute Gemütlichkeit der Auberge zu genießen. Sie hatte weder ihm Vorwürfe gemacht noch genörgelt. Sie hatte eine Entscheidung getroffen, und sie fühlte instinktiv, daß sie im Unrecht war. Er hatte versprochen, nach Beendigung seiner Arbeit hinauszufahren und sie dort zu treffen. Sie verbrachte den Morgen ruhelos und machte sich Vorwürfe. Dann beschloß sie, doch früher zu fahren, nur, um aus dem Appartement wegzukommen.

Als das Telefon läutete, dachte sie, es sei Nicholas, und rannte hin, um den Hörer abzuheben. Aber es war nicht Nicholas. Es war eine Stimme, die sie lange Zeit nicht mehr gehört hatte. Diese Stimme trieb ihr trotz allem die Röte ins Gesicht, um sie dann erbleichen zu lassen. Sie war nicht nach Rambouillet gefahren. Sie war in Paris geblieben. Jetzt war es sechs Uhr vorbei, und sie befand sich auf dem Weg, um eine Verabredung einzuhalten, die sie nicht ihrer selbst wegen getroffen hatte, sondern nur, weil Nicholas' Name gefallen war.

Sie nahm nicht ihren Wagen. Sie bewohnte ein Appartement in der Avenue Gabriel. Das war die teuerste und exklusivste Wohngegend der Stadt, ein herrschaftliches Haus aus dem achtzehnten Jahrhundert, das wundervoll umgebaut worden war. Das war einer der wenigen Vorteile, Sheila Campbells Tochter zu sein. Geld spielte keine Rolle. Anna ging die Rue St. Honoré zum Ritz hinunter, blieb stehen und sah in die Schaufenster. Nicht, weil sie etwas kaufen wollte, sondern weil sie unbewußt ihre Ankunft hinauszögern wollte. Einige Männer drehten sich nach ihr um. Obwohl sie schon zehn Jahre in Paris lebte – fünf davon mit einem Franzosen verheiratet –, sah sie aus wie eine

Fremde. Zu groß für eine Pariserin, das blonde Haar lässig bis auf die Schultern fallend, mit schwingendem Gang, trug sie die zeitlosen, schlichten Kleider, die nie aus der Mode kommen. Keine Schnörkel, keine Extravaganzen; die kühle, lässige Eleganz, die man nur erreicht, wenn man ein Vermögen ausgibt.
Es war genau sechs Uhr dreißig, als sie in die Place Vendôme einbog, sie überquerte und zum Ritz hinüberging. Er wartete in der Bar auf sie. Sie sah ihn auf einer Bank sitzen, ein Glas Whisky vor sich, die Zigarette im Mundwinkel. Er las ›Le Figaro‹.
Er war ein hagerer, kleiner Mann mit dunklem Haar über einer hohen Stirn. Sehr dunkle Augen unter schweren Lidern. Ein Gesicht, das die Frauen für gewöhnlich als sexy bezeichnen würden. Sie war fünf Jahre mit ihm verheiratet gewesen und seit drei Jahren von ihm geschieden. Er blickte auf, als sie auf ihn zukam, legte die Zeitung auf den Sessel neben sich, deponierte die Zigarette im Aschenbecher und stand auf. Sie gaben einander die Hand. Er gehörte nicht zu der Sorte Franzosen, die einer Frau die Hand küssen. Paul Martin war ein Individualist, ausgezeichneter Journalist einer der großen linksgerichteten Zeitschriften Frankreichs und nicht eine Spur von einem Gentleman. Ein Liebhaber guten Lebens, guter Konversation und vor allem der Frauen. Es hatte während Annas Ehe so viele Frauen gegeben, daß sie die Übersicht verloren hatte. Trotzdem hatte er immer beteuert, er liebe sie.
»Anna, du siehst wundervoll aus! Setz dich. Was willst du trinken? Noch immer Scotch?«
»Nein, danke«, sagte Anna. »Wodka. On the Rocks.«
Die dunklen Augen sahen sie spöttisch an. »Ein Zeichen der Zeit, hm?«
Sie überhörte die Bemerkung. Er bot ihr eine Zigarette an. Sie schüttelte den Kopf. »Im Augenblick nicht, Paul. Wie geht es dir?«
Er hob die Schultern. »Viel zu tun, sonst wie immer. Du

weißt, es ist ein Jahr oder noch länger her, seit ich dich gesehen habe. Du wirst immer attraktiver, je älter du wirst.«
»Danke«, sagte Anna. »Noch habe ich meine eigenen Zähne.«
Er lachte schallend. »Liebling«, sagte er. »Ich konnte noch niemals das Richtige sagen, nicht wahr? Na, mach dir nichts draus. Hier ist dein Wodka. Es war nett von dir, hierher zu kommen und mich zu treffen.«
»Was du sagtest, klang so interessant, daß ich nicht widerstehen konnte«, sagte Anna. Sie sah ihn an. »Du sagtest, es sei sehr wichtig, Paul. Ich habe meine Wochenendpläne eigens geändert, um dich zu treffen. Was ist? Und weshalb all diese Geheimnistuerei? Weshalb mußten wir hierher kommen, anstatt uns in meiner Wohnung zu treffen?«
Er beugte sich ein wenig vor, seine Hände hingen zwischen seinen Knien herab. Er war ein Mann, der sich geschmeidig bewegte und vollkommen gelöst wirkte, wenn er nichts tat. Er besaß die Eigenschaften eines Tieres, sie konnte das jetzt ganz leidenschaftslos feststellen. Bei ihrer ersten Begegnung hatte sie sich blindlings in ihn verliebt.
»Neutraler Boden«, sagte er langsam, »falls man dir gefolgt ist. Hier kann uns niemand zuhören.«
Anna starrte ihn an. »Was für ein Unsinn! Weshalb um alles in der Welt sollte jemand mir folgen wollen? Das kann nicht dein Ernst sein.«
»Ich meine es vollkommen ernst«, sagte er. »Du lebst seit Januar mit Nicholas Yurovsky zusammen, nicht wahr? Nun, wenn sich der KGB noch nicht an dich herangemacht hat, kannst du sicher sein, daß der SDECE es getan hat. Vielleicht der CIA. Aber der ist so ungeschickt, daß du es wahrscheinlich bemerkt hättest. Also sind es vermutlich die beiden anderen. Ich weiß, du magst nicht, wenn man die Amerikaner kritisiert, Liebling, aber sie haben den schlechtesten Nachrichtendienst der Welt.«
»Würdest du aufhören, mich Liebling zu nennen«, sagte sie verärgert. »Das ist nicht komisch.«

»Nein, das ist es nicht«, sagte er. Er sah sie einen Augenblick an. Sie hatte die Farbe gewechselt. Unter ihrer Bräune war sie flammend rot geworden.
»Wieviel weißt du von Yurovsky? Ich spiele nicht den eifersüchtigen Ex-Ehemann«, sagte er ruhig. »Ich handle wirklich als dein Freund. Glaub mir das.«
Er nahm einen Augenblick ihre Hand.
Anna zog sie zurück.
»Nicholas hat mich gebeten, seine Frau zu werden, und ich habe ja gesagt. Er arbeitet für Wedermans. Wir haben uns nach Weihnachten auf einer Party kennengelernt.«
»Ich verstehe«, sagte Paul Martin. »Wedermans ist ein sehr guter Verlag, Prestige-Bücher, anspruchsvolle Kunstbände. Er ist bekannt für seine gescheiten jungen Männer. Sag mir, hat er je über Politik mit dir gesprochen?«
»Nein«, sagte Anna. »Niemals. Er interessiert sich überhaupt nicht dafür. Paul, warum kommst du nicht zum Kern der Sache? Was versuchst du mir zu sagen?«
Er antwortete nicht. Er winkte dem Kellner und bestellte für sie beide noch einen Drink, wobei er Annas Protest ignorierte.
»Nicholas Yurovsky ist genau das, was du sagst«, sagte er endlich. »Der Sohn eines weißrussischen Armeeoffiziers, geboren in Frankreich, hier studiert. Sehr intelligent, mit viel Charme. Einer der blendendsten Lektoren von Wedermans. Überhaupt keine politischen Ambitionen. Außer einer.« Er machte eine Pause. In den dunklen Augen lag ein ernster Ausdruck, und der volle, für gewöhnlich spöttisch verzogene Mund wirkte angespannt und verkniffen.
»Er ist ein führender Antikommunist. Es gibt eine ganze Gruppe davon. Sie machten keinerlei Schwierigkeiten, ehe er sich ihnen anschloß. Plötzlich ist eine Menge Geld im Spiel. Es geht das Gerücht um, Anna, daß das Geld von dir kommt. Stimmt das?«
Sie zwang sich, ihm ins Gesicht zu sehen. Ihm war ihr Geld schon immer ein Dorn im Auge gewesen. Das war eine der

Hauptursachen des Bruchs zwischen ihnen. Er hatte niemals begriffen, daß sie einfach nichts dafür konnte, daß sie Sheila Campbells Tochter war.

»Ich habe Nicholas niemals einen Centime gegeben. In meinem Leben habe ich nicht so etwas Verrücktes gehört.«

Er sah sie einen Moment an, zündete sich eine neue Zigarette an. »Sie waren schon immer Unruhestifter, diese Russen. Sie haben 1917 bekommen, was ihnen gebührte, und sie hatten verdammtes Glück, daß sie mit dem Leben davonkamen. Seitdem machen sie nichts als Schwierigkeiten. Eine Menge Schwierigkeiten während des Krieges. Du wirst vermutlich beobachtet, weil du mit Yurovsky in Verbindung stehst. Du bist eine sehr reiche Frau, und sie denken, du gibst ihm Geld. Du läßt dich da in etwas sehr Häßliches ein. In etwas sehr Gefährliches.«

»Ich verstehe«, sagte Anna ruhig. »›Sie‹, wer immer das auch sein mag, haben dich geschickt, um mir auszureden, was ich vorhabe, nicht wahr? Mich von Nicholas zu trennen, mir Angst einzujagen. Wer sind ›sie‹, Paul? Deine linken Freunde oder einfach nur die Strolche vom SDECE?« »Du hast recht«, sagte er. »Es sind Strolche. Das sollte ich nicht vergessen. Anna, bitte hör mir zu. Ich erfahre eine Menge Dinge, und ich habe Beziehungen. Niemand hat mich auf dich angesetzt – ich habe selbst beschlossen, mit dir zu reden. Um der alten Zeiten willen, wenn du so willst. Ich habe dich sehr geliebt, obwohl du mir das nicht glauben wolltest. Ich möchte nicht, daß dir irgend etwas geschieht.«

»Und wenn ich Nicholas heirate, könnte mir dann etwas geschehen?«

»Die Frau eines führenden Antikommunisten zu sein, könnte außerst gefährlich werden«, sagte er, und seine Stimme war sehr leise. »Und nicht nur wegen der Russen. Anna, ich kann nichts tun, damit du verstehst. Die Big Boys werden allmählich auf Yurovsky aufmerksam, und das sind schlechte Neuigkeiten. Okay, du liebst ihn. Er hat dir über sich selbst nicht die Wahrheit gesagt. Das sollte dich zögern

lassen. Mehr schlage ich dir ja nicht vor. Übereile nichts. Stürze dich nicht in irgend etwas hinein.«
»Ich weiß nicht, weshalb ich dir glauben sollte«, sagte Anna langsam.
»Weil du weißt, daß ich dich niemals belogen habe«, sagte er.
Anna stand auf, sie sahen einander ins Gesicht. In seinen Augen war etwas, das sie nicht sehen wollte. Eine Tiefe, die sie daran erinnerte, wie er sie vor so vielen Jahren angesehen hatte, ehe die Haltung ihrer Familie und sein Verdruß über ihren gesellschaftlichen Unterschied ihre Liebe in Streit verwandelt hatten. Seine Rache war vernichtend gewesen. Es hatte schon eines Menschen wie Nicholas Yurovsky bedurft, um ihr Selbstvertrauen wiederherzustellen, das Paul Martin zerstört hatte. Die erste Affäre hatte im ersten Jahr ihrer Ehe begonnen. Er mußte untreu sein, um den Respekt vor sich selbst aufrechtzuerhalten. Er konnte es nicht verwinden, daß er eine vermögende Amerikanerin geheiratet hatte, die Tochter der berühmten rechtsgerichteten Verlegerin Sheila Campbell. Das bedeutete eine Herausforderung für seine eigene Herkunft und seine politische Überzeugung. Er hatte sich selbst betrogen, und deshalb mußte er sie betrügen. Sie streckte ihm die Hand nicht entgegen. Sie verspürte das gleiche alte Gefühl ekelerregender Ungewißheit, als hätten sich plötzlich die Zeiger der Uhr zurückgedreht und sie sei noch immer mit ihm verbunden. Nicholas, Nicholas, rief sie in Gedanken aus, dies ist nur eine Erinnerung.
»Ich glaube dir nicht«, sagte sie. »Ich werde Nicholas alles genau erzählen, was du mir gesagt hast.«
»Er wird es abstreiten«, sagte Paul Martin. »Aber es ist wahr. Er bringt dich in Gefahr. In große Gefahr, und er nützt dich aus.«
Sie wandte sich um und ging.
»Auf Wiedersehen, Anna. Paß auf dich auf.«
Sie antwortete nicht. Sie ging ins Hotelfoyer hinaus und

übersah den Mann an der Rezeption, der sie anlächelte. Sie war hier gut bekannt. Ihre Mutter nahm hier immer eine Suite, wenn sie nach Paris kam. Einer ihrer früheren Ehemänner war ein französischer Graf gewesen.
Sie begann die Rue St. Honoré entlangzueilen. In ihrer Hast stieß sie immer wieder mit Leuten zusammen. Es war sieben Uhr dreißig und der Verkehr nicht mehr ganz so dicht. Wenn sie sofort losfuhr, konnte sie etwa um neun Uhr in Rambouillet und in der Auberge St. Julien sein. Nicholas erwartete sie erst spät.
Sie ging hinauf in ihr Appartement im ersten Stock und rannte in ihr Schlafzimmer. Für eine Frau, deren Geschmack in Kleidern lässig, sogar spartanisch war, war die Einrichtung der Wohnung überraschend weiblich. Sanfte Pastelltöne, eine Mischung aus wundervollen Louis-Seize-Möbeln und eleganten, modernen Sofas, Aquarelle von Constable und ein schimmerndes Van-Ostade-Stilleben im Eßzimmer. Anna repräsentierte ein Bild, das in direktem Kontrast zu dem Superweiblichen stand, das ihre Mutter verkörperte. Sie wirkte kühl, beinahe knabenhaft. Die Seite ihres Wesens, die dem entgegenstand, fand im Schlafzimmer ihren Ausdruck. Dort gab es ein Directoire-Bett, eingehüllt in grüne Seide, einen Aubusson-Teppich, erotische Zeichnungen von Boucher, extravagante, blühende Pflanzen.
Sie hatte sich selbst um jede Einzelheit gekümmert, unmittelbar bevor ihre Ehe mit Paul zu Ende ging. Es war beinahe ein Ausgleich für die endlose Traurigkeit gewesen, so viel Geld für solch einen ausgesprochen sinnlichen Raum zu verwenden. Paul hatte sie ausgelacht. Er saß auf dem Bett, rauchte wie immer und sprang leicht auf und ab.
»Es ist hart, Süße, und für zwei Leute wird es nicht gerade sehr bequem sein.« Sie wollte gar nicht das tun, was sie dann tat. Es geschah einfach, als rücke in diesem Augenblick alles in ihrem Leben an seinen Platz.
»Es ist nicht für zwei«, sagte sie. »Es ist für einen. Ich werde

mich von dir scheiden lassen. Bitte steh auf, du verknitterst die Decke.«
Er hatte das Appartement noch in jener Nacht verlassen. Zum ersten Mal in ihrer Ehe hatte sie das Gefühl, das beste aus einer Situation gemacht zu haben.
In der Nacht, in der Nicholas Yurovsky ihr Geliebter geworden war, hatte er sich in dem Zimmer umgesehen, sich Zeit gelassen, alles zu würdigen, und hatte sich dann zu ihr umgedreht. »Es ist wunderschön«, sagte er. »Wie du.«
Am nächsten Morgen war es, als hätten Paul und seine Sekretärinnen und Kolleginnen, seine reifen Frauen und kleinen Mädchen niemals existiert.

Anna betrachtete sich flüchtig im Spiegel. Sie hatte eingepackt, was sie für ihr stilles Wochenende mit Nicholas brauchte. Sie musterte sich ängstlich. Er sagte, er liebe ihr Gesicht. Er strich ihr mit dem Finger darüber, berührte ihre Lider, zog die Linien ihres Mundes nach, liebte sie mit jeder Bewegung. Sie hatte Schatten unter den Augen und einen angespannten Gesichtsausdruck, der sie älter erscheinen ließ. Sie bürstete das Haar, puderte ihre zarte, vom letzten Wochenende auf dem Land leicht gebräunte Haut, trug etwas Lippenstift auf, denn ihr Mund erschien ihr zu blaß. Dann wischte sie ihn wieder weg. Ihre Hand zitterte, das ärgerte sie. Nicholas haßte es, wenn sie sichtbar Make-up auflegte. Sie hatte sich nie die Mühe gemacht, einem Mann zu gefallen, bis sie ihn kennenlernte. Jetzt war alles, was sie tat, darauf gerichtet, seine Liebe zu ihr zu erhalten.
»Gefährlich.« Das war das Wort, das Paul über ihre Stellung als Nicholas' Frau gebraucht hatte: »die Frau eines führenden Antikommunisten.« Das ergab keinen Sinn. Nichts, was er gesagt hatte, erinnerte sie an den Nicholas Yurovsky, den sie kannte.
Er hatte niemals über Politik gesprochen. Er redete nie über seine Herkunft oder seine Familie, noch zeigte er irgendein Interesse an der Vergangenheit. Er trug seinen Titel nicht.

Sie hatte verschiedene seiner Freunde kennengelernt, meist aus der literarischen oder künstlerischen Welt, und es war kein einziger Russe darunter gewesen. Und trotzdem hatte sie Besorgnis in Paul Martins Augen gelesen. So jämmerlich er als Ehemann versagt hatte, so hatte es zwischen ihnen doch niemals Lüge oder Übertreibung gegeben. Sie starrte in den Spiegel und sah sich doch nicht. ›Er bringt dich in Gefahr, in wirkliche Gefahr.‹ Paul hatte noch von anderen außer Nicholas gesprochen, von Geld, das angeblich von ihr kam … Das alles war zu verrückt. Paul hatte immer mit Politik zu tun gehabt, es gehörte zu seinem Beruf, Leute zu kennen und Dinge zu hören, die in der Welt draußen totgeschwiegen wurden.
Sie konnte es nicht glauben. Sie konnte nicht glauben, daß Nicholas in eine umstürzlerische und gefährliche Sache verwickelt war. »Er wird dich benützen …« Paul wußte, wie man eine Schwäche ergründete. Ihr Geld, ihre familiären Bindungen, der ihr seit der Kindheit eingeprägte Zweifel, ob sie Freundschaften oder Liebe nur um ihrer selbst willen erfahren könne. ›Denk daran, wer du bist …‹ Zu Anfang ihrer Ehe mit Paul war das der beste Aspekt gewesen: Er wollte ihr Geld nicht nur nicht, er haßte es buchstäblich. Antisowjetische Unternehmungen … Der Gedanke an eine Gruppe von Weißrussen, Nachkommen der alten Emigranten, die nach der Revolution nur mit dem nackten Leben davongekommen waren, die sich gegen die Sowjetunion auflehnten, war rührend und erschütternd, aber nicht gefährlich. Sie konnte nur Pauls Angst nicht abschütteln und auch nicht die Drohung, die in der Bemerkung lag: »Die Big Boys werden allmählich auf Yurovsky aufmerksam.«
Anna hatte lange genug in Pauls Welt gelebt, um zu wissen, was das bedeutete. Es geschah selten, daß sich die feindlichen Nachrichtendienste gemeinsam einem gewöhnlichen Ziel zuwandten, aber wenn sie es taten, waren die Folgen gnadenlos. Unfälle, Überfälle, ungeklärte

Morde. Gefängnisstrafen, die man wegen absichtlich konstruierter Verbrechen verhängte. Sie hatte Paul über die Methoden reden hören und sein Behagen mit Entsetzen wahrgenommen. Er hatte nur mit den Schultern gezuckt. Politik war ein schmutziges Geschäft, die Geheimdienste noch schmutziger. Er hatte aufgehört, mit ihr über seine Arbeit zu sprechen, denn sie konnte seinen Standpunkt weder billigen noch schweigend hinnehmen. Aber sie hatte nicht vergessen. Und all dies drohte Nicholas. Nicholas mit seiner vornehmen Gesinnung, seinem liebenswürdigen Charme, seiner Stärke und Ehrenhaftigkeit. Sie nahm ihren Handkoffer und ärgerte sich, daß sie sich Tränen aus den Augen blinzeln mußte. Dies war nicht die richtige Zeit für Gefühle. Sie mußte ruhig und geduldig sein und warten, bis sie mit ihm sprechen konnte. Alles würde ganz einfach sein, wenn sie zusammen waren. Das war der Schlüssel ihrer Verbindung. Sie liebten einander und lebten füreinander. Sie hatte keine Geheimnisse vor ihm. Er würde auch keine vor ihr haben. Sie würden das Problem miteinander besprechen, und sie würde ihm helfen, die richtige Entscheidung zu treffen – die einzige Entscheidung, wenn sie heiraten und Kinder haben wollten. Nicholas liebte Kinder. Sie hatten darüber schon früh gesprochen, und er hatte gesagt, er wolle eine Familie haben. Das war bei Paul überhaupt kein Thema gewesen. Sie hatte sich niemals sicher genug gefühlt, um an eine Schwangerschaft auch nur zu denken. Aber sie wollte Nicholas' Kinder haben, ihm ein Heim bieten.
Sie eilte hinunter zu ihrem Wagen. Der schlimmste Teil der Rushhour war vorbei. Bald schon fuhr sie mit hohem Tempo hinaus aus Paris, auf der Straße nach Rambouillet.

Die Auberge St. Julien war berühmt für ihre ländliche Küche. Ein Dutzend Leute konnte sie in altmodischen, bequemen Schlafzimmern beherbergen, und es war zudem ein bevorzugter Ort für das Sonntagsessen. Die Auberge stand mitten im Wald von Rambouillet, einst das Jagdgebiet der französischen Könige und noch immer ein Hirschrevier. Nicholas hatte Anna schon bald nach Beginn ihrer Bekanntschaft hierhergebracht. Hier war es sehr still und friedlich, der ideale Ort, um sich nach einer hektischen Woche in der Stadt zu entspannen. Er liebte die Bäume und die Geräusche des Waldes. Er nahm sie zu langen Spaziergängen auf den schattigen Reitwegen mit, für die Jagden gerichtet, die im Laufe des Jahres hier stattfanden. Das Grün und die Stille waren wohltuend. Sie hielten einander in der Taille umschlungen wie ganz jung Verliebte. Annas Kopf lehnte an seiner Schulter. Er war sehr groß.

Der Besitzer der Auberge war ein dünner, flinker Mann, der die meiste Zeit in der Küche verbrachte und seine Gäste persönlich bediente. Seine Frau Elise war dick und geschwätzig und arbeitete in der Bar.

Als Anna an diesem Abend eintrat, befand sie sich an ihrem gewohnten Platz. »Madame Martin! Monsieur sagte, Sie würden erst spät kommen. Wir wollten Ihretwegen aufbleiben und warten. Pierre! Bring Madames Gepäck hinauf.«

Anna zögerte. Es gab keinen abgetrennten Speisesaal; Vorhalle, Bar und Tische bildeten eine Einheit. Sie konnte Nicholas nirgends sehen.

»Wo ist Monsieur Yurovsky? Ich gehe aufs Zimmer …«

»Er ist nicht dort, Madame«, sagte Elise. »Er ging sofort nach dem Diner aus. Kommen Sie, nehmen Sie einen Apéritif. Er wird nicht lange wegbleiben.«

Anna nickte. »Ich bin in einer Minute wieder unten. Er hat vermutlich einen Spaziergang gemacht. Sie wissen ja, wie er Ihre Wälder liebt.«

Elise sah ihr nach, wie sie die Treppe hinaufging. Nur keine Streitereien zwischen Liebespaaren! Sie hatte unter der Bartheke ein großes Glas mit Pernod stehen und nippte jetzt daran. Von dem Zeitpunkt, da der erste Gast zu einem Drink hereinkam, bis zu dem Augenblick, in dem sie das

Lokal zusperrte, war dieses Glas nie leer. Angeblich sollte Pernod beim Trinker Irrsinn und Tod herbeiführen.
Elise war in ihrem ganzen Leben noch nie betrunken gewesen. Sie hatte ihres Vaters Trinkfestigkeit geerbt. Sie konnte sich an ihn erinnern, an die Trinkgelage mit seinen Freunden, und am Ende war immer er es gewesen, der aufrecht stand. Wie hatte ihre Mutter das verabscheut. Aber man konnte von ihr, einer kleinen Bourgeoise, schließlich nicht erwarten, daß sie einen Mann wie Elises Vater verstand. Elise hatte die Enttäuschung in dem Gesicht des amerikanischen Mädchens gesehen. Sie beschloß, ihr einen Drink auf Kosten des Hauses zu spendieren.
Anna wechselte in dem Doppelzimmer ihre Kleider. Sie fühlte sich nach der Fahrt verschwitzt und abgespannt. Nicholas hatte schon ausgepackt. Sein Anzug hing im Schrank, die Schuhe standen ordentlich aufgereiht darunter. Sein Kamm und seine Haarbürste lagen auf dem Toilettentisch, und er hatte seine Taschen freigemacht von den städtischen Utensilien. Seine Wohnungsschlüssel, ein kleines Ledermäppchen mit Kreditkarten und seinem Führerschein, loses Kleingeld, ein goldener Füllhalter, den sie ihm geschenkt hatte, zwei Büroklammern und eine altmodische goldene Taschenuhr an einer Kette. Anna betrachtete sie. Sie hatte nie gesehen, daß er sie trug. Sie nahm sie in die Hand und drehte sie herum. Auf der Rückseite war eine Gravur, vom jahrelangen Gebrauch schon ganz abgegriffen. Es war ein Schild mit vielen Quadraten, überragt von einer Krone. Er benützte niemals den Titel eines Grafen Yurovsky, noch erwähnte er seine Familie oder seine Herkunft aus dem zaristischen Rußland.
Er war voll und ganz Gegenwartsmensch, ein erfolgreicher Lektor in einem angesehenen Verlag. Er hatte niemals das mindeste Interesse oder eine Verbindung mit der Vergangenheit gezeigt. Es paßte nicht zu ihm, daß er dieses Relikt einer vergangenen Zeit unter seinen täglichen Dingen trug.

Sie mußte die Uhr fester umklammert haben, als sie dachte, und dabei den Knopf gedrückt haben, denn plötzlich sprang der hintere Deckel auf. Drinnen befand sich eine sorgfältig mit einer winzigen Glasscheibe abgedeckte Fotografie: der Kopf eines Mannes und ein Teil des Kragens mit einer Knopflinie bis ganz hinauf und zur Seite. Anna betrachtete das Bild unter der Lampe.

Es war ein schönes Gesicht, sofort vertraut der hohen Wangenknochen und der Stellung der Augen wegen. Zurückgekämmtes, sehr kurz geschnittenes Haar, ein lächelnder Mund. Nicholas und doch nicht Nicholas. Das Bild war vom Alter verblaßt. Sie schloß die Uhr und legte sie zurück auf den Toilettentisch. Sie schämte sich, daß sie sie angesehen hatte, daß sie etwas gefunden, was er ihr noch nie gezeigt hatte.

Die Uhr war noch nie dagelegen, wenn sie an Wochenenden oder in ihrer Wohnung beisammen waren. Der Mann auf der winzigen Fotografie konnte sein Großvater oder sein Vater sein. Die Ähnlichkeit und die russische Kleidung ließen keinen Zweifel zu. Sie war verwirrt und schuldbewußt. Es gab keinen Grund zu der Annahme, daß er die Uhr immer mit sich trug, keinen Grund zu dem Verdacht, er habe sie vor ihr verborgen gehalten.

Sie setzte sich an die Bar und trank mit Elise ein Glas Wein. Dabei hörte sie nicht auf deren Redefluß, sondern beobachtete die Tür, durch die er kommen mußte. Sie sah auf ihrer Uhr, daß es fast zehn war, die Zeit, zu der sie sich angesagt hatte. Die Tische waren leer. Man ermutigte die Leute im St. Julien nicht dazu, allzu lange zu bleiben. Zwei Paare trödelten in den Sesseln beim Kamin mit ihrem Kaffee herum. Elises nervöser kleiner Ehemann reichte ihnen gerade die Rechnung. Annas Rücken schmerzte vom aufrechten Sitzen auf dem Barhocker. Sie drehte sich von der Tür weg und trank ihren Wein aus.

»Ich denke, ich gehe zu Bett«, sagte sie zu Elise. Dann sah sie, wie die Frau lächelte und an ihr vorbeisah, und spürte

im gleichen Augenblick seine Hände auf ihren Schultern und sein Gesicht an ihrer Wange.
»Mein Liebling, es tut mir leid. Bist du schon lange hier?« Anna drehte sich zu ihm um, glitt vom Stuhl und in seine Arme. Die Augen waren so blau, so voller Liebe und Sorge um sie. Das Deckenlicht beschien sein Haar, das ebenso blond war wie ihr eigenes. Plötzlich war sie glücklich, erregt.
»Ich kam früher«, sagte sie. »Ich habe mit Elise geplaudert und wundervollen kühlen Wein getrunken.« Er nahm ihren Arm, und sie gingen die Treppe hinauf. Die dicke Frau sah ihnen nach und lächelte. Er war so charmant. Das Mädchen hatte ihn nicht einmal gefragt, wo er gewesen war.
Im Schlafzimmer entkleidete er sie. Er drängte, ohne die Zärtlichkeit zu verlieren, die ihre Sinnlichkeit erhöhte. Er sagte ihr endlose Male, wie schön sie sei und wie erregend, und ermunterte sie, ihre Leidenschaft zu zeigen auf eine Weise, wie Paul Martin das nie getan hatte. Anna dachte bei Nicholas nie an Sex. Sie machten ganz einfach Liebe. Sie erzählte ihm, daß sie mit Paul einen Drink genommen hatte, und vermied es, ihm irgendwelche Einzelheiten mitzuteilen. Morgen war noch Zeit genug, der Wirklichkeit ins Auge zu sehen. Endlich schlief sie ein und lag so nahe bei ihm, daß ihre Körper ineinander verschlungen waren. Der Ausdruck von Ruhe und Zärtlichkeit auf ihrem Gesicht ließ sie wirklich schön erscheinen. Nicholas zündete sich eine Zigarette an. Der russische Tabak war stark. Ihr Kopf lag an seiner Schulter, das lange Haar wie Streifen gelber Seide. Er blickte auf sie hinunter.
Sie war von strahlender Ehrlichkeit, wie er das noch nie bei einer anderen Frau gefunden hatte. Keine weiblichen Tricks und Mätzchen, um sich Vorteile zu verschaffen, keine kleinliche Eitelkeit. Sie hatte alles mit vollkommener Freigebigkeit weggegeben. Als er sie kennengelernt hatte, war sie traurig gewesen, auf eine unterdrückte Weise, ohne

es richtig zu wissen. Sie war keine Frau, die von einem Mann zu einem anderen flatterte, sie war zu empfindsam, um flüchtige Verbindungen zu genießen. Stolz und geneigt, abseits zu stehen. Aber einsam. Er hatte all dies gespürt und sich Zeit genommen, sie kennenzulernen. Zeit, sie an die Liebe heranzuführen, anstatt dem naheliegenden und üblichen Wunsch nachzugeben, schon in der ersten Nacht mit ihr zu schlafen. Er war von sich selbst überrascht. Er mochte die Frauen, aber er hatte noch nie eine geliebt. Lange bevor er Annas Geliebter wurde, hatte er daran gedacht, sie zu heiraten.

Nichts würde ihn weniger befriedigen als eine totale Selbstaufgabe. Er wußte, was immer ihr Ex-Ehemann gesagt hatte, hatte sie aufgeregt. Er hatte die Spannung in ihren Augen gesehen. Natürlich war Martin eifersüchtig, versuchte Schwierigkeiten zu machen, indem er behauptete, um sie besorgt zu sein. Nicholas konnte sich vorstellen, was geredet worden war. Ein Weißrusse ohne Geld versuchte, sich eine reiche Amerikanerin zu angeln. Das klassische Muster, ein abgedroschenes Klischee in einer Nachkriegsgesellschaft. Sie wisse nichts von ihm, sie mache sich zum Narren. Er konnte das alles hören. Es würde nicht allzu schwierig sein, damit fertig zu werden. Er würde die Behauptungen ins Lächerliche ziehen, sie zerstreuen, sie davon überzeugen, daß Martins Bedenken nicht zu trauen sei. Glücklicherweise hatte sie ihren persönlichen Wert niemals mit Geld zu steigern versucht. Sie haßte Auffälliges, trug weder Schmuck noch teure Pelze. Sie war ganz anspruchslos. Sie gab sich keinen Extravaganzen hin und forderte keinen Mann heraus, sich mit ihr zu messen. Sie gehörte nicht zu der Sorte von Frauen – und Nicholas hatte einige gekannt –, denen man kein Geschenk mehr machen konnte, weil sie schon alles hatten.

Er wollte ihr Geld nicht. Er wollte sie. Er drückte die Zigarette aus. Sanft löste er seinen Arm von Anna und zog die Decke hoch, um sie zu wärmen. Seine Gedanken verlie-

ßen sie und wanderten zurück zu dem Haus, das er am frühen Abend besucht hatte, als er sie noch in Paris glaubte. Es war kein leichtes Treffen gewesen. Es hatte all seiner Autorität und seiner Überredungskunst bedurft, um Gewalt zu vermeiden.
Endlich schlief auch er ein, den Arm beschützend um Anna gelegt. Er war unruhig und murmelte im Schlaf. Als Anna erwachte, war er bereits aufgestanden und im Bad. Sie setzte sich im Bett auf und streckte sich. Er hatte die Vorhänge zurückgezogen. Draußen schien die Sonne. Ein Glyzinienzweig schwankte vor dem Fenster, schwer von Blüten.
Es würde ein wunderschöner Tag werden. Sie stand auf, betrachtete sich im Spiegel und bürstete sich das Haar, damit sie frisch aussah, wenn er zurückkam. Die goldene Taschenuhr war vom Toilettentisch verschwunden.
Es war ein sehr warmer Tag. Sie frühstückten auf der Terrasse im Freien. Er war fröhlicher Stimmung und neckte sie ihrer Schweigsamkeit wegen. Plötzlich wurde er ernst. »Was ist los, Liebling? Du bist nicht wie sonst. Du hast mir noch nicht gesagt, weshalb Paul dich gestern abend sprechen wollte. Ist es das, was dich bewegt? Was ist geschehen?«
Anna zögerte. Dies war der Augenblick, vor dem sie sich gefürchtet hatte. Der Augenblick, in dem sie ihm sagen mußte, was Paul ihr mitgeteilt hatte, und hören würde, wie er es als lächerlich abtat – was er selbstverständlich tun würde. Sie brauchte nur zu fragen …
»Wäre es vielleicht einfacher«, sagte er sanft, »wenn ich dir sagte, was er wollte?«
Sie starrte ihn fassungslos an. »Du weißt das?«
»Ich denke schon«, sagte er. Er lächelte sie an. Seine Augen waren sehr blau in der gleißenden Sonne. »Er wollte dich davor warnen, mich zu heiraten, einen Russen, ohne Geld und mit einem falschen Titel – ich bin sicher, er hat das erwähnt –, dich nur vor einem skrupellosen Fremden schüt-

zen, der hinter deinem Geld her sei. Habe ich recht, Liebling?«
»Nein«, sagte Anna. »Nicht ganz ... er hat dich nicht schlechtgemacht.«
»Allein schon durch seine Einmischung«, sagte er. »Er ist ein schlauer Bursche, dein Ex-Ehemann. Sehr gebildet und clever. Er hat recht, wenn er eifersüchtig ist. Natürlich. Du bist eine sehr begehrenswerte Frau, mein Liebling. Welch ein wundervoller Tag! Laß ihn dir nicht verderben. Ich bin nicht beleidigt. Sag mir, wann kommt deine Mutter herüber?«
»In drei Wochen«, sagte Anna. »Ich bekam am Donnerstag einen Brief. Sie ist keine einfache Frau, Niki. Sie war gegen Paul so feindselig, daß er das nie verwinden konnte. Ich will nicht, daß sie sich dir gegenüber herablassend benimmt.«
»Das wird sie nicht«, sagte er. »Es war für eine große amerikanische Lady einfach, jemanden wie Paul Martin einzuschüchtern. Mit mir kann sie das nicht machen. Ich möchte sie kennenlernen, und ich möchte, daß sie ihr Einverständnis gibt. Unsere Hochzeit soll für alle ein glückliches Ereignis werden, ein Tag für unsere beiden Familien. Ich habe einige russische Verwandte, die Vorontzovs. Sie möchten dich kennenlernen. Von der Seite meiner Mutter her gibt es noch ein oder zwei Kusinen. Ich möchte sie alle einladen. Was ist mit deinem Vater? Wird er herüberkommen?«
»Ich weiß nicht«, sagte sie. »Meine Mutter ist recht nett zu ihm. Sie legt Wert darauf, mit all ihren Ex-Männern gut auszukommen.«
»Sei nicht so bitter«, sagte er sanft. »Du sprichst nie von ihr, ohne sie zu kritisieren. Es gibt nichts Stärkeres als die Bande des Blutes.«
»Nicht in meiner Familie«, sagte Anna. Sie wollte nicht über ihre Mutter sprechen und auch nicht über ihre Hochzeit. Sie konnte Paul nicht aus ihren Gedanken verbannen. Die

Gelegenheit, Nicholas um eine Erklärung zu bitten, glitt ab ins vergleichsweise Triviale. Sie geriet fast in Panik, sie mußte etwas sagen, ehe es zu spät war.

»Niki, sag mir eines: Hast du etwas mit Politik zu tun?« Das entglitt ihr so schnell, daß sie rot wurde. Es klang beinahe wie eine Anklage. Er trank gerade Kaffee. Er hielt inne und stellte die Tasse ab. Sein Gesichtsausdruck veränderte sich nicht, abgesehen von einem kurzen Aufflackern in seinen Augen, aber das konnte sie sich ebensogut eingebildet haben.

»Politik? Welche Art von Politik?«

»Antirussisch«, sagte Anna. »Deshalb wollte Paul mich sprechen. Er sagte, du seist in großer Gefahr, und ich könnte es ebenfalls sein, weil wir zusammenleben.« Sie hielt inne und wünschte, er würde sie ansehen. Er trank seinen Kaffee aus. Sein Schweigen war so lähmend, daß sie über ihre eigenen Worte stolperte: »Er nannte dich einen antisowjetischen Aktivisten. Ich sagte ihm, die ganze Idee sei verrückt und ich glaube ihm kein Wort. Er fragte mich sogar, ob ich dir Geld gebe ...«

Er sah sie an und lächelte. Es war nur ein halbes Lächeln, etwas verzerrt, und es verlieh seinem Gesicht ein sehr zynisches Aussehen.

»Wenigstens das konntest du richtigstellen.«

»Nicholas, bitte ... er redete immer von dir. Stimmt das denn?«

»Ich nehme an, es hängt davon ab, was du unter einem antisowjetischen Aktivisten verstehst«, sagte er ruhig. »Nehmen wir einen Brandy. Elise?«

Sie kam angewatschelt, und er bestellte zwei Armagnac.

»In der Sowjetunion gibt es antisowjetische Aktivisten«, sagte er. Er schwenkte bedächtig das Glas. »Aber sie sind alle entweder im Gefängnis oder in Arbeitslagern. Natürlich gibt es welche, die andersherum sind. Für gewöhnlich bezeichnet man sexuell Perverse so, heutzutage wendet man dieses Wort auf jeden an, der sich von der offiziellen

Parteilinie unterscheidet. Der Westen nennt diese Leute Dissidenten.«
»Du antwortest nicht auf meine Frage«, sagte Anna.
»Wenn du mich fragst, ob ich antisowjetisch bin«, sagte er, »dann lautet die Antwort ja. Selbstverständlich bin ich gegen das System, das meine Angehörigen ermordet oder aus Rußland vertrieben hat. Wenn dein Ex-Ehemann daraus etwas Düsteres macht, kann ich es nicht ändern. Trink deinen Brandy, Liebling. Und hör auf, mich so anzusehen. Begreifst du denn nicht, daß er nur versucht, Schwierigkeiten zu machen?«
Anna schüttelte den Kopf. »Nein«, sagte sie langsam. »Ich habe versucht, mir einzureden, daß er nur eifersüchtig ist, aber das ist es nicht. Paul ist nicht solch ein Mensch. Er sagte, daß du in großer Gefahr bist, daß einige der Obersten im SDECE sich für dich interessieren. Möglicherweise auch die Russen. Ich glaube wirklich, daß er um mich besorgt ist und daß dies sein einziges Motiv war.«
»Daß du genau das denkst, das will er«, sagte Nicholas. »Sag, war er immer so ehrlich, so selbstlos? Nach dem, was du mir bisher erzählt hast, hatte ich eigentlich nicht diesen Eindruck.«
Seit sie sich zu Anfang des Jahres kennengelernt hatten, hatten sie ihre ganze freie Zeit zusammen verbracht, sie waren zehn Tage lang zum Skifahren in den italienischen Alpen gewesen und verbrachten jedes Wochenende miteinander. Aber der Mann, der ihr jetzt gegenübersaß, war ein Fremder geworden. Das Gesicht war eine Maske, die Augen kalt und verschlossen. Seine Oberlippe war weiß vor Zorn. ›Er hat dich angelogen‹, konnte sie Pauls Stimme hören. ›Er nützt dich aus ...‹
»Wenn du mich liebst«, sagte sie ruhig, »hörst du auf, dich zu ärgern, und sagst mir die Wahrheit.«
»Wenn ich dir sagte, das sei ein Gewirr von Lügen, würdest du das akzeptieren? Nein, das würdest du nicht, nicht wahr? Du willst wirklich, daß ich sage, ja, ich tue, was Paul

Martin von mir behauptet, was immer das sein mag. Also schön, ich werde nächsten Donnerstag den Kreml von einem Heißluftballon aus bombardieren. Damit kann er zu seinen Secret-Service-Freunden rennen. Weißt du, Liebling, ich könnte Martin wegen dieser Geschichte verklagen. Was, glaubst du, würde Raoul Wederman denken, wenn es sich herumspricht, daß einer seiner ersten Lektoren in eine politische Affäre verwickelt ist?«
»Nicholas«, sagte sie hilflos, »Nicholas, Liebling, du weißt, du kannst mir vertrauen. Bitte. Gestern abend fand ich in unserem Zimmer eine goldene Uhr. Ich wollte eigentlich nicht, aber ich öffnete sie. Drinnen war das Bild eines Mannes. Es ähnelte dir so sehr, daß ich einen richtigen Schock bekam. Ich hatte keine Ahnung, daß du solch ein Ding besitzt oder es mit dir herumträgst. Du hast niemals über deine Familie gesprochen, du hast keinerlei Gefühl in bezug auf deine Herkunft gezeigt. Weshalb hast du die Uhr heute früh weggetan?«
Er sah sie an. »Weil sie etwas sehr Privates ist«, sagte er ruhig. »Etwas, das ich nicht herumliegen lasse. Es war die Uhr meines Vaters, und das Bild drinnen ist seines. Ein Freund meines Vaters hat mir diese Uhr gegeben, als ich acht Jahre alt war. Es ist nichts Geheimnisvolles, wenn ein Sohn die Uhr seines Vaters trägt.«
»Nein«, gab sie zu. »Aber ich verstehe nicht, weshalb du sie versteckst. Du hast deinen Vater niemals auch nur erwähnt. Du hast heute von russischen Kusinen gesprochen. Ich wußte nicht, daß du hier Familie hast.«
»Oh, ja«, sagte Nicholas. »Eine Anzahl Aristokraten entkamen während der Revolution. Es gelang ihnen nicht, uns alle zu töten.«
Die Sonne war sehr heiß, die Luft unbewegt, Anna schloß einen Moment die Augen. Er log, und sie wußte es. »Uns«. Es war nur ein Versprecher, diese gemeinschaftliche Bezeichnung der Emigranten, die nach Europa geflohen waren, als die Bolschewiken die Macht ergriffen, aber er

erschütterte sie. Das kalte, verschlossene Gesicht, diese scharfe Stimme, die alles mit einem Hohnlachen abtat – das war nicht der gleiche Mann wie der Geliebte, der sie in der vergangenen Nacht mit Leidenschaft und Zärtlichkeit in den Armen gehalten hatte. Er war nicht nur verärgert über das, was sie ihm gesagt hatte, sondern er hatte Angst.

»Es wird sehr heiß«, sagte sie. »Ich denke, ich gehe nach oben und ruhe mich aus.«

»Das würde ich auch tun, Madame.« Erschrocken drehte sie sich rasch um und sah die dicke Elise neben dem Tisch stehen.

»Noch Kaffee, ehe Sie gehen?« Elise stellte Nicholas die Frage.

»Nein«, sagte er. »Ich möchte noch einen Armagnac. Willst du nicht auch einen, Liebling? Damit du gut schläfst?«

Sie schüttelte den Kopf. Sie wollte nicht, daß er die Tränen in ihren Augen sah. Sie fühlte sich krank und verletzt, und im Hintergrund lauerte die Angst. Paul hatte nicht gelogen. Es war Nicholas, der sie belog.

»Ich gehe jetzt«, sagte sie. Er ergriff ihre Hand, als sie an ihm vorüberging. Sein Gesichtsausdruck war jetzt wieder vertraut, zärtlich und ein wenig besorgt.

»Ruh dich aus«, sagte er sanft. »Und sei ein liebes Mädchen. Vergiß all diesen Unsinn. Journalisten erfinden gern Schauermärchen. Besonders, wenn sie noch immer in ihre Ex-Frauen verliebt sind. Ich wecke dich in einer Stunde, dann gehen wir spazieren. Etwa sechs Kilometer entfernt gibt es ein neues Restaurant. Ich glaube, dort könnten wir das Diner nehmen.«

Er führte ihre Hand zum Mund und küßte sie. Anna riß sich los und eilte ins Haus. Nicholas zündete sich eine Zigarette an. Elise kam mit dem Armagnac und machte sich eiligst daran, die Kaffeetassen auf ein Tablett zu stellen. Sie sah ihn nicht an.

»Ich sah Madame Martin gerade nach drinnen gehen. Sie sah sehr erregt aus. Stimmt irgend etwas nicht zwischen Ihnen?«

»Nein«, sagte er.
»Eigentlich geht es mich ja nichts an«, murmelte die dicke Frau, »aber es ist schade, daß Sie sie hergebracht haben – gerade jetzt.«
»Ich weiß.« Nicholas sah sie an und sie senkte den Blick. »Aber sie weiß nichts, und sie wird auch nichts erfahren. Und Sie haben recht, Elise, es geht Sie nichts an.«
»Ja«, sagte sie. »Ja, Graf. Verzeihung.« Sie eilte davon.

Sie aßen in dem Restaurant, das Nicholas entdeckt hatte. Es war ein kleines, unscheinbares Lokal, aber das Menü dem Vergleich mit Maxims in Paris durchaus gewachsen. Trotzdem war Anna nicht nach Essen zumute. Sie saßen einander gegenüber, im Licht einer einzigen Kerze. Anna beobachtete ihn, als er die Weinkarte studierte.
Die Ähnlichkeit mit dem Mann auf der kleinen Fotografie war in dem dämmrigen Licht noch auffallender. Er hatte die Uhr seines Vaters versteckt. Seine Entschuldigung, daß es sich um etwas sehr Privates handelte, hatte keinen Sinn. Das war fast eine Beleidigung. Und diese Bemerkung über die Aristokratie während der Revolution …
»Es gelang ihnen nicht, uns alle umzubringen.« ›Uns‹. Sah er sich selbst wirklich so, ganz im geheimen? Ein in Frankreich geborener Mann mit einer französischen Mutter, dessen einzige Verbindung zu Rußland eine emigrierte Großmutter war, die in einem Altersheim gestorben war? Der Mann, den sie liebte, hatte keine Verbindung mit der Geschichte. Er war kultiviert, ein charmanter Franzose, dessen Freundeskreis rein französisch und äußerst intellektuell war. Und doch, als sie ihn jetzt beobachtete, erkannte sie das Fremdartige, als habe sich die Maske verschoben. Der Nicholas Yurovsky, den sie an diesem Nachmittag gesehen hatte, lauerte im Hintergrund.
Er hatte sie angelogen, ohne wirklich mit Worten zu lügen. Er hatte Paul Martins Beschuldigungen nicht abgestritten, er war ihnen nur ausgewichen.

Einer der Gründe, weshalb sie sich in ihn verliebt hatte, war seine absolute Ehrlichkeit. Nach dem Treibsand ihrer Ehe hatte Anna versucht, festen Boden unter den Füßen zu bekommen. Sie fühlte sich sicher in einer Verbindung, in der es weder Lügen noch bösartige Wahrheiten gab. Die Tatsache, daß sie die Tochter von Sheila Campbell war, der Eigentümerin der ultrarechten Zeitschrift ›Truth‹, hatte sie schon sehr früh den Hohn dieses Wortes erkennen lassen. Wohlhabenheit und Macht und Ehrgeiz, das Unvermögen, jemandem zu vertrauen oder selbst vertrauenerweckend zu sein, gehörten zu der Luft, die sie atmete, und das hatte sie fast erstickt. Ihre Mutter, mit einem Millionenvermögen ausgestattet, das ein schottischer Großvater in Stahl gemacht hatte, erwies sich in der Ausübung ihrer Macht als ebenso zäh und skrupellos wie der alte Pionier selbst. Ihr Ziel war eine der großen Botschaften. Ihre Ehe mit einem mittellosen französischen Grafen war ein Teil dieses Planes gewesen. Als der Posten in Paris an jemand anderen vergeben wurde, ließ sich Sheila umgehend scheiden. Annas eigener Vater war eine Schattenfigur gewesen – amüsant, aber unbedeutend. Ihre Mutter überschattete und überragte alles in ihrer Umgebung. Annas Leben war in der Hektik von Ehrgeiz und Erfolg verlaufen, und sie haßte alles, was damit zusammenhing. Wenn sie ehrlich war, dann war ihre Heirat mit einem so radikalen Sozialisten wie Paul Martin ein Akt der Selbstverteidigung gewesen, ein Schlag gegen die politischen und moralischen Ansichten ihrer Mutter.
In ihrer Liebe zu Nicholas gab es keine Hintergedanken. Er hatte ihr zerstörtes Vertrauen wiederhergestellt, hatte die Verantwortung für sie übernommen, was Paul immer abgelehnt hatte. Er strahlte eine sichere Autorität aus, die sie sowohl körperlich als auch gefühlsmäßig anziehend fand. Zum erstenmal konnte Anna sich ein Leben vorstellen, das leidenschaftlich und heiter war. Eine Heirat wurde dadurch unausweichlich. Nicholas war nicht der Typ, der

sich häuslich einrichtete und dennoch die Tür für eine Flucht offenließ.
Sie war die erste Frau, die er gebeten hatte, ihn zu heiraten. Da sie ihn kannte, wußte Anna die Bedeutung dieses Bekenntnisses richtig einzuschätzen. Aber jetzt sprang es sie wie ein Dämon aus der Vergangenheit an: Paul hatte das heraufbeschworen, was die größte Zerstörungskraft besaß, den Zweifel. Zweifel an Nicholas' Beweggründen, an seinen Handlungen, selbst an seiner Liebe zu ihr. ›Er benützt dich.‹ Sie konnte sich von dieser giftigen Voraussage nicht befreien. Wenn Nicholas in Gefahr war, dann wollte sie das wissen. Selbst wenn sie seinetwegen mit hineingezogen wurde, würde sie nicht davonlaufen.
Aber da stellte sicm das Schreckgespenst ihrer frühen Jugend warnend vor ihr inneres Auge. Sie war ihres Geldes und ihrer Verbindungen wegen sehr verwundbar. Wenn sie Freundschaften schloß oder zu Verabredungen ging, mußte sie sich vorsehen, daß man sie nicht einfach als Mittel zum Zweck benutzte. Sie konnte sich erinnern, wie sie dem Freund aus ihrer Studienzeit mit echter Angst die Frage gestellt hatte, die für sie von besonderer Bedeutung war: »Du magst mich, nicht wahr?« Mich, um meinetwillen, nicht die Tochter meiner Mutter, nicht das Campbell-Geld oder den Besitz in Florida und den Privatjet ... Magst mich ... liebst mich.
Sobald sie die Erbschaft ihres Großvaters angetreten hatte, war sie nach Europa geflohen, wo sie Anonymität erhoffte, die Chance, sich selbst zu finden und jemanden, der sie fand. Aber der Eckpfeiler der Liebe war das Vertrauen. Das Vertrauen, das Paul Martin nicht geben konnte, als er mit anderen Frauen ins Bett schlüpfte und ihr kalt erklärte, das spiele überhaupt keine Rolle, denn er liebe noch immer sie ...
»Anna ...« Nicholas griff über den Tisch hinweg nach ihrer Hand und hielt sie fest.
»Was ist los mit dir? Du bist nicht wie sonst.«

Sie schüttelte den Kopf. »Nichts ... nichts ist los.«
»Lüge mich nicht an«, sagte er ruhig. »So habe ich dich noch nie gesehen.«
»Nicht ich bin es, die lügt«, sagte Anna. Der Griff um ihre Hand verstärkte sich eine Sekunde, dann lockerte er sich. Nicholas zog seine Hand zurück.
»Noch immer diese Geschichte mit Paul Martin? Die bringt dich aus der Fassung, nicht wahr?«
»Das weißt du.«
Er zündete eine Zigarette an und reichte sie ihr. Dann nahm er sich selbst eine. Der Kellner brachte den Wein, und Nicholas kostete, bevor er ihm bedeutete, für jeden ein Glas voll zu schenken. Anna hatte das gleiche Gefühl wie am Nachmittag. Er dehnte das Schweigen in die Länge, nippte betont langsam am Wein.
»Anna«, sagte er plötzlich. »Sag mir eines, liebst du mich?«
Tränen traten ihr in die Augen. »Du weißt, daß ich dich liebe.«
»Und glaubst du, daß ich dich liebe?«
Sie nickte. »Ja.«
»Dann möchte ich, daß du mir etwas versprichst.« Dies war kein Fremder mehr, sondern der Mann, den sie liebte. »Ich möchte, daß du alles vergißt, was Paul dir erzählt hat. Streiche es aus deinem Gedächtnis, ein für allemal. Es hat nichts mit uns zu tun.«
»Das kann ich nicht«, sagte sie langsam. »Natürlich hat es etwas mit uns zu tun. Du kannst mich nicht aus einem Teil deines Lebens ausklammern und so tun, als gäbe es diesen Teil nicht. Paul sprach von Gefahr, von echter Gefahr ...«
»Ich weiß«, sagte Nicholas. »Darüber habe ich schon nachgedacht. Gefahr für dich, sagte er, nicht wahr ...«
»Das spielt keine Rolle, ich gebe verdammt ...«, begann sie, aber er unterbrach sie. »Für mich spielt es eine Rolle«, sagte er. »Für mich spielt es eine große Rolle.« Dann war Stille zwischen ihnen. Er preßte ihre Hand, daß es schmerzte.

»Was hat Paul gesagt, das du tun solltest?« Auf diese Frage war sie nicht vorbereitet.
»Er sagte mir, ich soll mich auf keine überstürzte Ehe mit dir einlassen«, sagte sie. »Er meinte, die Frau eines führenden antisowjetischen Aktivisten zu sein, könnte für mich sehr gefährlich werden. Ich wußte nicht, wovon er redete.«
»Nein«, sagte er zärtlich. »Natürlich wußtest du das nicht. Er hat dir nicht vorgeschlagen, eine kleine Reise zu machen?«
Anna starrte ihn an. »Nein ... was für eine Reise? Weshalb sollte er ...«
Er hob ihre Hand und sah sie an: sie war schmal und ohne Ringe.
»Das wäre eine Idee«, sagte er. »Nur für den nächsten Monat. Fahre in die Staaten und besuche deine Mutter, ehe sie herüberkommt. Du könntest den Weg für eine Begegnung mit mir vorbereiten. Dann würde ich mit euch zusammentreffen. Wir könnten nach Paris zurückkommen und im Juni oder Juli heiraten – würdest du das tun?«
»Nein«, sagte Anna. »Weshalb sollte ich? Weil du in irgend etwas verwickelt bist und mir nicht sagen willst, worum es geht ... was wird in einem Monat geschehen, Nicholas? Weshalb ist es für mich gefährlich, dich in drei Wochen zu heiraten, aber im Juli nicht mehr?«
»Je mehr ich darüber nachdenke«, sagte er, »um so mehr finde ich, du solltest gehen, nur für einen Monat. Daran hätte ich früher denken sollen.«
»Du hättest mir die Wahrheit sagen sollen«, sagte Anna, »denn ich werde sie ohnehin herausfinden. Und ich werde weder wegfahren noch dich heiraten, ehe ich das herausgefunden habe.«
Ihr Essen kam, und sie schob den Teller beiseite. »Begreifst du denn nicht?«, sagte sie. »Ich liebe dich, ich möchte daran teilhaben, was immer das auch ist, denn es ist ein Teil von dir. Ich möchte helfen. Wenn du Geld brauchst ...«

Das hatte sie nicht sagen wollen, und sie spürte, wie sie rot wurde.
Er lächelte sie an und schüttelte den Kopf. »Nein, mein Liebling, ich brauche kein Geld. Das ist etwas, was ich niemals von dir verlangen werde. Iß. Es ist sehr gut. Wir werden morgen weiter darüber sprechen. Heute abend wollen wir uns amüsieren.«
Es war spät, als sie in die Auberge zurückkamen. Elise hatte für sie den Schlüssel unter einem Stein am Eingang versteckt, und sie traten ein. Sie liebten einander, und es schien Anna, als sei er zärtlicher als je zuvor. Als sie in seinen Armen lag, hatte sie fast das Gefühl von etwas Endgültigem, als sei etwas zu Ende, und sie wüßte es noch nicht. Sie begann zu weinen, und er tröstete sie sanft, bis sie einschlief.
Als sie erwachte, war das Bett leer. Die Vorhänge waren offen, der Himmel blaßrosa. Sie setzte sich auf und wußte sofort, daß er gegangen war. Die Schubladen standen offen, seine Sachen lagen nicht mehr auf dem Toilettentisch. Im Zimmer lag ein Hauch von Abschied. Der Brief lehnte am Spiegel, wo sie die goldene Uhr gefunden hatte. Sie stand auf, riß ihn auf und las ihn am Fenster im Licht des dämmernden Morgens.
»Mein Liebling. Seit der vergangenen Nacht weiß ich, daß wir unser Glück nicht bekommen. In meinem Leben ist kein Platz für die Ehe. Ich war selbstsüchtig und ein Narr, so zu tun, als gäbe es diesen Platz. Paul Martin hat recht. Ich liebte dich. Vergiß das nie. Nicholas.«
Sie ging ins Bett zurück, drehte das Licht an und las den Brief noch einmal. Gestern abend hatte er versucht, sie mit einem Vorschlag, in die Staaten zu reisen, dazu zu bringen, daß sie ihn verließ. Als sie sich geweigert hatte, hatte er sie verlassen. So einfach war das. So einfach und herzzerbrechend. ›Ich liebte dich.‹ In der Vergangenheit.
Sie weinte nicht. Der Schmerz des Verlustes war zu heftig,

um in Tränen Erleichterung zu finden. Was immer er tat, war wichtiger als ihre Zukunft. Vor die Wahl gestellt, hatte er sie zurückgewiesen. Um sie zu schützen – um sich selbst zu schützen – oder in Wahrheit seine Unternehmungen zu schützen, weil sie ihre Absicht kundgetan hatte, sie herauszufinden. ›Seit der vergangenen Nacht weiß ich, daß wir unser Glück nicht bekommen.‹ Er hatte sie mit einer Erinnerung an die Liebe zurückgelassen, die lange nicht sterben würde. Sie kniete sich aufs Bett und fröstelte. Sie hatte alles verloren: ihre Hoffnung auf die Zukunft, den Mann, den sie liebte, die Chance, mit ihm das Glück zu finden. Sie warf ihre Kleider in einen Koffer, öffnete das Fenster und blickte hinaus. Ihr Auto parkte im Hof. In den unteren Räumen rührte sich noch niemand. Sie wollte weder Elise noch ihren Mann sehen, sie wollte keinen Augenblick länger an dem Ort bleiben, an dem sie so glücklich gewesen war. Sie kehrte zurück nach Paris, zurück in ihr leeres Appartement, in ihr leeres Leben. Während sie auf die Hauptstraße hinausfuhr, blaß und mit trockenen Augen, dachte sie, daß mehr von ihren rauhen schottischen Vorfahren in ihr steckte, als sie wußte. Sie hatte in der Tat alles verloren, aber sie würde herausbekommen, weshalb.

2

Anna stand da und starrte ihr Telefon an. Zwei Tage und nicht ein Wort. Das waren die schlimmsten Tage gewesen, an die sie sich erinnern konnte. Verschiedene Male hatte sie versucht, Nicholas anzurufen, und immer wieder den Hörer weggelegt, selbst als es bei ihm läutete. Noch immer waren alle Fragen unbeantwortet. Sie nahm den Hörer ab und wählte Pauls Nummer bei der Zeitschrift. Er versprach, am Abend in ihrer Wohnung vorbeizukommen. Er sagte, er habe jemanden, der sie kennenlernen wolle. Jemand, der besser als er selbst erklären könne, weshalb Nicholas Yurovsky für sie gefährlich sei und selbst in Gefahr schwebe.

Sie kamen nach sieben Uhr, Paul etwas unrasiert, seine übliche Zigarette rauchend. Er mußte sich immer zweimal täglich rasieren, und an diesem Abend war sein Kinn sehr dunkel. Ihre Mutter, empfindlich bis an die Grenze der Besessenheit, pflegte zu sagen, er sehe nach vier Uhr schmutzig aus.

Den älteren, ziemlich kräftigen und sehr sorgfältig gekleideten Mann in seiner Begleitung stellte er als Raoul Jumeaux vor. Er küßte Anna die Hand. Er hatte kleine, glänzende braune Augen und einen zierlichen Oberlippenbart. Er hätte Arzt oder Beamter sein können. Paul brachte ihnen allen einen Drink. Er bewegte sich mit der Vertrautheit eines Mannes, der einst in diesem Appartement gewohnt hatte. Er setzte sich neben Anna, Jumeaux nahm gegenüber auf dem Sofa Platz.

Er bat um die Erlaubnis, Pfeife zu rauchen. Es entstand eine

außergewöhnlich unangenehme Stille, die Anna nicht zu unterbrechen wußte. Es war Paul, der als erster sprach.
»Meine Frau möchte etwas über Nicholas Yurovsky wissen«, sagte er.
Jumeaux nickte. »Wir alle möchten etwas über ihn wissen«, sagte er. »Er ist für uns zu einem ziemlichen Problem geworden.«
›Uns‹. Anna erschrak. Kein Arzt, kein Beamter. SDECE. Sie hatte sie Strolche genannt. Jumeaux sprach jetzt direkt zu ihr.
»Paul ist ein alter Freund«, sagte er. »Ich warnte ihn wegen Yurovsky, als Sie mit ins Spiel kamen. Er sagte mir, Sie hätten seine Unterhaltung mit Ihnen erwähnt und Yurovsky hätte geleugnet.«
»Ja«, sagte Anna. »Das hat er.«
»Das war vorauszusehen«, sagte Jumeaux.
»Ich sehe nicht ein, weshalb«, unterbrach ihn Paul Martin. »Wenn er Annas Geld haben wollte, war das doch die ideale Gelegenheit, sie dazu zu überreden, ihnen zu helfen. Er hat es nicht getan, oder?« Sie hätte wissen müssen, daß er sie durchschaute. Er pflegte immer über sie zu lachen, weil er sagte, sie sei durchsichtig. Ein unkompliziertes amerikanisches Mädchen – so hatte er sie einmal genannt, und das hatte sie wütend gemacht.
»Nein«, sagte sie und versuchte, ihn nicht anzusehen. »Ganz gewiß nicht. Das habe ich dir gesagt. Er leugnete alles ab.«
»Er liebt Sie, Madame Martin?« fragte Jumeaux.
»Ja«, gab Anna zu. »Ja, ich denke schon.«
»Dann will er Sie nicht in etwas so Gefährliches wie sein Vorhaben verwickeln. Was Sie nicht wissen, kann man nicht aus Ihnen herausholen. Das verringert Ihr Risiko. Aber gewiß besteht eine Gefahr.«
Er beugte sich vor und klopfte die Asche aus seiner Pfeife. Er sah sich um und wandte sich dann wieder an Anna.
»Sie haben ein wunderschönes Appartement, Madame. Wie

schon gesagt, diese Leute, diese Idioten, die sich einbilden, sie könnten den KGB mit Steinen bewerfen, bringen nicht nur sich selbst in Schwierigkeiten. Jeder, der mit ihnen in Verbindung steht, ist verdächtig. Wenn Sie meinen Rat annehmen würden, Madame Martin – und ich weiß, Ihr Mann möchte, daß Sie das tun –, packen Sie jetzt und gehen Sie auf eine längere Reise. In die Staaten. Vergessen Sie Nicholas Yurovsky.«

»Das kann ich nicht«, sagte sie. »Ich kann nicht einfach davonlaufen. Paul sagte, Sie könnten mir erklären, was das alles zu bedeuten hat. Weshalb sollte sich Nicholas um Sowjetrußland kümmern? Er ist hier geboren.«

»Ja.« Jumeaux nickte. »Und seine Mutter war eine Französin. Hat er nie über sie gesprochen? Nein. Vielleicht verständlich. Die Druets haben sich nicht sehr gut benommen. Er wurde von seiner Großmutter, der Gräfin Zia, aufgezogen. Und so tauchte er ein in die Vergangenheit, obgleich er in Frankreich geboren und aufgewachsen ist. Aber die echten Schwierigkeiten begannen mit seinem Vater. Hat er jemals über ihn gesprochen?«

Sie schüttelte den Kopf. »Nein«, sagte sie. »Aber an diesem Wochenende fand ich eine goldene Uhr, eine dieser altmodischen Taschenuhren. Auf der Rückseite befand sich das Bild eines russischen Offiziers. Nicholas sagte, das sei sein Vater. Das ist alles, was ich über ihn weiß.«

»Gut«, sagte Raoul Jumeaux. »Wenn Sie nicht in Eile sind, Madame, und Paul so liebenswürdig ist und mir mein Glas erneut füllt, erzähle ich Ihnen von Graf Nicholas Yurovsky und seinen Freunden. Ah, danke sehr, Paul.«

Er setzte sich bequemer in das Sofa. »Auf Ihre Gesundheit, Madame.« Er erhob sein Glas. »Die meisten der Weißrussen blieben in Paris. Einige hatten Schmuck mitgebracht, einige besaßen Bankkonten im Ausland, die meisten hatten nichts. Sie schlossen sich zusammen, sie wurden anfangs wohlwollend in Frankreich aufgenommen, dann zurückhaltend. Ihre Versuche, politisch zu intrigieren, bedeuteten für unsere

Regierung einen Störfaktor. Sie fügten sich nicht ein, sie wollten sich nicht integrieren. In den zwanziger und dreißiger Jahren lebten in Paris Männer und Frauen, die so handelten und redeten, als würde eine Gegenrevolution die Roten davonschwemmen und ihnen die Rückkehr ermöglichen. Sie behielten ihre Sprache bei, ihre Bräuche und Religion. Viele von ihnen verhungerten. Sie werden sich nicht mehr an die alten Filme erinnern – der Taxifahrer entpuppte sich als Prinz –« Er stopfte seine Pfeife und zündete sie an. »Wenn Sie Nicholas Yurovsky und die Männer und Frauen verstehen wollen, die ihm gleichen«, sagte Jumeaux, »dann müssen Sie zurückgehen, Madame. Nicht allzu weit. Aber zurück bis 1943. Bis in die Mitte des Krieges, als Frankreich von den Nazis besetzt war. Ich habe ein besonderes Interesse an diesem Fall, verstehen Sie. Ich kannte Nicholas Yurovskys Vater.«

Graf Michail Vladimirovich Yurovsky lernte seine Frau kennen, als er ein Jahr lang für ihren Vater arbeitete. Etienne Druet war ein durchtriebener Geschäftsmann, der mit Textilien ein Vermögen gemacht hatte. Er stellte den russischen Aristokraten mit einigen Bedenken ein. Die Emigranten standen in dem Ruf, sich schwer einzufügen. Es gab traurige Geschichten von Selbstmorden unter den Älteren, die sich nicht mit einem Leben in Armut und Exil abfinden konnten. Aber Michael Yurovsky war anders. Er arbeitete schwer, er zeigte keine Abneigung, Befehle auszuführen oder die niedrigsten Pflichten zu erledigen. Etienne bewunderte ihn. Er hatte Würde und Stil, und er bezauberte jeden durch seinen Charme. Natürlich gab es Gerüchte um ihn. Gerüchte, daß er in der Gegenrevolution Kosakenoffizier gewesen sei. Er erwähnte nie die Umstände, unter denen er Rußland verlassen hatte. Seine Mutter lebte bescheiden in Paris, zwei Schwestern waren während der Grippeepidemie gestorben. Etienne stellte ihn seiner Familie vor, und alle konnten sehen, daß sich seine Tochter und Erbin Hals über

Kopf in den Russen verliebte. Sie war ein hübsches Mädchen, und ihr Vater war vernarrt in sie. Trotz ihrer Wohlhabenheit konnte sie nicht erwarten, innerhalb der engen Grenzen der französischen Gesellschaft anerkannt zu werden. Als sie sich mit Michail Yurovsky verlobte, war Etienne entzückt. Er kaufte ihnen ein schönes Haus in Vermeuil in der Normandie, beförderte seinen Schwiegersohn auf eine Spitzenposition bei den Druet-Textilien und platzte fast vor Stolz, wenn er daran dachte, daß seine Tochter eine Gräfin war.

Liliane war sehr glücklich, bis der Krieg ausbrach. Michail hatte sie mit dem Vorschlag in Angst und Schrecken versetzt, sich freiwillig zu melden und für Frankreich zu kämpfen. Etienne bot all seinen Einfluß auf, ihm das auszureden, und 1940 war Frankreich geschlagen und von der Deutschen Wehrmacht besetzt. Soweit es Liliane betraf, war der Krieg vorüber. Unendlich verliebt in ihren Mann und ihren kleinen Sohn, der im Kinderzimmer herumtappte, war in ihrem Kopf kein Platz für Patriotismus. Sie hörte ängstlich zu, wenn ihr Vater und ihr Mann über die Zukunft sprachen, und konnte an nichts anderes als an die unmittelbare Sicherheit ihrer eigenen Familie und ihres Heims denken. Frankreich war geschlagen. Deutsche Truppen besetzten die Hauptstädte, strömten nach Paris und sammelten sich zum letzten Angriff auf England. Bis zum Jahresende würde ganz Europa direkt oder indirekt durch Bündnisse von Nazi-Deutschland beherrscht sein. Etienne Druet faßte seinen Entschluß. Er hatte sein Leben damit verbracht, ein einträgliches Geschäft und ein Vermögen aufzubauen. Er mußte an seine Tochter und an seinen Enkel denken. Der Krieg war verloren, der frühere Lebensstil würde niemals wiederkehren. Das einzig Vernünftige war, unter den gegebenen Umständen so gut wie möglich zu überleben zu versuchen. Er fuhr zum örtlichen Hauptquartier der deutschen Armee und bot an, den besetzenden Truppen nach Kräften zu helfen. Innerhalb dreier Monate stellten seine Fabriken Uni-

formen für die Wehrmacht her. Deutsche Offiziere wurden in seiner Wohnung in Paris empfangen und nach Vermeuil eingeladen, wo Liliane sie willkommen hieß. Etienne Druet, seine Tochter und sein Schwiegersohn wurden bekannte Kollaborateure. Von einigen wurden sie kritisiert, aber die meisten, die sie kannten, machten es nicht anders.
In Vermeuil selbst ging das Leben mit wenig Änderung weiter, und der Krieg schien sich rundherum verzogen zu haben. Weder Lebensmittel noch Luxusgüter waren knapp. Liliane wurde erneut schwanger. Michail Yurovsky fuhr nach Paris und kehrte an den Wochenenden zurück; Benzin war immer genügend vorhanden. Als Deutschland Rußland angriff, schützte Etienne Druets Einfluß Michail. Er hätte ohne jede Schwierigkeiten die französische Staatsbürgerschaft erhalten können. Vater und Tochter waren überrascht, wie heftig er diesen Vorschlag ablehnte.
Niemand hatte ihnen Schwierigkeiten gemacht. Es waren zwei Jahre vergangen, und der kleine Nicholas hatte eine Schwester. Michail Yurovsky war von Paris gekommen. Jetzt war das Benzin knapp. Ein altes Taxi, das von einer auf dem Dach befestigten Gasflasche angetrieben wurde, war die Straße entlanggezuckelt und hatte ihn vom Bahnhof mitgenommen. Er konnte Liliane nicht finden und ging deshalb ins Kinderzimmer, wo sich ein Mädchen aus dem Dorf um seine Kinder kümmerte. Er nahm seinen Sohn in die Arme. Das Kind war blond, wie seine Mutter. Aber es hatte die schmalen blauen Augen seines Vaters. Er umarmte und küßte ihn. Das Baby, ebenso dunkel wie Michail, krähte in seinem Körbchen. Es war ein milder, sonniger Abend. Das Haus war friedlich, das Land ringsum schien zu atmen. Das Mädchen sah zu, wie der Graf mit seinem Sohn spielte. Er sprach russisch mit ihm und lehrte ihn verschiedene Worte. Die Gräfin mochte das nicht, denn sie glaubte, das Kind würde dadurch verwirrt. Das Mädchen mochte die Gräfin, aber der Graf war sehr zurückhaltend und unnahbar – immer höflich, aber ganz Aristokrat. Das Mädchen schnitt

hinter seinem Rücken eine Grimasse. Was glaubte er eigentlich, wer er war? Arbeitete für den alten Druet und heiratete die Tochter, um sein Auskommen zu haben. Verbrüdern sich mit den Deutschen, die ganze Bande.

Die Leute in Vermeuil waren recht vernünftig, niemand wollte Ärger. Aber einige trugen die Nase gar zu hoch – und was die alles hatten: frische Butter, Cognac flaschenweise, sie hatte sogar Seidenstrümpfe. Marie arbeitete für sie, seit das kleine Mädchen geboren war. Sie kümmerte sich gern um das Baby, aber der Junge Nicholas war eigensinnig und schwierig. Sie mochte nicht, wie die äußeren Augenwinkel in die Höhe gingen. Die von seinem Vater sahen ebenso aus. Dadurch schienen beide fremdartig. Michail Yurovsky bemerkte ihre Abneigung nicht. Seine Frau, die ihn mehr liebte als irgend jemand oder irgend etwas auf der Welt, spürte die gleiche Zurückhaltung und litt schweigend darunter. Er stand abseits, ein in sich gekehrter Mensch, der sich ihr niemals ganz offenbart hatte, ein Mann, dessen Vergangenheit von ihm abgetrennt war. Er küßte seinen Sohn, liebkoste das blonde Haar des Kindes und murmelte russisch.

»Geh jetzt zu Marie, ich möchte Olga küssen. Dann werde ich deine Mama suchen.«

Nicholas klammerte sich eigensinnig an ihn. »Nein, Papa. Niki, du sollst Niki küssen. Potsyelui myenya –« Er benützte die russischen Worte, und der Graf lächelte. Er beugte sich über das Körbchen des Babys, hob die Kleine heraus und hielt sie einen Augenblick hoch. Dann legte er sie zurück, nickte höflich dem Mädchen zu, das den strampelnden Nicholas festhielt. »Gute Nacht«, sagte er. »Gute Nacht, Niki. Morgen früh machen wir einen Spaziergang. Nach dem Frühstück wird dich Marie hinunterbringen.«

Er ging langsam den Korridor entlang, an den mit dem Geld seines Schwiegervaters gekauften Bildern vorbei, quer durch die große Halle, die aus der gleichen Quelle möbliert worden war, aus dem Haus hinaus, das ihm nicht gehörte –

hinaus in die Abendsonne. Er warf einen langen Schatten, als er über den Rasen ging, ein schlanker Mann in seinem vierundvierzigsten Jahr, mit dem Gang eines Soldaten, die Augen gegen die noch immer helle Abendsonne zu Schlitzen verengt. Seine Frau war im Garten und holte Gemüse für das Abendessen. Sie kochte jetzt selbst, denn man bekam kaum Leute, die arbeiten konnten. Das Kindermädchen und der alte Pensionist, der den Garten in Ordnung hielt und sich um das Gemüse kümmerte, waren ihnen als einzige geblieben.
Liliane hatte sich bitter beklagt, als sie immer mehr Dienstbotenarbeit übernehmen mußte. Michail äußerte sich nicht dazu. Ihm machte der Wechsel nichts aus, der seine Frau so sehr verärgerte. Wenig konnte ihn verletzen oder, wenn er ehrlich war, auch erfreuen. Er blieb stehen, um sich eine Zigarette anzuzünden und sie in eine Zigarettenspitze zu stecken. Diese hatte er mitgebracht. Sie war aus Bernstein, mit einem goldenen Reifen. Sein General pflegte Zigarren zu rauchen, dünne, schwarze, fürchterlich starke Zigarren. Michail überquerte den Rasen und betrat den Weg, der zum Gemüsegarten führte. Er hatte seinen General während der letzten zwanzig Jahre nur ein halbes Dutzend Mal gesehen. Der letzte Besuch in Vermeuil war eine Katastrophe gewesen. Liliane war in Tränen ausgebrochen und hatte Michail gebeten, ihn niemals wieder herzubringen. Sie verstand ihn nicht. Er machte ihr keinen Vorwurf. Alles, was sie sah, war ein heruntergekommener alter Mann, vom Wodka aufgeschwemmt, der Geschichten von Gewalttaten und Blutvergießen von sich gab, die sie entsetzten. Für Michail war er sein alter Kommandant, der Mann, der ihn wie einen Sohn behandelt hatte. Der tapferste, gefürchtetste aller weißrussischen Generäle, der jetzt in einem schmutzigen Zimmer im Quartier lebte und sich mit Gelegenheitsarbeiten durchschlug. Seinen Posten als Zirkusreiter hatte er wegen Trunkenheit verloren.
Michail sah seine Frau auf sich zukommen. Sie trug einen

Korb voller Gemüse am Arm. Als sie ihn sah, lächelte sie und eilte ihm entgegen.
Er nahm ihr den schweren Korb ab, und sie gingen zusammen zum Haus zurück. Sie hatte sich bei ihm eingehakt. Über ihre Liebe zu ihm gab es keinen Zweifel. Er hatte großes Glück gehabt. Er liebte sie auch, auf seine Art. Er mochte ihren Vater und nahm das Leben an, das sie ihm boten. Aber sein Herz war kalt. Es war vor langer Zeit in seiner Heimat gestorben. Er ging mit seiner Frau in die Küche und schenkte ihr ein Glas Wein ein.
»Liebes«, sagte er, »ich bekam heute einen Telefonanruf. Der General hat gefragt, ob er mich besuchen kann.« Sie stand an dem großen Holztisch und nippte an dem Wein. Mit einem Ausdruck von Furcht und Abscheu drehte sie sich zu ihm um.
»Dieser Mann! Oh, Michail, nein – letztes Mal hast du mir versprochen – ich kann ihn einfach nicht wieder hier empfangen. Er war so betrunken, so, so, entsetzlich –« Sie unterbrach sich, als sie sein Gesicht sah. Sie haßte diesen kalten Ausdruck, er erschreckte sie durch seine Fremdheit. Natürlich liebte er sie, so sagte er. Aber tief in ihrem Inneren war das Zittern des Zweifels. Er war ärgerlich auf sie. Dieser abscheuliche alte Russe bedeutete ihm so viel, und sie konnte nicht verstehen, wieso. Sie waren vor zwanzig Jahren zusammen in der Armee gewesen. Aber sie hatten nichts gemeinsam. Nichts.
Sie begann, das Gemüse zu zerkleinern. In ihren Augen standen Tränen.
»Du brauchst dir keine Sorgen zu machen«, sagte Michail Yurovsky. »Er ist ganz nüchtern. Wir hatten heute morgen ein langes Gespräch. Er kommt nur für eine Stunde. Das braucht dich nicht zu stören.«
»Was will er?« fragte sie. »Warum schickst du ihm nicht einfach Geld, wenn er in Schwierigkeiten ist …«
An der Tür drehte er sich um und sah sie an. Er schüttelte den Kopf, mehr über einen Gedanken als über sie.

»Alexander Shuvalov speist man nicht mit Almosen ab«, sagte er. Er ging hinaus und schloß die Tür. Liliane bereitete den Gemüseeintopf zu. Wenn er kein Geld wollte, weshalb kam er dann? Weshalb drang er wieder in ihr Leben ein? Sie dachte an den General, und es lief ihr kalt über den Rücken. Er war sechzig Jahre alt, genauso alt wie ihr Vater. Er hatte sie an ein wildes Tier erinnert, als er mit einem Glas Wodka in der Hand über ihren Eßzimmertisch kroch und mit ihrem Mann russisch sprach. Er hatte so eine Art, vor Lachen zu brüllen und seine Faust in die Handfläche zu knallen. Sie hatte manches verstanden, wenn sie aus Höflichkeit ihr gegenüber Französisch sprachen. Geschichten von alten Schlachten, Namen von Kameraden, Vorfälle, die ihr nichts bedeuteten. Und dann hatte sich der alte Mann plötzlich zu ihr herumgedreht, mit rot unterlaufenen Augen und boshaft grinsend in seiner Volltrunkenheit. »Wissen Sie, Madame, wissen Sie, wie viele von diesem Abschaum wir in unserem kaukasischen Feldzug getötet haben! Dreißigtausend! Erschossen, begraben, verbrannt – dreißigtausend von diesen Schweinen!«
Entsetzt hatte sie von ihm zu Michail geblickt und in dessen Gesicht das Lächeln der Erinnerung gesehen, hatte ihn mit seiner sanften Stimme sagen hören: »Nein, General – zwischen fünfunddreißig und vierzig, würde ich sagen.«
Nachher hatte sie vor sich selbst alle möglichen Ausflüchte zusammengesucht. Shuvalovs Schlafzimmer war eine Schande, zerbrochenes Glas und Brandlöcher auf der Bettdecke, der Gestank nach menschlichem Schweiß und Wodka, ein verängstigtes Dienstmädchen, das sich darüber beklagt hatte, der Russe habe sie im Korridor auf dem Weg zu Bett belästigt. Aber der wirkliche Grund, weshalb sie ihn nie wieder im Haus haben wollte, war dieser kurze, entsetzliche Anblick eines Michail Yurovsky, den sie nicht kannte. Sie hörte ihre zwei Spaniels bellen und schlüpfte aus der Küche hinaus zur Halle. Ein Auto hatte vor dem Eingang gehalten. Ein Auto. Niemand außer den Deutschen hatte

jetzt Benzin. Michail war hinausgegangen, um ihn zu empfangen. Sie trat ans Fenster und sah hinaus. Es war ein tarnfarbiger Armeewagen mit einem Unteroffizier der Wehrmacht am Steuer. Ihr Mann schüttelte dem kleinen, schlanken Mann die Hand. Der ältere Mann umarmte ihn für einen Augenblick. Sie drehten sich um und gingen ins Haus, und Liliane konnte Alexander Shuvalov genau sehen. Er sah gesund aus, eine pelzbesetzte Kappe verwegen schräg auf dem Kopf. Er trug die Uniform eines deutschen Generals.

Alexander Shuvalov lehnte im Sofa, einen Arm auf der Rückenlehne. Seine Beine waren übereinandergeschlagen, an den Füßen trug er glänzende Stiefel. Mit dem einen Fuß wippte er leicht. Er rauchte eine seiner dünnen Zigarren. Michail Yurovsky war in den Keller hinuntergegangen und hatte die letzte Flasche Champagner gefunden. Der General sah ihn an und lächelte. Er hatte nie geheiratet, niemals einen Sohn gehabt. Michail Yurovsky war an einem bitterkalten Oktobertag des Jahres 1918 mit dem, was von seinen Männern und seinen Pferden übriggeblieben war, in seinem Hauptquartier erschienen und hatte verlangt, mit ihm kämpfen zu dürfen. Der Junge hatte einen Gesichtsausdruck, den Shuvalov schon kannte: Angst, Verzweiflung und Haß. Etwas hatte ihn in jener Nacht berührt. Ein Zusammenspiel aus Mitleid und Einfühlungsvermögen mit dem jungen Mann, der zitternd vor Kälte, Müdigkeit und Hunger im dunklen Türeingang stand. Er ließ ihn zuerst sich setzen und essen, bevor er ihn zum Sprechen aufforderte.

Das war der Beginn ihrer Freundschaft gewesen. Selbst seine Bewunderer beschrieben Alexander Shuvalov als eine grausame Bestie, die von Wodka, Raub und Krieg lebte, als einen zu seinen wilden Vorfahren Zurückgeschleuderten, den die russische Gesellschaft des zwanzigsten Jahrhunderts nicht zu zähmen vermocht hatte. Aber er liebte Michail Yurovsky, als bestünden zwischen ihnen die Bande des Blutes. Er hielt ihn während der Kämpfe in seiner Nähe, brachte ihm seine eigenen Tricks bei, lehrte ihn den Kampf zu Pferd, wie man den Feind vernichtete wie ein Wolf und sich davonschlich wie ein Fuchs. Er lehrte ihn, sich gewissenlos das Land und die Leute zunutze zu machen, Kollaboration mit den Bolschewiken mit den Mitteln totaler Verwüstung zu bestrafen. Keine Gefangenen zu machen. Pferde, Nahrungsmittel, Kleidung und Geld im Namen des gefangenen Zaren zu verlangen. Es waren großartige Tage gewesen. Tage, die Shuvalov zusammen mit dem jungen Mann verbracht hatte, der ihm jetzt, in mittlerem Alter, in seinem hübschen französischen Landhaus gegenübersaß.

Er beugte sich vor.

»Sage mir, Michail, bevor wir überhaupt weiter darüber reden, sage mir die Wahrheit. Wie glücklich warst du während der letzten zwanzig Jahre?«

Michail Yurovsky zögerte. Das war eine Frage, die er sich selbst niemals gestellt hatte. Er erwartete sich nichts vom Glück. Das war für ihn lange vorbei, seit die Revolution ausgebrochen und die Welt ein Ort des Todes und der Zerstörung geworden war. Sein einziger Instinkt, nach dem der Rache, war der des Überlebens gewesen. Den Bürgerkrieg zu überleben, nachdem er verloren war, und im Exil mit einem gewissen Grad an Würde weiter zu existieren. Er lehnte die Haltung vieler seiner Mitemigranten ab. Er verachtete ihr Selbstmitleid und ihre Erwartung, daß andere für sie sorgten. Er legte die alten Gewohnheiten ab, denn sie waren auf seinen neuen Status in einer fremden Gesellschaft nicht anwendbar, in der Wohlwollen und Gunst so wichtig waren.

Er liebte seine Frau auf eine sanfte Weise, aber ohne die Leidenschaft des Herzens oder der Gefühle, die sie ihm entgegenbrachte. Er vergötterte seine Kinder, aber sie nahmen in seinem inneren Leben einen besonderen Platz ein, der für seine Mutter, seine Familie und seine Vergangenheit reserviert war. Shuvalov hatte einen Platz darin. Seine Frau würde niemals verstehen, was sie verband, und er hatte nie versucht, ihr das zu erklären. War er in den letzten zwanzig Jahren glücklich gewesen? Diese Frage hatte er sich nie gestellt, und er wußte darauf keine Antwort. Glück war kein Teil seiner Erwartung, außer, wenn er seine Kinder in den Armen hielt.

»Ich weiß nicht«, sagte er. »Verglichen mit den meisten unserer Leute habe ich großes Glück gehabt. Liliane ist eine sehr gute Ehefrau. Ich habe Niki und Olga. Ich erwarte nicht, glücklich zu sein. Das war alles vorüber, als mein Vater starb. Ich sehe den Sinn Ihrer Frage nicht ein, General.«

»Zum Teufel damit«, sagte Shuvalov. »Ich kenne dich zu gut, mein Freund, um mich von alldem hier blenden zu lassen ...« Er beschrieb mit der Hand einen Bogen. »Du kannst dich selbst betrügen, mich betrügst du nicht. Du bist keine fette Katze, die den Rahm von jemand anderem aufschleckt! Du hast ein nettes, kleines reiches Frauchen, zwei hübsche Kinder, einen Schwiegervater, der es gut mit den Deutschen versteht, und keine Sorgen, hm? Wenn du damit glücklich wärest, hättest du nicht darüber nachzudenken brauchen. Nun, ich werde dir die Wahrheit sagen. Du bist wie ein toter Mann. In deinem Bauch ist nichts – und da ist auch nichts.« Er klopfte sich auf seine eigene Brust über dem Herzen. »Du bist innerlich leer. Ich war genauso. Ja, ich hatte nicht solches Glück wie du, ich war zerbrochen und lebte während der vergangenen zwanzig Jahre wie ein Hund, kratzte hier ein paar Francs zusammen und ein paar dort, habe mich betrunken und bin vor der Leere davongerannt. Aber wir leiden beide an der gleichen Krankheit. Wir sind Russen. Wir können niemals etwas anderes sein. Wir haben für unser Heimatland gekämpft und sind unterlegen. Alles, was wir hatten, wurde uns genommen, die Menschen, die wir liebten, wurden dahingemetzelt. Am Ende rannten wir wie die Ratten, um unser Leben zu retten – erinnerst du dich?«

»Ja«, sagte Michail Yurovsky leise. »Ich erinnere mich. Ich erinnere mich an alles.«
»Seitdem waren wir wie Tote«, sagte Shuvalov.
Es war sehr still in dem Raum. Die Abendsonne tauchte unter den Horizont, die Schatten wurden länger. Bald würde man die Lampen anzünden müssen.
»Vierzigtausend Kosaken haben sich der deutschen Armee angeschlossen«, sagte Shuvalov. »Tausende von Ukrainern liefen zu ihnen über, als sie das Land eroberten. Exilrussen aus ganz Europa stoßen zur Russischen Division unter General Daslov – erinnerst du dich an ihn? Die alten Kommandeure von 1919 sind wieder groß geworden, und sie gehen zurück, um gegen den Feind zu kämpfen. Ich brauche dich, Michail. Allein sind wir nichts. Mit der Macht Deutschlands hinter uns können wir mithelfen, die Roten zu schlagen und unser Land zu befreien.«
Michail Yurovsky antwortete nicht. Er trank den letzten Schluck aus seinem Champagnerglas. Seine Kehle und seine Brust waren wie zugeschnürt. Das war Wahnsinn! Der General in seiner deutschen Uniform mit weißen Streifen am Kragen, die auf die Kosakenarmee hindeuteten, sagte Dinge, die nicht gesagt und nicht gehört werden durften. Ihm vorzuschlagen, er solle die letzten zwanzig Jahre seines Lebens einfach wegwerfen, den Ring der Gewohnheiten durchbrechen, der ihn geschützt hatte, und – um einen Ausdruck aus seiner entschwundenen Jugend zu gebrauchen – die Stiefel wieder anziehen ... Das war unglaublich, verrückt!
»Ich habe zwei Kinder«, sagte er langsam.
»Ja«, sagte Shuvalov. »Zwei Kinder, die ihr Heimatland niemals sehen werden. Sie werden im Exil leben wie ihr Vater. Dein Sohn wird ein Franzose mit einem großen russischen Namen sein. Du schuldest es ihm, das Schwein zu erschlagen, das seinen Großvater niedergemetzelt und seine Familie ihrer Besitzungen beraubt hat!«
»Das ist alles vorüber«, sagte Michail schleppend. »Sie spre-

chen von der Vergangenheit.«
»Ich spreche von der Frühjahrsoffensive der Deutschen«, sagte Shuvalov ärgerlich. »Eine Million Männer werden den Stalinisten entgegengeworfen. Und wir werden darunter sein. Wenn Deutschland Moskau nimmt, wird Rußland frei sein. Und ich glaube, wir werden gewinnen. Ich glaube, daß Rußland wieder ein freies Land sein wird, frei, damit wir nach Hause können. Denke daran, Michail, denke daran, endlich wieder zurückkehren zu können ...« Er machte eine Pause und beobachtete den anderen Mann im dämmrigen Licht. Er war blaß, seine Hände verkrampften sich ineinander.
»Ich habe genug gehabt«, sagte der General langsam. »Als ich von General Daslov gerufen wurde, wußte ich, das war ein Zeichen Gottes. Mein Leben war wertlos, seit wir Rußland verlassen hatten. Ich habe oft darüber nachgedacht. Eine Kugel, das ist alles, was ich brauche, um da rauszukommen. Keine Schande mehr, kein Hunger. Ich habe die Straßen gefegt! Wenn ich dieses Mal getötet werde, sterbe ich in Würde, wie ein Mann und ein Russe. Es ist jetzt meine Bestimmung. Ich weiß es. Es ist auch deine Bestimmung.«
»Sie hätten nicht kommen sollen«, sagte Michail Yurovsky. »Ich habe mir ein Leben aufgebaut. Ich habe mit der Vergangenheit abgeschlossen.« Er stand auf, goß etwas Champagner in Shuvalovs Glas und füllte sein eigenes erneut. Die Flasche war leer.
»Sie haben natürlich recht. Wenn Deutschland die Rote Armee schlägt, wird Rußland vom Kommunismus befreit sein. Glauben Sie wirklich, diese Offensive wird gelingen?«
»Ich weiß es. Deutschland muß in diesem Frühjahr die Roten schlagen, oder es verliert auf der ganzen Linie«, sagte Shuvalov. »Du bist mir wie ein Sohn. Ich will dich zurückhaben.«
Nach einem Augenblick der Stille lehnte sich Shuvalov zurück. Er beobachtete Michail Yurovsky schweigend. Das

war jetzt die Krisis. Der alte Kosak besaß ein tiefes Einfühlungsvermögen in den jungen Mann, welches ihn davor warnte, noch ein weiteres Wort zu sagen.
Plötzlich stand Michail auf. Er steckte eine Zigarette in die Spitze und zündete sie sich mit dem goldenen Feuerzeug an, das Liliane ihm zum Geburtstag geschenkt hatte.
»Ich habe dies hier nie richtig als mein Heim empfunden«, sagte er. »Nichts gehört mir. Druet bezahlte alles. Ich nahm es, aber ich bewunderte mich deswegen nicht. Ich heiratete ein reiches Mädchen um seines Reichtums willen und gaukelte mir vor, sie genug zu lieben, um das zu rechtfertigen. Aber wenn ich mit Ihnen gehe, General, werfe ich meine Sicherheit weg.«
»Wenn nicht«, antwortete Shuvalov, »wirfst du dich selbst weg. Ein Mann muß unter seinesgleichen sein. Wenn wir gewinnen, brauchst du Druet und sein Geld nicht. Du wirst wieder ein Russe sein.«
»Ich lehre meinen Sohn Russisch«, sagte Michail. Er lächelte schwach. »Liliane mag das nicht. Sie sagt, es verwirrt das Kind. Aber er lernt. Er kann eine ganze Menge Wörter sagen.«
»Ich will dich bei meinem persönlichen Stab haben«, sagte der General. »Im Rang eines Obersten. Ich habe eine besondere Aufgabe für dich, mein Sohn. Etwas, was du besser kannst als jeder andere.«
Er hatte Michail in alten Zeiten immer seinen Sohn genannt.
»Wir werden Mitte des nächsten Monats nach Polen aufbrechen.« Er trat zu Michail Yurovsky und legte ihm die Hände auf die Schultern. Er hatte noch immer einen eisernen Griff.
»Du kommst mit mir, nicht wahr?«
»Ja«, sagte Yurovsky. »Ja, General. Ich habe meinen Entschluß gefaßt. Ich komme mit Ihnen.«
»Gott sei Dank«, sagte der General. »Dein Sohn wird stolz auf dich sein.«
Es war ihm schrecklich, Liliane weinen zu sehen. Ihr ganzes Gesicht bebte, und ihre Mundwinkel waren herabgezogen

wie die eines Kindes, die Tränen schienen eher hervorzustürzen als zu fließen.
»Nicht«, sagte er sanft. »Reg dich nicht auf, Süßes. Hör mir zu. Versuche zu verstehen ...«
»Ich kann nicht«, weinte sie. »Ich glaube, du bist verrückt geworden.«
Sie waren im Salon, und der Rauch von den Zigarren des Generals hing noch in der Luft. Michail hatte seinen Arm um sie gelegt. Sie war auf dem Sofa an ihm herabgesunken, erschüttert von dem, was er ihr sagte.
»Ich habe niemals mit dir über das gesprochen, was geschehen ist«, sagte er langsam. »Das war falsch von mir. Ich habe es verdrängt, weil ich vergessen wollte. Und als der General damals kam, schienst du von allem so aufgeregt zu sein. Willst du mir jetzt zuhören?« Er drehte ihr Gesicht zu sich. In diesem Augenblick empfand er mehr Liebe für sie als jemals in ihrem gemeinsamen Leben zuvor. »Trockne dir die Augen. Weine nicht mehr.«
Sie sah ihn verzweifelt an. Die letzten Minuten erschienen ihr wie ein Alptraum. Er wollte sich einer russischen Division anschließen und mit den Deutschen an der Ostfront kämpfen. Zuerst hatte sie wirklich gedacht, er treibe einen grausamen Scherz mit ihr. Als sie erkannte, daß er es ernst meinte, war sie erschüttert. Jetzt, als sie die Besorgnis und die Zärtlichkeit in seinem Gesicht sah, zwang sie sich, ruhig zu bleiben. Es war noch nichts sicher. Er hatte seinen Entschluß noch nicht wirklich getroffen ... Wenn sie es fertigbrachte, daß sie und die Kinder ihm genügend leid taten ...
»Meine Familie war sehr reich«, sagte Michail Yurovsky. »Uns gehörten ausgedehnte Besitzungen, und mein Vater war ein Freund von Zar Nikolaus. Du weißt, daß er meine Mutter und meine beiden Schwestern vor der Revolution aus Rußland wegschickte, weil er sehen konnte, was auf uns zukam. Wir hatten eine wundervolle Kindheit, ein wundervolles Leben, meine Schwestern, meine Eltern und ich.

Mein Vater war ein Mann von Kultur und Menschlichkeit, er lebte, um seinem Land und seinem Zaren zu dienen, und als sich die Gelegenheit bot, zu fliehen und sein Leben zu retten, ergriff er sie nicht. Ich diente bei seinem alten Regiment an der Front, und er blieb zurück. Er blieb, um für seine Leute und sein Heim zu sorgen. Weißt du, wie er starb, Liliane?«
Sie schüttelte den Kopf. Wenig von dem, was er sagte, machte irgendwelchen Eindruck auf sie. Was spielte das alles jetzt noch für eine Rolle?
»Er wurde von den Bolschewiken herausgeholt, zusammen mit meiner Tante, die gebrechlich war, und einigen der Dienstboten, die ihr Leben lang bei uns gewesen waren und nicht weglaufen wollten. Sie stellten sie alle an die Wand des Gewächshauses meiner Mutter und eröffneten das Feuer auf sie. Dann stachen sie mit ihren Bajonetten auf sie ein und schlugen sie mit Peitschen, wenn sie noch nicht ganz tot waren.« Er hielt inne. Sein Arm auf ihrer Schulter wirkte nicht mehr schützend. Sein Griff war hart, und sie versuchte, sich loszumachen. »Das gleiche geschah mit unseren Freunden und dem Rest unserer Familie. Nur einige der Vorontzovs entkamen. Mord, Raub, Plünderung, Zerstörung. Niemand wurde verschont. Meine Onkel und Tanten, die Eltern meiner Mutter, die hoch in den achtzigern waren ... Die Kommissare hatten eine besondere Art von Unterhaltung für die Frauen. Sie nannten es Kellerpartys. Sie betranken sich und fielen über die Gefangenen her ... Ich hatte eine wunderschöne Kusine, Natalie Vorontzova. Sie war sechzehn, und meine Mutter redete immer davon, daß wir eines Tages heiraten würden. Sie starb bei einer Kellerparty. Ich fand das erst heraus, als Shuvalov und ich die Stadt in der Nähe des Besitzers der Vorontzovs eroberten und ich nach ihnen suchte. Weißt du, was wir in jener Nacht gemacht haben? Wir trieben alle Männer und alle Frauen zusammen und brachten sie zum Gerichtshof. Im Gefängnis waren zwei Gefangene übriggeblieben. Sie

zeigten uns die Toten. Wir haben sie alle erschossen. Überall lagen Leichen. Ich bahnte mir einen Weg durch sie hindurch und fragte mich, ob einer von ihnen mitgeholfen hatte, Natalie zu ermorden. Die Ortskommissare und die Mitglieder der Sowjets waren weg. Wir hatten nur den Abschaum erwischt.«

Liliane saß sehr aufrecht. Sie beobachtete ihn schweigend. Er war blaß, und er sah fremd aus. Es war, als habe er während der sieben Jahre ihrer Ehe eine Maske getragen. Jetzt sah sie den echten Michail Yurovsky.

»Mein Land«, sagte er, »wurde durch die Kommunisten verwüstet, Handlanger einer internationalen marxistischen Verschwörung zur Eroberung der Welt. Sie töteten Millionen, und sie töten weiter. Nicht nur Menschen wie uns, die Aristokraten, die Offiziersklasse. Das war einfach. Wir alle wurden ausgelöscht. Die Kirche wurde vernichtet, die Priester ermordet oder deportiert, unsere Altäre wurden entweiht. Rußlands gesamte Geschichte und Kultur wurde zerstört. Im Namen von Freiheit und Menschlichkeit wurde Rußland an die Ketten einer so schrecklichen Tyrannei gelegt, wie es sie nie gekannt hatte.«

Liliane wandte sich zu ihm. »Aber was kannst du da tun? Gewiß, es war schrecklich, deine Familie wurde ermordet. Ich bin sicher, das war eine furchtbare Zeit für dich, aber das ist alles lange her! Nichts wird jetzt noch etwas daran ändern. Du lebst hier seit deinem zwanzigsten Lebensjahr, dein Heim ist hier, deine Kinder sind hier – deine Verantwortung ist hier!«

Er sah sie an. Ihr Gesicht war rot, ihre Augen verschwollen. Ein Ausdruck von Eigensinn, Ungeduld und Angst lag darin. Er erkannte, daß sie nicht ein Wort mit Verständnis aufgenommen hatte.

»Du redest davon, mit der deutschen Armee zu kämpfen«, fuhr sie fort und bemerkte ihren Fehler nicht.« Begreifst du nicht, was das aus dir macht – wenn du die deutsche Uniform anziehst! Mein Gott, Michail, bedenke nur, wenn sich die Dinge gegen dich wenden! Angenommen, sie verlieren den Krieg!«

»Was wird mit deinem Vater geschehen, was wird mit all den Leuten geschehen, die kollaboriert haben, mit dem Großteil der Familie Druet? Es ist keine Schande, offen das zu tun, was wir im geheimen getan haben, seit sie hierherkamen. Wenn ich ihre Uniform trage, dann deshalb, weil ihre Feinde auch meine Feinde sind. Und die Feinde der gesamten zivilisierten Welt. Ich habe die Gelegenheit, für die Befreiung meines Landes zu kämpfen. Hunderttausende von Russen, Kriegsgefangene, Zivilisten, Emigranten, Menschen aus ganz Rußland, haben die Deutschen willkommen geheißen und sich mit ihnen bereit erklärt, gegen die Roten zu kämpfen. Zeigt das denn nichts? Erklärt das dir, Liliane, nicht, daß ich nicht zurückstehen und mich weigern kann, mich ihnen anzuschließen?«

»Nein«, sagte sie. »Es erklärt nichts. Du hast kein Recht, deine Familie zu verlassen und dich umbringen zu lassen. Es ist nicht dein Krieg, was immer du auch sagst. Nichts, als eine Menge verrückter Unsinn, dieses ganze Gerede über die Befreiung Rußlands! Es ist dieser abscheuliche Mann, dieser Shuvalov, der dich wieder in seinen Klauen hält. Laß ihn doch gehen und gegen die Kommunisten kämpfen! Ich hoffe, sie fangen ihn und hängen ihn auf!« Sie starrte ihn an, wieder traten ihr die Tränen in die Augen, in ihr wuchs der Zorn und das Gefühl, verraten worden zu sein.

»Wenn du mich oder die Kinder liebtest!«, beschuldigte sie ihn, »hättest du ihm nicht einmal zugehört.«

Michail Yurovsky stand auf. »Es tut mir leid«, sagte er. »Ich hoffte, du würdest verstehen.« Er nahm seine Zigarettenspitze heraus und steckte eine Zigarette hinein.

»Ich verstehe nur eines«, sagte seine Frau, »ich werde zu meinem Vater gehen, und dann werden wir ja sehen, was er von alldem denkt. Er hat auch noch ein Wort mitzureden, nach allem, was er dir gegeben hat! Wo wärest du – ohne ihn oder ohne mich?«

»Ich weiß es nicht«, sagte er ruhig. »Aber ich werde es bald herausfinden.« Er verließ das Zimmer und schloß leise die Tür. Er ging nach draußen in den Garten. Der Halbmond stand am Himmel, der Abend war mild. Hinter ihm erhob sich das Haus wie eine Klippe, mit verdunkelten Fenstern, damit kein Licht nach draußen drang. Nicht, daß es irgendwelche Luftangriffe gegeben hätte. Sie waren meilenweit von militärischen Zielen entfernt.

Er fühlte sich erschöpft. Die Szene mit seiner Frau war traurig und erniedrigend gewesen. Am meisten überraschte ihn die Art, wie er seine eigenen Beweggründe erklärt, seine Pflicht umrissen hatte. Er wußte jetzt, daß die Leidenschaft und die Beredsamkeit nicht Liliane, sondern ihm selbst gegolten hatten. Wie die Wasser eines gestauten Sees hatten sie sich in eine Flut verwandelt. Er hatte aufgehört, sich vor dem zu verstecken, was er war und wer er war, er hatte die Stützen, die ihn aufrecht hielten, weggestoßen, und zum erstenmal fühlte er sich lebendig und frei. Shuvalows Worte fielen ihm wieder ein. »Dein Sohn wird stolz auf dich sein.« Er würde morgen mit dem Kind sprechen, es vorbereiten ... Wenn er erwachsen war, wenn das Schlimmste geschah und er in Rußland getötet wurde, dann würde Nicholas verstehen.

Er verließ Vermeuil zwei Wochen später. Ein deutscher Stabswagen kam, um ihn zum ersten Stützpunkt auf seiner Reise zu den Hauptquartieren im Osten zu bringen. Shuvalov hatte alles vorbereitet. Der Fahrer trug deutsche Uniform, aber an seinem Kragen waren die gleichen weißen Streifen zu sehen. Er salutierte und sprach russisch mit Michail Yurovsky. Er konnte nicht älter als fünfundzwanzig sein. Sein Akzent verriet den Westukrainer. Michail wußte, daß das Gebiet 1939 von der Sowjetunion den Polen geraubt worden war. Der Junge und seine Familie lernten die Segnungen des Kommunismus kennen, ohne eine andere Wahl zu haben. Er mußte seine eigene Wahl getroffen

haben, als die Deutschen eindrangen. Er hatte ein rundes, frisches Gesicht und kleine blaue Augen. Er trug seine Astrachankappe in die Stirn gezogen. Sein Name war Krosnervsky.
Michail gab ihm sein Gepäck und blieb einen Augenblick auf der Treppe seines Hauses stehen, das nicht sein Heim war. Dieses Wort kam ihm in Verbindung mit Vermeuil gar nicht in den Sinn. Liliane hatte sich geweigert, herunterzukommen und sich zu verabschieden. Sie hatte sich im Kinderzimmer eingeschlossen und hinderte die Kinder daran, ihren Vater gehen zu sehen. Es hatte eine schmerzliche Szene mit seinem Schwiegervater gegeben, während der Etienne ihn maßloser Undankbarkeit und Verantwortungslosigkeit bezichtigt hatte. Michail hatte nicht versucht, sich zu verteidigen. Die Druets verstanden nicht. Wie konnten sie auch, nachdem sie nicht die mindeste Anstrengung unternommen hatten, ihr eigenes Land vor den Plünderern zu schützen ... Er hatte versucht, Liliane zu beruhigen, ihr klarzumachen, daß das, was er tat, unvermeidbar war und daß er sich nicht achten könne, wenn er seiner Pflicht nicht nachkam. Er hatte, allerdings nur widerwillig, versucht, ihre Gier durch die Beschreibung der Güter zu entfachen, die nach der erfolgreichen Beendigung des Krieges an ihn zurückfallen würden. Nichts hatte Erfolg bei Liliane. Sie hatte ihn nur mit rotumränderten Augen angesehen und den Gedanken als Phantasiegebilde zurückgewiesen. Er habe sie satt und liebe seine Kinder nicht, deshalb verließe er sie, um sich einer Bande schmutziger Verräter anzuschließen, die mit den Deutschen gegen ihre eigenen Landsleute kämpften.
Ihre heftigste Schmähung richtete sich gegen Alexander Shuvalov. »Diese ekelhafte Bestie! Brüstet sich damit, Menschen zu verbrennen, noch dazu bei lebendigem Leib! Mein Gott, wenn ihr alle so wart, dann ist es nur ein Glück, daß Rußland kommunistisch geworden ist!«
Michail hatte sich umgedreht und das Zimmer verlassen,

während sie weiterschrie. Wäre er geblieben, er hätte sie geschlagen.
Seltsam, aber jetzt, nachdem er den Entschluß einmal gefaßt hatte, verliefen die Tage unbeschwert – trotz der Spannungen mit seiner Frau und der Weigerung seines Schwiegervaters, nach der letzten Auseinandersetzung mit ihm zu sprechen. Er reiste nach Paris, traf sich mit Shuvalov, der ihn liebenswürdig mit einer Gruppe russischer Offiziere zum Lunch ins Ritz einlud. Einige trugen Namen, die er kannte, andere waren offensichtlich Sowjetflüchtlinge. Es herrschte eine festliche und erregte Stimmung. Einer der Gäste war ein gewisser General von Bronsart, ein Deutscher, der aufgrund seines Wohnsitzes in Polen sowohl Polnisch als auch Russisch beherrschte. Toasts wurden auf den Sieg ausgebracht. Shuvalov, dessen Augen vom Wodka brannten, legte den Arm um Michails Schultern und versprach ihm einen Platz in der ersten freien russischen Kolonne, die Moskau nach der Eroberung durch die deutsche Armee betreten würde. Er hatte sich schon seine Uniform anmessen lassen. Wieder Soldat zu sein verlieh ihm das Gefühl, wieder er selbst zu sein. Feldgrau mit weißen Streifen am Kragen, eine Kosakenmütze, weiche russische Kavalleriestiefel. Er betrachtete sich und erinnerte sich an Shuvalovs Worte an jenem Tag in Vermeuil. »Es ist meine Bestimmung. Es ist auch deine. Wenn ich jetzt sterbe, werde ich mit Würde sterben, wie ein Mann und Russe.«
In einer kleinen Kammer vor einem hohen Spiegel stehend, während der Zuschneider am Schnitt seiner Jacke herumnestelte, hatte sich Michail Yurovsky zum ersten Mal seit zwanzig Jahren als vollkommene Einheit gesehen. Es war durchaus möglich, sogar wahrscheinlich, daß er bei der Frühjahrsoffensive getötet wurde. Es gab wesentlich schlechtere Arten, zu sterben. Siechtum im Alter, teilnahmsloses Vorübergehen am Leben in dem großen Schlafzimmer in Vermeuil, ohne zu erfahren, was es bedeutete, wieder er selbst zu sein. Seine einzige Sorge galt seinen

Kindern. Aber sein Sohn Nicholas würde ihn nicht vergessen. Er hatte das Kind auf seine Knie genommen und ihm schonend erklärt, daß er für einige Zeit fortgehe. Um zu kämpfen, sagte er. Um gegen die Feinde ihres Landes zu kämpfen, das Nicholas hoffentlich eines Tages sehen würde. Heiliges Rußland. Er gebrauchte den alten Ausdruck und ließ ihn den kleinen Jungen wiederholen.

»Vergiß das nie«, sagte er zu dem Kind, das zu ihm emporsah und bereit war, jeden Augenblick loszuheulen. »Du magst in Frankreich leben, aber du bist Russe, genau wie ich. Und eines Tages, wenn unser Land frei ist, wirst du dorthin gehen können. Ich werde dich hinbringen. Es ist das großartigste Land der Welt. Das schönste. Paß auf deine Mama auf und sei lieb, während ich weg bin.« Er legte seinem Sohn die Hand auf den Kopf und segnete ihn, wie dies sein Vater bei ihm gemacht hatte.

Er ging die Stufen hinunter, und der Fahrer sprang zur Tür des Stabswagens und öffnete sie. Michail warf einen Blick hinauf zur Fassade des Hauses. Niemand war an den Fenstern. Er stieg ein und fuhr weg. Sein Bestimmungsort war ein Kriegsgefangenenlager in der Nähe von Nantes. Seine erste Aufgabe bestand darin, aus den Tausenden dort festgehaltenen Russen Männer für Shuvalov zu rekrutieren.

Anna war ganz ruhig dagesessen. Paul hatte Jumeaux nachgeschenkt, sie hatte alles abgelehnt. Pfeifenrauch hing in der Luft des eleganten Salons, der Geruch war beißend. Jumeaux machte eine Pause und sah sie an. »Das muß Ihnen komisch vorkommen«, sagte er. »Niemand erkannte, wie viele dieser Leute auf deutscher Seite kämpften. Wir waren während des Krieges alle einer Gehirnwäsche unterzogen, Madame, wir merkten nicht, wie es um unsere tapferen russischen Verbündeten stand. Ich sage ›wir‹, denn ich war Mitglied der französischen Befreiungsarmee und selbstverständlich anfällig für Propaganda wie jeder andere.«

»Ich habe noch nie so etwas gehört«, sagte sie. »Ich hatte

keine Ahnung, daß in Rußland eine russische Division oder Kosaken kämpften ...«

»Nein«, sagte er und warf Paul ein trauriges Grinsen zu. »Es hätte nicht besonders gut ausgesehen, nicht wahr, hätte man die Leute wissen lassen, daß es nahezu eine Million Russen gab, die lieber unter den Nazis lebten als unter unserem großen Verbündeten Stalin. Wir gaben höllisch acht, daß das Geheimnis nicht preisgegeben wurde. Arme Schweine.« Er saugte an seiner Pfeife, suchte nach Streichhölzern und zündete sie wieder an.

»Liliane Yurovsky war eine dumme Frau«, sagte Jumeaux. »Nicht herzlos, aber dumm. Sie hatte ihren Mann niemals verstanden, und sie konnte ihm nicht verzeihen. Sie wertete es als persönliche Abfuhr. Aber wäre sie am Leben geblieben und die Dinge wären anders gelaufen, wäre ihr Sohn Nicholas heute nicht in diese Geschichte verwickelt.«

»Es ist schon spät«, sagte Paul Martin. »Und ich habe Hunger. Warum gehen wir nicht aus und essen irgendwo?«

Anna stand auf. »Ich mache uns etwas zurecht«, sagte sie.

»Ich glaube, wir gehen lieber irgendwohin, wo es ruhig ist, und essen«, sagte Jumeaux. »Paul, was ist mit dem Restaurant bei der Madeleine? Wir haben neulich dort gegessen, und es war sehr gut ...«

»La Reduite«, sagte Paul. »Dort gehen wir hin. Mein Wagen steht draußen.« Anna saß vorne neben ihm, Jumeaux hinten. Sie fuhren schweigend durch die belebte, im Glanz der Lichter strahlende Stadt. Touristen schlenderten langsam die breiten Straßen entlang, betrachteten die Schaufenster und bummelten. Die Straßencafés waren voller Menschen. Sie hatte schon so lange nicht mehr mit Paul im Auto gesessen, daß sie vergessen hatte, wie er fuhr. Es war eine unangenehme Erfahrung. Er war ein schneller, aggressiver Fahrer, der dauernd bremste und wieder Gas gab. Das Restaurant befand sich in einer Seitenstraße direkt bei der massigen Madeleine-Kirche, die auf ihrer Treppenpyramide thronte. Es war ein unscheinbares kleines Lokal mit Holztischen und ohne schmückendes Beiwerk. Anna wußte aus langer Erfahrung, daß man an solchen Orten oftmals das beste Essen in ganz Paris finden konnte. Paul setzte sich neben sie, Jumeaux war verschwunden, um sich frischzumachen.

»Du siehst ein bißchen mitgenommen aus«, sagte er. »Laß dich nicht zu sehr beeindrucken, denn du hast noch nicht alles gehört – «

»Weshalb macht er das?« fragte sie ihn. »Er muß einen Grund haben, außer daß er dein Freund ist.«

»Oh, den hat er«, gab Paul zu. »Jumeaux ist eine schillernde Persönlichkeit. Im Moment trägt er zwei Hüte, Liebling. Der eine ist der SDECE und der andere ist des alten Paul Martins guter Freund. Zufällig stimmen die beiden überein, das ist alles. Aber ich möchte, daß du alles anhörst. Es wird dir nicht gefallen.«

»Ich brauche nicht zuzuhören«, stellte sie klar. Etwas war in seinem Benehmen, das sie verletzte. Er kannte die Geschichte bereits und hatte sich seine eigenen Schlüsse über ihre Reaktionen zurechtgelegt. Er hatte sich schon einmal über ihre Reaktion getäuscht, und er konnte sich sehr gut wieder irren. Vielleicht war es schade, daß Jumeaux die Geschichte als Anklage vorbrachte. Sie hatte im Geiste ein sehr klares Bild von Graf Michail Yurovsky. Und von dem Kind mit seinem blonden Haar und den russischen Augen, das seinen Vater umarmte, bevor er in den Krieg zog.

»Ah«, sagte Jumeaux, als das Essen beendet war. »Das war gut. Mir gefällt es hier. Man kann sich darauf verlassen, Paul weiß, wo man am besten ißt.« Er bestellte Kaffee.

»Sagen Sie mir«, sagte Anna. »Was geschah mit Nicholas' Vater? Wurde er getötet?«

Sie sah, wie er Paul einen raschen Seitenblick zuwarf, dann wandte er sich an sie.

»Ja«, sagte er langsam. »Gewiß wurde er getötet. Aber seine erste Aufgabe nach seinem Zusammentreffen mit Shuvalov bestand darin, sowjetische Gefangene dazu zu bringen, für Deutschland zu kämpfen. Er machte dies sehr wirkungsvoll. Lassen Sie mich davon erzählen.«

Das Lager war ein riesiger Komplex fünfzehn Kilometer außerhalb von Nantes. Michail Yurovsky wurde zum Essen in das Quartier des Kommandanten eingeladen, bevor er sich die Gefangenen ansah und mit ihnen sprach. Der Kommandant war ein hünenhafter, bärenstarker Mann, beinahe eine Karikatur des häßlichen Deutschen, mit einem kugelförmigen Kopf und barschem Ton. Sein fetter Körper sprengte fast die schwarze Uniform der SS. Er hieß Pfitzer, und Yurovsky verabscheute den Typ. Er hatte seinesgleichen in Rußland gesehen, sowohl in Uniformen der Bolschewiken als auch der Weißrussen. Ein brutaler, mitleidloser Kerl, der seine Freude darin fand, die Hilflosen zu unterdrücken. Es gelang ihm, höflich zu sein. Er hatte bereits Angst davor, was er unter seinen Landsleuten vorfinden würde.
Sie waren auf dem Hauptplatz des Lagers angetreten, Reihe um Reihe von Männern in ihren schmutzigen, zerfetzten Uniformen, die Köpfe kahlgeschoren, mit Gesichtern so hohl vor Hunger, daß Yurovsky den Eindruck hatte, menschliche Skelette vor sich zu sehen. Einige hatten nichts an den Füßen außer blutigen Lumpen. Selbst im Freien stank es unbeschreiblich, und die Atmosphäre tödlicher Apathie war durchsetzt mit Angst. SS-Wachen mit Peitschen bewegten sich zwischen den Männern, als würden sie Vieh zusammentreiben. Es herrschte vollkommene Stille. Niemand wagte sich zu rühren. Yurovsky folgte dem Kommandanten zu einer kleinen Plattform, etwa einen Meter über dem Boden. In deren Mittelpunkt befand sich eine Vertiefung, etwa zwanzig Zentimeter im Quadrat. Deutlich waren die Umrisse einer Falltür sichtbar. Er erkannte mit Entsetzen, daß er unter einem Galgen stand. Pfitzer hatte einen jüngeren Offizier dabei, und dieser Offizier benützte ein Megaphon, um russische Befehle zu brüllen. Der SS-Mann sprach

mit polnischem Akzent. Er teilte den Männern mit, daß ein russischer Offizier gekommen sei, um sich an sie zu wenden. Jene, die sein Angebot annähmen, würden in Armierungsbataillonen rekrutiert und nicht gezwungen, Waffen zu tragen. Yurovsky wandte sich an den Kommandanten.
»Was soll das mit Armierungsbataillonen? Ich bin wegen einer kämpfenden Truppe hierhergekommen!«
»Das sind Rotarmisten«, sagte Pfitzer. »Sie werden nicht gegen ihre eigenen Leute kämpfen. Wenn sie einmal in einem Armierungsbataillon sind, liegt es an Ihnen, sie zu bewaffnen. Die machen schon mit.« Er lachte. »Für den Geruch nach Essen und 'ne Frau kämpfen die schon. Gesindel!« Yurovsky sah ihn an.
»Ich locke niemanden mit Tricks, sich uns anzuschließen«, sagte er. »Geben Sie mir den Lautsprecher.«
Die Sonne brannte auf sie herunter. Da standen dreitausend Mann, und die einzige Nahrung waren ein Napf Kohlsuppe und zwei Stück Schwarzbrot gewesen. Am Abend bekamen sie die gleiche Ration, ergänzt durch eine Kartoffel zur Suppe. Sie waren seit Anfang des Jahres im Lager, und jeder dritte war bereits an Unterernährung und Mißhandlungen gestorben. Sie starrten den Mann in seiner komischen Uniform an: Deutsches Feldgrau mit einer Kosakenmütze. Er sprach in klarem, kultiviertem Russisch mit einem ungewohnten Akzent zu ihnen. Er erklärte die Bildung einer russischen Division, die dazu bestimmt sein sollte, gegen die Tyrannei der gegenwärtigen Sowjetregierung zu kämpfen. Jeder Mann, der es mit seinem Gewissen vereinbaren konnte, dieser Division beizutreten, sollte entlassen und als Mitglied der Wehrmacht mit voller Bezahlung und allen Rechten behandelt werden. Er garantierte dafür, daß keinerlei Gewalt angewendet würde, um sie zu überreden, und daß niemand bestraft würde, falls er sich entschloß, zu bleiben, wo er war. Einige der Männer scharrten mit den Füßen und murmelten miteinander.
Ein Korporal der Roten Armee, der vor Kiew gefangen

worden war, blinzelte Michail Yurovsky unter Augenlidern, die vor Unterernährung wund und schorfig waren, an. »Dieser Bastard«, zischte er seinem Nachbarn zu. »Das ist eines dieser stinkenden Schweine aus den alten Tagen. Mein Vater hat mir von denen erzählt. Steht da oben und versucht, uns zu Verrätern zu machen!«

»Still!« knurrte sein Nachbar. »Hüte deine Zunge ...«

Der Korporal hatte verzweifelt gekämpft, ehe er in Gefangenschaft geraten war. Sein Haus war von den eindringenden Deutschen überrannt worden, und die meisten Dorfbewohner, mit denen er aufgewachsen war, hatte man erschossen, weil sie Partisanen Unterschlupf gewährt hatten. Er war von der Ruhr geschwächt und hatte nichts zu essen. Bei seiner Gefangennahme war er von den Soldaten geschlagen und gestoßen worden und mit Hunderten russischer Gefangener, von denen viele schwerverwundet waren, in einem stinkenden Viehtransporter zusammengepfercht auf einer entsetzlichen Reise quer durch Europa bis in das Lager nach Nantes gebracht worden. Nichts außer dem Haß auf die Deutschen hatte seinen Geist wach gehalten. Jetzt, als er den eleganten Michail Yurovsky ansah, das Symbol der Aristokratie, die zu verachten er gelernt hatte, und der genau für diese Armee warb, die seine Heimat verwüstet und seine Freunde umgebracht hatte, zerbrach irgend etwas in ihm. Stolpernd stürzte er vor. Michail sah ihn und bildete sich einen Augenblick ein, den ersten Freiwilligen zu haben. Der Korporal erreichte die vorderste Reihe. Schwankend vor Schwäche blickte er hinauf zu den Gestalten auf der Plattform. Dann sammelte er seinen Atem und schrie:

»Du stinkender Bastard! Hier wirst du keine Verräter finden – lang lebe Stalin!«

Er wurde so schnell ergriffen, daß Michail Yurovsky fast zur gleichen Zeit den Kommandanten einen deutschen Befehl brüllen und drei Schüsse krachen hörte. Der Russe lag am Boden, tot. Entsetzt fuhr Michail zu dem Deutschen herum.

»Dieser Mann war ein Kriegsgefangener! Sie hatten kein Recht, ihn zu erschießen!«
Pfitzer verzog sein Gesicht zu einer Grimasse. »Rotes Schwein – nur keine Sorge, Oberst. Jetzt werden Sie Ihre Freiwilligen bekommen.«
Schon als sich Yurovsky wieder zu den Reihen der Elenden umdrehte, bemerkte er die Bewegung, und die Männer begannen nach vorne zu treten. Hilflos stand er da und sah zu, wie sie sich vor der Plattform versammelten. Der tote Korporal lag ausgestreckt am Boden. Die Gefangenen stiegen über seine Leiche hinweg.
Yurovsky wandte sich an den Kommandanten. »Ich möchte alle diese Männer einzeln sehen. Ich wünsche, daß mir ein Büro zur Verfügung gestellt wird.«
»Das ist nicht das normale Vorgehen«, sagte Pfitzer. »Der letzte Ihrer Landsleute, der hierherkam, redete nicht mit ihnen. Ihm war es gleichgültig, ob ein paar von ihnen erschossen wurden. Damals waren sie noch nicht so hungrig, und sie waren voller Kampfgeist.«
»Die Methoden meines Vorgängers interessieren mich nicht«, sagte Yurovsky. Er drehte sich um und verließ die Plattform. »Ich möchte jeden Mann sehen.«
Sie gaben ihm einen der Vorratsräume. Er hatte einen Tisch und einen Stuhl, und der SS-Verbindungsoffizier, der russisch sprach, war bei ihm.
Es dauerte lange. Das Fenster zeigte einen sich verdunkelnden Himmel, als schließlich der letzte Mann vor ihm stand. Yurovsky stellte die gleiche Frage wie bei allen anderen. Es mußten mehrere hundert gewesen sein.
»Warum wollen Sie zu uns kommen? Haben Sie keine Angst, wahrheitsgemäß zu antworten.«
Alle außer einigen erzählten Lügen. Er wußte das. Sie konnten den wahren Grund nicht angeben, für den Fall, daß sich dieser komische Offizier weigerte, sie zu nehmen. Sie waren am Verhungern. Ihre Lebenserwartung betrug infolge von Mißhandlung und Zwangsarbeit weniger als ein

paar Monate. Einmal aus dem Lager draußen, hofften viele, fliehen zu können. Andere wollten nur überleben und sahen nichts weiter als die Freiheit und anständige Essensrationen anstelle eines langsamen Todes.
Aber es gab auch andere. Sie hatten Freunde, Eltern verloren und die Gefangenschaft kennengelernt. Und zwar nicht durch die erobernden Deutschen. Es waren dies die Opfer sowjetischer Gesetze, wo freie Rede, Festhalten an der Religion oder Laschheit gegenüber offiziellen Bestimmungen grausam bestraft wurden. Diese Männer, und es war eine große Anzahl, wollten zurück, um zu kämpfen.
Am Ende dieses Tages war Yurovsky erschöpft. Er fuhr nach Nantes, wo er Gast des deutschen Bezirkskommandanten war. Zum erstenmal seit vielen Jahren war er zu betrunken, um sich auszuziehen, als er zu Bett ging. Er erinnerte sich daran, daß ihm der Fahrer Krosnevsky die Stiefel ausgezogen hatte. Der Vorfall im Lager verfolgte ihn. Schreckensbilder vermischten sich immer wieder mit dem verzerrten Gesicht des Mannes, der ihm seine Verachtung entgegengespuckt hatte und erschossen worden war. ›Verräter‹. Das war eine Bezeichnung, die festsaß. »Der letzte Ihrer Landsleute, der hierherkam, redete nicht mit ihnen … ihm war es gleichgültig, ob ein paar von ihnen erschossen wurden …« Das große Gesicht mit den glühenden, grausamen Augen schwamm vor ihm, zerstört von den Auswirkungen des Alkohols. Er hätte das Lager und die Männer darin verlassen und Shuvalov bitten können, sich für diese besondere Aufgabe jemand anderen zu suchen. Und sie wären vor Hunger gestorben, erschossen, zu Tode geprügelt und zur Arbeit gezwungen worden, bis sie zusammenbrachen. Die Männer, die bei ihm unterschrieben hatten, würden leben. Was immer ihre Beweggründe sein mochten, er hatte ihr Leben gerettet. Verwirrt dachte er, daß dies ebenso sehr eine Rettungsaktion wie eine Rekrutierungsreise für Shuvalovs Truppe war. Das waren einfache Menschen, Bauern, die man quer durch Europa von ihrer Heimat wegge-

schleppt hatte. Sie kannten nichts von der Welt draußen außer Brutalität und Leid seit ihrer Gefangennahme.
Es war seine Verantwortung und die seiner Offizierskameraden, sie zu schulen und sie für die Sache der russischen Freiheit zu begeistern. Bis er Shuvalov in Polen traf, hatte er fünf große Lager besucht und persönlich fünftausend Russen für die deutsche Armee angeworben. Es war bereits März. Die große Frühjahrsoffensive gegen die Rote Armee war für die zweite Aprilwoche geplant. Er hatte an Liliane geschrieben, aber keine Antwort erhalten. Er hatte sich mit ihrem Verhalten abgefunden. Er konnte nur hoffen, daß Deutschland siegen und die sowjetische Verteidigung zusammenbrechen und daß er dann noch am Leben sein würde, um sie davon zu überzeugen, daß er das Richtige getan hatte. Und um seine Kinder wiederzusehen.

3

Sie waren die letzten Gäste im La Reduite. Der Besitzer half die Tische abzuräumen und warf hin und wieder einen Blick zu der kleinen Gruppe aus zwei Männern und einer Frau, die in der Ecke sitzen blieben. Ihre Kaffeetassen waren leer, blauer Zigarettenrauch wogte über ihnen. Einer der Männer blickte auf und winkte ihn heran.
»Wir hätten gern drei Cognacs«, sagte Paul Martin. »Es macht Ihnen doch nichts aus, für uns noch offen zu halten?«
»Natürlich nicht«, antwortete der Besitzer achselzuckend.
»Es hat keine Eile. Ich habe einen ausgezeichneten Cognac, den ich empfehlen kann. Es wäre ein Verbrechen, ihn eilig hinunterzukippen.«
Er fand, das blonde Mädchen sähe sehr blaß aus. Es war kein fröhliches Zusammentreffen gewesen. Er hatte niemanden lachen hören.
»So«, sagte Raoul Jumeaux, umfing seinen Cognacschwenker mit beiden Händen und roch daran, »das war das Ende. Die deutsche Offensive war ein Fehlschlag, die deutschen Truppen wurden vernichtet, und die russische Gegenoffensive begann. Shuvalov und seine Russen und die russischen Hilfstruppen kämpften wie die Teufel für ihre deutschen Herren. Ich glaube, es war Winston Churchill, der darauf hinwies, als die Sache zur Debatte stand. Aber es ging schief. Der verrückte Traum, Stalin und die Kommunisten zu vertreiben, war zweifellos der Beweggrund für Männer wie Yurovsky. Der Wunsch, lieber am Leben zu bleiben als in deutschen Gefangenenlagern zu verhungern, war es, was Tausende von sowjetischen Gefangenen dazu trieb, sich

ihnen anzuschließen. Und was jene anbelangte, die die Deutschen in der Ukraine, in Finnland und Estland willkommen hießen – die hatten ihre eigenen Gründe. Stalin ließ allein in der Ukraine fünf Millionen aushungern, als sie sich weigerten, sich seiner landwirtschaftlichen Diktatur zu unterwerfen. Für sie waren die Deutschen die Befreier. Es klingt für mich merkwürdig, wenn ich das sage, nicht für Sie, Madame Martin. Ihre Generation sieht in Rußland das, was es wirklich ist, eine Bedrohung für die Freiheit der Menschheit. Ich kann sehen, wie Paul den Kopf schüttelt. Nun, wir wollen nicht streiten. Sie und Ihr radikaler Sozialismus sind für die Russen ebensowenig akzeptabel wie der Kapitalismus. Für diese Russen gab es nur einen Kurs. Als Deutschland geschlagen war, liefen jene, die noch am Leben geblieben waren, zu den Engländern und Amerikanern über. Sie hatten nichts von dem Abkommen von Jalta gehört.« Er sah Anna an. »Sie glaubten auf die allernaivste Art, daß die Alliierten sie verstehen und schützen würden.«
»Das kann ich nicht glauben«, sagte Anna. »Ich kann nicht glauben, daß niemand davon wußte, daß niemand versuchte, ihnen zu helfen ...«
»Oh, sie haben«, unterbrach sie Paul Martin. »Leute wie Raoul hier, zum Beispiel. Einige der englischen Offiziere und eine Menge ihrer Truppen protestierten. Die Amerikaner, schon immer ein sentimentales Volk, Liebling, machten ein schreckliches Theater. Aber die Politiker hatten entschieden, und die Armee führte die Befehle aus. Wir konnten es nicht riskieren, Stalin zu verärgern. Auch gab es eine große Zahl alliiertar Gefangener, die beim Vormarsch der Russen gemacht wurden. So ist der Lauf der Welt, menschliche Wesen werden und wurden schon immer als Tauschobjekte verwendet. Und mit Leuten wie Yurovsky hatte man an höherer Stelle keinerlei Mitleid. Sie wurden als Verräter betrachtet, die genau das bekamen was sie verdienten. Und niemand sympathisierte mit den ehemaligen Kriegsgefangenen, die sich in der deutschen Armee wiedergefunden

hatten, nachdem sie sich freiwillig für den Preis ihrer Freiheit zum Straßenbau gemeldet hatten. Es ist eine schmutzige Welt, Anna. Ich habe immer versucht, dir das beizubringen, aber du hast mich nur beschuldigt, zynisch zu sein.«
»Diese goldene Uhr«, sagte Anna langsam. »Mit der kleinen Fotografie im Deckel. Ich sehe immer das Gesicht vor mir. Dem von Nicholas so ähnlich ...«
»Ja«, sagte Jumeaux. »Selbst als Kind glich er seinem Vater sehr. Ich gab ihm die Uhr, wissen Sie.«
Sie hob rasch den Kopf.
»Sie? Sie gaben sie Nicholas ...«
»Ja«, sagte er wieder. »Es war im Lager in Baratina. Michail Yurovsky bat mich, sie seinem Sohn zu bringen. Er gab mir sein eigenes Zigarettenetui als Erinnerung. Trinkt euren Cognac aus, ich lasse mir die Rechnung geben. Jetzt, da Sie den Hintergrund kennen, können Sie verstehen, weshalb Nicholas Yurovsky Sie angelogen hat. Sie sehen, daß Sie es hier mit totalem Fanatismus, wurzelnd in der Rache, zu tun haben. Und mit Verzweiflung. Er und seine Freunde sind die letzten ihrer Art. Nicholas ist kein Franzose, trotz seiner französischen Mutter. Er ist Russe, der eine Schuld zu begleichen hat. Yurovsky ist ein politischer Einzelgänger, gefährlich jetzt, da er Geld bekommt. Er wird schon lange beobachtet. Wir kennen die Quelle dieses Geldes nicht, und das macht uns Sorgen. Er ist in Gefahr, bei irgendeiner verrückten Handlung getötet zu werden, die für die Sowjetunion nicht mehr bedeutet, als wenn eine Ameise auf einem Elefanten herumläuft. Alles, was damit erreicht wird, ist, die Westmächte zu verwirren und Rußland den Vorwand zu liefern, Frankreich die Schuld zu geben. Ich *bin* Franzose, Madame Martin, und meine Pflicht ist es, die Interessen meines Landes zu schützen. Ein dummer antisowjetischer Gewaltakt ist im Moment gegen diese Interessen. Ich bin jetzt froh, daß Sie damit überhaupt nichts zu tun haben. Wenn Sie Nicholas Yurovsky helfen wollen, dann gehen Sie zu ihm und sagen Sie ihm, daß der SDECE über seine

Aktivitäten Bescheid weiß und entschlossen ist, jeglichen Unsinn zu vereiteln. Sagen Sie ihm das. Wenn er nicht auf Sie hört, lautet mein dringender Rat für Sie, das Land zu verlassen und zu vermeiden, daß Sie mit ihm in Verbindung gebracht werden. Denn wenn wir innerhalb der nächsten paar Wochen nichts gegen Yurovsky unternehmen, wird es sicher der KGB tun. Ich spreche jetzt zu Ihnen als eine Freund Ihres Manes.«

»Meines EX-Mannes«, sagte Anna ruhig. »Wir sind seit langem geschieden. Sie waren sehr hilfsbereit, Monsieuer Jumeaux. Ich verstand wirklich nicht, was geschah oder weshalb sich ein Mann wie Nicholas mit einer Umsturzbewegung verbinden sollte. Jetzt verstehe ich es. Und weshalb er mich angelogen hat.«

»Was wirst du tun?« fragte Paul.

Sie hatten ihren Cognac ausgetrunken und das Glas weggeschoben. Es war eine entschlossene Geste. Sie stand auf.

»Ich werde Monsieuer Jumeaux' Nachricht übermitteln«, sagte sie.

»Und wenn er nicht auf dich hört? Wirst du tun, Was Raoul dir geraten hat?«

»Nein«, sagte Anna. Sie wandte sich an Jumeaux. »Danke für das Diner«, sagte sie. »Ich komme allein nach Hause. Gute Nacht.«

Sie sahen ihr nach, als sie das Restaurant verließ. Paul Martin wirbelte zu Jumeaux herum.

»Gratuliere«, sagte er. »Sie haben die verdammte Geschichte so gut erzählt, daß sie geradewegs zu ihm zurückgeht!«

»Um die Mitteilung zu überbringen«, sagte Jumeaux. Er nahm seine Pfeife und klopfte die kalte Asche in den Aschenbecher. »Das wollte ich. Sie ist eine sehr entschlossene junge Frau. Sie könnte ihn umstimmen. Und wenn, dann zerbricht ›Retour‹ in Stücke. Ohne ihn ist es nichts. Ich versuche es immer zuerst mit Überredung. Kommen Sie, es ist fast Mitternacht. Der arme Kerl hier will zusperren.«

»Nicholas, setzen Sie sich. Es ist sehr schön, Sie zu sehen.« Anton Kruger war in den Siebzigern, ein kleiner, untersetzter Mann mit eisengrauem Haar und einem zerfurchten Gesicht. Er bewegte sich wie ein viel jüngerer Mann, und alles an ihm, von seinem makellos geschnittenen Anzug bis zu der Piaget-Uhr und der Krawatte von Hermès, verriet Geld und Macht. Sie waren allein in dem Arbeitszimmer in seinem Schloß außerhalb von Chartres. Ein Telefonanruf hatte Nicholas veranlaßt, heute abend mit dem Auto hierherzufahren. Er war eingeladen worden, die Nacht hier zu verbringen. Er mochte das Château Grandcourt nicht. Es war nicht sehr groß, denn Anton Kruger war ein praktisch veranlagter Mann, der großen Wert auf Bequemlichkeit legte, aber es war dunkel und mit Möbeln vollgestopft, angefüllt mit einer Menge unbezahlbarer Gemälde, Tapeten und Teppiche. Krugers Geschmack war beklemmend. Er liebte Größe und Glanz und verachtete die Einfachheit. Das Arbeitszimmer war gerammelt voll schwerer, vergoldeter französischer Möbel, und auf jedem Tisch standen eine Unmenge von Sachen. Er sah Nicholas an und lächelte.
»Es tut mir leid, daß ich Sie so kurzfristig hierhergerufen habe«, sagte er. »Aber ich fliege morgen nach Zürich, und ich wollte vor meiner Abreise einen Bericht.«
»Die Delegation wird am 17. Juni in Paris eintreffen«, sagte Nicholas, »und in der Botschaft wohnen. Es gibt einen Empfang im Elysée-Palast und eine Vorstellung der Comédie Française. Sie werden das Übliche besichtigen – Versailles, den Louvre. Sie sollen fünf Tage später wieder zurückfliegen, nach einem von der Abgeordnetenkammer veranstalteten Essen.«
»Ein ausgefülltes Programm«, sagte Kruger. »Ich bin sicher, unserem Freund wird das Theater gefallen. Wie ich höre, ist er sehr kunstbeflissen geworden.«
»Es muß eine nette Abwechslung zu seinem sonstigen Zeitvertreib sein«, sagte Nicholas ruhig.
»Sie dürfen keine persönlichen Gefühle ins Spiel bringen«,

sagte Kruger ernst. »Wir haben lange Zeit auf eine derartige Gelegenheit gewartet. Sie müssen mit absoluter Berechnung handeln, vollkommen kalt. Ich weiß, es ist nicht leicht, besonders für Sie, Nicholas, aber es ist die einzige Möglichkeit, den Erfolg zu garantieren.«
Er lehnte sich zurück und spielte mit einer unangezündeten Zigarre. Nicholas Yurovsky war genau der richtige Typ, um dieses ganz besondere Unternehmen zu leiten. Mutig, mit kühlem Kopf, entschlossen und mit einer natürlichen Autorität. Kruger war bis jetzt vollkommen zufrieden mit ihm gewesen.
»Sagen Sie mir«, fragte er sanft, »stimmt es, daß Sie heiraten werden?«
Nicholas sah rasch auf. Elise mußte ihm von Anna erzählt haben.
»Nein«, sagte er. »Jetzt nicht.«
»Eine Amerikanerin«, sagte Kruger. »Sehr reich, geschieden.
Ich möchte mich nicht in Ihre Privatangelegenheiten einmischen, mein Freund, aber war es klug, gerade zu dieser Zeit persönliche Verbindungen einzugehen? Ist es möglich, daß dieses Mädchen irgend etwas von unserem Vorhaben weiß?«
Nicholas zögerte nicht. »Nein«, sagte er. »Sie weiß nichts.«
Kruger hatte hellblaue Augen. Sie beobachteten ihn durchdringend. Nicholas wußte mehr von ihm als die Zeitschriften- und Zeitungsgeschichten, die voller Lügen waren, die Kruger selbst über sich verbreitet hatte. Er hatte Millionen gemacht. Er war an Geschäften in der ganzen Welt beteiligt. Er hatte ein Handelsunternehmen in Frankreich, hatte den Bau einer gigantischen Aluminiumschmelzhütte im Mittleren Osten finanziert. Er organisierte finanzielle Unterstützung für Projekte in Übersee und war prozentual am Profit beteiligt. Man munkelte, daß er in früheren Jahren mit Waffen gehandelt hatte. Ihm gehörte ein Aktienpaket der Wedermans-Verlagsgesellschaft, mehr als Hobby denn aus

Interesse an der Kunst. Er war der skrupelloseste Spekulant, den sich Nicholas vorstellen konnte. Nur solch ein Mann konnte ›Retour‹ unter die Arme gegriffen und zu einer Organisation gemacht haben, die fähig war, der Sowjetunion einen ernsthaften Schlag zu versetzen. Kruger war der Geldgeber, und zwar in großem Stil.

»Wir haben letztes Wochenende miteinander gebrochen. Ich werde sie nicht wiedersehen.« Er sah Kruger aufrichtig an, als er das sagte. Der grimmige Mund lächelte ihn an. »Es ist traurig, aber gut so«, sagte er. »Ich hörte, daß Sie Streit miteinander hatten. Ich fragte mich nur, weshalb wohl.«

»Nicht meiner Arbeit wegen«, sagte Nicholas. Es herrschte Stille. Kruger fand eine Schachtel Streichhölzer und zündete sich seine Zigarre an. Ein paar Augenblicke paffte er vor sich hin.

»Dann ist es ja gut«, sagte er. »Ich habe viele Jahre auf das hier gewartet – wir alle. Niemand und nichts darf dazwischenkommen. Gehen wir essen. Meine Frau wird sich freuen, Sie zu sehen. Sie wissen ja, Sie sind ihr Liebling.«

Madame Kruger war eine elegante Französin in den Fünfzigern. Sie waren seit dreißig Jahren miteinander verheiratet und vollkommen glücklich. Sie hatten keine Kinder und schienen ganz ineinander aufzugehen. Soweit die Welt wußte, hatte Anton Kruger keine Geliebte und keinerlei Interessen außer seinem riesigen Geschäftskomplex, seiner Kunstsammlung und seiner Frau. Sie war eine wunderschöne Frau mit einer sanften Art, die Nicholas bewunderte. Sehr weiblich, sehr weich, doch er wußte, daß sie über ungeahnte Kraft und großen Mut verfügte. Sie hätte ihr Leben für Anton Kruger gegeben. Während Nicholas sie ansah, als sie ihm lächelnd und verführerisch jung im Schein der Kerzen am Tisch gegenübersaß, erinnerte er sich, daß sie das einmal beinahe getan hatte ... Gefahr von solcher Größe schuf ein Band, das stärker war als die gewöhnliche Liebe zwischen einem Mann und einer Frau.

Er dachte an Anna und hörte nur halb auf die Unterhaltung,

die sich auf ein Stück bezog, das die Krugers gesehen hatten. Wenn sie nur bereit gewesen wäre, in die Staaten zu gehen, nur für diesen Monat. In Gedanken schalt er sich einen selbstsüchtigen Narren. Kruger hatte recht. In seinem Leben war kein Platz für eine Frau, noch viel weniger für die Ehe. Nicht, bis ihr Plan ausgeführt war. Er hatte Anna zu sehr geliebt, um sich einzugestehen, daß er sie in Gefahr brachte, bis Paul Martin ihn zwang, der Realität ins Auge zu sehen. Das nagte ständig an ihm. Wieso wußte Martin von seinem Tun? Wieso, wenn die Sicherheitsvorkehrungen innerhalb von ›Retour‹ so streng waren, daß sich kein einziges Mitglied jemals mit einem anderen traf außer bei den vorbereiteten Treffen? Er selbst hatte absichtlich jede Profilierung vermieden, seit er Kruger kannte, und jede Verbindung mit Russen gemieden. Es gab keine Möglichkeit, wie ein Journalist wie Martin herausbekommen konnte, daß seine Gefühle antisowjetisch oder gegen irgend etwas waren, außer wenn jemand geredet hatte. Und das bedeutete, daß sie beobachtet wurden. Er hatte Kruger nicht die Wahrheit gesagt, denn er wollte nicht, daß Anna darin verwickelt würde, und fürchtete, Kruger könnte sie verdächtigen, könnte glauben, er habe ihr gegenüber durchblicken lassen, daß er nicht der war, der zu sein er vorgab. Er wurde sich seiner Lüge nicht richtig bewußt, er hatte instinktiv gelogen. Es war ihm unangenehm, hier zu sitzen.
»Armer Nicholas.« Er fuhr hoch, als Madame Kruger ihn ansprach. »Wie langweilig ist das für Sie – zwei alte Leute, die über ein Stück plappern, das Sie nicht einmal gesehen haben. Noch etwas Soufflé?«
Er schüttelte den Kopf. Sie lächelte ihn freundlich an. Er mochte und bewunderte sie immer mehr. So weiblich und sanft und doch unglaublich tapfer und stark. »Ohne Régine«, erinnerte ihn Kruger oft, »wäre ich tot, wie all die anderen ...«
»Ich bin nicht sehr hungrig, danke«, sagte er. Sie erhob sich und sah ihren Mann an.

»Wir trinken den Kaffee im Salon«, sagte sie. »Nicholas sieht müde aus. Du wirst ihn nicht die ganze Nacht mit deinem Gerede wachhalten.«
»Wir haben schon miteinander geredet«, sagte ihr Mann. Sie blieb stehen und sah die beiden an.
»Läuft alles gut?« fragte sie ruhig.
»Sehr gut«, antwortete Nicholas.
»Gut.« Wieder zeigte sie ihr schönes Lächeln. »Ich freue mich darauf, Fjodor Gusev wiederzusehen. Ich bin gespannt, ob er mich wiedererkennen wird.«
»Natürlich wird er das.« Anton Kruger legte seinen Arm um sie, als sie zusammen den Raum verließen. »Du warst damals ebenso schön wie heute. Er wird uns alle wiedererkennen.«
In Nicholas' Appartement meldete sich niemand. Er wohnte im ersten Stock eines baufälligen, einst eleganten Hauses aus dem achtzehnten Jahrhundert in der Rue de l'Université. Das Haus stand versteckt in einem der kleinen, dunklen Höfe, die Napoleons Stadtplanung überlebt hatten. Es war eine einfache Dreizimmerwohnung, nicht luxuriös eingerichtet, aber bequem und immer aufgeräumt, sooft Anna auch hiergewesen war. Sie fand sie zu dunkel und bedrükkend und hätte es lieber gehabt, wenn er zu ihr gezogen wäre. Aber es gab ja an den Wochenenden die Flucht in den Wald, die warme und anheimelnde Atmosphäre der Auberge St. Julien. Aber eigenartig, dachte Anna plötzlich, sie hatte die Besitzerin Elise niemals gemocht. Sie legte den Hörer nieder. Es war ein Uhr morgens. Er konnte ausgegangen oder verreist sein. Der Verdacht, daß er bei einer anderen Frau sein könnte, war schnell weggewischt. Jetzt war nicht der Augenblick, um eifersüchtig zu sein. Aber sie war überrascht, wie sehr der Gedanke sie geschmerzt hatte. Liebe, dachte sie und blickte das stumme Telefon an. Dies war Liebe, dieser Kampf, diese Entschlossenheit, dieser Schmerz über dem Herzen. So hatte sie nie für Paul Martin empfunden, noch für irgendeinen Mann, den sie in den

Staaten gekannt hatte – nur für Nicholas Yurovsky, den Sohn von Graf Michail Yurovsky, der in dieser Nacht für sie zum Leben erwacht war, als sie Raoul Jumeaux zugehört hatte. Sie konnte ihn so deutlich vor sich sehen, als habe sie ihn all die Jahre über gekannt. Ein großer, eleganter Mann, unübersehbar ein Aristokrat aus einer vergangenen Welt. Jumeaux hatte den Mann von der winzigen Fotografie aus der Uhr aufleben lassen. Sie konnte Vermeuil und Liliane Yurovsky sehen, ihren Vater, den Kollaborateur, und die beiden Kinder im Kinderzimmer. Nicholas hatte eine Schwester, Olga. Jumeaux hatte nicht gesagt, was mit ihr geschehen war ... Anna konnte nicht schlafen. Sie schenkte sich einen Cognac ein und machte Kaffee dazu. Ihre Küche war modern und erstklassig ausgestattet. Bevor sie Nicholas kennenlernte, hatte sie selten darin gekocht. Paul war kein Ehemann, der gerne zu Hause aß. Er war rastlos, immer am Telefon, auf und davon, um jemanden zu treffen. Er versprach ihr, nicht lange wegzubleiben, und kehrte in den frühen Morgenstunden zurück. Das Leben mit ihm war eine nervenaufreibende Sache gewesen, voller Ungewißheit, voller Schattenfiguren, die Kontaktpersonen statt Freunde waren, voller Restaurantmahlzeiten und Bars. Politik beherrschte die Unterhaltung und bestimmte sein Leben. Selbst wenn er nicht aggressiv war, erzeugte Paul in ihr das Gefühl, eine Verbrecherin zu sein, nur weil sie reich war und eine Mutter mit extrem rechten Anschauungen und der Macht, sie durchzusetzen, hatte. Er hatte Sex wie eine Waffe gebraucht und sie fühlen lassen, daß sie auch darin nicht genügte. Jetzt war er in ihr Leben zurückgekehrt und spielte eine neue Rolle, den besorgten Ex-Ehemann, der versuchte, sie zu beschützen. Das Ergebnis seiner Einmischung wäre beinahe ein folgenschweres Mißverständnis gewesen, das sie für immer von Nicholas getrennt hätte. Sie war Jumeaux dankbar, daß er ihre Zweifel beseitigt hatte. Sie war sicher, das hatte Paul nicht beabsichtigt, als er sie miteinander bekannt machte. Dieser Teil seines Plans war mit Sicherheit

schiefgegangen. Sie konnte im Restaurant seine Reaktion spüren, als er sie beobachtete, während sie Jumeaux zuhörte.
Es war keine Geschichte, die sein Mitleid erregte. Jumeaux war mitfühlender als er, und Anna hielt ihn nicht für einen Typ, der in Sentimentalität schwelgte. Jumeaux hatte die Uhr abgeliefert. Sie nahm ihren Kaffee und ihren Cognac mit ins Schlafzimmer, warf die Schuhe von sich und legte sich aufs Bett. Der Raum war voller Gespenster, die zwischen ihr und den Zeichnungen von Boucher herumflatterten, sich über die Seidentapeten und den Luxus lustig machten, der sie darüber hinweggetröstet hatte, nicht geliebt zu werden: Männer und Frauen und auch Kinder. Der Kosakengeneral Shuvalov starrte mit feurigen Augen voller Leid und Hohn auf sie herab. In ihrem Kopf vermischten sich Gewehrfeuer und Weinen. Der Kaffee wurde kalt, sie vergaß ihn zu trinken. Bei brennenden Lampen schlief sie ein, und das letzte bewußte Bild in ihren Gedanken war Nicholas' Vater. Das Bild veränderte sich, als sie zu träumen begann. Es war Nicholas, den sie sah, barhäuptig, hager, auf dem Weg in den Tod.

Nach Beginn des Einmarsches der Alliierten in Europa schloß Liliane Yurovsky das Haus in Vermeuil ab und zog zu ihrem Vater. Nicholas war sechs, seine kleine Schwester vier. Es machte ihnen nichts aus, bei ihrem Großvater zu wohnen. Sie betrachteten das große, häßliche Schloß als ihr zweites Zuhause. Nicholas, der abgeschieden im Kinderzimmer mit Marie lebte, die er ihrer Vorliebe für Olga wegen haßte, spürte trotzdem, daß seine Mutter ängstlich und erregt war. Sie lächelte nie. Oft sah er, daß sie geweint hatte. Sie wurde äußerst böse und strafte ihn immer, wenn er fragte, wann sein Vater zurückkommen würde. Schließlich lernte er, nicht über ihn zu sprechen. Er war sehr empfindlich für die Atmosphäre von Angst und Verwirrung, die sich in seiner Familie ausbreitete, und er konnte nicht verstehen, weshalb seine Mutter und sein Großvater dauernd vom verlorenen Krieg sprachen. Die Deutschen verloren den Krieg, nicht die Franzosen. Marie hatte ihm das eines Tages erklärt, und er konnte nicht begreifen, warum sie so rachsüchtig geklungen hatte. Die Deutschen würden aus Frankreich vertrieben, sagte sie ihm. Und dann müßten eine Menge Leute einiges erklären ... Sie verließ sie, als sie aus ihrem Haus auszogen. Er stand in der Halle, hielt Olga an der Hand und zerrte an ihr herum, weil sie nicht aufrecht stehen wollte, sondern immer absichtlich auf ihren fetten Beinchen einknickte. Auch seine Mutter war da und sah bleich und krank aus wie immer. Als sich das Mädchen Marie verabschiedete, wirkte es aufgekratzt und frech.

»Auf Wiedersehen, Madame Yurovsky. Ich hoffe, es wird für Sie und Monsieur Druet nicht gar so schlimm. Mir tun ja die Kinder so leid!« Dann ging sie aus der Halle hinaus und die Treppe hinunter in den Hof, wo ihr Vater mit einem Handwagen wartete, auf dem ihr Gepäck lag. Olga begann zu weinen. »Marie ... Marie ...« Sie hatte ihr Kindermädchen geliebt. Nicholas war so verärgert, daß er ihre Hand losließ und sie auf den Hintern purzelte. Zu seiner Überraschung war seine Mutter nicht böse auf ihn. Sie hob das kleine Mädchen auf und tröstete es, und für einen Augenblick streichelte sie Nicholas' Kopf.

»Weine nicht«, sagte sie. »Weint nicht, meine Schätzchen ... es wird alles gut. Keine Sorge. Wir gehen zu Großvater. Wir werden es schaffen.«

Der kleine Junge sah sie an. »Ich weine nicht, Mama. Und mach *du* dir keine Sorgen. Ich paß auf euch auf, bis Papa zurückkommt.« Er vergaß diesen Augenblick niemals. Seine Mutter sah ihn an, und er merkte, daß sie trotz seines Fehlers nicht böse auf ihn war. Ihre Augen füllten sich mit Tränen.

»Er wird nicht zurückkommen«, sagte sie. »Sie werden ihn auch erwischen.« Später an jenem Nachmittag kam das

Auto seines Großvaters, um sie zu holen. Auf dem Dach war ein gewaltiger Gasbehälter, denn die Deutschen hatten schon lange Zeit den Gebrauch von Benzin für private Zwecke verboten, selbst für Sympathisanten wie Etienne Druet. Nicholas hatte seine Mutter nicht gefragt, was sie meinte. In ihren Worten lag eine schreckliche Endgültigkeit, die durch ihren Kummer noch erhöht wurde. Zum erstenmal schien sie seinen Vater nicht zu hassen oder bei seiner Erwähnung böse zu werden. Er weinte sich in jener Nacht in den Schlaf. Die Zeit verging, und wie alle gesunden Kinder beschäftigte er sich damit, in den Schloßgärten zu spielen und mit dem Terrier seines Großvaters in den Wäldern Kaninchen zu jagen. Weihnachten kam, ein bedrükkendes Weihnachten, zu dem es nur wenige der guten Dinge gab, an die er sich erinnerte. Sie hatten keine Dienstboten. Seine Mutter und sein Großvater schienen seltsam allein zu sein, als hätten alle sie verlassen. Er sah einige Deutsche ins Schloß kommen, aber er wurde immer ferngehalten. Sechs Monate später wurde sein Großvater verhaftet. Unter seinen Geschichtenbüchern hatte Nicholas eine Erzählung über die Französische Revolution mit einigen Illustrationen von Szenen mit dem Pöbel und der Guillotine. Die Art, wie sein Großvater weggebracht wurde, erinnerte ihn an diese Bilder. Eine Menschenmenge kam zum Schloß, zwei Autos und eine Menge Fahrräder. Männer und Frauen, die meisten jung, trugen Maschinenpistolen und hatten Patronengürtel umgeschnallt. Er erkannte einige der Leute, den Bäcker und den Metzger, den Dorfschulmeister und seine junge Frau. Er hatte noch nie jemand von ihnen mit Pistolen gesehen. Auch der Dorfpolizist war dabei und viele Fremde, die Baskenmützen trugen und Kampfstiefel, in die sie die Hosenbeine hineingestopft hatten.
Sie begannen gegen die Tür des Schlosses zu hämmern und zu rufen. Er beobachtete sie aus einem Fenster im ersten Stock und rannte hinunter, um seine Mutter zu suchen. Plötzlich hatte er große Angst. Sie war in der Halle und

klammerte sich an den Arm seines Großvaters. Ihr Gesicht war vor Angst und Tränen verzerrt. Großvater Etienne war in Nicholas' Leben immer eine unerschütterliche Gestalt gewesen, gütig und zuversichtlich, der Lieferant teurer Geschenke, jemand, der sie verwöhnte und den Platz des Vaters einnahm, nachdem dieser weggegangen war, um für Rußland zu kämpfen. Nicholas hatte niemals vergessen, daß sein Vater dorthin gegangen war. Und weshalb? Um Rußland wieder frei zu machen. Sie waren in Sicherheit, bis er wieder zurückkam, denn Großvater Etienne war da. Jetzt war der alte Mann schwach und zitterte, sein großes Gesicht war um die Backenknochen herum eingesunken, sein Mund bebte. Wieder ein schwerer Schlag gegen die Tür, und seine Mutter schrie auf. Er sah, wie sich sein Großvater von ihr losriß und ging, um die Tür zu öffnen. Sie stürzte hinter ihm her und versuchte, ihn zurückzuziehen. Er hörte, wie sein Großvater sie anschrie: »Geh weg, Lilli, um Gottes willen, sie schnappen nur dich auch noch! Was ist mit den Kindern? Geht aus dem Weg! Wenn sie die Tür einschlagen, rennen sie wie die Verrückten hier herein.«
Er drehte sich um, packte Nicholas' Mutter und stieß sie zur Treppe. Dann sahen sie beide Nicholas, und mit einem verzweifelten Aufschrei rannte Liliane zu ihm und drückte ihn an sich. Sie war verzweifelt, er konnte sie nicht verstehen, weil sie so schluchzte.
»Niki, Niki, oh, mein Gott, rette uns, hilf uns ...«
Er sah seinen Großvater die Eingangstür öffnen. Seine Mutter trug und zerrte ihn abwechselnd die Stiege hinauf zum Treppenabsatz. Hinter der Balustrade kauerte sie sich nieder, und so hielten sie sich versteckt. Sie keuchte und weinte, ihre Tränen benetzten sein Gesicht. Er legte seine Arme um sie und weinte mit ihr, als die Menge seinen Großvater ergriff. Jemand, er glaubte, es war der Schulmeister, schlug den alten Mann ins Gesicht. Er wurde an beiden Armen gepackt, die Leute stießen ihn und schlugen ihn mit Fäusten. Als er durch die Tür geschoben wurde, sah er

einen Sekundenbruchteil sein Gesicht. Überall war Blut, wie eine rote Maske.
Er sah seinen Großvater Etienne nie wieder.
Seine Mutter verließ das Schloß. Sie mußten zum Bahnhof laufen. Er führte Olga an der Hand, und seine Mutter schleppte die Koffer, denn niemand wollte ihnen helfen. Als seine Mutter ins Dorf ging, um ein paar Dinge zu kaufen, weigerten sich Frauen, die sie ihr ganzes Leben kannte, sie zu bedienen. Verschiedentlich spuckten ihr die Leute ins Gesicht.
Sie zogen in die Wohnung ihres Großvaters in Paris. Sie war seit einem Jahr abgeschlossen gewesen. Er erinnerte sich an den Geruch von Moder und abgestandener Luft, als sie die Tür öffneten. Er kannte die Wohnung nicht und fand sie sehr schön, voll vergoldeter Möbel und hübscher Ziergegenstände, die Olga immer zu berühren versuchte. Aber er konnte nirgends spielen, er hatte nicht viele Spielsachen mitbringen können, und er sah keine anderen Kinder. Seine Mutter empfing nur wenige Besucher, aber darunter war die Mutter seines Vaters, Großmutter Zia. Sie hatte sie nicht oft besucht. Er wußte nicht, weshalb. Als sie jetzt kam, war die Stimmung steif und förmlich. Er spürte, daß sie und seine Mutter einander nicht mochten, obwohl sie immer höflich waren. Seine Großmutter schien Mitleid mit seiner Mutter zu haben. Einmal hörte er sie sagen: »Mein tiefstes Mitgefühl, Liliane, aber es ist ein Segen. Solch ein Urteil hätte er nicht überlebt.« Seine Mutter trug ein schwarzes Kleid, und er dachte voller Angst, sein Vater sei gestorben. Später erfuhr er durch seine Mutter, daß sein Großvater Etienne einen Herzanfall gehabt habe. Er konnte nicht begreifen, wieso das nach den Worten seiner Großmutter ein Segen sein sollte. Die Welt war ein unsicherer, hinfälliger Ort, der sich dauernd änderte und immer auf beängstigende Weise. Seine Mutter tat ihm leid, die sehr dünn wurde und zu müde zu sein schien, um zu weinen oder böse zu werden. Er empfand es als seine Pflicht, sie zu beschützen, und er

versuchte nach Kräften, mit Olga fertig zu werden, die einen zur Raserei bringen konnte und niemals das tat, was sie sollte. Er mußte seiner Mutter helfen und die Stellung halten, bis sein Vater heimkam. Er hatte gehört, daß auch seine Großmutter das erwähnte.

»Natürlich wird er zurückkommen«, sagte sie eines Tages zu seiner Mutter. Sie redeten immer leise miteinander, wenn die Kinder in der Nähe waren.

»Er ist kein Sowjetbürger. Er ist Kriegsgefangener. Die Alliierten würden niemals ...« Den Rest hörte er nicht. Er wartete weiter auf die Rückkehr seines Vaters.

Nicholas erwachte ruckartig. Sein Körper war mit kaltem Schweiß bedeckt. Er hatte wieder den gleichen Alptraum geträumt, war durch sein Unterbewußtsein zurück in die Kindheit geglitten, hatte das Trauma des Kriegsendes wieder erlebt, wenn auch durch die Verzerrung des Schlafes. Sein Großvater war im Gefängnis gestorben. Nach weniger als einem Jahr, und es kam ihm noch kürzer vor, bekam seine Mutter Scharlach und steckte ihn und Olga an. Sie lagen im selben Krankenhaus, aber um Olgas Bett standen Wandschirme, und seine Mutter war in einem anderen Zimmer. Seine Großmutter, Gräfin Zia, kam und holte ihn nach Hause, als es ihm besser ging. Olga war gestorben, und man teilte ihm sehr schonend mit, daß auch seine Mutter von ihm gegangen war. Er war acht Jahre alt.

Er griff nach dem Licht an seinem Bett. Zigaretten und ein Feuerzeug lagen bereit. Er setzte sich auf und zündete sich eine Zigarette an.

Alpträume aus der Vergangenheit waren ein Teil seines Lebens. Er fand sich damit ab und erkannte die Notwendigkeit für die verwundete Seele, sich auszudrücken. Ansonsten zeigte er keine sichtbaren Wunden. Er hatte sehr früh gelernt, seine Gefühle zu unterdrücken, seine Gedanken im Zaum zu halten und seinen Körper zu stählen. Seine russische Großmutter hatte ihn gelehrt, daß Schwäche für einen

Yurovsky unverzeihlich sei. Er war in ihre kleine Wohnung in einem Haus in der Rue Fourcray im 17. Arrondissement gezogen. Das Haus war an russische Emigranten wie sie vermietet. Sie lebten in einer engen Gemeinschaft, sprachen russisch und beachteten die Bräuche und sogar das Protokoll ihrer längst vergangenen Welt. Jede Familie gab wöchentlich ein Essen, und der grauhaarige Mann, der am Kopfende der Tafel saß, arbeitete als Angestellter in einer Fabrik. Aber er wurde immer als Prinz angesprochen, und Nicholas mußte sich vor ihm verbeugen.

Auf ihre Art eine verrückte Welt, dachte Nicholas und sah seinem Zigarettenrauch nach, der sich in dem Lichtstreifen wiegte, den die Nachttischlampe in die Dunkelheit schnitt. Aber auch nicht verrückter als die, in der er und die Krugers lebten. Anton Kruger mit seinen Millionen, mit einer neuen Identität nach dreißig Jahren, war ebenso an seine Vergangenheit gebunden, wie die traurigen kleinen Emigranten aus der Rue Fourcray es an die ihre gewesen waren. Wie Nicholas selbst. Der Ruf des Blutes war zu stark, der Schrei nach Vergeltung zu klar, trotz all der Jahre. Sie waren Russen, sie alle, und sie hatten sich niemals integriert, nur oberflächlich – Kruger am wenigsten von allen. Es war genau drei Jahre her, seit Nicholas den Brief erhalten hatte, der ihn zu dem einlud, was Wiedervereinigung genannt wurde.

Es war eine Dinnerparty in einem Privatraum des Ritz. Anton Kruger war der Gastgeber. Einige von ihnen kannten einander. Nicholas kannte niemand, außer Volkov, dessen Eltern Freunde von Gräfin Zia und ihrer Gruppe gewesen waren. Er hatte Volkov schon als Kind nicht gemocht. Er war ein wilder, zügelloser Junge gewesen, der alles mit seinen Fäusten regeln wollte. Ein Ausgleich für seine Dummheit, hatte sich Nicholas einmal gesagt. Nicholas hatte sich von all seinen Kindheitsverbindungen losgelöst, als seine Großmutter starb. Er war neunzehn und studierte an der Sorbonne Literatur und Kunstgeschichte. Gräfin Zia war besser situiert gewesen, als er vermutet hatte. Sie hatte Rußland mit genügend Schmuck und einigen Aktien verlassen, die die Wechselfälle des französischen Kapitalmarktes überstanden hatten. Er war unabhängig, wenn auch nicht allzu wohlhabend. Er verkaufte ihre Perlen und ein Diamantenkreuz, das sie immer getragen hatte. Nur ein Stück behielt er zurück, das nach ihrem Willen niemals die Familie verlassen sollte. Er wollte es Anna als Hochzeitsgeschenk geben.

Er hatte Krugers Einladung gegen sein besseres Wissen angenommen. Er war eben neugierig. Sie hatten sich in dem Privatzimmer getroffen, unter dem Vorsitz des berühmten Finanziers und seiner französischen Frau ein ausgezeichnetes russisches Mahl zu sich genommen, und nichts wurde gesprochen, bis der Tisch abgedeckt war und Kellner eine tragbare Leinwand und einen 16-mm-Filmprojektor hereinbrachten. Die Lichter erloschen, und einer der Kellner blieb da, um ihnen Filme vorzuführen. Die Filme waren nicht vertont, Anton Kruger gab die Kommentare. Nicholas würde niemals diese Stimmung in dem dunklen Raum vergessen, der durchbohrt wurde von dem langen Lichtstrahl des Projektors. Zwanzig Menschen saßen um den langen Tisch, wandten sich zur Leinwand und sahen in vollkommenem Schweigen zu, während Anton Kruger sprach. Plötzlich der markerschütternde Schrei einer Frau, die nicht weit von ihm entfernt saß. Es war eine dicke Frau mittleren Alters, die ihm erzählt hatte, sie führe ein Hotel. »Mein Vater! Mein Vater!« Sie brach zusammen und weinte. Und dann hörte er, wie sein eigener Name fiel. »Yurovsky.« Er hörte Kruger noch immer. »Graf Michail Yurovsky.« Es war ein sehr kurzer Augenblick, ein Gesicht, das sich ihm für Sekunden aus dem Grab zuwandte, eingefallen und unrasiert, den Ausdruck vollkommener Verzweiflung in den Augen. Als der Film zu Ende war, herrschte Stille. Selbst die dicke Frau hatte aufgehört zu weinen.

Der Morgen dämmerte beinahe, als sie auseinandergingen, und ›Retour‹ war entstanden. Krugers Geisteskind, Krugers Vorschlag für eine gemeinsame Vergeltung, die die Welt schockieren und die Lügen und die Heuchelei beiseite fegen würde, die die Wahrheit vor dem Westen verborgen hatten. Auch Fjodor Gusev war in dem Film erschienen. Es gab verschiedene Aufnahmen von ihm. Nicholas hatte seine Zigarette beinahe bis zum Filter geraucht. Gusev. Er nannte sich jetzt Grigor Malenkov, hatte seine frühere Identität sorgfältig verschleiert. Ein geachteter älterer Staatsmann mit einem populären Image in der Freien Welt. Eine fröhliche Figur, ein Liebhaber von Wodka und biederen Späßen. Ein Chruschtschow-Typ, jetzt, da Chruschtschow selbst tot war und die Sowjets einen Verbindungsmann für die Entspannungspolitik brauchten – jemand menschlicheren als den ernsten Vorsitzenden des Zentralkomitees und Präsidenten der UdSSR.

Sie konnten ja nicht allzu schlimm sein, wenn Malenkov ein Beispiel für die obersten Ränge darstellte. Möglicherweise sogar der oberste Führer ... Karikaturisten mochten ihn, das war immer ein Beweis für den Erfolg.

Nicholas drückte den Rest seiner Zigarette aus. Er sollte nicht getötet werden. Darauf bestand Kruger unerbittlich. Leute wie Volkov wollten ihn am liebsten in Stücke reißen. Elise auch. Sie war vierzehn gewesen, als man ihren Vater gefangengenommen hatte. Die Erinnerung an ihn war unauslöschlich in ihr Gedächtnis eingegraben. Wenn sie bei den Zusammenkünften von ihm sprach, füllten sich ihre Augen mit Tränen. Ein großer, lachender Mann mit einer ungeheuren Lebensfreude. Ein wunderbarer Reiter, eine Heldenfigur für seine Tochter. Elise konnte man sicherlich nicht trauen. Es gab Zeiten, da fragte er sich, ob er sich selbst trauen konnte, Angesicht in Angesicht mit Gusev. Er zündete sich eine zweite Zigarette an und schenkte sich vom Vichy-Wasser ein, das neben seinem Bett stand. Kruger liebte altmodische Sitten, wenn er Gäste hatte. In jedem

Schlafzimmer waren Zigaretten, Mineralwasser und ein kleines Glas und eine Silberdose mit Bisquits und, ungeachtet der Jahreszeit, eine Wärmflasche, um die kühlen Laken anzuwärmen.
In vieler Hinsicht war dies ein Vorkriegshaus. Der Hauch der dreißiger Jahre lag in der Art, wie Régine Kruger dem Haus vorstand. Die Sorgfalt im Detail war außergewöhnlich. Er war gerne hier. Er hatte gehofft, Anna den Krugers vorstellen zu können. Er war sicher, sie hätten sie gemocht und sie hätten ihr gefallen. Er hatte versucht, nicht an Anna zu denken, seine Gedanken mit den Vorbereitungen zu Krugers Plan zu beschäftigen, den Schmerz auf Abstand zu halten. Jetzt, in den leeren Stunden der Nacht, hatte er keinen Schutz mehr. Es war aus. Kruger hatte recht, wenn er sagte, es hätte niemals beginnen dürfen. Aber das gleiche galt dann auch für seine Liebesgeschichte vor vielen Jahren … er hatte vergessen, welche Macht das Herz besaß, als er Nicholas tadelte. Nicholas quälte sich mit der Vorstellung, wie sie auf den Brief reagiert hatte. Sie war in ihrem Leben schon tief genug verletzt worden. Jetzt hatte er ihr noch eine Wunde zugefügt, das konnte er sich nicht verzeihen. Aber er wußte, er hatte keine andere Wahl. Wenn er sie jetzt heiratete, mit dem, was vor ihnen lag, brachte er sie sofort in Gefahr. Er hatte sich selbst betrogen und sich eingeredet, es wäre möglich, weil er sie liebte und sie so sehr brauchte, daß er der Wahrheit nicht ins Gesicht sehen wollte. Und es konnte sehr gut sein, daß er und andere getötet würden. Wenn ihr Plan fehlschlug, gab es ganz gewiß keine Überlebenden.
Er hatte kein Recht, Kruger anzulügen. Drei lange Jahre geduldiger Vorbereitung standen auf dem Spiel, das Ziel rückte von Tag zu Tag näher, und er hatte Kruger die Wahrheit verschwiegen. Und die Wahrheit konnte nicht umgangen werden. Seine Deckung war teilweise dahin. Es hatte keinen Sinn, so zu tun, als habe Paul Martin einfach etwas erfunden, um Anna gegen ihn zu beeinflussen. Diese

Erklärung war zu glatt. Er hatte sie sofort von sich gewiesen, als Anna ihm von ihrem Treffen im Ritz erzählt hatte. Martin wußte etwas, nicht viel, aber genug, um die Sicherheit der ganzen Gruppe aufs Spiel zu setzen. Angst um Anna hatte alles überschattet, als Nicholas jenen Brief geschrieben hatte und aus ihrem Leben gegangen war. Jetzt galt seine erste Pflicht Kruger und seinen Kameraden, Männern und Frauen wie Zepirov, dessen ganze Familie vernichtet worden war, der verwaisten Maximova, von Bronsart, der einen Justizmord zu rächen hatte, dem dummen, stürmischen Volkov, dessen Mutter Selbstmord begangen hatte ...

Vor allem aber Anton Kruger. Für ihn wäre es einfach gewesen, zu vergessen, sein Geld im Alter zu genießen, ohne sich um die Ungerechtigkeiten der Vergangenheit zu kümmern. Das Band zwischen ihm und Nicholas war ganz besonderer Art, persönlicher als alles, was ihn mit den anderen Mitgliedern von ›Retour‹ verband. Nicholas verdankte seinen Job bei Wedermans Kruger, das fand er erst viel später heraus. Kruger wußte, daß er der Sohn seines Vaters war ... Er schlug die Bettdecken zurück und stand auf. Er mußte aus der Enge des Raumes hinaus, mußte frische Luft atmen und nachdenken.

Das Schloß lag im Dunkeln. Ein hohes Fenster erhellte den Treppenabsatz. Er tastete sich die Treppe hinunter. Er drehte in der Halle das Licht an, riegelte die große Eingangstür auf und trat in die kühle Frühlingsnacht hinaus. Der Garten war erfüllt vom Duft der blühenden Sträucher. Ein dreiviertelvoller Mond erhellte den Himmel. Langsam ging er auf dem Weg um das Haus herum. Dort lagen ein Rosengarten und ein Swimmingpool, der im silbernen Mondlicht schimmerte. Alle Mitglieder von ›Retour‹ waren durch die gleichen Umstände von Verrat und Tod miteinander verbunden. Jetzt war ihre Existenz bekannt. Dieser Gedanke ließ ihn erstarren. Er blieb stehen und ballte die Hände in den Taschen seines Morgenmantels zu Fäusten. Er

mußte Kruger umgehend davon berichten. Wenn es ein Leck gab, mußte es gestopft werden. Er durfte gar nicht daran denken, was es bedeutete, wenn der SDECE sie ernsthaft beobachtete. Er drehte sich um und ging zum Haus zurück. In der Halle brannten die Lichter, und er erinnerte sich, daß er sie abgedreht hatte. Anton Kruger wartete auf ihn.
Er trug einen blauen Morgenmantel mit seinen Initialen auf der Tasche und rauchte ruhig. Er legte seinen Arm und Nicholas' Schulter.
»Seit Sie herkamen, wußte ich schon, daß irgend etwas nicht in Ordnung ist. Gehen wir in die Bibliothek und nehmen wir einen Drink. Sie sollten mir lieber alles erzählen.«

»Madame Martin?«
Anna hatte die Stimme vorher noch nie gehört. »Ja, am Apparat. Wer ist dort?« Es war ein fremder Akzent, ganz bestimmt nicht französisch. Während sie den Hörer hielt, spürte sie, wie sie erstarrte. Es war frühmorgens, sie hatte Kopfschmerzen, fühlte sich wie durchgedreht, und der unerwartete Anruf beunruhigte sie. »Wer ist dort?« wiederholte sie.
»Sie kennen mich nicht, Madame«, sagte die Stimme. »Mein Name ist Anton Kruger. Ich bin ein Freund von Nicholas.«
»Oh, ist irgend etwas nicht in Ordnung? Geht es ihm gut?«
»Natürlich.« Die Stimme des Mannes klang beruhigend. »Natürlich. Es geht ihm sehr gut. Aber ich wüßte gerne, ob Sie sich mit mir treffen würden. Ich möchte mit Ihnen über ihn sprechen. Privat.«
»Er hat nie von Ihnen gesprochen«, sagte Anna.
»Ich bin im Aufsichtsrat von Wedermans«, sagte er. »Wir kennen einander schon lange Zeit. Ich hoffe sehr, Sie werden sich mit mir treffen. Könnte ich Sie heute zum Lunch einladen?«
Sie zögerte. Wedermans. Der Name Kruger klang vertraut,

aber sie kam nicht drauf, weshalb. Vielleicht hatte Nicholas ihn erwähnt, und sie hatte ihn vergessen. Wenn er über Nicholas sprechen wollte, würde sie sich sicherlich mit ihm treffen.

»Wo ist Nicholas?« sagte sie. »Ich habe versucht, ihn anzurufen ... er war weg.«

»Er ist bei mir«, sagte er. »Bitte, rufen Sie ihn nicht an, bis Sie mit mir gesprochen haben. Können Sie um ein Uhr zum Tour d'Argent kommen? Ich könnte Ihnen einen Wagen schicken, aber ich denke, es ist besser, wenn Sie mich im Restaurant treffen.«

»Ich werde dort sein«, sagte Anna.

»Ausgezeichnet«, sagte die Stimme. »Ich freue mich darauf, Sie kennenzulernen.«

Als sie im Tour d'Argent ankam, trat der Oberkellner auf sie zu. Es war eines der schicksten Restaurants von Paris, voller eleganter Leute, die kamen, sowohl um gesehen zu werden als auch vom besten zu essen, was es auf der Welt gab. »Ich bin mit Monsieur Kruger verabredet«, sagte sie. »Hier entlang, Madame. Er erwartet Sie.« Sie bemerkte nicht, daß die Leute ihr nachblickten, als sie vorüberging. In einem Raum, der gedrängt voll eleganter, erstklassig gekleideter und zurechtgemachter Damen war, erregte Annas natürliche Farbe und Schönheit die Aufmerksamkeit beider Geschlechter. Der Manager, der ihr vorausging, war sich der Blicke und des Interesses bewußt. Er hatte Anton Kruger seit vielen Jahren bedient. Dies war das erste Mal, daß er eine junge Frau einlud. Jemand ganz anderen als diese Pariser Treibhauspflanzen, die hier mit reichen Männern speisten.

Er hatte eine besondere Gabe, seine Gäste genau in ihre richtigen sozialen Stellungen einzuordnen. Die Amerikanerin war auch für sich allein eine Persönlichkeit. Er brachte Anna zu Krugers Tisch, zitierte mit einem gebieterischen Fingerschnippen einen Kellner herbei und zog ihr selbst den Stuhl heran. Der Mann, der sich erhob, um ihr die Hand zu küssen, war älter, als sie erwartet hatte. Sehr massig, mit breiten Schultern und einem großen, von weißem Haar bedeckten Kopf. Es war ein breites Gesicht mit strahlenden, tiefliegenden blauen Augen. Noch ehe er sprach, wußte sie, daß er Slawe war. Seine Hände waren dick und kräftig, plump, mit grauen Haaren um das rechte Handgelenk. Und er trug eine Platinuhr von Piaget.

»Ich bin entzückt, daß Sie gekommen sind«, sagte er. »Das ist sehr liebenswürdig von Ihnen.« Er hatte eine angenehme Stimme, tief, sehr männlich. Sie spürte sofort die ungewöhnlich starke Persönlichkeit. Magnetismus war keine übertriebene Beschreibung für Anton Krugers Ausstrahlung. Er lächelte sie an, und sein Gesicht wurde sehr weich. »Kein Wunder, daß sich mein Nicholas in Sie verliebt hat. Sie sind wunderschön.«

Mein Nicholas.

»Ich nehme an, Sie wissen, daß er mich verlassen hat«, sagte Anna.

Er nickte. »Ja, das hat er mir gesagt. Lassen Sie uns erst bestellen, und dann werden wir reden. Haben Sie Lust auf Fisch? ›Seezunge Colbert‹ ist sehr gut ...«

Sie wählte, ohne sich große Mühe zu geben. Sie hatte kein Verlangen nach Essen. Als die Platten kamen, stocherte sie darin herum. Kruger aß wenig, aber mit dem Genuß des Kenners und Gourmets. Er hatte einen guten Chablis bestellt, über den er sich einige Zeit mit dem Weinkellner unterhalten hatte. Anna beobachtete ihn, und dabei erkannte sie, daß ihr hier ein gekonntes Theater vorgespielt wurde. Er spielte den reichen Dilettanten, den Kenner von gutem Essen und Wein. Er hatte gesagt, er sei im Aufsichtsrat des Wedermans-Verlages, und das war erstaunlich. Er hatte nichts von einem Intellektuellen an sich. Er strahlte Macht aus, und die plumpen Hände und Gesichtszüge paßten überhaupt nicht zu seinen hervorragend geschnittenen Kleidungsstücken und Accessoires.

Er war das, was er aus sich selbst gemacht hatte, nicht wozu

er geboren war. Sie wartete nicht darauf, daß er zu sprechen begann. »Sie sind Russe, Monsieur Kruger?«
Er machte ihr eine Freude, indem er Überraschung zeigte. »Ja. Ich wurde in der Ukraine geboren. Sie haben ein gutes Gehör.«
»Zuerst war ich nicht sicher. Ihr Französisch ist sehr gut.«
»Ich lebe schon sehr lange Zeit hier. Länger als Sie auf der Welt sind, nehme ich an. Ich hatte das Glück, eine Französin zu heiraten. Sie half mir mit der Grammatik, aber an meinem Akzent konnte sie nicht viel ändern.« Er lachte. »Erzählen Sie mir«, sagte Anna. »Warum wollten Sie mich sehen? Was wollen Sie mir über Nicholas mitteilen?«
»Er liebt Sie sehr«, sagte Kruger. »Empfinden Sie für ihn ebenso stark?«
»Ja«, antwortete Sie. »Das tue ich.«
»Wir hatten letzte Nacht ein langes Gespräch«, sagte er. »Er erzählte mir von Ihnen. Er erzählte mir von der Unterredung, die Sie mit Ihrem Ex-Ehemann hatten. Das war sehr beunruhigend.«
»Es hat auch mich beunruhigt«, sagte Anna.
»Ihr Mann sagte die Wahrheit«, sagte Kruger. »Nicholas ist in eine sehr gefährliche Sache verwickelt. Der Grund, weshalb ich sagte, es sei beunruhigend, ist der, daß ich keine Ahnung hatte, daß jemand davon wußte. Das bringt Nicholas in Gefahr. Und auch andere. Wie hat Paul Martin von seiner politischen Tätigkeit erfahren? Hat er Ihnen das gesagt?«
»Ich weiß, wie er davon erfuhr«, sagte Anna ruhig. »Daß ich Sie richtig verstehe, Monsieur Kruger, Sie sind auch darin verwickelt?«
Er antwortete nicht auf diese Frage.
»Bitte, Madame Martin, sagen Sie mir, wer Ihrem Mann davon erzählte.«
»Ein Freund von ihm ist im SDECE, ein Mann namens Raoul Jumeaux.«
Sie sah, wie sein Gesichtsausdruck wechselte. Die kleinen

Augen zuckten wie ein Kameraverschluß. »Ich habe gestern abend mit den beiden gegessen. Jumeaux erzählte mir, was mit Nicholas' Vater geschehen ist. Mit all jenen Tausenden von Menschen.«

Sie machte eine Pause und sah ihn einen Augenblick lang nicht an. »Ich konnte es nicht glauben. Jumeaux war dort, als Verbindungsmann für die französische Befreiungsarmee. Er war der letzte auf unserer Seite, der Nicholas' Vater gesehen hat. Er erzählte mir die ganze, entsetzliche Geschichte, und er warnte mich, daß sich Nicholas in ein verrücktes antisowjetisches Unternehmen stürze. Er sagte mir, ich solle zu Nicholas zurückkehren und ihm mitteilen, daß der SDECE ihn beobachte und möglicherweise auch der KGB.«

Sie sah Kruger an. »Was immer Sie vorhaben«, sagte sie, »sie wissen davon. Sie werden damit nicht durchkommen. Nicholas wird nur getötet werden.«

»Und das war Raoul Jumeaux' Botschaft«, sagte Kruger. Er redete wie zu sich selbst. »Jetzt, wo ich weiß, wie es Ihr Mann herausbekommen hat, lautet die nächste Frage, wie hat es Jumeaux herausbekommen?«

»Ich verstehe nicht, was das ausmacht«, sagte Anna. »Ich habe fast die ganze vergangene Nacht darüber nachgedacht. Sie können die Sowjetunion nicht verletzen, was immer Sie auch tun werden! Man wird nicht einmal zulassen, daß Sie den Finger heben – die Franzosen werden Sie einfach zermalmen.«

Kruger lächelte sie an. »Jumeaux war sehr überzeugend, nicht wahr? Er hat Sie gründlich verängstigt, so daß Sie kommen würden, um Nicholas zu verängstigen. Ja, und vielleicht könnten Sie ihn sogar dazu überreden, auszusteigen. Habe ich nicht recht, Madame Martin?«

»Ja«, gab Anna zu. »Ich bin sicher, deshalb hat er mir davon erzählt. Aber wissen Sie, ich hatte das Gefühl, er sympathisierte. Nicht, daß das irgendeinen Unterschied macht, aber er verstand offensichtlich, wie Nicholas zumute ist. Und sie müssen das auch spüren. Haben Sie jemand verloren?«

Der alte Mann verschränkte die Hände und lehnte das Kinn darauf. Sein Kopf schien ohne Körper zu sein, beherrscht von den strahlenden scharfen Augen.
»Ich habe meine Kameraden verloren«, sagte er langsam. »Männer, mit denen ich gekämpft und die schlimmste Schlacht des ganzen Krieges geschlagen hatte. Auch ihre Frauen und Kinder. Und meinen Offizier. Ich war von Anfang an mit ihm zusammen. Wir gingen gemeinsam durch alles hindurch, er und ich. Direkt bis zum Ende. Raoul Jumeaux berichtete Ihnen vom Ende, nicht wahr, Madame? Von dem politischen Dilemma der Westmächte, von dem Abkommen von Jalta, das uns alle ins Verderben gestürzt hat? Gut, ich werde Ihnen erzählen, was danach geschah. Ich war dabei, verstehen Sie. Ich bin jetzt ein großer Mann, meine liebe Lady, sehr wichtig, sehr reich. Aber ich wurde als Antonyii Krosnevsky in einem kleinen Dorf in der Westukraine geboren. Mein Vater hatte einen kleinen Bauernhof, nicht viel, nur ein paar Äcker, und wir alle arbeiteten dort. Ich war zwölf, als die Sowjets die Ukraine annektierten. Sie erschossen meinen Vater, und unser Land wurde ein Teil des landwirtschaftlichen Kollektivs. Ich ging zu den Deutschen, als sie bei uns einmarschierten. Wir erzählten ihnen, wo sich unser Ortskommandant versteckte, und sie erhängten ihn. Wir standen alle dabei und sahen zu. Ich trat in die russische Freie Division ein und endete als Graf Yurovskys Fahrer.«
Plötzlich lehnte er sich zurück. Der Weinkellner stand neben ihnen und erkundigte sich, ob sie noch irgend etwas wünschten. Das Restaurant war voller Menschen. Das Murmeln der Unterhaltung war wie Begleitmusik zu dem Klingen der Gläser und dem hervorragend servierten Essen und dem Wein.
»Möchten Sie einen Likör?« fragte Anton Kruger sie. Der Kellner stand sprungbereit bei seinem Stuhl. Sie schüttelte den Kopf. Er drehte sich zu dem Mann um und lächelte. »Gelber Chartreuse für mich und eine Zigarre. Meine übliche. Danke.«

»Wir wurden alle in das Baratina-Lager gebracht«, sagte er. »Getrennt von unseren Offizieren natürlich. Wir hatten unsere orthodoxen Priester dabei. Beinahe alle Männer und ihre Familien waren Kosaken. Ich war da, weil ich mit dem Oberst gekommen war. Er wollte nicht zulassen, daß man mich in das ukrainische Lager schickte. Es lag zu nahe an der jugoslawischen Grenze. Er sagte, er brauche mich, und sie ließen uns erst einmal beisammen. Wir wurden von den Engländern bewacht. Sie waren zivilisiert. Wir waren alle voller Zuversicht. Alle außer dem Grafen. Er redete immer mit mir. Er wußte immer, was vor sich ging. Ein paar Leute von der Befreiungsarmee hatten Verbindung zu den Engländern, und einige französische Krankenschwestern halfen bei der Krankenpflege. Meine Frau war eine davon.«
Er machte eine Pause, ließ sich vom Weinkellner die angeschnittene Zigarre geben, sog sanft daran. Er nippte am Chartreuse. »Danke«, sagte er. Der Weinkellner verließ sie. »Ich werde Ihnen genau erzählen, was geschah und weshalb«, sagte Anton Kruger. »Dann werde ich Sie bitten, eine Entscheidung zu treffen – eine sehr wichtige für uns alle. Und ganz besonders für den Mann, den Sie lieben, Madame Martin. Wollen Sie mir zuhören? Es wird einige Zeit dauern und es wird nicht angenehm werden.«
»Bitte, sagen Sie es mir«, bat Anna. »Ich möchte alles wissen.«

Einer der Punkte des Abkommens von Jalta war das Versprechen der Alliierten, alle Sowjetbürger zu repatriieren, die von den Deutschen gefangengenommen waren, und alle, die für sie gekämpft hatten. Stalin hatte bereits verkündet, daß jeder Russe, der schuldig war, zu den Deutschen übergelaufen zu sein, praktisch tot war. Es war unbegreiflich, daß Rußland zugab, eine Million seiner Bürger seien tatsächlich zu den Deutschen übergelaufen und hätten an ihrer Seite gekämpft. Churchils und Roosevelts Entschluß, diese Vereinbarung zu akzeptieren, entsprang dem Wunsch, ein gutes Verhältnis zur Sowjetunion zu erreichen. Ihre Armeen standen in Europa und bedeuteten eine Bedrohung für den Frieden, und ein Verhandlungspunkt war die Rückkehr von Tausenden britischer Kriegsgefangener, deren Lager vom russischen Vormarsch überrannt worden waren. Das Ausmaß der zwangsweisen Repatriierung erkannte man erst, als die Anzahl der davon betroffenen Russen offenbar wurde. Sowjetische Verbindungsoffiziere wurden in alle Lager in Europa, England und den Vereinigten Staaten geschickt, in denen man Russen gefangenhielt, die in deutschen Uniformen gekämpft hatten. Eines der größten dieser Lager, in dem sich die Kosakendivision gestellt hatte, war in Baratina an der österreich-ungarischen Grenze. Baratina war ein kleines Konzentrationslager gewesen, und die Räumlichkeiten genügten für alle russischen Gefangenen und ihre Familien. Die Bedingungen waren gut. Yurovsky stand auf gutem, freundschaftlichem Fuß mit den britischen Offizieren, und der Kommandant, ein nüchterner Schotte, war durch und durch gerecht. In Baratina war alles irgendwie unwirklich. Yurovsky pflegte im Lager umherzugehen, zu rauchen und sich mit Shuvalov zu unterhalten, der seine Truppen zum nächsten britischen Stützpunkt gebracht und sich dann ergeben hatte. Er hatte nicht die Absicht, von den anrückenden sowjetischen Streitmächten überrascht und lebend gefangengenommen zu werden. Seine Leute würden bei den Aliierten in Sicherheit sein. Yurovsky hatte nicht versucht, mit ihm zu streiten. Der Krieg war verloren, und sie ebenfalls. Alles, worauf sie hoffen konnten, war Gnade und Verständnis von den Demokratien, die jetzt sicherlich im Herzen Europas von der Sowjetarmee bedroht wurden. Shuvalov und er exerzierten täglich im Lager. Hinter den Offiziersquartieren lagerten die Kosaken mit ihren Familien und ihren Pferden in einem riesigen, nur oberflächlich bewachten Komplex und erwarteten, in die alliierten Streitmächte aufgenommen zu werden.

Die Hoffnung wurde von Unwissenheit und untergründiger Verzweiflung aufrechterhalten. Niemand wollte an eine andere Möglichkeit denken. Für Michail Yurovsky war es unglaublich, daß ein erfahrener Soldat wie Alexander Shuvalov sich an die gleichen Illusionen klammerte wie seine einfachen Kosaken.

»Du bist schwermütig«, warf Shuvalov ihm vor. »Was ist los mit dir?« Sie waren seit vier Monaten in Baratina. Nichts geschah, aber dauernd wurde gemunkelt. Gerüchte gingen um über Freilassung, daß man in andere Lager aufgeteilt werden sollte, ja sogar, daß der Krieg zwischen Amerika und England auf der einen Seite und der Sowjetunion auf der anderen bereits ausgebrochen sei. Michail hörte das meiste davon von Antonyii, seinem Fahrer, der die Erlaubnis hatte, die Offiziersquartiere zu betreten, um ihm zu helfen und verschiedene Pflichten zu erfüllen. An dem Ukrainer war nichts Simples oder Optimistisches. Er hatte Angst und redete davon, zu fliehen und in die Berge zu gehen. Yurovsky wußte, daß ihn bisher nur seine Ergebenheit für ihn davor bewahrt hatte, sein Vorhaben auszuführen. Er blickte seitwärts zu Shuvalov, ehe er antwortete. Der General war zusammengeschrumpft, sein Haar war jetzt vollkommen weiß. Er hatte seine Männer durch eine der fürchterlichsten Schlachten an der Ostfront geführt. Keiner seiner Verwundeten war am Leben gelassen worden, um in Gefangenschaft zu geraten. Sie selbst hatten keine Gefangenen gemacht. Nichts Halbes, sondern eine Schlacht auf Leben und Tod. Und am Ende die Niederlage, die Vernichtung eines Traums, der ihn und andere gleich ihm wieder zu Soldaten gemacht und seinem verfolgten Volk Hoffnung gegeben hatte. Rußland wurde nicht befreit. Der kommunistische Feind hatte gesiegt, und ihr einziger Gedanke galt der Flucht vor der Rache dieses Feindes.

»Oberst MacDonald hat uns für heute abend zu einem Treffen bestellt«, sagte Michail Yurovsky.

»Ich weiß, ich weiß«, unterbrach ihn Shuvalov. »Er will uns

erklären, was die Alliierten vorhaben. Weshalb macht dich das mißtrauisch, Michail? Du hast sie immer im Verdacht, uns zu hintergehen, und bis jetzt haben sie noch nicht eine einzige unehrenhafte Handlung gezeigt. Ich vertraue diesen Briten. Sie sind Soldaten, Männer des Wortes. Wenn MacDonald sagt, wir werden irgendwohin umgesiedelt, während sie darüber nachdenken, was für uns das Beste ist, dann glaube ich ihm!«

»Nicht MacDonald mißtraue ich«, sagte Yurovsky. »Es sind die Politiker. Er wird seine Befehle ausführen. Was immer auch geschieht, sein Fehler wird es nicht sein. Aber ich glaube nicht, daß wir freikommen, das ist alles.«

»Das wirst du ja heute abend sehen«, sagte Shuvalov. »Soviel ich hörte, werden die älteren Offiziere und ich nach England geschickt.«

»Ich hörte, es sei Lünnen«, sagte Michail Yurovsky. »Jemand anders wird Ihnen sagen, wir würden nach Rumänien gebracht und den Sowjets übergeben ...«

»Ich würde mir augenblicklich die Kehle durchschneiden«, sagte Shuvalov, »wenn ich das glaubte. Sie können uns denen nicht ausliefern, Michail – wir sind keine Sowjetbürger, wir haben Rußland vor 1920 verlassen. Ich werde Oberst MacDonald heute abend wegen dieses Geredes über Rumänien fragen. Er wird mir antworten müssen.«

Oberst James Alastair MacDonald hatte im schlimmsten italienischen Feldzug gekämpft. Sein Regiment gehörte zu den zähesten Truppen der britischen Armee. Er saß in seinem Büro und hatte vor sich auf dem Tisch eine Flasche Whyski stehen. Zwei Männer saßen ihm gegenüber. Der Engländer von den beiden war ein freundlicher, ziemlich weibischer Staatsbeamter von der Art pedantischer Zivilisten, für die der Oberst nur Verachtung übrig hatte. Er hatte ein blasses Gesicht, lang, mit einer Hornbrille geschmückt, und dünnes, schütteres Haar. Er war eingehüllt in einen britischen Armeemantel ohne Abzeichen, und diese Affektiertheit irritierte MacDonald auch. Der andere hatte seine

Tarnjacke abgelegt und trug die graue Uniform der Sowjetarmee. Er war untersetzt und hatte ein rundes Gesicht, sein Haar war so kurz geschoren, daß er wie kahl wirkte. Es war schwierig, sein Alter zu schätzen. MacDonald taxierte ihn auf Mitte zwanzig. Er hatte bis jetzt noch nichts gesagt, und MacDonald nahm an, daß er nicht Englisch konnte. Der widerliche Zivilist sollte auch als Dolmetscher fungieren. Die amtlichen Schreiben, die er dem Oberst überreichte, waren vom Generalkommandeur unterzeichnet. Sein Name war Redway.

»Sie haben die Lage anzuerkennen, Oberst«, sagte er. »Man hat auf höchster Ebene zugestimmt, daß diese Leute repatriiert werden, um für ihre Verbrechen zu bezahlen. Wir unterhalten uns nicht über das Ethische, und ich muß betonen, daß Sie das wirklich nichts angeht. Es geht um die praktische Methode, die Offiziere von den übrigen abzusondern, ohne einen Aufstand hervorzurufen. Ich habe dies alles Major Gusev erklärt. Und ich muß Sie bitten, ihm Ihre Liste jener Offiziere auszuhändigen, damit sie mit den sowjetischen Aufzeichnungen verglichen werden kann.«

MacDonald sah ihn an. Er spürte, daß der Russe ihn beobachtete.

»Hier sind zwischen dreißig- und vierzigtausend Leute unter Bewachung«, sagte er. »Ich habe nicht genügend Truppen, um mit einem ernsthaften Versuch sowohl von Widerstand als auch von Flucht fertig zu werden. Sie bitten mich darum, alle diese Offiziere zusammenzuholen, ihnen einen Packen Lügen aufzutischen und sie in einen Zug zu setzen, der sie auf sowjetisches Territorium abliefert. Ein Gerücht, daß sie zwangsweise repatriiert werden, und dieses ganze Lager explodiert wie eine Bombe. Dafür will ich nicht verantwortlich sein. Wenn Major Gusev diese Leute haben will, dann soll er lieber eine Abteilung russischer Truppen bringen und die Dreckarbeit selber machen!«

Wütend nahm er einen Schluck Whisky. Shuvalov, Yurovsky, der deutsche General von Bronsat waren seine

Gäste in der Offiziersmesse gewesen. Der Gedanke, sie zu hintergehen, brachte ihn zur Raserei.
»Die Liste, wenn ich bitten darf, Oberst. Wir können anfangen.« Es war Major Gusev, der da sprach, in perfektem Englisch. MacDonald hätte sich beinahe verschluckt. Die runden, schwarzen Augen waren so ausdruckslos wie Glas.
»Der General hat Sie ermächtigt, die Listen auszuhändigen«, erinnerte ihn Redway. MacDonald stand auf. Er ging zu einem Aktenschrank und zog die oberste Schublade heraus. Er nahm einen Ordner heraus und knallte ihn auf den Tisch. Er redete den Russen an.
»Hier«, sagte er. »Einige davon gehen Sie nichts an. Es sind keine Sowjetbürger.«
»Es sind Russen«, sagte Major Gusev. »Wir wollen sie alle.«

Antonyii Krosnevsky war auf der Sanitätsstation. Seit zwei Stunden stand er Schlange, mit Männern, Frauen und Kindern, die kleinere Leiden hatten. Er litt an einem Ekzem auf den Handrücken. Sie waren rauh und juckten unerträglich. Régine Bourand war die Schwester vom Dienst. Antonyii war von ihrer Sanftmut und ihrem Mitleid mit den kranken Kosaken gerührt, von denen keiner auch nur ein Wort französisch sprechen konnte. Immer, wenn er zur Behandlung kam, wirkte er als Dolmetscher. Als Fahrer des Obersten hatte er ein wenig von der Sprache aufgeschnappt. Sie war ein attraktives Mädchen, mit sanfter Stimme und voller Mitgefühl. Sie hatte große, braune Augen, in die zu schauen er niemals müde wurde, wann immer er Gelegenheit dazu hatte. Drei Dinge hielten ihn während der Wochen in Baratina aufrecht: sein Wunsch zu fliehen, seine Angst um Oberst Yurovsky und seine Liebe zu Schwester Régine.
Es war eine seltsame Werbung. Er stand noch lange nach seiner Heilung in der Schlange, und sie fuhr fort, ihn zu behandeln. Er blieb während der Behandlungsstunden und dolmetschte. Es war Régine, die ihm zuflüsterte, daß sie einen Armeewagen hatte vorfahren und einen Mann in

Oberst MacDonalds Büro hatte gehen sehen, der mit Sicherheit ein sowjetischer Offizier war.
Antonyii mußte unbedingt noch an diesem Abend in das Offiziersquartier gehen. Er verließ die Sanitätsstation, schärfte Régine ein, zu niemand ein Wort zu sagen, und versuchte zu einem Entschluß zu kommen. Die Gerüchte, daß ihre Offiziere versetzt werden sollten, wogten bereits durch das Lager der Kosaken. Man hielt es für ein gutes Zeichen. Um ihn herum wurden die Feuer geschürt und von den Familien die Abendmahlzeit aus den Rationen bereitet, die sie von der britischen Armee erhielten. Die Kosaken hielten selbst als Gefangene an ihren Bräuchen fest. Die Frauen sorgten für ihre Männer und Kinder, und die Männer kümmerten sich um ihre Pferde. Der Umgang mit den britischen Soldaten war zunehmend freundlich. Nachdem man sich kaum unterhalten konnte, behalf man sich sehr gut mit der Zeichensprache. Die Soldaten waren den Kosakenkindern gegenüber großzügig. Guter Wille und das Wissen um die Sinnlosigkeit eines Fluchtversuches gestalteten das Leben im Lager verhältnismäßig heiter. Im Hauptbahnhof wurden religiöse Feiern abgehalten; orthodoxe Priester leiteten die Hymnengesänge und beteten Litaneien, in denen sie die Gläubigen dazu ermahnten, niemals wieder in das atheistische Rußland zurückzukehren.
Antonyii wanderte von einer Hütte zur anderen. Ihm war elend zumute. Er redete mit allen und versuchte, die allgemeine Stimmung zu erkunden. Wenn man ihre Offiziere wegbrachte, würden sie revoltieren? Wenn er die Nachricht verbreitete, daß ein sowjetischer Offizier bereits im Lager war, wäre die Reaktion Panik, Wut oder die hoffnungslose Gleichgültigkeit, die zeitweise das ganze Lager erfaßt hatte? ... Er konnte sich nicht klarwerden. Nach und nach rang er sich zu einem Entschluß durch. Er würde seinen Oberst warnen, und dann sollten die älteren Offiziere entscheiden, was zu tun war. Eines war sicher. Die Offiziere durften nicht gezwungen werden, irgendwohin zu gehen. Ohne sie

waren die Kosaken führerlos. Als er zum Eingang des Offizierslagers kam, verstellte ihm ein Posten mit angelegtem Gewehr den Weg. An diesem Abend durfte niemand in das Offiziersquartier hinein. Sie waren alle bei einer Besprechung. In hoffnungsloser Verzweiflung bat und flehte Antonyii, versuchte sich verständlich zu machen und verstand die Erklärungen nicht, die man ihm gab. Alles, was er verstand, war das Gewehr mit dem aufgepflanzten Bajonett, das auf ihn einstach, als er zu passieren versuchte.
»Zurück!« schrie der Posten. »Zurück, oder ich spieß dich auf!« Der Russe drehte sich um und stolperte davon. Régine hatte recht gehabt. Die Sowjets waren im Lager, und schon hatte man die Offiziere abgesondert, um sie wegzubringen. Er ging hinter eine der Hütten, lehnte seinen Kopf gegen die Holzwand und weinte.
Er konnte Oberst Yurovsky nicht warnen. Aber vielleicht konnte Régine es tun. Er rannte zur Sanitätsstation. Sie war geschlossen, der Rotkreuzstab war ins Quartier zurückgekehrt. Die nächsten Stunden verbrachte er damit, sich in der Nähe des Drahtzauns herumzutreiben, der ihn von Michail Yurovsky trennte, in der Hoffnung, ihn über das Gelände gehen zu sehen. Als es zu dunkel war, um noch etwas zu sehen, gab Antonyii auf. Er schleppte sich zurück in seine Hütte und kroch in seine Koje. Einige Männer, die würfelten, riefen ihm zu, mitzumachen. Er murmelte eine Ausrede und wandte sich ab.
Sie waren verdammt, alle. Er am meisten, denn er war Bürger der Sowjetunion und hatte in der deutschen Armee gekämpft. Er war noch immer in Uniform, mit den Streifen der Kosakenarmee am Kragen. Er würde sofort nach seiner Übergabe erschossen oder zu den gefürchteten Arbeitslagern im Norden geschickt werden. Besser sterben als zu verhungern oder sich zu Tode zu schuften ... Besser noch immer, zu fliehen und die Chance in den Bergen zu suchen. Die Sicherheitsbestimmungen im Lager waren noch immer lasch. Es war jetzt noch leicht davonzuschleichen. Morgen,

wenn er noch einmal versucht hatte, seinen Oberst zu sehen. Vielleicht ließen sie ihn am Morgen zu den Offiziersunterkünften durch. Wenn ja, kam er vielleicht doch noch rechtzeitig …

Die Luft über den Reihen der russischen Offiziere war schwer und blau vom Rauch. Oberst MacDonald hielt die Ansprache, Redway saß auf einem Stuhl hinter ihm, sein Adjutant links von ihm.

Alexander Shuvalov, begleitet von Michail Yurovsky und einem Dutzend älterer Offiziere, saß in der ersten Reihe.

»Wie ich Ihnen schon mitteilte, meine Herren, die Lastwagen treffen morgen vormittag um elf Uhr ein, Sie werden zum Bahnhof begleitet und in den Zug nach Lünnen gebracht. Dort werden Sie vorübergehend untergebracht werden, während weitere Verhandlungen über Ihre Zukunft stattfinden.«

Michail Yurovsky beobachtete ihn ganz ruhig. Der Oberst schwitzte; seine Stirn glänzte und zwischen seinen dichten Brauen stand eine tiefe Falte.

Während seiner Rede mußte er sich mehrmals räuspern, und er haspelte seine Worte so rasch herunter, als sei er froh, sie hinter sich zu bringen. Ein Mann, der sich offensichtlich schlecht fühlte, der etwas tun mußte, was er verabscheute. Ein Ehrenmann, der Menschen belog, die ihm vertrauten, Männer, die ihm ihr Wort gegeben hatten, nicht zu fliehen – eben wegen dieses Vertrauens.

Yurovsky sah, daß Shuvalov aufstand. Der britische Oberst machte eine Pause. Shuvalov stellte seine Frage auf französisch, er sah sich nach Michail um und bat ihn zu übersetzen.

»Es gehen Gerüchte um, daß wir in sowjetisch besetztes Gebiet geschickt und an die Rote Armee übergeben werden sollen. Ich muß Sie bitten, Oberst MacDonald, diese Gerüchte zu dementieren.«

Michail Yurovsky sah, wie sich der britische Offizier sekundenschnell zu dem Zivilisten umdrehte, der in seiner Nähe

saß. Er stieß ein lautes, ärgerlich klingendes Schnaufen aus. »Sie haben mein Wort, meine Herren. Sie fahren nach Lünnen.«
»Merci«, sagte Shuvalov. Er verneigte sich vor dem Oberst und setzte sich. Einen Augenblick sahen Michail und MacDonald einander an. In den Augen des britischen Obersten lagen Scham und echter Schmerz. Yurovsky nahm seinen Platz wieder ein und schonte ihn, indem er seinen Blick abwandte. Sie wurden ausgeliefert. Er hatte das immer erwartet, und jetzt überzeugte ihn das miserable Theater, das man ihnen hier vorspielte, vollends davon. Nicht nur die Deserteure der Roten Armee, wie die beiden Offiziere zu seiner Linken, oder die Kriegsgefangenen, die ihr Leben durch den Anschluß an die Deutschen gerettet hatten, sondern andere auch, die niemals unter sowjetischer Herrschaft gelebt hatten. Männer wie er selbst und Alexander Shuvalov, alte Feinde, denen man nicht die Möglichkeit geben würde, ein zweites Mal zu entfliehen. Er hätte so leicht im Kampf getötet werden können. Lieber ein ehrenvoller Tod als ein Erschießungskommando. Armer Shuvalov, plötzlich einfältig wie ein Kind. Der Mut war von ihm gewichen, obgleich er es noch nicht merkte. Sie hatten alle gespielt, dachte Yurovsky, und sie hatten verloren. Er hätte sich Shuvalov nicht anzuschließen brauchen. Er hätte in Ruhe und Sicherheit bei Liliane und den Kindern bleiben können. Seit seiner Abreise aus Vermeuil hatte er von ihnen kein Wort mehr gehört. Seine Briefe waren mit Lilianes Vermerk zurückgekommen: »Unbekannt. Zurück an Absender«. Sie hatte ihm niemals verziehen. Der alte Druet würde es als Kollaborateur schwer haben, auch seine Familie. Aber er konnte nichts für sie tun. Er hatte keine Möglichkeit, seiner Frau ein Wort zukommen zu lassen und sie um Verzeihung zu bitten, oder seinem Sohn, in der Hoffnung, er würde ihn nicht vergessen.
Als die Besprechung zu Ende war, gingen sie zurück in ihre Quartiere. Michail nahm Shuvalov beiseite. Er zündete dem

General eine Zigarette an und sah, daß die Hand des alten Mannes zitterte.
»Er lügt«, sagte Michail Yurovsky ruhig. »Ich habe es in seinem Gesicht gesehen. Wir fahren nicht nach Lünnen. Es ist ein Trick!«
Shuvalov blickte zu ihm auf. Seine Augen waren rot gerändert, aber um seinen Mund lag ein ärgerlicher Zug.
»Er hat sein Wort gegeben! Du hast dir diese Idee in den Kopf gesetzt, und nichts kann dich davon abbringen! Wir werden nicht ausgeliefert, laß dir das gesagt sein! Wir können nicht – begreifst du das nicht? Niemand kann an ein Land ausgeliefert werden, dessen Bürger er nicht ist! In unserem ganzen Haufen sind vielleicht zwanzig Offiziere, die lediglich in der Sowjetunion *geboren* sind. Wir sind staatenlos, manche von uns haben die französische Staatsangehörigkeit angenommen – verdammt, Michail, du bist entschlossen, eine Panik auszulösen ...« Er wandte sich wütend von Yurovsky ab und drückte seine Zigarette aus. »Ich befehle dir, diesen Unsinn nicht zu verbreiten. Du wirst die Moral ernsthaft gefährden!«
»Sie wollen die Wahrheit nicht erkennen«, sagte Michail Yurovsky. »Die Briten haben ihre Befehle erhalten, wir werden von unseren Leuten getrennt, denn ohne Führer sind sie leichter zu behandeln. Ich kenne Oberst MacDonald. Er ist ein anständiger Mann und ein schlechter Lügner. Aber heute abend hat er gelogen, und er weiß, daß ich es weiß.«
»Also gut«, knurrte Shuvalov ihn an. »Also gut, er hat gelogen. Wir werden an die Roten ausgeliefert ... was schlägst du vor, was wir tun sollen? Hm? Wir haben keine Waffen, wir haben unser Ehrenwort gegeben, nicht zu fliehen.«
»Dieses Ehrenwort ist jetzt wertlos«, sagte Yurovsky. Er legte dem General seine Hand auf die Schulter. »Wir werden hintergangen, und mit uns alle unsere Leute. Rufen Sie die Offiziere zusammen, sagen Sie ihnen, was wir vermu-

ten. Weigern Sie sich, morgen das Lager zu verlassen, und rufen Sie zu einer Massenflucht auf. Sie können uns nicht aufhalten, General, verstehen Sie das nicht? Sie haben nicht genügend Truppen, wir können ganz einfach hinausmarschieren und verschwinden und wenn sie das Feuer eröffnen, ist es Mord, Mord an unbewaffneten Männern und ihren Frauen und Kindern. Guter Gott, Mann, wir haben hier zwanzigundsoundsovieltausend Pferde, genug, um eine ganze Armee in die Berge zu bringen!«
Shuvalov stieß seine Hand weg.
»Das ist ein Hirngespinst«, sagte er. »Wir können nirgendwohin. Ich habe dir heute früh gesagt, ich werde nicht in die Berge gehen, um wie ein Hund gejagt zu werden, und meine Kosaken mitnehmen – wozu? Um vor Hunger oder Kälte zu sterben, um von irgend jemand erschossen zu werden, der uns sieht? Und weshalb, nachdem du dich davon überzeugt hast, daß die Engländer mit der Roten Armee im Bunde sind?« Er schüttelte den Kopf, und etwas von dem Ärger in seinem Gesicht verblaßte. »Nein«, sagte er. »Ich glaube es nicht. Ich vertraue MacDonald. Ich vertraue den Briten. Ich habe ihn heute abend gefragt, und er gab mir sein Wort als Soldat. Du kannst fliehen, wenn du willst, mein Sohn, aber ich gehe morgen mit den anderen nach Lünnen.« Er verließ Michail Yurovsky und ließ sich neben zwei Offizieren in einen Sessel fallen, die Karten spielten. Er sah alt und verfallen aus, und er redete nicht mit ihnen.
Michail Yurovsky ging zu seiner Schlafkoje und setzte sich. Shuvalov war ein gebrochener alter Mann. Der Tiger war während des letzten Rückzugs gestorben, der Kampfgeist endgültig erloschen. Alles, was er tun konnte, war, gegen sein besseres Wissen auf das Beste zu hoffen. Er blieb lange Zeit allein und machte sich Sorgen um seinen General.
So fand ihn Raoul Jumeaux. Es war ziemlich spät, und er war herübergekommen und hatte eine Flasche Wein gebracht. Er wirkt als Verbindungsoffizier zwischen den

Briten und den französischen Befreiungstruppen, und er hatte sogleich mit dem Grafen Freundschaft geschlossen. Er war ein junger Mann, aber von derselben stillen, kultivierten Wesensart. Sie unterhielten sich über Bücher und Briefmarken, was Yurovskys Hobby als Junge gewesen war, entdeckten gegenseitig ihre Freude am klassischen französischen Theater und fanden einfach Gefallen aneinander. Jumeaux hatte gelernt, den Russen zu bewundern und zu verstehen. Er erkannte die unerschütterliche Geisteshaltung, die gewisse Männer von ihren Kameraden unterscheidet. Er empfand im Prinzip für die russischen Vorkriegsemigranten keine Sympathie. Seine politische Richtung neigte zur intellektuellen Linken, aber Yurovsky hatte sich ihm als Beispiel dessen gezeigt, was das Beste an einer verschwundenen Kaste war. Er hatte gegen sein Wollen eine Zuneigung für die Russen als solche entwickelt. Während er ihrem Gesang im Lager zuhörte, regten sich in ihm Gefühle, die er gar nicht in sich vermutet hatte. Der Anblick so vieler Tausender, die auf dem offenen Platz mit ihren Priestern die Messe feierten, erregte sein Mitleid und seine Sorge. Dieses Gefühl wuchs, als er von der Verlegung der Offiziere nach Lünnen hörte.

Er und Michail tranken einander zu. Er fand, der Russe sehe plötzlich verhärmt und viel älter aus.

»Ich hörte, Sie werden morgen weggebracht«, sagte er. »Ich kam, um mich zu verabschieden und Ihnen viel Glück zu wünschen.«

»Danke«, sagte Graf Yurovsky. »Wir gehen, aber nicht nach Lünnen.«

Jumeaux starrte ihn an. »Was meinen Sie – man hat es mir doch heute abend gesagt.«

»Ich denke«, sagte Michail ruhig, »daß wir an die Sowjetarmee ausgeliefert werden. Ich bin sehr froh; daß Sie mich besucht haben, mon Capitaine. Könnten Sie mir vielleicht einen Gefallen tun?«

»Aber das ist doch Unsinn«, protestierte Jumeaux. »So

etwas können Sie doch nicht im Ernst glauben. Ich hörte es ausdrücklich von MacDonalds Adjutant. Sie werden alle nach Lünnen gebracht und dort einquartiert.«

»Ich hoffe, Sie haben recht«, sagte Yurovsky. »Aber ich glaube es nicht. Ich versuche, meinen General zu überzeugen, aber er wollte nicht hören. Niemand will hören. Sie vertrauen alle Oberst MacDonald und sind dabei, glücklich ihre Sachen zusammenzupacken.«

»Warum zum Teufel rennen Sie dann nicht weg?« Jumeaux konnte nicht mehr an sich halten. »Sehen Sie, Oberst, wir sind Freunde, Sie und ich. Sie können mit mir aus dem Lager hinausgehen und verschwinden! Ich werde nichts sagen. Mein Gott, wenn das wahr ist, habe ich noch nie so etwas Ungeheuerliches gehört!« Der junge Franzose war ganz blaß geworden. Er hatte sich erhoben und stand mit geballten Fäusten neben dem Grafen.

»Ich helfe Ihnen wegzukommen«, sagte er. »Begreifen Sie denn nicht, was mit Leuten wie Ihnen geschehen wird, wenn Sie an die Rote Armee ausgeliefert werden? Es ist undenkbar ... das internationale Recht verbietet bestimmt die zwangsweise Repatriierung ... ich muß ...«

Michail Yurovsky schüttelte seinen Kopf.

»Sie sind ein guter Freund«, sagte er sanft. »Aber ich kann Ihr Angebot nicht annehmen.«

»Warum nicht?« fragte Jumeaux. »Wollen Sie einfach bleiben und ausgeliefert werden?«

»Ich war von Anfang an mit General Shuvalov zusammen«, sagte der Graf. »Wir sind Kameraden aus alter Zeit. Seit 1919 kämpften wir miteinander. Er war mir wie ein zweiter Vater, als ich alles verlor. Jetzt braucht er mich. Ich kann ihn nicht verlassen.«

Jumeaux starrte ihn an. Yurovsky fuhr ruhig fort: »Versuchen Sie zu verstehen. Wenn ein Mann stirbt, ist es traurig genug. Wenn sein Geist stirbt und er noch immer lebt, ist es am schlimmsten. Ich hätte niemals erwartet, Alexander Shuvalov aufgeben zu sehen. Aber er hat aufgegeben. Sein Herz

ist gebrochen. Von morgen an wird er mich brauchen. Wenn ich derjenige wäre, der innerlich gestorben ist, wäre er auch bei mir geblieben. Ich werde mit ihm gehen. Schließlich könnten Sie recht haben. Vielleicht landen wir am Ende doch in Lünnen.« Er lächelte, stand auf und holte etwas aus seiner Tasche.
»Für den Fall, daß ich recht habe«, sagte er, »würden Sie dies meinem Sohn Nicholas geben – wie und wann immer Sie können? Es ist alles, was ich ihm geben kann. Es war das Geschenk meines Vaters an mich.« Jumeaux nahm die flache, goldene Taschenuhr. »Meine Frau lebte in Vermeuil, in der Normandie. Gott weiß, wo sie inzwischen sind, aber wenn Sie versuchen könnten, sie zu finden und dies meinem Sohn geben ... Geben Sie ihm einen Kuß von mir, sagen Sie ihm, daß ich ihn liebe und ihm meinen Segen schicke. Sagen Sie ihm, daß ich für die Freiheit unseres Landes gestorben bin.«
Jumeaux nahm die Uhr. »Ich glaube es nicht«, sagte er. »Ich kann nicht.«
»Und dies«, sagte der Graf, »geben Sie dies meinem Burschen, Krosnevsky. Er ist ein guter Kerl. Würden Sie mir noch einen Gefallen tun?«
Jumeaux nickte. Er war nicht besonders gefühlvoll, aber die Kehle war ihm wie zugeschnürt.
»Nehmen Sie dies«, sagte Yurovsky. »Behalten Sie es und denken Sie manchmal an mich.« Es war ein altmodisches Zigarettenetui mit goldenem Monogramm. Unpraktisch, weil es nur Platz für ein halbes Dutzend Zigaretten bot. Er hatte solche Dinger schon in Trödelläden für wenige Francs gesehen. Niemand benützte sie mehr. Er steckte es zusammen mit der Uhr und dem kleinen Zigarettenhalter aus Elfenbein für Antonyii Krosnevsky in die Tasche.
»Ich gehe jetzt direkt zu Oberst MacDonald«, sagte er rauh, »und verlange, daß er die Wahrheit sagt. Als Verbindungsoffizier für die französischen Streitkräfte habe ich ein Recht darauf.«

Er drehte sich um und rannte hinaus in die Dunkelheit des Hofes. Seine letzte Erinnerung an Yurovsky war, daß er neben seiner Koje stand, mit erhobenem Glas, und an dem Wein nippte, den Jumeaux ihm gebracht hatte. Er erreichte die britische Offiziersmesse in einem Zustand innerer Erregung und steigender Wut. Es war undenkbar, daß man Männern, die sich mit ihrem Ehrenwort verpflichtet hatten, nicht zu fliehen, einen derart niederträchtigen Streich spielte. Undenkbar und ganz unvereinbar mit dem aufrechten Charakter des Kommandeurs der britischen Streitkräfte. Als er Oberst MacDonald fand, saß er mit dem Zivilisten Redway an einem Ecktisch und trank Whisky. Jumeaux stand ganz still. Neben Redway saß noch ein Mann und trank ebenfalls. Er trug Uniform und Abzeichen eines Majors der Sowjetarmee. Oberst MacDonald blickte auf und machte Jumeaux ein Zeichen, sich zu ihnen zu gesellen. Er wirkte äußerst beunruhigt und unglücklich. Jumeaux sprach nichts. Er sah abwechselnd von einem zum anderen und verließ dann die Offiziersmesse.

Die Lastwagen trafen pünktlich um zehn Uhr ein, und die Offiziere begannen, sie mit ihrem Gepäck zu beladen. Antonyii hatte an diesem Morgen nicht die Erlaubnis erhalten, seinem Offizier zu helfen. Riesige Menschenmengen sammelten sich jenseits des Zaunes und beobachteten die Abfahrt des Generals und seiner Offiziere. Es herrschte tiefe Stille, fast so etwas wie Betäubung unter den Kosaken. Aber das konnte alles kein schlechtes Zeichen sein, denn die Offiziere gingen ganz freiwillig und wirkten nicht niedergeschlagen. Viele von ihnen, besonders der General, schienen sehr guter Stimmung zu sein.
Antonyii kämpfte sich bis zum Zaun durch, puffte und stieß alles beiseite, was sich ihm in den Weg stellte. Da sah er Michail Yurovsky auf einen gedeckten Lastwagen zugehen. Er rief ihm zu, Yurovsky drehte sich um. Als er Antonyii sah, zögerte er, dann ging er zu dem Zaun hinüber. Anto-

nyii weinte, streckte seine Hand durch den Stacheldraht, bat ihn, nicht wegzugehen, sagte ihm, das alles sei nur eine List, die Roten seien im Lager... Für einen Augenblick berührten ihre Hände einander. Blut lief an Antonyiis nacktem Arm entlang, wo der Stacheldraht die Haut geritzt hatte. Yurovsky blickte in das verzerrte Gesicht des jungen Mannes und schüttelte den Kopf. »Laß gut sein, mein armer Freund. Ich weiß, ich weiß... Sei jetzt ruhig, löse keine Panik aus. Sieh zu, daß du wegkommst. Und Gott sei mit dir. Schließe mich in deine Gebete mit ein.«
Anton Kruger machte eine Pause. Er tat etwas Seltsames; er fuhr sich mit der Hand rasch über die Augen. »Das war das letzte, was ich von ihm sah«, sagte er. »Sie wurden alle weggefahren. Der Zug, der sie erwartete, bestand aus einer Anzahl Viehwaggons. Sie wurden hineingepfercht und nach Judenburg gebracht, wo sie die Rote Armee in Empfang nahm. Als man die Waggons öffnete, strömte Blut zwischen den Türritzen heraus. Viele hatten sich mit ihren Rasiermessern getötet, andere hingen vom Dach herunter. Nicholas' Vater hatte nicht Selbstmord begangen. Sowjetische Kameramänner machten von dieser Szene und von vielen anderen Filme. Er ging ganz ruhig hinaus und auf den Offizier der Roten Armee zu, der die Lieferung von den britischen Bewachern übernahm. Er salutierte vor ihm. Es war ein Mann namens Fjodor Gusev. Er war von Baratina angereist, um dabeizusein. Er versuchte an jedem Übergabeort anwesend zu sein. Er pickte die ersten zweihundert Männer aus seiner Liste heraus, sie wurden vor den Bahnhof gebracht und erschossen. Aber Nicholas' Vater und die anderen ehemaligen zaristischen Offiziere behielten sie. Sie schickten sie nach Moskau.«
Anna schien es, als sei der Lärm um sie herum verebbt. Sie hörte das Summen der allgemeinen Unterhaltung kaum. Es war, als seien sie und Anton Kruger von ihrer Umgebung abgeschnitten.
Sie verspürte körperliche Kälte.

»Er gab Hauptmann Jumeaux seine goldene Uhr, ehe er Baratina verließ«, sagte der alte Mann. »Und eine Erinnerung für mich.« Er griff in seine Tasche und hielt Anna die Hand hin. Auf der offenen Handfläche lag eine kleine Zigarettenspitze aus Elfenbein mit einem goldenen Ring. »Ich habe sie immer bei mir getragen«, sagte er. »Ich würde sie nicht einmal Nicholas überlassen.«

»Wie sind Sie davongekommen?« sagte Anna langsam. Sie konnte nur mühsam sprechen. Die Kehle war ihr wie zusammengeschnürt.

»Durch Régine« sagte er. »Umgehend wurden die Sicherheitsmaßnahmen im Lager verschärft. Die Kosaken durften nicht mehr hinaus. Hunderte von ihnen entflohen, bevor alles ganz abgeriegelt werden konnte. Ich wurde erwischt.« Er steckte die Spitz weg.

»Zur Strafe wurde ich eingesperrt, und bis ich wieder freigelassen wurde, war Baratina von Truppen und Stacheldraht umgeben. Wir alle wußten, was uns erwartete, als Fjodor Gusev zurückkehrte und die Männer schubweise zu ihm gebracht wurden. Er hatte die Listen vor sich liegen, die unsere Offiziere freiwillig abgegeben hatten, als wir uns ergaben. Er verbrachte einen Monat in Baratina und suchte auf den Listen nach bestimmten Leuten. Mein Name war nicht darunter, Madame Martin, weil ich Ukrainer war und Oberst Yurovsky keinerlei Angaben über meine Herkunft gemacht hatte. Er hatte versucht, mich zu schützen, verstehen Sie. Aber Hunderte anderer wurden ausgesucht und in kleinen Gruppen zwangsweise zurückgeschickt. Es war eine geschickte Technik. Diejenigen, die Gusev haben wollte, wurden nach dem Verhör nicht in das Hauptlager zurückgebracht, sondern in einen besonderen Hof gesperrt, wo sie am nächsten Morgen von den Soldaten zusammengeschlagen und abtransportiert werden konnten. Alle jene waren zum Tode verurteilt. Was den Rest anbetraf, begannen bald die Selbstmorde. Männer töteten lieber ihre Frauen und Kinder und dann sich selbst, als nach Rußland

zurückzukehren. Oberst MacDonald und seine Truppen mußten ausgetauscht werden, sie hatten mit Meuterei gedroht. Es waren zähe, kampfgewohnte Männer, Madame Martin, aber sie wollten nicht mit Bajonetten und Keulen auf wehrlose und hilflose Menschen losgehen, um sie in die Lastwagen zu treiben, die sie dann zu den Viehwaggons brachten. Sie wollten nicht mehr jeden Morgen die Baracken aufsperren und die Leichen von den Deckenbalken hängen sehen. Als Gusev aufgehört hatte, seine Opfer auszusuchen, kam der Befehl, das Lager zu räumen. Dies war der Augenblick, wo die Kosaken einen letzten Widerstand wagten. Als die Transporter kamen, um sie wegzubringen, verbarrikadierten sie sich im Lager mit den Frauen und Kindern und den Priestern und weigerten sich, wegzugehen. Ich möchte Ihnen die Einzelheiten ersparen, wie dieser Versuch zerschlagen wurde. Nur soviel: Ich sah, wie Frauen und Kinder zu diesen Lastwagen geschleppt wurden von Soldaten, die bei der Ausführung ihrer Befehle weinten. Ein Gewehrkolben brach mir den Arm, man hob mich auf und warf mich hinten auf einen Lastwagen. Er war voll von weinenden, schreienden Menschen, von bewußtlosen Männern, die aus den ihnen zugefügten Wunden bluteten. Und dann sah ich Régine. Régine mit aufgelöstem Haar, wie sie auf die Soldaten einschrie, die den Lastwagen bewachten. Sie weinte, und sie konnten sie nicht verstehen. Aber sie trug eine französische Uniform und sie wagten nicht, sie zu mißhandeln. Einer der Offiziere trat hinzu.
Sie begann mit ihm zu streiten. Ich hörte, wie sie ihm sagte, ich dürfe nicht weggebracht werden. ›Er ist Pole‹, sagte sie. ›Er ist einer meiner Assistenten in der Klinik ...‹ ›Tut mir leid‹, sagte der Offizier. ›Er war mit all den anderen dabei. Ich kann ich nicht gehen lassen. Er kann an der Endstation mit dem diensthabenden Offizier sprechen. Sie haben dort ein paar polnische Arbeiter. Wenn er Pole ist, wird er nicht in den Zug kommen.‹ Wissen Sie, was sie tat,

Madame Martin, meine Frau? Sie kletterte in diesen Lastwagen hinein und fuhr mit mir mit.«
In Annas Augen standen Tränen. Sie versuchte, sie durch Lidschlag wegzuwischen, aber Kruger sah sie.
»Als wir zum Bahnhof kamen, versuchte sie, für mich zu verhandeln. Der Offizier hatte rotes Haar, daran kann ich mich noch erinnern. Er war sehr jung und sah krank und nervös aus. ›Ich rufe jemand her‹, sagte er zu ihr. ›Man wird ihn identifizieren. Manche von diesen armen Teufeln sagen, sie sind Polen, nur um zurückbleiben zu können.‹ Ich hörte ihn rufen und wußte, es war hoffnungslos. Der Lastwagen war jetzt leer, nur Régine und der mich bewachende Soldat waren noch da. Ich werde mich an ihr schönes Gesicht erinnern, solange ich lebe. Sie trat zu mir und stieß mich an. Meinen Arm hatte sie verbunden.
»Renn«, flüsterte sie. »Renn jetzt los! Geh, um Gottes willen, geh!« Ich dachte nicht nach, ich tat einfach das, was sie sagte. Ich rannte, Madame. Ich hörte, wie mir die Wache nachrief, und ich hörte einen Schuß. Ich drehte mich um und sah Régine, sie hatte das Gewehr zur Seite geschlagen, als der Mann feuerte. So entkam ich. Sie waren zu sehr damit beschäftigt, die armen Teufel in den Zug zu treiben, um sich um einen einzigen Mann zu kümmern. Ich verdanke ihr mein Leben. Nicht einer dieser Männer, Frauen und Kinder, die man weggebracht hatte, überlebte. Diejenigen, die nicht bei der Ankunft erschossen wurden, starben in den Arbeitslagern.«
Das Restaurant war fast leer. Der Oberkellner gab seinen Leuten ein Zeichen. Kruger war tief in seine Unterhaltung versunken. Er durfte nicht gestört werden.
»Und Nicholas' Vater?« fragte Anna. »Und der General ... sie kamen ums Leben, nicht wahr ...«
»Ja«, sagte Anton Kruger. »Es dauerte lange, bis ich genau herausfand, was mit ihnen geschehen war. Aber ich habe es herausbekommen. Geld kann letzten Endes alles erkaufen. Es verschaffte mir jene Dokumentarfilme, und es verschaffte

mir die Einzelheiten über Michail Yurovskys Tod. Nach vielen, vielen Jahren.«

Er war so lange im Halbdunkel gewesen, daß die hellen Lichter des Korridors für seine Augen eine Qual bedeuteten. Die Zeit hatte längst aufgehört, irgendwelche Bedeutung zu haben – Nacht und Tag waren das gleiche in dem fensterlosen Dämmer. Er war lange Zeit nicht verhört worden. Manchmal träumte er von seinen Befragern, und das runde, flache Gesicht des Offiziers, der ihn an der Bahnstation in Empfang genommen hatte, drang durch sein Unterbewußtsein.

Er hatte seine Arbeit genossen. Einmal hatte Yurovsky General Shuvalov aus dem Zimmer kommen sehen, gerade bevor er hineinging. Er hatte verstört und irr ausgesehen, wie eine alte, zerbrochene Puppe, die man wegschleppte. Yurovsky blinzelte in dem hellen Licht, er ging mit langsamen Schritten den weißgetünchten Gang entlang. Die Augen tränten, die Hände waren ihm auf dem Rücken zusammengebunden. Endlich kam er dran, und er war dankbar dafür. Endlich würde er sterben. Sie waren es müde geworden, ihn zu foltern. Er murmelte ein Gebet. Er hatte seine Familie, seine Kinder vergessen. Seine Gedanken verschwammen, konnten nichts festhalten, hatten einige lichte Momente, aber nicht für lange.

Tod. Er hieß ihn willkommen. Die Kugel würde schnell sein. Das Ende eines Soldaten.

Sie blieben vor einer Tür stehen, und nachdem sie geöffnet war, ließ man ihn hinein. Sein Blick wurde klarer, er sah sich um. Shuvalov und der deutsche General von Bronsart waren bereits da und auch der siebzigjährige zaristische General Daslov. Zumindest glaubte er, daß sie es waren, denn die Gestalten in ihrem Gefangenengrau kamen ihm vertraut vor. Er sah sich nach dem Erschießungskommando um. Es war keines da. Dann sah er den Galgen.

»Guten Morgen, Monsieur Kruger – Ich hoffe, alles war zu Ihrer Zufriedenheit?«
Der Oberkellner hielt ihnen die Tür offen.
»Danke«, sagte Anton Kruger. »Ein ausgezeichnetes Essen.« Er nahm Annas Arm, und sie gingen zur Straße hinunter.
»Mein Wagen steht dort drüben«, sagte er. Ein großer Mercedes glitt vom Bürgersteig weg und kam auf sie zu. Der Fahrer trug eine dunkelblaue Livree. Er half Kruger und Anna in den Fond. Kruger drückte auf einen Knopf, die Glaswand schob sich hoch und trennte sie vom Fahrersitz.
»Sie sind ganz sicher, daß Sie das tun wollen?« fragte er sie. Sie wandte sich ihm zu und sah ihn an. Sie war sehr blaß, aber sie hatte einen entschlossenen Ausdruck, den sie zum großen Teil ihrem Großvater verdankte, der Campbell Stahl gegründet hatte.
»Nichts auf der Welt könnte mich davon abhalten«, sagte Anna. »Ich gehöre Ihnen, und alles, was ich habe, gehört Ihnen.«
»Ich bin froh«, sagte Kruger schlicht. »Ich habe auf Sie gesetzt, schon ehe wir uns trafen. Ich dachte, Sie würden zu diesem Entschluß kommen.«
»Es könnte keinen anderen geben«, sagte Anna. »Gestern abend hätte ich mein möglichstes getan, um Nicholas die Sache auszureden. Und Ihnen auch. Aber jetzt nicht. Jetzt würde ich den Mann am liebsten selbst umbringen.«
»Er soll nicht sterben«, sagte Kruger ruhig. »Das wäre zu einfach für ihn. Er wird der Welt die Wahrheit sagen.«
»Nicholas wird das nicht gefallen«, sagte sie. »Er will nicht, daß ich dahinein verwickelt werde.«
»Sie waren von dem Augenblick an darin verwickelt, als Ihr Ex-Ehemann mit Ihnen darüber sprach«, sagte Kruger. »Nicholas wird einverstanden sein, wenn er weiß, daß Sie selbst nicht in Gefahr sind.«
»Es würde mir nichts ausmachen, wenn ich es wäre«, sagte sie. Sie berührte seinen Arm. »Ich begebe mich mit ganzem Herzen in diese Sache.«

Kruger nahm ihre Hand und küßte sie.
»Ich weiß«, sagte er. »Und es ist ein tapferes und großzügiges Herz. Sie erinnern mich an Régine. Nicholas hat sehr großes Glück.« Der Wagen war in die A 13 eingebogen und verließ die Vororte von Paris. Er beschleunigte die Fahrt, als er auf der Straße nach Chartres und zum Château Grandcour war, wo Nicholas auf sie wartete.

4

»Es ist rührend, sie anzusehen«, sagte Régine Kruger. Sie schob die Hand in den Arm ihres Mannes. »Es ist gut, zwei Menschen so verliebt zu sehen. Da fühle ich mich wieder jung.«

»Du bist jung«, sagte er. »Du veränderst dich nie, Schatz. Er hat gut gewählt. Sie ist eine außergewöhnliche Frau.«

»Ich hoffe, es geht nichts schief«, sagte seine Frau ruhig. »Ich möchte nicht, daß ihm irgend etwas passiert. Oder ihr.«

»Das wird nicht der Fall sein«, sagte Anton. »Wenn alles so klappt, wie wir es planen, besteht nach der ersten Phase keine Gefahr mehr. Und ich habe alles bis ins kleinste Detail geplant. Das weißt du. Nachdem wir ihn haben, besteht keine Gefahr mehr. Und daß Anna Campbell Martin darin verwickelt ist, ist eine reine Gabe Gottes. Mit ihr wird der schwierigste Teil der leichteste werden.«

Seine Frau sah ihn an. »Wie … was meinst du?«

»Weil sie ist, wer sie ist«, sagte er. »Und ihre Mutter kommt nach Paris, um Nicholas kennenzulernen.«

»Du hast einen Plan«, sagte Régine. »Irgendeinen Trick, von dem du mir nichts erzählt hast. Anton, was ist es? Du wirst diesen beiden jungen Menschen nicht weh tun. Das werde ich nicht zulassen!«

»Keine Sorge«, sagte er. »Nicholas bedeutet mir ebensoviel wie ein Sohn. Und ich mag das Mädchen. Der, dem ich weh tun will, ist Gusev. Gehen wir im Garten spazieren. Ich werde dir meinen kleinen Plan erzählen.«

Nicholas brachte sie in sein Zimmer. Sie warteten keine Erklärungen ab, das Verlangen, einander zu lieben, überwältigte sie. Fast wortlos berührten sie einander, fanden sie zueinander. Ihre Vereinigung, ihre Versöhnung war ein wesentlicher Teil ihrer Sinnlichkeit, die stärker war als je zuvor.

»So war es noch nie«, flüsterte er ihr zu.

»Nein«, sagte sie. »Ich liebe dich so sehr, daß ich es kaum glauben kann. Mehr als zuvor, mein Liebling, seit ich weiß, was du gelitten hast.«

Er drehte sich auf den Rücken, sein Arm hielt sie eng umschlungen.

»Man sagt, es sei für einen Sohn sehr wichtig, seinen Vater zu lieben. Obwohl ich noch so klein war, als er uns verließ, blieb die Erinnerung an ihn so deutlich, als hätte ich ihn erst gestern gesehen. Er lehrte mich meine ersten russischen Worte. Ich kann jetzt sein Gesicht sehen und erinnere mich daran, wie er mich in seinen Armen hochzuheben und zu küssen pflegte. Er war ein sehr liebevoller, ein sehr zärtlicher Mann.« Er drehte seinen Kopf und sah sie an. »Meine Mutter hat immer gesagt, er habe uns verlassen. Ich glaubte ihr nicht. Ich wußte, er war fortgegangen, um für Rußland zu kämpfen. Weißt du, mein Liebling, daß sie beinahe ein ganzes Jahr dazu brauchten, um seinen Willen zu brechen? Sie wandten alle Mittel an: Hunger, brutale Schläge, Schlafentzug, dauernde Dunkelheit, ständiges Licht, beständiger Lärm. Sie kannten die psychologischen Tricks, die einen Gefangenen wahnsinnig machen können, und sie wandten sie an, lange bevor wir im Westen auch nur eine Ahnung davon hatten. Am Ende mußten sie seinen Willen mit Drogen zerstören. Er schrieb ein Schuldbekenntnis. Er gab zu, ein Krimineller zu sein, schuldig der Verbrechen gegen den Staat, und er bat um die Todesstrafe. Anton zeigte mir eine Fotokopie des Bekenntnisses. Auf dem Papier waren Flecken; sie sahen aus wie Tränen.«

Nicholas sah sie nicht an. Er starrte zur Decke, seine Stimme war sehr leise.

»Es genügte ihnen nicht, ihn zu töten; sie wollten ihn als menschliches Wesen zerbrechen, ein willenloses Wrack zum Galgen bringen. Mit den anderen machten sie es genauso. Sie machten Shuvalov vollkommen verrückt ...«

Anna spürte, wie er weinte, obgleich er ganz ruhig lag. Ihre eigenen Tränen flossen, sie umschlang Nicholas und nahm ihn in die Arme. »Nicht, nicht, mein Liebster ... reg dich nicht so auf ... sie konnten deinen Vater nicht zerbrechen oder die anderen. Niemand konnte einer solchen Behandlung standhalten. Denke an ihn, wie er war, wie du ihn in Erinnerung hast ...«

»Du solltest nicht hier sein«, sagte er endlich. »Kruger hatte nicht das Recht, dich mit hineinzuziehen. Mein Liebling, ich habe dich verlassen, weil ich dich nicht in Gefahr bringen konnte!« Er küßte sie sanft, zuerst auf die Lippen, dann auf die Lider und wieder auf die Lippen. An ihren Lippen verweilte er. »Aber jetzt könnte ich nicht mehr ohne dich sein. Ich könnte dich kein zweites Mal mehr verlieren.«

Sie schlang ihre Arme um seinen Hals. »Von jetzt an«, sagte sie, »sind wir zusammen. Ich liebe dich mit meinem ganzen Herzen, und was deinem Vater und deiner Familie widerfahren ist, ist mir widerfahren. Ich bin ein Teil all dessen, was dich angeht. Ich werde niemals vergessen, was Anton mir erzählt hat, und selbst da hatte ich keine Ahnung, daß das Ende für sie so entsetzlich war.« Sie machte eine Pause, und er spürte, wie sie schauderte. »Es gibt Dinge, die dürfen einfach nicht ungestraft bleiben, und für das, was mit deinem Vater und all diesen hilflosen Menschen geschehen ist, die zurückgeschickt wurden, muß bezahlt werden. Wenn das Leben überhaupt einen Wert haben soll, muß man sich gegen das wirklich Böse auflehnen. Das tust du, mein Liebling, und ich will dir dabei helfen. Ich möchte, daß wir sehr schnell heiraten. Kein

Wirbel, keine Verwandten, nur wir allein. Und die Krugers. Welch eine unglaubliche Geschichte ...«

»Zwischen ihnen ist es die Liebe eines ganzen Lebens«, sagte Nicholas.

»Bei uns wird es genauso sein«, sagte Anna. »Er wird mich den anderen Mitgliedern vorstellen. Ich muß ein Teil von ›Retour‹ werden. Ich möchte ein Teil davon werden.«

»Nein«, sagte er. »Das ist nicht nötig. Es genügt, daß du die Tatsachen kennst.«

»Nein, das genügt nicht«, beharrte Anna. »Ich bin das Verbindungsglied zu Jumeaux und dem SDECE. Das macht mich zu einer sehr wichtigen Person. Ich muß ihn davon überzeugen, daß ›Retour‹ auseinanderbricht, daß ich dich dazu überredet habe, die Gruppe zu verlassen. Er sagt mir vielleicht mehr, wenn er glaubt, ich sei auf seiner Seite.«

Nicholas hielt sie eng an sich gedrückt. Ihr Optimismus ängstigte ihn. Kruger hatte in ihr einen Kampfgeist entwikkelt, von dessen Existenz er gar nichts geahnt hatte. Er hatte an ihr Herz und ihren Gerechtigkeitssinn appelliert, und nichts konnte sie von ihrem Entschluß abbringen. Als sie von seinem Vater sprach, standen Tränen in ihren Augen. Er hatte sie nie tiefer geliebt, aber ein Teil von ihm war böse auf Anton Kruger und beunruhigt ihretwegen, sehr beunruhigt. Der Gedanke, daß sie ein erfahrenes Mitglied des französischen Geheimdienstes absichtlich täuschen wollte, störte ihn zutiefst. Er stritt nicht mit ihr. Die Initiative war ihm plötzlich aus der Hand genommen worden. Jetzt wollte sie ihn sogar heiraten, ohne daß ihre Mutter ihn zuerst kennengelernt hatte. Ihre Hingabe galt jetzt nicht mehr nur ihm, sondern der Idee hinter »Retour«, Krugers unbeugsamer Forderung nach Gerechtigkeit im Namen der Toten. Er hatte niemals ihren Mut und ihre Großzügigkeit bezweifelt. Es war der Grad ihrer Entschlossenheit, der ihn überraschte. Er hoffte, die Zügellosigkeit würde vorübergehen. »Bist du wirklich bereit, mich zu heiraten, sogar ohne auf deine Mutter zu warten?«

»Meine Mutter«, sagte Anna, »hat mich niemals als etwas anderes als eine Art Anhängsel von sich behandelt. Wenn die Leute nett zu mir waren, dann weil sie hofften, irgend etwas bei ihr erreichen zu können. Wenn mich ein Mann wollte, dann nur, weil ich in Wirklichkeit ihr ganzes Vermögen erben würde. Sie kann herkommen und dich kennenlernen, aber bis dahin sind wir längst verheiratet. Wenn es ihr nicht paßt, kümmert's mich keinen Pfifferling.«
Er drehte sich auf den Rücken.
»Die orthodoxe Zeremonie ist sehr schön. Meine Großmutter ging in der Kathedrale des heiligen Vladimir zur Messe. Als Kind pflegte sie mich dorthin mitzunehmen.«
»Dann werden wir dort heiraten«, sagte Anna. Sie küßte ihn. »Ich werde dich sehr glücklich machen«, sagte sie weich. »Wenn ich daran denke, was du als kleiner Junge gelitten hast, bricht es mir das Herz. Deine Mutter und deine kleine Schwester so zu verlieren … deinen Vater! Wenn das hier alles vorüber ist, werden wir zusammen ein wundervolles Leben haben!«
Sie spürte, wie seine Umarmung enger wurde. Zärtlichkeit wich der Leidenschaft. Sie gab seinem Verlangen nach, steigerte es, und sie schliefen einer in den Armen des anderen. Unten schlenderten Anton und Régine Kruger Arm in Arm durch den Garten. Régine blickte zu ihrem Mann auf.
»Du bist ein Genie, mein Schatz«, sagte sie. »Das war immer der schwierigste und gefährlichste Teil unseres Planes. Jetzt wird er dank dieses Mädchens der einfachste. Und der tödlichste.«
»Besser als all diese blutrünstigen Vorschläge von Idioten wie Volkov und Elise«, sagte Kruger. »Das ist der Weg, wie Gusev sich selbst richten wird.«

»Es ist sehr liebenswürdig von Ihnen, mich wieder einzuladen, Madame Martin«, sagte Raoul Jumeaux. Er sah sich in Annas Wohnung um und seufzte vor Freude. »Ich bewun-

dere Ihren Geschmack, wissen Sie. Ich liebe schöne Dinge.«
»Danke«, sagte Anna. Sie reichte ihm einen Drink und setzte sich neben ihn. »Paul mochte diese Wohnung nie; das war einer der Punkte, worüber wir zu streiten pflegten. Er sagte, sie sei übermöbliert und dekadent.«
Jumeaux lächelte. »Er ist sehr spartanisch, nicht wahr – radikal sozialistisch? Jeder Meter Teppich ein Affront gegen die Armen, ich kenne diese Art Sprüche. Seit ich Sie kennengelernt habe, frage ich mich dauernd, weshalb Sie ihn geheiratet haben. Sie haben wirklich nichts gemein.«
»Ich habe mich das oft selbst gefragt«, gab Anna zu. »Ich nehme an, ich habe ihn geheiratet, um meiner Mutter eins auszuwischen – es war eine Art Unabhängigkeitserklärung. Weiß Gott, warum *er* mich geheiratet hat.«
»Ich glaube, er hat Sie ehrlich geliebt«, sagte Jumeaux. »Er redet jedenfalls immer davon. Ich glaube, er ist eifersüchtig auf Nicholas Yurovsky. Ich nehme an, Sie haben ihm meine Nachricht überbracht?«
Sie nickte. »Ja, das tat ich. Ich möchte Ihnen genau erzählen, was geschah.«
Jumeaux machte es sich in seinem Sessel bequem. Seine braunen Augen blickten mild und interessiert. Er begann, sich die Pfeife zu stopfen.
»Ich habe Nicholas genau das gesagt, was Sie mir auftrugen«, sagte Anna. »Ich fragte ihn nach seinem Vater und seiner eigenen politischen Tätigkeit, und er gab zu, daß er sich mit einer Gruppe anderer Russen, Kindern von Emigranten wie er selbst, zusammengetan habe.«
»Das hat er zugegeben?« Jumeaux zog die Brauen hoch. »Ich bin überrascht. – Bitte fahren Sie fort.«
»Es war nicht leicht«, sagte sie ruhig. »Er stritt zuerst alles ab, aber am Ende mußte er es doch zugeben. Ihr Wissen über ihn war der ausschlaggebende Punkt. Er konnte einfach nicht weiterlügen. Ich sagte ihm genau, was Sie mir berichtet hatten – daß er vom französischen Geheimdienst beobachtet wird und daß er entweder von Ihnen oder den

Russen geschnappt würde, wenn er nicht aufgeben würde, was er da tat.«
»Ah«, sagte Jumeaux. Er paffte heftig. »Und sagte er, um was es geht, bei dieser ... Sache?«
Kruger hatte sie auf diese Frage vorbereitet. Sehr sorgfältig. Für jemand, der nur schwer lügen konnte, machte sie ihre Sache recht gut, fand sie.
»Lange nicht«, gab sie zu. »Ich drohte ihm, ihn zu verlassen. Ich sagte, ich würde sein Versprechen, von der Sache zu lassen, nicht annehmen, ehe er mir nicht sagte, um was es sich handelt. Es war eine so dumme, hoffnungslose Geschichte ... ich weiß nicht, wie er ein solcher Narr sein konnte, sich einzubilden, das würde irgend etwas ausmachen.«
»Und was war das für eine ... Geschichte?«
»Eine russische Delegation soll bald herüberkommen«, sagte sie. »Offensichtlich ist zu ihrer Ehrung eine Galavorstellung in der Comédie Française vorgesehen. Er plante, sich mit seiner Gruppe unter die Zuschauer zu mischen. Sie wollten Eintrittskarten fälschen. Dann wollten sie die Bühne stürmen, und Nicholas sollte eine Anklagerede gegen die Sowjetunion halten und die Menschenrechtserklärung von Helsinki verlesen. Ich sagte ihm, ich hielte das für die blödsinnigste Idee. Menschen wie die kümmern sich doch nicht um ein paar Demonstranten. Sie würden sie höchstens auslachen.«
»Nein«, sagte Jumeaux langsam, »da bin ich anderer Meinung. Ich glaube nicht, daß sie das sehr lustig fänden. Ich glaube, das hätte ein sehr häßlicher diplomatischer Zwischenfall werden können, der eine Menge Schwierigkeiten verursacht hätte. Diese Delegation kommt mit einem der höchsten Mitglieder des Sowjetpräsidiums an der Spitze hierher. Ein Mann namens Malenkov, Grigor Malenkov. Er könnte der nächste Präsident der Sowjetunion sein. Eine öffentliche Demonstration wie die geschilderte vor einem wichtigen Publikum könnte auf Jahre hinaus die Entspan-

nungspolitik zwischen Frankreich und Rußland zunichte machen. Keineswegs eine dumme Geste, Madame. Unser guter Wille wäre in Frage gestellt worden, unsere Sicherheitsvorkehrungen blamiert. An einigen Stellen hätte man uns sogar der stillschweigenden Duldung verdächtigt. Es läuft mir kalt über den Rücken, wenn ich nur daran denke!« Er klopfte seine Pfeife am Aschenbecher aus, Funken sprühten auf. Er war sichtlich erregt.

»Nun, jetzt wird das ja alles nicht geschehen«, sagte sie kühl. »Ich sagte ihm, ich würde Ihnen davon berichten. Er bekam richtige Zustände, aber er konnte mich nicht davon abhalten. Das hat ihn dann wirklich zu dem Entschluß gebracht, die Sache fallenzulassen. Es war sehr bedrükkend. Er weinte sogar.«

»Tatsächlich«, sagte Jumeaux. »Sehr gefühlsbetonte Menschen, diese Russen. Hat er erwähnt, wer sonst noch darin verwickelt ist, wer die übrigen ›Zuschauer‹ sein sollten ... es könnte ihm schwerfallen, sie von einer geradezu kriminellen Dummheit abzubringen!«

»Er sagte nichts«, Anna schüttelte den Kopf. »Er sagte nur, es sei alles zerstört, und er müsse es ihnen mitteilen. Ich bekam das Gefühl, Monsieur Jumeaux, daß Nicholas einesteils sehr erleichtert war. Ich hatte das Gefühl, er war tief hineingeraten und konnte nicht wieder heraus. Jedenfalls werden wir in einer Woche heiraten. Es wird keinen weiteren Unsinn mehr geben, das kann ich Ihnen versichern.«

»Das zu hören erleichtert mich sehr«, sagte Jumeaux. Er schien sich wieder entspannt zu haben. »Erwähnte er irgend jemand namens Volkov? Er ist Weißrusse, arbeitet für eine Werbefirma und hat betont antisowjetische Ansichten. Ein ziemlicher Hitzkopf und ein Taugenichts. Ist er ein Freund von Nicholas, glauben Sie vielleicht ... ein Mitglied dieser Gruppe ... wie nennen sie sich ... ›Revanche‹, ›Retour‹ ... irgend so etwas ...« Sie bemerkte die Falle gerade noch rechtzeitig. Sie schüttelte wieder den Kopf.

»Ich weiß nicht«, sagte sie. »Er hat niemals jemand namens Volkov erwähnt, und ich hörte nie etwas von einem Namen für sie alle. Ich glaube, es handelt sich nur um ein paar Leute, die davon träumen, Rußland zu verletzen. Sosehr ich Nicholas liebe, so ist er doch nicht sehr realistisch, wissen Sie. Er ist ein großer Träumer, ein Romantiker.« Sie zwang sich zu lächeln und kämpfte hart darum, sein Vertrauen zu erringen. Dieser Versuch, den Namen ›Retour‹ aus ihr herauszulocken, hatte sie gewarnt, daß er nicht vollständig übertölpelt worden war. »Ich glaube, ihm gefiel das Geheimnis und das Versteckspiel. Als ich den SDECE erwähnte, war er gar nicht sehr glücklich.«
»Dann ist er realistischer, als Sie denken«, sagte Jumeaux, »was ebensogut ist. Wenn Sie verheiratet sind, wo werden Sie Ihre Flitterwochen verbringen?«
Wieder hatte sich eine Falle geöffnet. Die Angst um Nicholas ließ sie besonders wachsam sein. »Venedig«, sagte sie. »Und dann stelle ich mir vor, daß wir vielleicht in die Staaten gehen. Nicholas kennt meine Mutter noch nicht. Und das wird helfen, daß er über diesen ganzen russischen Unsinn hinwegkommt. Jedenfalls ist das meine Absicht.«
»Ich gratuliere Ihnen, Madame«, sagte Jumeaux. »Sie haben äußerst vernünftig gehandelt. Ich hoffte, es würde Ihnen gelingen, dieser Sache Einhalt zu gebieten. Die Russen tun mir leid. Ich kann verstehen, wie Nicholas Yurovsky empfindet, denn ich war selbst dabei, und es war eine grauenhafte Erfahrung, selbst für einen Außenstehenden. Aber es wäre für ihn und für jeden anderen das sichere Verderben gewesen, etwas zu unternehmen, was die sowjetisch-französischen Beziehungen zu dieser Zeit stören könnte.« Er blickte sie an und zuckte mit den Schultern. Er machte den Eindruck, wirklich entspannt zu sein.
»Das Seltsame ist: unter anderen Umständen hätten wir jemand wie Nicholas durchaus ermutigt, Malenkov zu reizen und Schwierigkeiten zu machen. Jetzt paßt es nicht zu unserer Politik. In der Politik gibt es keine allgemeingültige

Ethik, nur die Erfahrung. Die Feinde von heute können die Freunde von morgen sein. Aber ich habe mich daran gewöhnt. Ich lebe für den Tag.«

»Sie lieben Ihre Arbeit«, sagte Anna. »Genau wie Paul die seine liebt. Er pflegte auch zu sagen, wie verdorben alles sei und wie zynisch, aber er hätte es nicht um alles aufgegeben. Ich glaube, auch Sie würden das nicht tun.«

»Nein«, Jumeaux lächelte. »Auch ich hänge daran. Aber ich bin jedesmal glücklich, wenn sich ein Problem so gut löst wie dieses hier.« Er erhob sich, klopfte seine Pfeife geräuschvoll aus und ließ sie in die Tasche gleiten. Er nahm Annas Hand und küßte sie.

»Danke, Madame Martin«, sagte er. »Sie waren uns eine große Hilfe, und ich versichere Ihnen, Sie haben möglicherweise Yurovskys Leben gerettet. Ich wünsche Ihnen eine sehr glückliche Hochzeit, und machen Sie nur eine lange Hochzeitsreise. Malenkov und seine Delegation reisen am 22. Juni wieder ab. Auf Wiedersehen.«

Sie ging zur Tür des Appartements und sah ihm nach, als er die Treppe hinunterging. Hinter den Vorhängen am Fenster beobachtete sie ihn, als er die Straße überquerte, dem geschäftigen Verkehr auswich und in der Rue St.-Honoré verschwand.

Die Tür zu ihrem Schlafzimmer öffnete sich und Nicholas kam heraus. Er nahm sie in die Arme. »Du warst wundervoll«, sagte er. »Ich habe jedes Wort gehört. Er konnte dich nie überlisten.«

»Meinst du, er hat mir geglaubt?«

»Ich denke schon. Schwierig zu sagen, ohne sein Gesicht zu sehen. Aber als er sich verabschiedete, war ich sicher, daß er überzeugt ist.«

»Ich fand das auch«, sagte Anna. »Weißt du, Liebling, jetzt fange ich ein bißchen an zu zittern – ist das nicht dumm?«

»Nein«, sagte Yurovsky. Er küßte sie. »Männer wie Jumeaux können sehr gefährlich sein. Ich wußte gar nicht, daß wir unsere Flitterwochen in Amerika verbringen. Du hättest mich wenigstens fragen können«, neckte er sie zärtlich. Der Ausdruck von Spannung in ihren Augen gefiel ihm nicht.

»Ich habe nicht nachgedacht«, sagte Anna ernst. »Mach keine Witze, Liebling, bitte. Ich sagte einfach das erste, was mir in den Sinn kam.«

»Du hättest nichts Besseres sagen können«, beruhigte Nicholas sie. »Anton wird entzückt sein, wie gut alles gelaufen ist.«

Jumeaux ging zu seinem Büro zurück. Er ließ sich den Akt über »Retour« kommen, studierte ihn, rauchte und machte kleine Randbemerkungen. Volkov, Zepirov, Natalia Maximova, Nicholas Yurovsky. Kleine, wirkungslose Leute, arm und unbeachtet bis zum Auftauchen von Yurovsky. Er glaubte Anna nicht, als sie leugnete, ihm Geld gegeben zu haben. Sie war eine sehr reiche Frau, und Pauls Bemerkung hatte sie in Verlegenheit gebracht. Sie hatte fast mit Sicherheit ihrem Geliebten große Summen gegeben: das war ja auch ganz natürlich, und er hatte sie »Retour« zugeleitet. Die Qualität der antisowjetischen Literatur hatte sich schlagartig verbessert. Zepirov und Maximova konnten nach London reisen, um mit der ukrainischen Vereinigung Verbindung aufzunehmen, einer weiteren lästigen Gruppe, die aber glücklicherweise in England lebte. Ein paar erschreckende antirussische Artikel erschienen in einigen der intellektuellen Zeitungen und Monatszeitschriften. Auch das war Nicholas' Verdienst.

Die Kampagne hatte sich plötzlich verstärkt, und das allein hatte die Aufmerksamkeit des Sicherheitsdienstes erregt. Aber wenn er glaubte, Anna hätte in bezug auf das Geld, das sie Nicholas gegeben hatte, gelogen, so war er sicher, daß sie ihm die Wahrheit gesagt hatte, als sie ihm erzählte, sie habe Nicholas überredet, die Gruppe zu verlassen. Er kannte die Reichen, und wilde Täuschungsmanöver waren ganz und gar nicht ihr Stil. Anna war eine reizende junge Frau, aber empfindsam und daran gewöhnt, ihren eigenen

Weg zu gehen. Er hatte bei ihrem ersten Zusammentreffen ihre Eigenwilligkeit kennengelernt.
Und Nicholas hatte angesichts der Gefahr, sie und all das zu verlieren, was sie in Zeiten der Sicherheit repräsentierte, seine Wahl getroffen. Ohne ihn und ohne Annas Vermögen würde die kleine Gruppe in ihre Bedeutungslosigkeit zurücksinken. Die lauernde Gefahr war nicht Wirklichkeit geworden. Jumeaux telefonierte und gab Befehl, die ständige Beobachtung der bekannten Mitglieder von »Retour« abzusetzen, aber Stichproben zu machen. Nicholas und Anna sollten streng beobachtet werden, bis sie das Land verließen. Man mußte diskrete Vorbereitungen für eine ständige Beobachtung der beiden in Venedig treffen, bis man sicher sein konnte, daß sie sich nach den USA eingeschifft hatten. Er schloß den Aktenordner und klopfte befriedigt auf den Deckel.

Kruger gab für sie einen Empfang im Ritz. Die Direktoren von Wedermans Verlag mit ihren Frauen waren anwesend; es waren über zweihundert Leute eingeladen. Anna hatte Régine Kruger eine Liste gegeben, und als die Gesellschaftsspalte am nächsten Tag erschien, wußte sie von einer Versammlung der französischen Intellektuellen und der wohlhabenden oberen Zehntausend zu berichten.
Der amerikanische Botschafter, keineswegs ein Freund ihrer Mutter, die nach seinem Posten getrachtet hatte, beehrte die Party mit seiner Anwesenheit, war reizend zu Anna und sparte nicht mit Komplimenten für Nicholas. Er erkundigte sich mit gespielter Begeisterung, wann man Sheila Campbell erwarten dürfe, und hoffte, sie würde sein Gast in der Botschaft sein. Die Party war ein großartiger Erfolg. Sie stellten sich für die Fotografen in Positur, und gerade, als Anna mit hocherhobenem Glas Nicholas anstrahlte, entdeckte sie plötzlich das Gesicht von Elise aus der Auberge St. Julien in der Menge. Sie verschüttete den Champagner auf den Teppich. Sie nahm Nicholas am Arm und flüsterte

mit ihm. Er nickte. »Ich weiß. Sie sind alle hier, unter die Gäste gemischt. Sie werden dir später vorgestellt werden. Dies ist eine perfekte Tarnung für uns. Vertraue Anton.« Er drückte ihre Hand, und schon wurden sie umringt von Menschen, die mit ihnen reden wollten. Die Räume waren sehr heiß, stickig und die Luft dick vom Zigarettenrauch. Als alles vorüber war, hatten die Blumen ihre erste Frische verloren. Anna hatte so vielen Leuten die Hand geschüttelt, daß ihr das Gelenk weh tat. Anton und Régine kamen zu ihnen herüber. Der alte Mann lächelte sie an, seine Augen strahlten. Seine Frau sah in einem grünen Samtkleid mit einer massiven, antiken Smaragdbrosche am Kragen wie die personifizierte Eleganz aus. Sie nahm Annas Arm.
»Hier entlang, meine Liebe«, sagte sie weich. »Sie warten alle darauf, Sie kennenzulernen.«
Es war eine kleine Suite im ersten Stock, die Anton für die Woche gemietet hatte. Régine hatte einige Einkäufe zu erledigen, und die Party zur Feier der Verlobung seines Schützlings Nicholas bot einen guten Anlaß, ein paar Tage in Paris zu verbringen. Einer nach dem anderen hatten sich die Mitglieder von ›Retour‹ hier eingefunden und warteten. In einer Ecke stand ein mit Getränken beladener Tisch. Wie immer war die Möblierung herkömmlich, aber bequem. Ein großer Korb mit streng geordneten Blumen stand auf dem Tisch, dazu eine Karte mit den Empfehlungen des Managers. Anton stand im Mittelpunkt der Gruppe. Etwa zwölf Leute waren im Raum, vorwiegend Männer.
Anna erkannte Elise und nickte ihr zu. Plötzlich fühlte sie sich elend und unsicher. Nicholas nahm ihren Arm und führte sie.
»Ich möchte, daß jeder von euch meine zukünftige Frau kennenlernt. Wir werden in fünf Tagen in der Wladimir-Kathedrale heiraten. Als eine Yurovsky wird sie ein Mitglied von ›Retour‹. Sie hat uns bereits sehr geholfen.« Er blickte sich im Kreis der Gesichter um. Einige waren feindlich. »In der Tat, meine Freunde, hätten wir sie nicht,

würden wir unseren Plan nicht fortführen können. Der heutige Abend hätte die Auflösung unserer Organisation sein können. Wir stehen in ihrer Schuld, und ich bin sicher, ihr werdet sie willkommen heißen.« Einen Augenblick rührte sich niemand. Anton und Régine Kruger hatten nichts gesagt. Nicholas und Anna standen allein. Dann bewegte sich eine Frau. Nicht Elise, die sie kannte, sondern eine schlanke, dunkle Frau in den Vierzigern mit einem blassen Gesicht und aufmerksam braunen Augen, das Haar kurzgeschnitten mit schlichten, geraden Stirnfransen. Sie war auf ihre Art schön. Sie trat auf Anna zu und streckte ihr die Hand entgegen.

»Willkommen bei ›Retour‹«, sagte sie. »Mein Name ist Natalia Maximova. Mein Vater kämpfte mit General Shuvalov. Er und meine Mutter wurden erschossen.« Ihr Händedruck war fest, der Ausdruck ihrer Augen freundlich.

Ein großer, hagerer, schäbig gekleideter Mann kam und nahm Annas Hand. »Zepirov, meine Eltern waren bei der ukrainischen Armee. Sie töteten sich selbst und meine Schwester, bevor sie ausgeliefert werden konnten. Ich rannte davon. Willkommen.«

Noch ein Mann, dessen Name sie aufhorchen ließ, mit einem zermalmenden Händedruck. »Volkov. Mein Vater und mein ältester Bruder waren bei Shuvalov. Beide wurden aus einem Gefangenenlager in England nach Rußland geschickt. Man hat nichts mehr von ihnen gehört. Meine Mutter hat sich die Kehle durchgeschnitten.« Er hatte Augen, die wie Feuer brannten, als er sie anblickte. Er wandte sich um und eilte an seinen Platz zurück. In seinen Bewegungen und seinem Ausdruck war eine Heftigkeit, die sie ängstigte. Sie erinnerte sich an Jumeaux' Beschreibung. »Ein Hitzkopf, Tunichtgut ...« Sicherlich mehr als das. Ein sehr gefährlicher Mann.

Und dann Elise. Sie bewegte ihren schweren Körper schwankend auf Anna zu. »Wir kennen einander«, sagte sie. Sie lächelte, und es war das gleiche Lächeln, mit dem sie sie in der Auberge willkommen geheißen hatte. Nichts hatte sich in ihrem Verhalten dem amerikanischen Mädchen gegenüber geändert. Sie stellte sich vor, wie es all die anderen getan hatten. »Mein Name war Rodzinskaya, mein Vater kämpfte mit General Denislov. Drei Mann waren nötig, um ihn abzutransportieren. Ich habe es mit eigenen Augen gesehen. Meine Mutter war Französin – sie wollte nicht mit ihm gehen.« Ein Ausdruck von Haß huschte über ihr Gesicht. »Ich weiß nicht, wie er gestorben ist. Ich hoffe, sie haben ihn erschossen. Willkommen.« Sie gab Anna nicht die Hand, sie drehte sich um, ging zurück und stellte sich an die Bar.

Andere folgten ihr, eine grauhaarige Frau mit einem mütterlichen Gesicht und einer Brille. Ein Mann, nicht viel jünger als Anton Kruger, der dem Tod dadurch entkommen war, daß er sich in Österreich in die Berge geflüchtet hatte und von einem österreichischen Mädchen versteckt worden war, das ihn später geheiratet hatte.

Jemand gab Anna ein Glas. Es war Wodka. Anton Kruger brachte den Toast aus. »Auf Anna«, sagte er, »bald Gräfin Yurovskaya. Gott behüte Sie, und mögen Ihnen die Jahre Glück und Kinder bescheren.«

Sie spürte die dunklen Augen von Frau Maximova. Die Botschaft war freundlich. Sie fühlte Volkovs glühende Blicke, dessen entsetzliche Geschichte in den wenigen Sätzen zum Ausdruck kam, die intensiven Blicke der anderen, einschließlich eines großen, blonden jungen Mannes, dessen Großvater der deutsche General von Bronsart gewesen war, den man mit den anderen Ausgesonderten aufgehängt hatte.

Christian von Bronsart war Jurastudent an der Sorbonne. Er lebte seit zwei Jahren in Paris, hatte sich einen Freundeskreis von ernsteren Kommilitonen geschaffen und war inoffiziell mit einem Mädchen verlobt, das er schon von Kindheit an kannte. Beide Familien waren darin übereingekommen, daß sie heiraten würden, sobald er in der Lage war, eine Frau zu ernähren. Sie waren von der gleichen Junker-Abstammung, Mitglieder einer Gesellschaftsschicht, die ihre Eltern bitter als die ›Neuarmen‹ bezeichneten, deren Besitzungen in der Deutschen Demokratischen Republik beschlagnahmt worden waren. Nur dank der Entschlossenheit und Zähigkeit ihres Standes konnten sie dieses Leben ertragen.

Christian beobachtete Nicholas und seine Frau. Sie war eine sehr attraktive Frau, und sie schien ziemlich schüchtern und unsicher zu sein. Er verstand ihre Gefühle, denn er teilte sie in vieler Hinsicht. Er war fast nur durch einen Justizirrtum Mitglied der Organisation. Sein Großvater war den Russen zugerechnet worden, weil er russisch sprach. Seine Auslieferung an die Sowjetstreitmächte war ein Akt ohne jede Legalität gewesen, seine Hinrichtung als Kriegsverbrecher nichts weiter als ein Justizmord. Christian hatte nichts gemein mit Männern wie Volkov und Zepirov, die so viel älter waren als er, oder mit der blassen, fanatischen Natalia Maximova, außer der Schande, die man ihren Toten angetan hatte. Er fühlte sich jung und trotz seiner Bildung und Intelligenz unbehaglich unter ihnen, mit Ausnahme von Graf Yurovsky. Nicholas hatte einen anziehenden Charme, weder bevormundete er jemand, der so viel jünger war, noch übersah er ihn. Vor Anton Kruger fürchtete Christian sich ziemlich. Er haßte ihn auch, während er den Wodka trank, der ihm aufgedrängt wurde, und daran dachte, wie erstaunt er gewesen, als er Krugers Einladung zu diesem Dinner öffnete, dem dann diese Stummfilmshow folgte. Christian hatte seinen Großvater auf verschiedenen Bildern gesehen. Er hatte sehr mager ausgesehen, weshalb auch seine Uniform sehr schlecht saß. Mit einem Ausdruck stoischer Würde ertrug er die Püffe und Beschimpfungen der Rotarmisten, die ihn am Zug von den Briten in Empfang nahmen. Christian hatte damals nicht gewußt, wen er mehr haßte – den Erbfeind, der wie immer nach besten Motiven handelte, um Mord und Ungerechtigkeit zu unterstützen,

oder die Russen selbst, die sich wie die Wölfe auf ihr Opfer stürzten.
Der Wodka tat seine Wirkung. Er fühlte sich ein wenig betrunken, seine Gefühle entglitten etwas seiner Kontrolle. Er spürte das dringende Bedürfnis, die Braut des Grafen zu begrüßen und ihr irgend etwas zum Willkommen zu sagen. Er begann, sich zu ihnen vorzuschieben.
Anna fühlte, wie Nicholas seine Hand in ihren Arm schob. Hart preßte er seinen Körper gegen den ihren. Er erhob sein Glas zu ihr und trank es auf einen Zug leer. Dann schleuderte er es in den Marmorkamin. Es klirrte. »Niemand soll mehr aus diesem Glas trinken«, sagte er. »Kein anderer Toast soll je damit ausgebracht werden, als dieser auf dich, meine Geliebte.« Er nahm ihre Hand und küßte sie. Anton Kruger begann zu klatschen. Bald war der Raum erfüllt von leisem Applaus. Dann umringte man sie. Zepirov schlang seinen Arm um Nicholas' Schulter, die grauhaarige Dame küßte Anna, die Maximova drängte sich zu ihnen durch. Ihr ernstes Gesicht war von einem hübschen Lächeln erhellt. Immer das gleiche Wort wurde wiederholt. Willkommen. Willkommen. Wir sind so glücklich, Sie bei uns zu haben. Wir freuen uns, daß Sie zu uns gehören. Von Nicholas sprach man immer nur als von dem Grafen. Es klang so archaisch, fremd. Mehr Wodka wurde ihr aufgedrängt. Der blonde, junge Deutsche kam und setzte sich neben sie.
»Nicholas ist ein Glückspilz«, sagte er. »Mein Mädchen könnte ich niemals da hineinbringen – sie will von der Vergangenheit nichts wissen. Will alles vergessen, was geschehen ist, alles verharmlosen. Mein Vater war während des Krieges noch ein Junge – mein Großvater war ein deutscher Offizier, der niemals irgend etwas Unehrenhaftes tat. Diese Bastarde nahmen uns unseren Besitz, ruinierten uns, brachten meine Großmutter an den Bettelstab ... aber meine Ilse kümmert sich den Teufel darum. Sie will von dem alten Deutschland nichts wissen ... sie schämt sich des Krieges ...«

Natalia Maximova kam und zog ihn an der Hand. »Komm weg, Fritz, Wodka bekommt dir nicht – du redest zuviel. Jetzt bin ich dran, mich mit unserem neuen Mitglied zu unterhalten. Geh und hol uns was zu trinken.«
Sie wandte sich lächelnd Anna zu.
»Lassen Sie sich nicht von uns überwältigen«, sagte sie. »Wir sind eine zusammengewürfelte kleine Gruppe. Einige von uns sind vielleicht nicht ganz normal. Eines haben wir alle gemeinsam: das Blut der Unschuldigen. Und ich weiß, was Sie haben, außer daß Sie Graf Nicholas lieben. Sie haben ein Gewissen. Ich kann es in Ihren Augen sehen. Der Spiegel der Seele, Madame. Sie lieben die Gerechtigkeit. Gott sei gedankt für Sie.«
»Danke«, sagte Anna. Plötzlich spürte sie das Prickeln der Tränen. Die gefühlsgeladene Stimmung wirkte ansteckend. Sie war nicht dagegen gewappnet. Aber das paßt doch nicht zu dir, versuchte sie sich einzureden, das entspricht nicht deiner vernünftigen modernen Erziehung, deiner freien amerikanischen Tradition. Der Gebrauch der Titel war absurd, aber die natürliche Höflichkeit und Wärme der Menschen versöhnte einen damit. Sie klammerten sich an die Vergangenheit, wie der junge Fritz von Bronsart an einem Deutschland festhielt, das Krieg und Niederlagen für immer vernichtet und hinweggefegt hatten. Sie sah Nicholas an, der neben Anton Kruger stand und redete und lachte. Ihr Herz schmerzte vor Liebe zu ihm. Plötzlich drängte es sie, das zu vollenden, was zu tun er geschworen hatte. Und dann, Gott im Himmel, dachte sie, begrabe die Toten ein für allemal und laß das Leben weitergehen.
»Liebling«, sie hörte seine Stimme neben sich. »Ich werde dich jetzt nach Hause bringen.«
Gut«, sagte sie. »Ich fange an, den Wodka zu spüren.«
Er lachte. »Das überrascht mich nicht, das ist nicht das Zeug, was man hier kauft und das sich Wodka nennt. Es ist der richtige. Russischer – achtzigprozentiger. Wir verabschieden uns noch von Anton und Régine. Nimm

meinen Arm, Liebling.«
Sie verließen den Lift und gingen durch das luxuriöse Foyer. Das letzte Mal war sie hier gewesen, als sie Paul traf – als sie an der Bar saßen und er ihr eine Geschichte erzählte, die sie nicht glauben wollte. Eine Geschichte von antisowjetischen Aktivisten und der Gefahr, in der sie Nicholas' wegen schwebte, ihrer Liebe zu Nicholas wegen. Jetzt war sie ein Teil dessen, wovor er sie gewarnt hatte, darin verwickelt, angenommen. In fünf Tagen war sie verheiratet, hatte sich ihr Name in den unvertrauten russischen verwandelt. Innerhalb des Kreises von ›Retour‹ war sie dann Gräfin Nicholas Yurovskaya. Sie riefen ein Taxi und fuhren zurück zu ihrem Appartement. Er hieß sie sich in dem prächtigen Wohnzimmer niedersetzen, wo sie Jumeaux all diese Lügen aufgetischt hatte.
Sie zündete sich eine Zigarette an und wartete. Ihre Gedanken waren überraschend klar, als habe der Wodka nur das Gehen erschwert, ihr Wahrnehmungsvermögen aber geschärft. Nach ihrer Heirat würden sie nach Venedig fahren. Anton Kruger besaß einen Palazzo am Canale Grande, er hatte ihn ihnen als Hochzeitsgabe angeboten. Die Pläne für die Öffentlichkeit bestanden darin, dann weiterzureisen nach Amerika. Sie hatte dies in allen Einzelheiten jedem erzählt, den sie auf dem Empfang getroffen hatte, einschließlich des amerikanischen Botschafters. Ihre Mutter würde dann mit ihnen für einen kurzen Aufenthalt nach Paris kommen. Die Deckung für Nicholas war errichtet. Jumeaux und seine Kollegen mußten davon überzeugt werden, daß er ›Retour‹ verlassen hatte und daß sich die Gruppe auflöste. Es würde keine Demonstration in der Comédie Française geben, keinen unangenehmen diplomatischen Zwischenfall, der den Besuch des mörderischen Malenkov störte. Malenkov, der sich vor dreißig Jahren Fjodor Gusev genannt und die Ermordung von Tausenden Männern, Frauen und Kindern befohlen hatte.
Die Comédie Française ... Anna mußte lachen. Wenn Ju-

meaux nur wüßte, was sie wirklich vorhatten – er würde es sich gemütlich machen vor ein paar Fahnen, die vor einem auserlesenen Publikum auf der Bühne wehten, und das noch für einen Segen halten.

»Iß etwas, Liebling«, sagte Nicholas. »Komm, ich habe uns etwas zurechtgemacht. Es ist eine Überraschung.«

Er hatte vor der Party eingekauft und etwas vorbereitet. Sie schaute in die Küche, die voll war mit Kaviar und Schüsseln mit gehackten Zwiebeln und Eidotter, schwarzem russischen Brot und glänzend gelber Butter. Es gab Platten mit eingelegten Pfeffergurken und roten Rüben, mit geräucherten Würstchen und eine Schale mit Sauerrahm. Er legte seine Arme um sie, und sie lehnte sich an ihn. Er küßte sie.

»Es war ein langer Abend für dich«, sagte er zärtlich. »Ich weiß das. Meine wunderschöne kühle Amerikanerin hat eine gründliche Erfahrung in russischem Gefühlsleben gemacht. Sogar das hier ist nichts anderes. Aber wir können nichts dafür, Schätzchen. Wir sind ein Volk, das eine gewisse Dramatik braucht, um zu leben, um das Leben zu spüren. Ich habe auch genug Wodka getrunken. Dies ist unser eigenes, ganz privates Fest. Wenn ich einer meiner Vorfahren wäre, würde ich mich jetzt betrinken und dich dann vergewaltigen. Aber ich bin ein zivilisierter Mensch. Setz dich, ich werde dir das Abendessen servieren und dich erst nachher vergewaltigen.«

Sie begannen beide zu lachen wie die Kinder. Die Tränen liefen ihnen übers Gesicht. Er küßte sie wild. »Ich liebe dich, ich bete dich an. Wir sollten nicht noch mehr Wodka trinken, aber wir können essen und den Wein öffnen. Bevor ich serviere, sage mir eines – liebst du mich noch?«

»Noch?« fragte sie. »Warum noch – was sollte mich verändert haben?« Und dann sah sie, daß er sehr ernst war. Der Scherz von vorher war nur Spiel gewesen.

»Das Zusammentreffen mit meinen Freunden«, sagte er. »Den Anblick der Wirklichkeit. Vielleicht bedauerst du, was du getan hast …«

Anna berührte sein Gesicht. Sie ließ ihre Hand auf seiner Wange ruhen.
»Ich habe nachgedacht«, sagte sie langsam. »Es ist wunderbar, welch klaren Kopf man vom Wodka bekommt. Ich habe die meiste Zeit meines Lebens damit zugebracht, nirgends hineingezogen zu werden. Ich hielt mich aus dem politischen Leben meiner Mutter fern, ich wich meinem Stiefvater aus. Ich rannte aus Amerika fort und ließ mich in Paris nieder und gab vor, ich wollte zu mir selbst finden. Das war es aber nicht. Ich wollte nur nicht an der Welt teilhaben, in die ich geboren wurde. Ich fühlte mich ihr nicht zugehörig. Oh, Gott, Liebling, es gibt immer Entschuldigungen für Egoismus und Feigheit. Als ich Paul heiratete, konnte ich auch an seiner Welt nicht teilhaben. Ich brauchte etwas wie die Geschichte von deinem Vater und von diesen armen Ermordeten, um wirklich ein menschliches Wesen zu werden. Um mich etwas außerhalb meines Ichs fühlen zu lassen. Als Anton mich an jenem Abend zum Lunch einlud, hatte ich das Gefühl, als habe jemand eine gläserne Wand eingeschlagen, hinter der ich mein ganzes bisheriges Leben verbracht hatte. Ich war so zornig, Liebling, so aufgeregt, so schrecklich aufgewühlt – und zum ersten Mal war nicht ich der Mittelpunkt meiner Gefühle. Das waren andere Menschen, Tote, andere Menschen, zu denen ich nur durch dich in Verbindung treten konnte. Frage mich niemals, ob ich es bedauere, eine Frau wie Natalia Maximova oder die Krugers kennengelernt zu haben. Ich bin aufrichtig damit verbunden, und es ist ein wundervolles Gefühl. Wir sind gemeinsam darin verstrickt, was immer auch geschieht. Und ich werde dir deshalb eine noch bessere Frau sein.«
Einen Augenblick antwortete er nicht. Er hielt sie sehr eng an sich gedrückt.
»Und ob ich dich noch liebe«, sagte Anna. »Du bist mein Leben, das ist alles.«
Sie wurden am Freitagnachmittag um vier Uhr getraut. Die standesamtliche Trauung hatte am selben Morgen stattge-

funden. Aber für Anna und Nicholas war es die orthodoxe Trauung, die sie verband. Die orthodoxe Wladimir-Kathedrale in der Rue Daru war ein hoher Kuppelbau. Die Decke war ein Gewölbe aus schimmerndem Goldmosaik mit einem thronenden Christus über dem Altar. Überall standen hohe Kerzenleuchter und Blumensträuße. Die Gestalten der Priester in ihren golddurchwirkten, reich bestickten und mit farbigen Steinen besetzten Talaren funkelten im Schein der Kerzen. Ein ausgezeichneter russischer Chor sang Hymnen, und Weihrauch stieg in zarten Wolken aus den schwingenden Weihrauchgefäßen.

Für Anna war dies eine Szene aus der Geschichte, ein Schritt zurück aus der nüchternen Gegenwart in die Vergangenheit vor Jahrhunderten. Anton Kruger war Nicholas' Trauzeuge, sie hatte Natalia Maximova gebeten.

Zwei goldene Kronen wurden über ihre Köpfe gehalten, nachdem sie einander das Versprechen gegeben, die Eheringe ausgetauscht hatten und in einer Prozession zum Mitteltisch geschritten waren, um zu beten. Der Chor begann den triumphalen Schlußhymnus, und Nicholas drehte sie zu sich herum und küßte sie sanft auf die Stirn. Sie trug ein langes Kleid aus cremefarbener Seide und ein kleines Blütengesteck im Haar. Sein Hochzeitsgeschenk funkelte an ihrer Brust. Es war eine Brosche, ein Herz aus Kristall, von Diamanten umgeben und überragt vom diamantenbesetzten Doppeladler der Romanovs. Es war das Schmuckstück, das nach Gräfin Zia Yurovskayas Willen immer in der Familie bleiben sollte. Es war ein Geschenk der letzten russischen Kaiserin an die Gräfin zu ihrem Hochzeitstag. Niemand außer den Krugers und der Maximova waren eingeladen worden. Ein paar Kirchenbesucher waren bei der Zeremonie und dem Gottesdienst anwesend. Anna und Nicholas traten hinaus in den gleißenden Sonnenschein und stellten sich den Fotografen. Publicity dieser Art war das, was sie brauchten. Die zweite Heirat von Sheila Campbells einziger Tochter, noch dazu mit einem

Russen in Paris, würde durch die Weltpresse gehen. Jumeaux würde das gefallen. Auf der Treppe trat die Maximova auf sie zu und küßte sie.
»Ich muß zur Arbeit zurück«, sagte sie weich. »Es war eine Freude, bei euch beiden zu sein. Gott schütze und bewahre euch.« Sie schlüpfte davon.
Sie nahmen in der Suite der Krugers im Ritz den Lunch zu sich. Die beiden Älteren wirkten so glücklich, als seien Nicholas und Anna ihre Kinder. Anton brachte einen Toast auf sie aus, und in Régine Krugers Augen standen Tränen, als sie aufbrachen, um ihre Hochzeitsreise nach Venedig anzutreten.
»Wir wünschen Ihnen beiden eine glückliche Zeit«, sagte sie und hielt Anna an der Hand. »Ich glaube, der kleine Palazzo wird Ihnen gefallen. Anton und ich haben dort einige unserer glücklichsten Tage verbracht.«
»Es wird uns gefallen«, sagte Anna. »Es ist ein wundervolles Hochzeitsgeschenk. Sie waren so lieb zu uns ...« Für einen Moment umklammerte sie Régines Hand. Anton Kruger legte seinen Arm um Nicholas.
»Sie sollten jetzt lieber gehen, sonst verpassen Sie Ihr Flugzeug. Sie hatten doch alles für die Rückreise gebucht, Nicholas?«
»Ja«, sagte Nicholas rasch. Er warf einen Blick zu Anna hinüber, die noch immer mit Régine sprach. »Zurück nach Paris und Transit nach New York am Achtzehnten.«
»Gut«, sagte Anton. »Ich denke, Sie werden in Venedig beobachtet. Lassen Sie sich davon nicht stören.«
»Gewiss nicht«, sagte Nicholas. »Wenn sie uns überprüfen, denken sie nicht an Sie. Am Achtzehnten fahren wir direkt zum Schloß.«
»Wenn Gott es so will«, sagte Anton Kruger auf russisch. »Auf Wiedersehen, mein lieber Junge.« Er küßte Anna, und sie kamen beide mit ihnen zum Lift.
Régine Kruger steckte ihre Hand in die Tasche und überraschte sie mit einer Handvoll Rosenblätter. »Als Glücks-

bringer«, rief sie. Die Türen des Aufzugs schlossen sich und gaben sie zu ebener Erde wieder frei.

Kruger legte seinen Arm um die Schultern seiner Frau. Sie gingen den Korridor entlang zu ihrer Suite zurück. Er schenkte ihr ein Glas Champagner ein.

»Nun, meine Liebe«, sagte er. »Jetzt beginnt unsere ernste Arbeit. Wir haben zwei Wochen, um uns auf die Ankunft unseres Freundes Gusev vorzubereiten.«

»Ich treffe den Baumeister morgen nach dem Frühstück«, sagte seine Frau. Sie lächelte. »Es wird einfach sein, den kleinen Raum schalldicht zu machen.«

Sheila Campbell lag im Bett, als mit der Morgenpost Annas Telegramm eintraf. Sie hatte zusätzlich zu ihrem Appartement in New York und ihrer Wohnung in Palm Beach ein reizendes kleines Haus in Georgetown gekauft und es durch einen Innenarchitekten aus Washington einrichten lassen. Sie hatte ausdrücklich betont, daß sie alles lieber praktisch als extravagant haben wollte. Es gab zwei große, ineinandergehende Räume für Einladungen, ein Schlafzimmer mit einer schönen Aussicht und ein Büro sowie ein Zimmer für ihre Sekretärin. Sie hatte es sich zur Regel gemacht, jeden Morgen um acht Uhr im Büro zu sein, aber im Moment war sie erkältet. Sie war unerbittlich im Kampf gegen die Bakterien und vernachlässigte niemals ihre Gesundheit. So hielt sie es mit jedem anderen Bereich ihres Lebens. An diesem Morgen blieb sie im Bett, stärkte sich mit Vitaminen und ließ sich von ihrer Sekretärin die Post bringen, sobald das Frühstückstablett abgeräumt war. Sheila hatte ihr ganzes Leben Diät gehalten, sie wog 130 Pfund, machte jeden Tag Gymnastik und rührte keinen Tropfen Alkohol an. Wie sie so in ihrem cremefarbenen Bettjäckchen dasaß, die Brille auf die Stirn geschoben, sah sie aus wie eine hübsche Frau in den Vierzigern. Aber sie war den sechzig näher, als sie je zugeben würde. Sie hatte das flammendrote Haar ihres Vaters, jetzt vom Alter angenehm gedämpft und künstlich

zu einem vollen Goldton aufgefrischt, kurzgeschnitten und lockig. Ihre Lieblingsperlenkette trug sie auch im Bett, denn sie glaubte daran, daß Perlen durch die Berührung mit der Haut einen besonderen Schimmer bekämen. Sie nahm das Telegramm von ihrer Sekretärin entgegen. Die war ein junges, politisch interessiertes Mädchen von der Ostküste, eine tüchtige Karikaturistin, und arbeitete seit fünf Jahren für Sheila. Sie hatten keine Geheimnisse voreinander. Ruth Paterson erinnerte Sheila daran, wie sie selbst als junges Mädchen gewesen war: der gleiche rücksichtslose Ehrgeiz – aber ohne das Geld, das Sheilas Vorhaben so sehr erleichtert hatte. Ruth mußte es auf mühsamere Weise schaffen.
Sie hatte ein Verhältnis mit dem Neffen eines der mächtigsten republikanischen Senatoren von Washington, einem erfolgreichen Rechtsanwalt und Politiker. Sie wählte sich ihre Liebhaber unter den gleichen Gesichtspunkten aus wie Sheila ihre Ehemänner. Liebe oder auch sinnliches Verlangen hatten bei der Wahl nie eine Rolle gespielt.
»Guten Morgen, Mrs. Campbell. Sie sollten sich lieber zuerst dieses Telegramm ansehen. In der Presse gibt es einige Nachrichten, und die ›Post‹ hat ein Bild und einen Artikel in der Klatschspalte gebracht.«
Sheila nahm das Telegramm und las es. Sie blickte zu Ruth Paterson auf und sagte ein einziges, sehr unfeines Wort. »Gib mir die ›Post‹. Mein Gott, wie hat sie sich nur wieder zum Narren halten lassen.« Sie betrachtete das Bild von Anna und Nicholas vor der russischen Kirche. Sie bewegte ihre Lippen, als sie die kurze Notiz überflog. Dann schleuderte sie die Zeitung zu Boden.
»Diesmal ein russischer Graf«, sagte sie zu ihrer Sekretärin. »Ein weißrussischer Graf. Das letzte Mal war es ein gewöhnlicher kleiner linker Journalist. Sie muß den Verstand verloren haben! Kein Wunder, daß sie mir vorher nichts davon gesagt hat ...«
»Aber sie hat Ihnen geschrieben, daß es jemanden gibt«, erinnerte Ruth sie.

»Ja.« Sheila wischte die Bemerkung beiseite. »Aber ich habe nicht die Zeit, zwischen den Zeilen zu lesen. Sie wollte, daß ich rüberkomme und sie besuche, und das paßte gerade zu unseren Plänen, nach Europa zu fliegen. Kein Wunder, daß sie ihn vorher geheiratet hat. Mit dem anderen hat sie es genauso gemacht. Schleppte ihn hierher und erwartete, daß ich ihn mit offenen Armen empfangen würde! Sie hat nie auch nur einen Hauch von Verstand gehabt, dieses Mädchen. Du hast Paul Martin niemals gesehen, nicht wahr? Na, ich kann dir sagen, er war die Sorte von Mensch, die man nicht reinläßt, höchstens durch den Lieferanteneingang! Einer von diesen sozialistischen Schulterklopfern, ein schnoddriger Intellektueller. Du kannst dir vorstellen, wie der in New York abgestunken ist! Ich habe ihn einfach niemandem vorgestellt, und da sind sie wieder abgereist. Und jetzt macht sie das – ein zwielichtiger russischer Graf.« Energisch schob sie sich die Brille wieder auf die Stirn. »Natürlich ist es das Geld, hinter dem er her ist«, sagte sie. »Man könnte meinen, meine Tochter hätte genügend Verstand, um das endlich zu begreifen. Gib mir bitte die Schachtel mit den Papiertaschentüchern, Ruth.«

Ruth Paterson hob die Zeitung auf, öffnete sie und betrachtete das Foto.

»Er ist ein gutaussehender Mann«, sagte sie.

»Na, irgendwas muß ja an ihm dran sein, oder?« fauchte Sheila. »Du solltest lieber Fredericks anrufen. Sag ihm, er soll sich mit Paris in Verbindung setzen und alles über diesen Yurovsky in Erfahrung bringen, was er kann. Ich habe nicht den leisesten Zweifel, daß er abserviert werden muß.«

»Machen Sie sich keine Sorgen«, sagte Ruth. »Sonst wird Ihre Erkältung nur schlimmer. Vielleicht meint er es ehrlich?«

»Ruth«, sagte Sheila Campbell, »ist das dein Ernst?«

Sie schüttelte den Kopf. Ihr Haar war dunkel und glatt, hinter kleine, hellhäutige Ohren zurückgekämmt.

»Wohl kaum«, sagte sie. »Ich gehe und rufe Fredericks an. Die übrige Post ist nur Routine. Läuten Sie, wenn ich Ihre Briefe holen soll. Senator Hathaway hat heute morgen Blumen geschickt und Mrs. Hughes einen Früchtekorb. Soll ich die Sachen heraufbringen lassen?«
»Nur das Obst«, sagte Sheila. »Blumen verbrauchen nur Sauerstoff, und das ist nicht gut, wenn man krank ist.« Sie lehnte sich zurück und schloß einen Moment die Augen. Sie hörte, wie Ruth Paterson die Tür leise hinter sich schloß. Sie hatte laute Menschen nie leiden können. Sie selbst bewegte sich beherrscht, ohne nervös im Zimmer herumzulaufen, und sie hätte niemals Unbeholfenheit bei jemandem geduldet, der für sie arbeitete. Sie mochte Ruth, soweit sie überhaupt fähig war, für eine Untergebene Zuneigung zu empfinden, und es machte ihr Freude, dem Mädchen zu helfen. Sie hatte sie einflußreichen Leuten vorgestellt und dann genießerisch zugesehen, wie sie die Gelegenheit ausnützte. Wenn sie einmal heiratete, würde es ein Mann mit Vermögen und einer angemessenen Stellung sein, wo sie die politische Rolle spielen konnte, an die sie ihr Herz gehängt hatte. Die Arbeit für Sheila hatte diese Neigung noch gefestigt. Sie verstanden einander ohne viele Worte. Sie würde mit absoluter Loyalität und Ergebenheit für Sheila arbeiten, bis ihre eigene Chance kam. Und dann würde sie ohne Skrupel und Gewissensbisse gehen, gleichgültig unter welchen Umständen. Für Sheila gab es diesen zweifelhaften russischen Glücksjäger nicht. Wie würden die Leute in Washington kichern? Sheila runzelte die Stirn. Bei dem Gedanken öffnete sie die Augen weit.
Die Närrin! Immer machte sie Dummheiten. Schon als Kind hatte sie zwei linke Hände, war den Leuten gegenüber maulfaul, schreckte vor allem zurück. Und jedesmal, wenn sie miteinander in Kontakt kamen, spürte Sheila die unausgesprochene Kritik. Anna billigte die Arbeit ihrer Mutter nicht, und schon gar nicht die Art, wie sie sie tat. Sie hatte keinen persönlichen Ehrgeiz, keinen Schwung. In Sheilas

Augen war sie eine negative Persönlichkeit. Die ewige kleine arme Millionärin, die hinausschrie, daß sie so sein wollte wie alle anderen ... Sheila hatte schon frühzeitig die Geduld und das Interesse an ihr verloren. Sie hätte lieber einen Sohn gehabt. Wäre er jedoch im Temperament wie Anna geworden, es hätte sie nur noch mehr geärgert und enttäuscht. Sie hatte weder die Zeit noch die Lust gehabt, es ein zweites Mal zu versuchen. Ihr Leben war sehr ausgefüllt, ihre Begegnung mit Männern zu oberflächlich. Sie hatte ihr sinnliches Leben genossen. Anders als die kühle kleine Katze, die soeben hinausgegangen war, hatte Sheila lieber geheiratet, als sich einen Liebhaber zu nehmen. Denn sie war sehr auf ihr Image bedacht.

Ihr wachsendes Zeitungsimperium und ihr politisches Streben beanspruchten ihre Zeit und ihre Energie. Nach dem letzten Mal hatte sie nicht wieder geheiratet. Es war ein reizender Industrieller in den Fünfzigern gewesen, ebenso reich wie sie selbst und gleichermaßen mit anderweitigen Interessen beschäftigt. Sie seufzte unsicher und verbannte ihre Tochter aus ihren Gedanken.

Sie hatte vor, ihrer Zeitschrift wegen nach Paris zu reisen. Bei dieser Gelegenheit würde sie dann auch mit Graf Nicholas Yurovsky zu tun bekommen.

Venedig, Anfang Juni. Glitzernde Sonne auf den Kanälen, Straßen und Plätze noch nicht überfüllt, Gondeln und Motorboote auf dem Canale Grande schaukelnd. Sie glitten unter den Fenstern von Anton Krugers Palazzo vorüber. Die Schlafzimmer lagen im ersten Stock, die Fenster öffneten sich zum Kanal hin, auf dem gegenüberliegenden Ufer prangte die weiße Symmetrie der Kirche Santa Maria della Salute. Die Tage ihrer Flitterwochen gingen in verträumter Folge ineinander über. Sie liebten sich, schlenderten durch die Stadt, entdeckten immer neue architektonische Schätze und kleine, versteckte Restaurants in mittelalterlichen Seitenstraßen, wo das Wasser der kleinen Kanäle sanft zu ihren

Füßen plätscherte. Der Palazzo selbst war dämmrig, mit den schweren italienischen Möbeln und Gemälden des siebzehnten Jahrhunderts ausgestattet. Es war ein stilles, recht geheimnisvolles Haus mit einer Atmosphäre, die zu alt und zu sehr in ihrer eigenen Geschichte verwurzelt war, als daß sie irgend etwas von den Krugers angenommen hätte.
Das Schlafzimmer wurde beherrscht von einem riesigen italienischen Himmelbett aus dem Ottocento. Verblaßte Samtvorhänge fielen in Kaskaden von einem massiven, vergoldeten Baldachin, überragt von den Wappen der Strozzi. Es war ein Raum wie geschaffen für die Sinnenfreude, mit venezianischen Spiegeln, die die schattenhaften Arabesken der Liebe reflektierten. Ein Akt von Correggio lächelte wollüstig vom Marmorkamin herüber, das perlmutterfarbene Fleisch schimmerte im Kerzenschein, denn es gab in diesem Zimmer kein elektrisches Licht. Jeden Abend wurden zwei goldene Kandelaber angezündet, und in kühlen Nächten brannte ein Feuer in dem offenen Kamin. Nicholas liebte es, das Kerzenlicht so zu bewegen, daß sich ihm Anna nackt und schön gleich einer Perle zeigte. Seine Leidenschaft für ihren Körper wurde durch die unendliche Zärtlichkeit nur noch gesteigert, mit der er sie auf neue und vielfältige Wege der Liebe führte. Er lehrte sie, ihre eigene Schönheit zu bewundern, ihre eigenen sinnlichen Fähigkeiten zu genießen, statt sich ihrer zu schämen und sich zurückzuhalten. Es war, als würden die Geister der längst toten Venezianer, die in demselben Raum gelebt und geliebt und das prächtige Bett als Werkzeug ihres Verlangens benutzt hatten, die Atmosphäre durchdringen und wohlwollend aus den Schatten herausblicken.
Er sprach ihr auf vielfältige Art von Liebe. In Worten, mit unerwarteten Geschenken, die er mit viel Geschmack und Einfühlungsvermögen aussuchte; indem er eine Blume zwischen ihre Brüste legte in Bewunderung ihrer vollkommenen Symmetrie. Und Anna blühte auf. War seine Liebe beherrschend, beschützend, so wurde ihre nun gesteigert

durch vollkommene geistige und körperliche Unterwerfung. Nie zuvor hatte sie die im christlichen Eheversprechen enthaltenen Worte »Mit meinem Körper will ich dir dienen« besser verstanden. Er sagte sie ihr eines Morgens, als strahlendes Sonnenlicht durch den Raum flutete, von den Spiegeln und dem glitzernden Wasser des Canale Grande reflektiert. Und Anna wiederholte sie weich und öffnete ihre Arme noch einmal.

Die Tage und Nächte verschmolzen ineinander, unsagbar glücklich, vollkommen abgeschieden. Sie lebten für jeden Tag und füreinander. Nichts von dem, was vor ihnen lag, wurde erwähnt. Für Anna war es eine unschätzbare Erfahrung, ein endgültiges Eintauchen in Selbsterkenntnis und Frausein, das ihre Vergangenheit unterdrückt und in Unsicherheit und Zweifel verzerrt hatte.

Es gab einen Augenblick, als sie über das riesige Geviert des Markusplatzes wanderten, ein Paar in einer Schar von Touristen, da dachte sie plötzlich, wenn sie in diesem Moment sterben müßte, hätte sie doch alles Glück der Welt erfahren. Er drückte ihre Hand und fragte, was sie lächeln gemacht habe. Sie schüttelte nur den Kopf und lächelte weiter, hielt seine Hand in der ihren und ging durch den goldenen Abend.

Der von Jumeaux' bestochene Hausbesorger wußte nichts zu berichten. Nicholas' sorgfältig durchsuchtes Gepäck enthielt die Tickets nach New York. Jumeaux sammelte die Indizien und versicherte seinem Chef in Paris, daß man Nicholas Yurovsky als Urheber einer möglichen Belästigung der erwarteten russischen Delegation abschreiben könne. Und ohne ihn stellten die wenigen bekannten Unruhestifter wie Volkov und Zepirov keine Bedrohung für irgend jemanden dar. Jumeaux wurde beglückwünscht. Man gab die Meldung nach Moskau weiter und betonte, daß man zwar besondere Sicherheitsmaßnahmen zum Schutz von Grigor Malenkov getroffen habe, daß aber der französische Sicherheitsdienst mit keinerlei Schwierigkeiten rechne.

Die Wahrscheinlichkeit einer zionistischen Demonstration zugunsten der sowjetischen Juden wurde als Routine und als wirkungslos betrachtet.
Jumeaux lud Paul Martin zum Frühstück ein. Sie waren alte Freunde, aufeinander angewiesen, wenn es um den mündlichen Austausch von Informationen ging. Und sie liebten es, über Politik zu sprechen.
Martin sah noch ein wenig unrasierter aus als sonst. Er wirkte zerstreut, woraus Jumeaux schloß, daß wieder eine seiner kurzlebigen Affären in vollem Gang war.
»Nun, die Flitterwöchner vergnügen sich«, sagte Jumeaux. »Sie ist eine bemerkenswerte Frau, deine Ex-Gattin. Ich hätte nicht gedacht, daß Yurovsky so leicht zu zähmen sei.«
Paul Martin sah ihn an und zog eine Augenbraue hoch. »Sie sind sehr vertrauensselig, nicht wahr. Die tun all die Dinge, die man von ihnen erwartet, und Sie sind so erleichtert, daß Sie ihnen gar nicht schnell genug glauben können. Ich möchte nur darauf hinweisen, daß Anna *mich* niemals verändert hat. Weshalb sollte sich ein Mann wie Nicholas Yurovsky plötzlich in einen Stoffhund verwandeln und genau das tun, was seine Frau ihm sagt?«
»Weil er nicht Sie ist«, sagte Jumeaux. »Sie sollten überhaupt nicht verheiratet sein. Sie sind nur ein Sonderling, der von Bett zu Bett springt.« Er goß etwas Wein in Martins Glas.
»Yurovsky ist Russe, das sind nicht gerade die beständigsten oder verläßlichsten Menschen. Sie sagte, er sei erleichtert gewesen, aussteigen zu können. Wenn ich daran denke, daß sie die Bühne in der Comédie Française gestürmt hätten ...«
»Also gut«, sagte Martin. »Anna hat ihn also herumgekriegt. Aber was ist mit den anderen? Was ist mit Volkov? Sie lassen ihn doch seit einiger Zeit beobachten. Sie glauben wirklich, diese Organisation steht und fällt mit Yurovsky?«
»Ich weiß es«, sagte Jumeaux. »Wir haben zwei oder drei von ihnen beschatten lassen – nicht dauernd, aber lange

genug, um zu wissen, was sie treiben. Keine Zusammenkünfte, keine Kontakte, nichts. Es geht das Gerücht, daß ›Retour‹ sich aufgelöst hat. Als Yurovsky ausscherte, verloren sie den Mut. Und die Führung. Es ist alles vorbei, mein Freund. Mein Chef konnte Moskau beruhigen.«

Da das Essen beendet war, kam die unvermeidliche Pfeife zum Vorschein. Martin schnitt eine Grimasse.

»Damit holen Sie sich noch einen Kehlkopfkrebs«, sagte er.

»Und Sie bekommen Lungenkrebs von den Zigaretten«, erwiderte Jumeaux.

»Das Heft wird Ihnen aus der Hand genommen, wenn Sie sich irren«, sagte Martin ruhig.

»Ich irre mich nicht«, sagte Jumeaux. »Sie wollen einfach nicht zugeben, daß Ihre Frau so viel Charakter wie Intelligenz besitzt. Das kränkt Sie, Paul. Und Sie sind eifersüchtig, weil sie wieder verheiratet ist. Ich begreife nicht, warum Sie beide überhaupt geheiratet haben, aber ich bin sicher, Sie haben sie unterschätzt, und es paßt Ihnen nicht, den Beweis Ihres Irrtums anzuerkennen.«

»Wir liebten einander«, sagte Paul. »Sie glaubte, sie könnte mich ändern, mich ehrbar, treu machen – Sie kennen ja die Sorte von Flausen, die sich Frauen in den Kopf setzen, wenn sie heiraten. Sie konnte es nicht. Sie konnte weder einen Gentleman aus mir machen noch den Wunsch in mir auslöschen, mit hübschen Mädchen zu schlafen. Ich konnte aus ihr keine erwachsene Frau machen. Sie war immer die reiche, kleine amerikanische Millionenerbin, die so tat, als sei sie etwas anderes. Und ihre Mutter ...« Er lachte, aber es war ein herzloses Lachen. »Ein echtes Mitglied der Dollararistokratie. Die hat mich behandelt, als hätte ich die Krätze. Sie kommandierte mich herum und versteckte mich vor ihren Freunden, und ich hörte, wie sie Anna zur Hölle wünschte, weil sie einen derart vulgären kleinen Bettler geheiratet hatte. Ich kann Ihnen sagen, danach bin ich gegangen und habe das erstbeste Mädchen vernascht, das ich kriegen konnte. Das hielt mich aber nicht davon ab,

Anna zu lieben, und ich glaube nicht, daß ich sie verlassen hätte – sie hat mich schließlich rausgeworfen. Vielleicht wollte ich, daß sie das tat …« Er zuckte mit den Schultern. »Nicht, daß das jetzt noch etwas ausmachte. Sie ist eine Gräfin, das wird ihre Mutter sehr freuen. Ich habe nachgedacht. Ich könnte einen Artikel über sie und ihre widerliche rechtsreaktionäre Zeitschrift schreiben. Wissen Sie, daß sie in den Kongreß gewählt wurde? Ich glaube, ich schreibe das jetzt …«
»Es ist eine Möglichkeit, wieder mit Ihrer Frau in Verbindung zu treten«, sagte Jumeaux.
»Meiner Ex-Frau«, erinnerte Martin ihn.
Jumeaux gestattete sich ein Lächeln. »So sehen Sie sie nicht«, sagte er. »Wissen Sie, Paul, ich glaube, sie ist die einzige Frau, die Ihnen jemals unter die Haut gegangen ist.«
»Gehen Sie zum Teufel«, sagte Paul Martin. »Dafür dürfen Sie jetzt die Rechnung bezahlen.«

Am Tag vor seiner Abreise nach Frankreich feierte Grigor Malenkov in Moskau seinen einundsechzigsten Geburtstag. Als führendes Mitglied des Parteipräsidiums bewohnte er eine schöne Wohnung im zweiten und dritten Stock eines repräsentativen Blocks auf dem Leninhügel mit herrlicher Aussicht über Moskau. Die Wohnungen waren für Mitglieder des Politbüros reserviert. Er besaß auch eine Datscha, etwa sechzig Werst außerhalb der Stadt. Seine Frau, mit der er beinahe achtundzwanzig Jahre verheiratet war, und sein Sohn und seine Tochter, Vladimir und Nadja, hatten sich um den glänzenden Mahagonitisch im Eßzimmer versammelt und nahmen ein Festmahl zu sich, das vom Koch der Malenkovs eigens zubereitet worden war. Grigors Geschmack war einfach – er bevorzugte die Gerichte seiner Heimat in der Nähe von Kiew.
Er hatte nie eine Vorliebe für Champagner oder fremdländische Gerichte entwickelt, wie sie seine Kollegen an den Tag legten. Er, seine Frau und die Kinder lebten in bescheide-

nem Komfort, hatten keine Wünsche und verachteten alle Prahlerei. Olga Malenkova war Lehrerin gewesen, als er sie geheiratet hatte. Ihre bäuerliche Herkunft glich seiner eigenen. Im Laufe von zwei Generationen hatten sich seine Vorfahren zur urbanen Intelligenz emporgearbeitet. Ihr Vater war ein kleiner Verwalter in Kiew. Grigors Vater war politischer Kommissar in der Roten Armee gewesen, seine Mutter Ärztin. Sie heirateten 1950. Drei Jahre später wurde ihr Sohn geboren und vier Jahre danach die Tochter. Zwei Kinder galten als das sozial angemessene Maximum, obwohl Bestrebungen im Gange waren, Rußlands großer Verluste im Krieg wegen größere Familien zu befürworten. Aber das betraf nicht die Elite, zu der sie gehörten. Olga plante ihre Schwangerschaften wohlüberlegt und arbeitete weiter als Lehrerin an der Fakultät für Journalismus und Recht der Universität Moskau. Die Kinder ihrer Freunde und Kollegen, Wissenschaftler, höhere Beamte, Politiker, studierten dort. Olga liebte ihre Arbeit. Als sie heiratete, war sie ein hübsches, dunkelhaariges Mädchen. Es gab eine Fotografie, die an ihrem Hochzeitstag im Hochzeitspalast aufgenommen worden war. Grigor lächelnd und hübsch anzusehen in seiner Uniform, sie selbst in einer einfachen weißen Bluse und blauem Rock, mit einem kleinen Hütchen schräg auf dem Kopf. Damals war sein Name Fjodor Gusev gewesen. Jetzt war sie grauhaarig, aber noch ebenso schlank und adrett wie vor vielen Jahren, eine Frau mit einem schmalen, hübschen Gesicht, einem außergewöhnlichen Verstand und einer unbeirrbaren Liebe zu ihrem Mann.

Er hatte sich natürlich verändert. Er war dicker geworden, die breiten Schultern neigten sich nach vorn, das Haar war schütter, zeigte den Ansatz einer Glatze. Er sah sie an und lächelte. Es hatte andere Frauen gegeben, aber nur vorübergehend, wenn er auf Geschäftsreise im Ausland war. Keine von ihnen hatte ihm etwas bedeutet. Er hatte nur Olga geliebt, und er liebte sie noch. Er war stolz auf seinen Sohn Vladimir, der in der Spionageabteilung der Roten Armee in seine Fußstapfen trat, und vernarrt in seine Tochter Nadja. Leider war sie kein kluges Mädchen. Wie sehr sie sich auch anstrengte, es gelang ihr nur, das Klassenziel als letzte zu erreichen. Ihr fehlte der Ernst, den sein Sohn zeigte. Er und ihre Mutter hatten erkannt, daß für sie in der sozialen Schicht, in der sie sich bewegten, kein Platz sein würde. Aber sie war lieb und anschmiegsam und sehr stolz auf ihn. Er war ein glücklicher Mann, erfreute sich ausgezeichneter körperlicher und geistiger Gesundheit und stand kurz vor der letzten Stufe dieser langen Leiter von Macht und Ehrgeiz, die auf dem Roten Platz, auf dem Podium über Lenins Grab endete. Vierzig Jahre lang hatte er gearbeitet, intrigiert und gekämpft und sich während des Krieges durch skrupellosen Einsatz und Geschicklichkeit in die vordersten Ränge des Geheimdienstes vorgearbeitet.

Stalin selbst hatte ihn zu der Operation der Repatriierung von Verrätern abkommandiert, die ihn berühmt gemacht hatte. Er würde niemals diese Begegnung mit dem Herrscher von Rußland, dem Baumeister des sowjetischen Sieges, vergessen. Wie sehr man ihn auch geschmäht hatte, nachdem er schließlich tot war, so erinnerte sich Fjodor Gusev doch an die ungeheure persönliche Anziehungskraft und die Aura des Schreckens, die ihn umgeben hatte. Ein großer Führer mußte zweifellos ein Mann aus Stahl sein, gnadenlos, unerbittlich, unerschütterlich im Dienst an seinem Volk und seinem Land. Als er Gusev mit dem Orden des Roten Banners auszeichnete, fühlte sich Fjodor, wie sich seine Vorfahren in Gegenwart des Zaren gefühlt haben mochten.

Seine Prinzipien und sein Handeln waren geschmiedet in der Hitze eines Vernichtungskrieges, eines Krieges, in dem die alten Maximen des internationalen Kommunismus, der Leuten wie seinem Vater als Antriebsfeder gedient hatte, einfach verschwunden waren. Ein rasender, fanatischer russischer Nationalismus ersetzte sie, angeführt vom Vater des Nation, Josef Stalin.

Fjodor Gusev, der glänzende junge Student der Moskauer Universität, das hingebungsvolle NKWD-Mitglied, dessen Aktivitäten von Zeit zu Zeit in der westlichen Welt verzeichnet wurden, sich dann aber durch Namensänderungen und Übersetzungsfehler in der politischen Szene Rußlands verloren, hatte sich selbst neu geschaffen. Er hatte ein freundliches, vernünftiges Image aufgebaut, sich ein wenig von der volkstümlichen Person des in Ungnade gefallenen Chruschtschov angeeignet, denn er hatte aus nächster Nähe miterlebt, wie gierig die Westmächte darauf reagierten. Er legte es darauf an, sich als gemäßigter Mann darzustellen, dessen Ruf ihn aber davor bewahrte, für schwach gehalten zu werden. Absichtlich legte er den Habitus der schmallippigen Intellektuellen ab, was eigentlich seinem natürlichen Charakter entsprochen hätte, gab sich gefühlvoll, gut gelaunt, humorvoll, wurde dick und sprach kein Wort und machte keine Geste, ohne das letzte Ziel aus den Augen zu lassen. Seinen Namen hatte er so oft geändert, daß er den wirklichen tatsächlich vergessen hatte. Seit den letzten fünfzehn Jahren war er Grigor Malenkov, ein Mitglied des Präsidiums des Obersten Sowjet, ein Vertrauter des mürrischen Breschnew, dessen Machtstreben durch seine schlechte Gesundheit bedroht war.
Einer von Rußlands Führern also. Nur Zemenov, der Kopf des KGB, nahm ihm seine Macht übel. Zemenov war ein Feind ... Er trank seiner Frau zu. Sie und die Kinder erwiderten den Zuspruch. »Alles Gute zum Geburtstag, Liebling«, sagte Olga. »Wir werden dich vermissen.«
»Ich bin ja nicht lange weg«, sagte er. »Heute in einer Woche bin ich wieder zu Hause.«
Seine Tochter sah zu ihm hinüber, das Kinn in die Hände gelegt. In ihren Augen stand ein sehnsüchtiger Ausdruck. »Ich wollte, ich könnte eines Tages nach Paris«, sagte sie. »Du warst doch schon einmal dort, nicht wahr, Papa?«
»Nach dem Krieg«, sagte er. »Ich machte einen kurzen Besuch bei unserer Botschaft. Es ist eine wunderschöne

Stadt. Die Kunstgalerie und die Architektur sind herrlich.«
»Aber nicht so gut angelegt wie Leningrad«, bemerkte sein Sohn.
Malenkov lächelte. Er verstand diese engstirnige Auffassung. Wenn man so jung war wie Vladimir, war nichts mit Rußland vergleichbar. »Und bestimmt haben sie nichts, was man mit der Eremitage vergleichen könnte!«
»Nein«, gab er zu. »Aber unterschätze die Auswirkungen französischer Kultur auf die Zivilisation der Welt nicht. Es ist ein lebendiger Organismus, anders als die Kultur Italiens, die nur die Vergangenheit konserviert. Frankreichs Geist ist lebendig und fortschrittlich. Es würde dir guttun, dort hinzugehen, mein Sohn. Wenn man mit der Welt verhandeln will, muß man sie kennen.«
»Unsere Führer reisen nicht«, bemerkte Nadja. Ihre Eltern warfen sich rasch einen Blick zu. Selbst eine derart unschuldige Bemerkung könnte als Kritik ausgelegt werden.
»Sie brauchen das nicht«, sagte Olga schnell. Anders als ihr Mann, fand sie die Dummheit des Mädchens aufreizend. »Dein Vater sprach von der allgemeinen Verwaltung.«
»Das war die große Schwäche Hitlers«, sagte Malenkov. »Er war selbst ein mittelmäßiger Spießer, der nichts von Europa oder der übrigen Welt wußte, und er umgab sich mit Männern derselben Herkunft und der gleichen Beschränktheit. Sie unternahmen überhaupt nicht den Versuch, ihre Erfahrungen zu erweitern oder Kultur anzunehmen, sich mit der Geschichte zu befassen … Die Politik wurde von Männern wie Himmler oder Heß beeinflußt, die es anderswo nicht über den Posten eines kleinen Provinzbeamten hinaus gebracht hätten. Es gibt ein sehr gutes Sprichwort, und es ist nicht einmal ein russisches: Kenne deinen Feind. Und das gleiche gilt für deine Freunde. Frankreich ist ängstlich auf seine Entspannungspolitik bedacht. Amerika ebenfalls. Ihre Einladung an mich, eine Delegation zu Gesprächen mit dem Präsidenten anzuführen, ist zeitlich perfekt kalkuliert. Wir wünschen im Augenblick die Gefälligkeiten Frank-

reichs. Wir wollen das Bild einer verträglichen Sowjetunion präsentieren, das den Eurokommunismus unterminieren kann. Ich werde mich in Frankreich verlieben und es die ganze Welt wissen lassen.«

Er erhob sich vom Tisch und nahm seine Frau am Arm. »Es ist spät«, sagte er. »Ich muß für morgen frisch sein. Gute Nacht, Vladimir, Nadja. Danke für meine Geburtstagsfeier. Paßt auf eure Mutter auf, solange ich weg bin.«

Allein im Schlafzimmer, legte Olga die Arme um ihn.

»Du bist ganz sicher, daß jetzt alles ruhig ist?« sagte sie. »Ich wollte vor den Kindern nichts sagen. Besonders vor Nadja.«

»Die Franzosen haben aufgeräumt«, sagte er. Er streichelte über ihr graues Haar. »Sie haben eng mit unseren eigenen Leuten zusammengearbeitet. Offenbar sollte es eine Demonstration im Theater geben. Nichts, worüber man sich Sorgen zu machen brauchte.«

»Haben Sie diese Leute eingesperrt?« fragte sie. »Das müssen sie tun, solange du dort bist.«

»Das werden sie schon«, beruhigte er sie. Er schüttelte den Kopf und lächelte sie an. Sie sah sehr besorgt aus.

»Abschaum«, sagte er sanft. »Gesindel. Kleine Kriecher mit Transparenten und Parolen. Wie üblich Juden als Urheber. Wenn ich könnte, ich würde jeden aus dem Land hinauswerfen und nach Israel verbannen lassen.«

»Vorsicht«, bat sie. »Du weißt, wie Zemenov dich haßt – ihm wäre es recht, würde der Besuch ein Fehlschlag ...« Er küßte sie leicht auf die Wange.

»Ich habe den besten Schutz der Welt«, gab er zu bedenken, »ihre Sicherheitsbehörden und unsere. Und jetzt komm zu Bett und hör auf, dir Sorgen zu machen.«

Um acht Uhr am folgenden Morgen verließ Fjodor Gusev, der Grigor Malenkov geworden war, Anwärter auf den Vorsitz im Obersten Sowjet, mit einer Delegation von neun Beamten des Handelsministeriums und etwa acht KGB-Männern sowie einem für die Sicherheit verantwortlichen hohen Offizier die UdSSR. Sie kamen in Paris an und wur-

den am Flugplatz Charles de Gaulle vom Präsidenten der Abgeordnetenkammer erwartet.
In der Morgendämmerung dieses Tages hatte der SDECE in den Wohnungen von Volkov, Zepirov und Natalia Maximova und außerdem bei einigen bekannten Zionisten eine Razzia durchgeführt. Raoul Jumeaux hatte ›Retour‹ Paul Martin gegenüber zwar als erledigt abgetan – er wollte nicht, daß ausgerechnet dieser Journalist einen Fall möglicher Rußlandfeindlichkeit aufbauschte – aber er und sein Departement gingen dennoch kein Risiko ein. Die Zionisten wurden in Gewahrsam genommen, gebührend darauf hingewiesen, daß sie sich anständig verhalten sollten, und bis zum nächsten Morgen hatten ihre Anwälte sie wieder frei.
Die drei Mitglieder von ›Retour‹ waren verschwunden, und die vom SDECE durchgeführten Erkundigungen brachten nichts Verdächtiges zutage. Volkov hatte der Hausmeisterin des schäbigen Blocks, in dem er wohnte, mitgeteilt, er befürchte, die Polizei würde ihn festnehmen. Er gehe deshalb lieber aufs Land, bis die Russen Frankreich wieder verlassen hätten. Die Hausmeisterin sagte, er sei offensichtlich betrunken und sehr erregt gewesen und habe geflucht und gewettert über den Besuch und die Ungerechtigkeit, die er von seiten der Polizei zu erwarten habe. Es war nicht das erstemal, daß Volkov die Flucht ergriffen hatte.
Zepirov war nach Aussage seiner Frau auf einer Reise nach Lausanne. Sein Versicherungsbüro bestätigte das. Natalia Maximova hatte Streit mit ihrem Arbeitgeber in einem Konfektionsgeschäft im Quartier Latin gehabt und ihren Job verloren. Die Frau, mit der sie die Wohnung teilte, sagte, sie sei sehr aufgeregt und deprimiert gewesen. Zwei Tage vor Eintreffen der Polizei war sie zu Freunden gereist. Ihre Wohnungsgenossin vermutete, daß sie möglicherweise mit einem Freund weggegangen war.
Jumeaux mußte die Situation hinnehmen. Wenn das kein Zufall war, hatte er Grund zur Sorge, aber nachdem Nicho-

las Yurovsky außer Landes war, konnte man die Erklärungen getrost akzeptieren. Seine Agenten in Venedig hatten ihm bestätigt, daß sich die Yurovskys noch immer dort aufhielten. Sie wollten am folgenden Tag nach den Vereinigten Staaten fliegen.

Anna und Nicholas hatten gepackt, das private Motorboot lag am Landesteg des Palazzos vor Anker und wartete darauf, sie zum Flughafen Marco Polo zu bringen. Nicholas drehte Anna zu sich herum und nahm sie in die Arme. »Mein Liebling«, sagte er, »ich wünschte, du würdest hierbleiben.«

Anna schüttelte den Kopf. »Ich möchte zurück«, sagte sie. Die italienischen Zeitungen brachten Berichte über Malenkovs Ankunft, auf einem Foto winkte er der Menge am Flughafen zu. Sie hatten es zusammen angesehen, und plötzlich hatte Nicholas die Zeitung zusammengeknüllt und weggeworfen.

»Ich fürchte mich auch nicht«, sagte sie. »Ich bin ganz ruhig.«

»Das ist gut«, sagte er. »Aber wenn wir dort sind, wird es anders sein. Ich will dich nicht bei mir haben, Anna. Ich will nicht daran denken müssen, daß du in Gefahr bist.«

»Das werde ich nicht sein«, sagte sie weich. »Ich werde im Château auf dich warten. Für mich besteht keine Gefahr. Du bist derjenige, der sein Leben aufs Spiel setzt.«

»Und die anderen«, erinnerte er sie. »Wenn irgend etwas schiefgeht, steht Anton an vorderster Front ... Er ist ein alter Mann, er hätte sich nicht exponieren sollen. Aber er wollte nicht auf mich hören.«

»Natürlich nicht«, sagte sie. »Ohne ihn wäre der Plan aussichtslos. Er muß daran teilhaben. Liebling, wir sollten lieber gehen.«

»Ich weiß«, sagte er und küßte sie. »Das war die glücklichste Zeit meines Lebens. Du bedeutest mir alles auf der Welt. Weißt du das wirklich?«

»Ja«, sagte sie. »Bei mir ist es das gleiche. Was immer

geschieht, das hier wird uns bleiben. Ich werde mich an Venedig und dieses Haus erinnern, solange ich lebe.«
Sie gingen die Treppe hinunter und hinaus in den Sonnenschein. Es war ein sehr warmer Morgen, leichter Dunst stieg aus dem Wasser des Kanals auf. Er half ihr ins Boot, winkte zum Abschied dem Hausbesorger, der ihnen im Auftrag von Jumeaux nachspioniert hatte. Der Motor begann zu tuckern, das Boot glitt durch das Wasser und ließ den Palazzo und den weißen Dom von Santa Maria della Salute in der Ferne untertauchen.
Anna drehte sich um und blickte zurück. Sie hatte eine plötzlich beängstigende Vorahnung, daß sie dies nie wiedersehen würde, daß Venedig und die zwei romantischen Wochen als Nicholas' Frau ebenso verloren und vergänglich waren wie der Hitzedunst, der sie gleich einem Schleier einhüllte. Sie fröstelte. Im Palazzo hatte sie keine Angst gehabt, aber als sie nun rasch aus der Stadt hinausglitten, überkam sie ein Gefühl der Panik. Sie suchte nach Nicholas' Hand und hielt sie fest. Die ihre war kalt. Malenkov war in Paris. Die Kinder seiner Opfer und diejenigen, die ihm hatten entkommen können, waren versammelt und warteten. Innerhalb weniger Stunden waren sie bei ihnen.

5

Die Maschine landete mit nur zehn Minuten Verspätung auf dem Flughafen Charles de Gaulle. Der Flug war ereignislos gewesen, sie hatten lesend nebeneinander gesessen, selten gesprochen. Anna trug einen Hut, der half, ihr auffallendes blondes Haar zu verbergen und ihr Gesicht zu beschatten. Nicholas setzte eine Mütze auf, als sie sich anschickten, von Bord zu gehen.

»Geh einfach geradeaus«, flüsterte er ihr zu. »Geh zum Haupteingang und warte auf mich. Wir werden abgeholt. Bleib einfach vor mir.«

An der für Transit-Passagiere gekennzeichneten Biegung wandte sich Anna nach links und verließ den Strom der Passagiere, die nach New York gebucht hatten, um geradeaus zur Transithalle zu gehen. Sie trug eine kleine Boardcase der Alitalia. Ihr Gepäck war ins Flugzeug geladen worden. Es in Paris in Empfang zu nehmen, stand gar nicht zur Debatte. Kruger hatte ihnen versichert, daß sie es zu gegebener Zeit zurückbekommen würden. Anna trug unter ihrem Schal die Kristallbrosche der Romanovs. Sie zog sich den Hut tiefer in die Stirn und eilte zur Paßkontrolle. In ihrer Tasche befand sich ein Paß, ein französischer Paß mit ihrer Fotografie, auf den Namen Madeleine Duplessis lautend. Nicholas hatte ihn vor der Abreise nach Venedig von Anton erhalten. Sie gab ihre Bordkarte ab, ging in die Passagierhalle und durch die grüne Zone, ohne sich umzudrehen und nachzusehen, wo Nicholas blieb, und hinaus in die große Empfangshalle, immer den Ausgangsschildern nach. Die automatischen Türen öffneten sich vor ihr und

schlossen sich hinter ihr. Sie stand draußen im Sonnenschein und wartete. Ein Mann kam auf sie zu. Er trug eine Sonnenbrille, ein Sweatshirt und Jeans.
»Taxis dort drüben«, sagte er. Er wartete nicht auf ihre Antwort, nahm ihr einfach die kleine Tasche ab und ging davon. Anna folgte ihm zu einem auf dem öffentlichen Parkplatz abgestellten Auto. Dann erst wandte sie sich um, und zu ihrer Erleichterung sah sie Nicholas zwischen den Autos hindurcheilen. Der Mann öffnete die hintere Tür für sie und rutschte auf den Fahrersitz. Er nahm die Brille ab, und sie sah, daß es Volkov war.
»Wo ist der Graf, Madame?«
»Er kommt gerade. Vor einer Minute habe ich ihn noch gesehen. Da ist er.« Sie griff nach der Autotür und stieß sie für ihn auf, damit er sich neben sie setzen konnte. Er drückte ihre Hand und wandte sich an Volkov.
»Keine Probleme, Vladimir. Wir wurden bei der Einreise nicht kontrolliert. Alles lief genau richtig.«
»Gut«, sagte Volkov. »Ich hoffe, Sie und Madame Yurovskaya hatten eine angenehme Reise, Nicholas. Ich war noch nie in Venedig.«
»Es ist wunderschön«, antwortete Nicholas. Er klopfte ihr auf die Hand. »Sie sollten auch einmal hinfahren.«
»Alte Gebäude interessieren mich nicht«, sagte Volkov. »Der Verkehr spielt sich wie in einer Suppe ab. Habt ihr die Zeitungen gesehen?«
»Ja«, sagte Nicholas, »wir haben sie gesehen.«
»Er geht heute abend in die Comédie Française«, brummte Volkov. Er war in die Hauptstraße eingebogen und wurde vom Strom der Autos aufgenommen.
Er sagte irgend etwas auf russisch, was für Annas Ohren häßlich klang. »Dieses Gesicht«, er wechselte wieder ins Französische, »Fotografien von ihm, grinsend und winkend wie ein Affe. Jeden Abend im Fernsehen – wißt ihr, daß er fünf Minuten lang Applaus bekam, als er auf der Besuchergalerie der Deputiertenkammer erschien? Sie nennen ihn

den neuen Chruschtschow; die weiche Linie Rußlands. Ach du lieber Gott!«
Er beschleunigte plötzlich und schnitt einen großen, grünen Lastwagen, dessen Fahrer ihn wütend anhupte. Er schien das gar nicht zu hören. Im Rückspiegel war sein Gesicht dunkelrot. Die Augen hatte er zwar hinter der Sonnenbrille verborgen, aber er fletschte die Zähne wie ein wildes Tier.
»Beruhigen Sie sich!« Nicholas wurde scharf. »Und passen Sie auf, wie Sie fahren! Was spielt das für eine Rolle, wie sie ihn nennen – er hat nur noch zwei Tage vor sich. Wenn wir mit ihm fertig sind, werden sie ihn ganz anders nennen! Wie geht es Anton?«
»Anscheinend gut«, sagte Volkov. »Diese Schweine von Polizisten haben nach mir gesucht; und nach der Maximova und Zepirov. Aber er hat uns rechtzeitig weggebracht. Schau dir diesen Kerl an – typisch, ein Bulle mitten auf der Straße – wir werden niemals bis sieben Uhr im Château sein!«
Anna wandte sich an Nicholas.
»Ich dachte, wir fahren zur Auberge St. Julien«, sagte sie.
»Ich auch«, antwortete Nicholas. »Weshalb das Château, Vladimir?«
»Anton hat den Plan geändert«, antwortete er. »Ihr beide seid dort besser versteckt. Bei Elise könnte euch jemand erkennen.«
»Wo sind Natalia und Zepirov?«
»In der Auberge«, sagte Volkov. »Ich bin auch im Château. Für morgen ist ein Treffen angesetzt. Und eine allerletzte Kostümprobe.«
»Nicholas?« Anna sah ihn fragend an. Er schüttelte den Kopf und beugte sich dann vor, um sie sanft zu küssen.
»Anton wird es erklären«, sagte er. »Er wird uns alles sagen, wenn wir ankommen.«
Die Krugers warteten in der Bibliothek des Schlosses auf sie. Sie war voller Rosen aus Régines Lieblingsgarten, der Duft war betäubend. Régine trat auf Anna zu, schlank und

elegant, und küßte sie herzlich. Dann ließ sie sich von Nicholas umarmen. Anton Kruger begrüßte sie beide und beugte sich vor, um sie genau anzusehen.
»Ah«, sagte er, »dieses Glück! Ich kann es fühlen, wie eine Aura – wie hat Ihnen unsere kleine Zufluchtsstätte vor dem modernen Leben gefallen? Ist sie nicht friedlich und wunderschön? Wie geschaffen für Liebende?« Er legte seinen Arm um seine Frau. »Nicht wahr, mein Liebling?«
»Bitte, Anton, erinnere mich nicht daran, wie alt wir sind! Meine Lieben, kommt mit hinauf, ihr werdet frische Sachen finden. Ich fürchte, wir haben uns einiges herausgenommen, Anna. Wir sind nachts einmal in Ihr Appartement gegangen und haben ein paar Dinge für Sie geholt. Und die Post.«
»Ja«, sagte Anton Kruger, »vor allem die Post. Da war eine Nachricht über ein nicht zugestelltes Telegramm aus Amerika. Ich habe es für Sie abgeholt. Es ist auch oben.«
Anna spürte, wie sie die Farbe wechselte. »Meine Mutter«, sagte sie. »Wenn es ein Telegramm ist, muß es von ihr sein!«
»Da bin ich sicher«, sagte Kruger ruhig. »Öffnen Sie es bitte und sagen Sie uns, was drinsteht.«
»Verdammt«, sagte Anna. »Der Teufel soll sie holen ...«
Nicholas legte seine Arme um sie. Sie waren allein im Schlafzimmer, und das Telegramm lag zu ihren Füßen am Boden.
»Ärgere dich nicht«, sagte er. »Es ist doch das, was du erwartet hast. Mir macht es nichts aus, was sie schreibt.«
»Oh, ja. Natürlich habe ich das erwartet«, sagte Anna. Die Tränen waren so plötzlich gekommen, daß sie sich nicht dagegen wehren konnte. Tränen heißen Zornes und bitteren Schmerzes. Die Wunden der Kindheit brachen wieder auf, Unsicherheit und mangelndes Selbstvertrauen kehrten zurück, die schreckliche Leere der Gewißheit, weder Liebe noch Unterstützung aus der Urquelle zu erhalten. Dann wurde sie wütend auf sich selbst, kämpfte den Kummer

nieder. Der Zorn gewann die Oberhand.
Es war ein beschämendes Telegramm, kurz und verletzend. »Deinen Brief erhalten, desgleichen Telegramm mit Neuigkeiten über Heirat. Bin bestürzt über deine Fähigkeit, dich zum zweiten Mal zum Gespött der Leute zu machen. Erkundigungen darüber bestätigen zweifelsfrei Schwindler. Ankomme Ritz 22, abends. Rufe dich an, Mutter.«
»Natürlich habe ich das erwartet«, sagte sie noch einmal. »Aber ich hoffte, sie würde wenigstens einmal einen Funken von Gefühl, Verständnis oder gar Liebe zeigen – ich habe ihr einen langen Brief geschrieben, Nicholas, ich erzählte ihr alles über dich und wie sehr ich dich liebe. Ich dachte wirklich, daß sie sich diesmal wie jede andere normale Mutter verhalten würde! Es tut mir so leid, mein Liebling. Ich wollte nicht, daß du das siehst. Ich war nur so aufgebracht, als ich es las.«
Er beruhigte sie zärtlich. Der Inhalt des Telegramms war keine Überraschung für ihn. Die Reaktion war genau die, die er erwartet hatte. Sein Zorn galt dem Schmerz, den sie Anna zugefügt hatte. Und dafür würde er sie büßen lassen, das schwor er sich.
Wenn er nicht mit einer Tyrannin wie Sheila Campbell fertig wurde, war er kein Yurovsky mit einer tausendjährigen Geschichte hinter sich. Seine eigenen Gefühle spielten dabei gar keine so große Rolle. Es war nicht das Wesen seiner französischen Mutter, die sich von einer Frau wie der fürchterlichen amerikanischen Politikerin hätte niederschmettern lassen. Es war die selbstsichere Distanziertheit seiner Großmutter, der Gräfin Zia, der Vertrauten der Zarin, der aufrechten, durch und durch aristokratischen Bildnerin seiner frühen Jugend, die ihn über das Grab hinaus beeinflußte. Sie hätte eine derartige Frau mit einem Blick vernichtet.
»Mein Liebes», sagte er, »vergiß, was sie sagt. Das einzig Wichtige ist das Datum ihrer Ankunft. Wir müssen mit Anton darüber sprechen. Sie wird darauf zählen, uns zu

sehen, und es ist der Tag nach der Ausführung unseres Planes. Das ist es, was wichtig ist. Ihr Zeitplan und unser Vorhaben.«

»Es tut mir leid«, sagte Anna. »Entschuldige, daß ich dir eine so gräßliche Schwiegermutter biete. Aber sie wird sich nicht einmischen, das kann ich dir versprechen. Sie hat es einmal getan, bei Paul und mir, aber sie wird es nicht noch einmal tun. Und wenn sie mich oder dich sehen will, so soll sie zur Hölle fahren! Es war mein Fehler, daß ich ihr diesen sentimentalen, blöden Brief geschrieben habe. Manche Menschen lernen es eben nie. Geh hinunter, Liebling. Ich mache mich frisch und komme in einer Minute nach. Gott, warum konnte nicht Régine Kruger Kinder haben anstatt so jemand wie Sheila!«

Sie aßen mit den Krugers und Volkov. Er hatte sich umgezogen und trug einen Anzug, in dem er steif und unsicher wirkte. Nicholas erzählte Anna, daß Volkovs Großvater Grundbesitzer und Mitglied des niederen Adels mit Besitzungen in der Nähe von St. Petersburg gewesen war. Sein Vater war auch zaristischer Offizier gewesen und hatte Rußland 1918 verlassen. Volkov selbst sprach nur sehr wenig. Anders als Nicholas und Anton war er mürrisch und verschlossen, außer wenn er ärgerlich wurde. Und Ärger schwelte in ihm, eine heftige, unterdrückte Wut, die in Momenten aufbrach, in denen seine Beherrschung nachließ. Anton hatte vom Datum der Ankunft ihrer Mutter gehört und keine Bemerkung dazu gemacht. Sie hatte das Gefühl, daß er zufrieden war. Sie konnte sich nur nicht vorstellen, weshalb. Sie spürte auch, daß seiner Frau nicht ganz wohl in ihrer Haut war. Nach der überschwenglichen Begrüßung wirkte sie ein wenig gezwungen, als bemühe sie sich krampfhaft um Konversation. Verschiedene Male ertappte Anna sie dabei, wie sie ihren Mann ängstlich ansah und dann schnell zu Nicholas und wieder zurück blickte. Sie selbst hatte keinen Appetit. Sie trank etwas von dem ausgezeichneten Wein und hörte zu, wie sich Nicholas und

Anton so angelegentlich über einige Vorfälle in Venedig unterhielten, als wollten sie sie rekonstruieren. Sie hatte das starke Gefühl, einen Part in einer Scharade zu spielen, in der die Szene im Eßzimmer ein eingeplantes Zwischenspiel war. Sobald der Kaffee serviert war – nicht in der Bibliothek, sondern am Tisch, wie es in französischen Häusern der Brauch ist –, erhoben sich Anton und Régine und wünschten Volkov eine gute Nacht.

Das geschah zwar höflich, aber bestimmt. Der große Russe küßte Régines Hand und tat das gleiche bei Anna, der es unangenehm war, von ihm berührt zu werden. Dann ging er hinauf.

Die Krugers, Anna und Nicholas taten so, als würden sie auch zu Bett gehen. So gelangten sie in die Halle und schließlich in die Bibliothek mit ihrem durchdringenden Duft.

»Nun«, sagte Anton Kruger, »nun müssen wir ernsthaft reden. Bringen Sie uns Cognac, Nicholas, wenn Sie so freundlich sein wollen. Für dich, mein Liebes, Crème de menthe?« Régine schüttelte den Kopf. »Heute abend Cognac«, sagte sie. »Ich glaube, ich kann ihn brauchen.«

»Um zu feiern«, sagte Nicholas, »nicht um die Nerven zu beruhigen. Um auf unseren Erfolg von übermorgen zu trinken.«

Anton Kruger lächelte ihm und dann den beiden Frauen zu. »Das ist der richtige Mann für das Unternehmen!« sagte er. »Es ist ein Jammer, daß der arme Volkov nicht mit uns trinken kann, aber je weniger er weiß außer seiner Rolle, um so besser. Er kann nichts dafür, daß er ein solcher Trottel ist.«

»Keiner aus dieser Familie hatte auch nur einen Funken Verstand«, sagte Nicholas. Er lachte. Es schien Anna, als sei er seltsam gehobener Stimmung. »Meine Großmutter pflegte zu sagen, daß sein Vater und sein Großvater die beiden dümmsten Männer in Rußland waren. Aber er hat auch seine guten Seiten. Es gibt nichts, was er nicht wagen würde. Das Wort Angst kennt er nicht.«

»Gott sei Dank«, sagte Régine Kruger.
Anton reichte Anna ein Glas Cognac. Er blickte auf sie hinunter, sein Gesicht war ernst. »Auf unser neues Mitglied«, sagte er, »das auch tapfer, aber keineswegs dumm ist. Ich denke, der Augenblick ist gekommen, wo Sie alles erfahren sollen, meine Liebe. Und die besondere Rolle, die Sie dabei spielen werden, wenn Sie uns helfen wollen.«

Am folgenden Morgen verließen zwei Autos das Château Grandcour: Krugers großer, silbergrauer Mercedes, von Volkov gesteuert, mit Anton und Régine auf den Rücksitzen. Und ein kleiner Citroën mit Nicholas am Steuer und Anna neben ihm. Sie verließen das Schloß getrennt im Abstand von fünfzehn Minuten. Der große Wagen schoß auf der Straße an ihnen vorüber, dank Volkovs hektischer Fahrweise. Nicholas parkte im Zentrum von Chartres. Es war Freitag morgen und die Stadt voll von Touristen und von Leuten, die fürs Wochenende einkauften. Über ihnen erhob sich die große, graue steinerne Kathedrale. Die beiden in der Architektur so völlig unterschiedlichen Türme im Westen stachen in den strahlend blauen Himmel, die steinernen Ornamente so filigran wie Spitzen. Nicholas nahm Annas Arm, als sie miteinander die Treppe hinaufgingen. Es war ein Bau von atemberaubender Schönheit, ein Monument des genialen und gläubigen Mittelalters. Einst erbaut, das zwölfte Jahrhundert zu überdauern und als Mittelpunkt der Gemeinde zu dienen, sie für immer an die Majestät Gottes und an seine Herrlichkeit zu erinnern, diente sie dem gleichen Zweck noch immer. Sie überragte die Hektik und den Verkehr des modernen Chartres, unveränderlich in ihrem eigenen Glanz, ein Klang aus Stein und farbig erglühendem Glas zum Lobe Gottes.
Das Innere war dämmrig, das Licht sickerte gedämpft als sattes Rot und Blau durch die herrlichen Fenster. Anna blieb stehen und blickte nach oben. Die Rosette, eines der Wunder mittelalterlicher Kunst, glühte und schimmerte in der

steinernen Verzierung, unwirklich in seiner Größe und Symmetrie, die Farbe des Glases intensiver als die kostbarsten Edelsteine.

»Er wird durch das Hauptportal hereinkommen«, flüsterte Nicholas, »das Mittelschiff hinuntergehen, sich umdrehen und fast da stehenbleiben, wo wir jetzt stehen. Es ist der beste Platz, um die Westfenster anzusehen. Dann wird er durch die Kathedrale geführt, hinauf zum Hochaltar und um das Chorgestühl herum. Man wird ihm die Statue von Notre-Dame du Pilier zeigen, die Kapelle St. Mort, und dann wieder hinaus und zurückgehen. Das ist der Augenblick, wo er seinen Strauß bekommt. Direkt bevor er ins Auto steigt.«

»Angenommen, er wirft die Blumen aus dem Fenster?« sagte Anna. »Darüber habe ich mir letzte Nacht dauernd Sorgen gemacht.«

»Das wird er nicht«, sagte Nicholas. »Das würde Anstoß erregen, wenn er den Strauß wegwerfen würde. Er wird ihn bei sich tragen, bis sie aus Chartres draußen sind. – Dort sind Anton und Régine. Bleib nicht stehen, vermutlich ist schon überall Polizei und hält die Augen offen. Morgen wird die Kirche gerammelt voll von ihnen sein. Geh nur einfach weiter, wir sehen uns in der Kathedrale um, wie die anderen Touristen.«

Sie gingen an den Kirchenstühlen vorbei, in denen Anton Kruger und seine Frau im Gebet versunken knieten, die Köpfe über die gefalteten Hände geneigt. Eine Gruppe Amerikaner mit ihrem Führer zog langsam durch das Mittelschiff. Ein Mann versuchte, die Rosette zu fotografieren.

»Weshalb hat er Chartres gewählt?« murmelte Anna. »Warum von all den großen Kathedralen ausgerechnet diese?«

»Sie wurde vom französischen Außenministerium vorgeschlagen«, sagte Nicholas, »und sie ist in der Nähe von Paris. Ich vermute, Anton hat dort einen Freund. Fjodor muß einfach die Rosette sehen, sonst entgeht ihm ein einmaliges kulturelles Erlebnis. Und er ist sehr für alles Kulturelle. Seit seiner Ankunft überschlägt er sich fast, um alles Französische zu bewundern. Blumen und russischer Kaviar für das Theaterensemble gestern abend, ein Bankett in der russischen Botschaft heute abend – er gibt sich vor der Menge so, als sei er der Vorsitzende des Obersten Sowjet auf Staatsbesuch. Sobald er glaubte, die Franzosen wollten ihm Chartres zeigen, hat er es sofort in den Reiseplan eingesetzt. Das Grab des Unbekannten Soldaten sollte der letzte Auftritt in dem Theaterspiel sein, ehe er wieder heimfliegt. Aber er wird keine Gelegenheit haben, einen Kranz auf dieses Grab zu legen. Er wird an die anderen Gräber denken, eine halbe Million, wo er mitgeholfen hat, seine eigenen Landsleute einzugraben – und meinen Vater ... Willst du noch mehr sehen?«

»Nein«, sagte Anna, »gehen wir zurück. Jetzt, da ich das gesehen habe, bekomme ich Angst. Todesangst um dich und die anderen. Wo ist Volkov?«

»Geht seinen Part mit Zepirov noch einmal durch. Sie sind alle auf ihrem Posten, arbeiten alles bis auf den Bruchteil einer Sekunde genau aus. Nachher werden sie ins Schloß kommen.«

Sie gingen durchs Hauptschiff zurück.

Draußen prallten sie gegen den Sonnenschein, der sie nach der Dämmerung der Kathedrale fast blind machte. Nicholas führte sie zum Haupteingang hinüber, und da blieb er stehen. Ein gepflasterter Platz umgab die Kathedrale. Überfüllte Straßen führten von dort in die City. Er prägte sich ein, wo der russische Wagen halten würde. Er verengte die Augen gegen das helle Licht, stellte sich vor, daß Fjodor Gusev die Treppe herunterkommen und stehenbleiben würde, um den Blumenstrauß entgegenzunehmen, den ihm ein kleines Mädchen reichte. Ein kleines Mädchen, das in der Anonymität der Menge untertauchen würde, wo ihre Tante, Natalia Maximova, auf sie wartete und mit ihr verschwand.

»Ich kann es nicht glauben«, sagte er plötzlich zu Anna. »Ich kann es nicht glauben, daß es tatsächlich geschehen wird – morgen, genau zu dieser Zeit. Endlich werde ich ihm von Angesicht zu Angesicht gegenüberstehen.«
Er legte den Arm um sie und führte sie zurück zu dem kleinen Citroën auf der anderen Seite des Platzes. »Und ich werde ihn nicht töten oder zulassen, daß die anderen ihm ein Leid zufügen. Ich mache alles genauso, wie Anton es geplant hat. Wenn ich dich nicht hätte, mein Liebling, ich glaube, ich könnte es nicht tun.«
»Du mußt«, sagte Anna. »Wie Anton letzte Nacht sagte, wird er sich auf diese Weise selbst zerstören.«
»Ja«, sagte Nicholas langsam. Er ließ den Motor an, fuhr aber noch nicht gleich an. »Dann können unsere Toten in Frieden ruhen.«

Nicholas schlief in dieser Nacht tief und fest. Anna lag wach neben ihm, lauchte auf die Schläge der großen Uhr in der Halle des Schlosses. Sie schlug viertel, halb, dreiviertel und dann die volle Stunde. Sie konnte nicht schlafen. Die Szene vom vergangenen Abend ging ihr nicht aus dem Kopf. Einer nach dem anderen waren sie ins Château gekommen; die Maximova mit einem kleinen Mädchen, um das man großes Theater gemacht und es dann zu Bett geschickt hatte; Zepirov, schlampig und niedergeschlagen aussehend; die riesige und unerschütterliche Elise ohne ihren kleinen Ehemann. Er kümmerte sich um die Auberge. Von ihren anderen Tätigkeiten wußte er nichts. Elise hatte irgend etwas Bedrohliches an sich. Ihr Ausdruck änderte sich nie, sie war immer freundlich und fröhlich, verschanzte sich hinter einer Mauer aus Geheimnissen, die irgend etwas verbargen, was Anna ängstigte. Und Fritz von Bronsart, der bedauernswert jung und nervös wirkte. Er hielt sich immer in Annas Nähe auf, als suche er Beruhigung und Schutz. Er war ein hübscher junger Mann, blond und blauäugig. Vor vierzig Jahren wäre er der ideale Arier des Hitler-Deutschland gewesen.

Dies waren die hervorstechendsten Leute, teils der Rollen wegen, die sie am kommenden Morgen zu spielen hatten, teils durch die Kraft ihrer Persönlichkeit, wie Elise. Der junge Deutsche gehörte in eine besondere Kategorie. Anna spürte, daß er in der Gruppe keinen Platz hatte, daß er zu dem geschehenen Unrecht fast keine Beziehung hatte. Er hatte auf diese Vermutung eine entschiedene Antwort gegeben.

»Die Ehre meiner Familie steht auf dem Spiel, Gräfin. Mein Großvater wurde als Kriegsverbrecher gebrandmarkt, ein Mann, den man den Kommunisten übergeben hatte, weil er unmenschlicher Verbrechen beschuldigt wurde. Das ist eine Lüge. Er wurde nicht vor ein Gericht gestellt, er wurde einfach ausgeliefert und umgebracht. Es ist meine Pflicht, seinen Namen zu rehabilitieren. Niemand außer mir kümmert sich darum.« Er hatte sie mit einer Mischung aus Stolz und Entschlossenheit angesehen, die sie unendlich rührend fand, denn sie war verbunden mit der Furcht seiner Jugend. »Ich werde später eine wichtige Rolle spielen«, kündigte er an. »Morgen muß ich nur warten.«

»Wir werden zusammen warten«, sagte Anna.

Sie hatten ein kaltes Abendessen zu sich genommen, das ihnen die Haushälterin bereitgestellt hatte, ehe Régine sie fürs Wochenende in Urlaub geschickt hatte. Es gab sehr wenig zu trinken und keine heroischen Tischreden. Anton und Nicholas gaben den Ton an. Er war ernst, kaltblütig, bar aller russischen Emotionen, die Anna dicht unter der Oberfläche bei den anderen entdeckte. Ein rhetorischer Funke, eine ausgefallene Geste, und sie alle waren entflammt.

Alle verschwanden in ihre Zimmer, wünschten sich leise eine gute Nacht. Nicholas und Anton Kruger blieben zurück. Anna verstand den Wink, als auch Régine sie verließ, und ging ebenfalls nach oben. Als er zu ihr kam, lagen sie sich in den Armen, aber sie verschmolzen nicht miteinander. Sie spürte, wie er in den Schlaf hinüberglitt, und war froh. Sie wollte nicht, daß er spürte, wie sehr sie sich um ihn und die anderen ängstigte.

Am nächsten Morgen versammelten sie sich in der Bibliothek. Nicholas stand neben Anton. Er trug einen einfachen marineblauen Anzug, ein weißes Hemd und eine schwarze Krawatte. Unter dem Arm hatte er eine Chauffeurs-Schirmmütze – und noch irgend etwas in den weichen Kopfteil der Mütze gestopft. Zepirov trug ausgebleichte Jeans, eine Cordjacke und ein Sweat-Shirt. Er war unrasiert. Man hatte seine Erscheinung noch zusätzlich durch eine Nickelbrille verändert. Da sie die Pläne letzte Nacht durchdiskutiert hatten, wußte Anna, daß er den Lastwagen fahren sollte. Volkov lümmelte in einem Sessel und rauchte. Er trug die Uniform eines Gendarmerieobersten, mit weißen Handschuhen. Die Maximova war unverändert. Sie war so ordentlich und adrett wie immer, unauffällig gekleidet, mit einem Schal über ihrem dunklen Haar. Sie war blaß, aber ihre schönen Augen glänzten. Die mütterliche, grauhaarige Frau, die sie bei dem Empfang vor ihrer Hochzeit kennengelernt hatte und die Olga Jellnik hieß, war an diesem Morgen angekommen. Sie sah genau wie jede x-beliebige mittelständische Französin mittleren Alters aus, die ihren Wagen an einem Samstagmorgen durch Chartres fuhr.

Natalia hatte mit Elise und Olga Jellnik in der Auberge eine ruhige Nacht verbracht. Sie hatten nicht darüber gesprochen, was am nächsten Tag geschehen sollte. Sie hatten über Belanglosigkeiten geplaudert, den Pullover begutachtet, den Olga strickte, die Rollen von ganz normalen Frauen gespielt, sowohl zu ihrem eigenen Besten als auch für die anderen Gäste. Natalia betete lange, bevor sie zu Bett ging. Ihre Mutter, an die sie sich sehr deutlich erinnerte, hatte sie gläubig erzogen. Beide Eltern waren nach dem Mißerfolg der Konterrevolution aus Rußland geflohen und lebten recht und schlecht in Paris. Ihr Vater schlug sich kümmerlich durch Reitunterricht an einer Schule im Bois de Boulogne durch, ihre Mutter, eine ausgezeichnete Schneiderin, trug durch Nähen zum Unterhalt der Familie bei. Sie waren eine fest zusammengeschweißte Familie, suchten ausschließlich die Gesellschaft anderer russischer Emigranten und verschmähten die Gastfreundschaft französischer Freunde aus den alten Tagen des Wohlstandes, da sie sich nicht revanchieren konnten. Ihr Vater, ein ehemaliger Kavallerie-Offizier, war unendlich stolz. Er hielt an dem Glauben fest, daß die Sowjets vernichtet würden und er und seine Freunde eines Tages nach Rußland zurückkehren könnten. Natalia besuchte zwar eine Klosterschule ganz in der Nähe ihrer Zweizimmerwohnung, wurde aber dazu erzogen, russisch zu sprechen und die alten religiösen und kulturellen Traditionen beizubehalten. Als ihr Vater festgenommen wurde, nahm ihre Mutter sie mit nach Baratina. Dort blieben sie zusammen, fest in ihrem Glauben, daß die Aliierten sie entweder in ihre eigenen Streitkräfte aufnehmen oder aber wieder ansiedeln würden. Natalia Maximova war sieben Jahre alt, und ihre ersten Erinnerungen an das Lager waren glücklich. Die Leute waren fröhlich und freundlich, es gab andere Kinder, mit denen sie spielen konnte, die Soldaten gaben ihr Süßigkeiten, und ihre Eltern schienen voller Hoffnung. Und dann kam der Tag, an dem ihr ihre Mutter sehr zärtlich und ohne Tränen erklärte, daß sie mit ihrem Vater nach Rußland zurückkehre und daß sie, Natalia, bei ihren Freunden, den Rasumovskys, bleiben sollte. Natalia verstand nicht. Sie hatte geweint, und sie vergaß nie, wie ihre Mutter sie sanft gescholten hatte. Es war ihre Pflicht, tapfer zu sein und bei den Rasumovskys zu bleiben, denn ihre Mutter hatte die Pflicht, mit ihrem Vater zu gehen und für ihn zu sorgen.

Madame Rasumovsky hatte sie noch in jener Nacht zu sich genommen, und in der folgenden Woche verließen sie das Lager. Auch das verstand Natalia nicht, aber es hatte irgend etwas mit polnischen Bürgern zu tun. – Jahre später, als sie in Paris arbeitete, erfuhr sie durch ihre russischen

Freunde, daß beide Eltern angeblich bei der Ankunft hinter den sowjetischen Linien erschossen worden waren. Natalia hatte nie geheiratet. Sie arbeitete für ihren Lebensunterhalt, lebte ihren orthodoxen Glauben und bewegte sich innerhalb des Kreises ihrer Landsleute, die durch die gemeinsamen Bande der Sprache, der Tradition und der tragischen Vergangenheit vereint waren.

Olga Jellnik gehörte ebenfalls zu diesem Kreis. Sie hatte einen russischen Freund geheiratet, der in der Rechnungsabteilung der Galerie Lafayette arbeitete. Er war vor vier Jahren an Krebs gestorben. Olga lebte allein. Sie hatten keine Kinder. Olga war still und häuslich und strickte leidenschaftlich gern. Sie sprach liebevoll von ihrem verstorbenen Mann, aber in ihrem Wohnzimmer gab es ein Porträt ihres Vaters und ihres älteren Bruders, vor dem immer Blumen standen. Für sie wie für Natalia waren die Schrecken der Vergangenheit realer als das Leben der Gegenwart. Für Natalia bedeutete die Mitgliedschaft bei ›Retour‹ etwas wie einen Kreuzzug, dem sie sich mit beinahe religiöser Inbrunst hingab. Für die liebenswürdige, sanfte Olga Jellnik war es der tiefe und brennende Wunsch nach Vergeltung, der jegliche Skrupel zur Seite schob und persönliches Risiko gering erscheinen ließ.

Elise lümmelte in der Nähe des Fensters herum, ihr großer Körper zeichnete sich als dunkle Masse gegen das Licht ab. Auch sie blieb mit Anna und Fritz von Bronsart im Château. Die Krugers waren beide elegant angezogen: Régine trug einen breitkrempigen Hut und einen Frühjahrsmantel, Anton war gekleidet, als fahre er nach Paris. Er sah auf die Uhr.

»Es ist genau zehn Uhr«, sagte er. Er wandte sich an die grauhaarige Madame Jellnik. »Sie fahren jetzt mit Zepirov weg. Der Lastwagen wartet an der Tankstelle. Habt ihr die Schlüssel?«

»Ja«, sagte Zepirov. Er hielt sie zwischen Daumen und Zeigefinger hoch und ließ sie dann in seine Jackentasche

gleiten. »Dann geht, und viel Glück«, sagte Anton. »Ihr wißt genau, was ihr zu tun habt und wann. Beide.«
»Keine Sorge«, sagte die alte Dame. Sie lächelte ein gezwungenes kleines Lächeln. »Ich komme in dem Augenblick heraus, in dem ich die Scheinwerfer aufflammen sehe.«
»Richtig. Natalia, nimm deine Nichte, und weg mit euch. Kauf ihr ein Eis, geht rund um den Platz. Halte diese Blumen bis zum letzten Augenblick versteckt. Und wartet auf gar nichts, wenn sie sie ihm überreicht hat. Achte vor allem darauf, daß niemand dich fotografiert. Halte dein Gesicht verborgen.«
»Gott behüte euch«, sagte sie weich. »Wo immer sie sind, ich glaube, mein Vater und meine Mutter sind heute bei uns.« Sie verließ den Raum, und man hörte, wie sie ihre Nichte rief: »Janine? Komm, Herzchen, wir gehen einkaufen und sehen uns die große Kirche an ...«
»Nun«, Anton sah sich um, dann lächelte er Anna an, ehe er sich an Nicholas wandte. »Wenn unser Fahrer fertig ist, glaube ich, machen wir uns jetzt auf den Weg. Elise, prüfe nach, ob alles für unseren Gast bereit ist. Anna, Sie und Fritz achten auf das Radio für den Fall einer Blitznachricht. Beten Sie, daß das nicht der Fall ist, sonst werden wir versagen. Und falls wir nicht spätestens bis ein Uhr zurück sind, dann nehmen Sie den Renault und fahren Sie nach Paris. Lassen Sie ihn in der Garage in der Nähe meines Büroblocks und verschwinden Sie. Tauchen Sie unter. Warten Sie nicht hier, kommen Sie nicht nach Chartres und versuchen Sie auch nicht herauszufinden, was passiert ist. Sie werden es früh genug erfahren.«
Anna ging zu ihm und Régine und küßte sie beide. Sie sah, wie Elise und Fritz kamen und Hände schüttelten. Sie schlang ihre Arme um Nicholas und hielt ihn an sich gedrückt.
»Sei vorsichtig«, flüsterte sie. »Mein Liebling, um Gottes willen, sei vorsichtig.« Sie spürte, wie er sie rasch noch fester umarmte und in ihr Haar flüsterte.

»Ich liebe dich. Aber wenn wir bis eins nicht zurück sind, mußt du gehen. Versprichst du mir das?«
»Ich verspreche es«, flüsterte sie und wußte, daß nichts in der Welt sie dazu bringen würde, das Château zu verlassen, nicht auf ihn zu warten. Dann waren sie fort, und durchs Fenster sah Anna, wie Nicholas die hintere Tür der Mercedes-Limousine öffnete, Régine hineinhalf und die Tür dann hinter Anton schloß. Er selbst glitt auf den Fahrersitz. Er trug die Chauffeurmütze tief in die Stirn gezogen. Der Wagen rollte ruhig aus dem Vorhof und die kurze Einfahrt zur Hauptstraße hinunter.
»Gut«, sagte Elise hinter ihr. »Dies ist der Tag, auf den wir gewartet haben. Ganz komisches Gefühl. Aber man sagt ja immer, die Vorfreude ist der beste Teil. Ich gehe hinauf, um nach dem ›Gästezimmer‹ zu sehen.« Sie stieß das kehlige Lachen der Dicken aus. »Wenn ihr es noch nicht gesehen habt, kommt mit hinauf. Ich will doch sichergehen, daß er es auch bequem hat.«
Sie folgten ihr hinaus in die Halle und durch die hinteren Gänge, bis sie eine kleine, niedere Tür erreichten, die sich zu einer Steintreppe öffnete, die in Windungen nach oben führte. Anna wußte, sie stiegen in einem der kurzen Türme in der Nordost-Ecke des Hauptgebäudes hinauf. Er war nicht hoch, aber der Raum wurde immer enger, und man kam nur langsam hinauf. Noch schwieriger ging's herunter, außer, wenn man mehrere Stufen auf einmal nahm. Am Ende der Treppe war wieder eine Tür. Ein massiver Riegel befand sich an der Außenseite. Er war vor kurzem geölt worden. Der Raum wurde durch zwei Fenster hoch oben in der dicken Steinmauer erhellt. Er war mit einem Teppich ausgelegt und möbliert mit einem Bett, einem kleinen Tisch, einem Sessel, einer Stehlampe. Das Zimmer war durch eine Zwischendecke niedriger gemacht worden, und hinter der schweren Außentür befand sich eine zweite Tür, die fugenlos in die Wand paßte. Die kleinen Fenster waren doppelt verglast, und in der zweiten Tür befand sich ein Guckloch.

»So«, sagte Elise. »Gut gemacht, findet ihr nicht? Hier wohnt ein Neffe von Madame Kruger, der Schlagzeuger bei einer Pop-Gruppe ist. Ihr Baumeister hat den Raum schalldicht gemacht, damit sie und sein Onkel nicht verrückt werden, wenn er übt. – Sehr schlau, hm? Hier drin kann er sich seine Scheißlunge aus dem Hals brüllen, da wird ihn niemand hören. Ich sorge für ihn, wißt ihr.«
Die plötzliche Obszönität kam so unerwartet, daß Anna zusammenzuckte. Der Ausdruck auf Elises Gesicht war weit schockierender als das grobe Wort. Sie ging zum Bett. Es war ein altmodisches Möbel mit einem Messinggeländer an Kopf- und Fußende. Elise griff unter das einzige Kissen und brachte etwas Glänzendes, Metallisches zum Vorschein, das von ihrer Hand herabhing. Es war ein Paar Handschellen. Sie öffnete eine davon mit einem Schlüssel und legte sie um die Messingstange.
»Wenn es nach mir ginge«, sagte sie, »würde ich den Bastard nackt und gefesselt in den Keller werfen. Aber Monsieur Kruger ist ein menschlicher Mann. Er will nicht, daß er verletzt wird.«
»Gehen wir hinunter«, sagte Anna. Sie fühlte sich elend und bedrückt durch die Frau und die Handschellen, die leicht hin und her schwangen. »Wir sollten Radio hören.« Sie drehte sich um und lief an Fritz von Bronsart vorbei. Als er hinter ihr die Treppe herunterkam, spürte sie auch sein Unbehagen. Elise blieb oben im Zimmer. Anna verbannte das Wort »Schadenfreude« aus ihren Gedanken. Sie ging in die Bibliothek und drehte den Empfänger an dem hypermodernen Phonogerät mit Kassettenrekorder an, das neben Anton Krugers Sessel stand. Er war leidenschaftlicher Liebhaber klassischer Musik und besaß eine riesige Sammlung von Platten und Bändern. Der Sender brachte Musik, unterbrochen von Ankündigungen des Disc-Jockeys und Werbung. Anna setzte sich, der junge Deutsche ging ruhelos auf und ab.
»Nach meiner Uhr ist es jetzt elf«, sagte er plötzlich. Seine

Stimme klang gepreßt. »Wieviel zeigt Ihre?« Wie als Antwort darauf schlug die große Uhr in der Halle elfmal.
»Jetzt sollte er ankommen«, sagte Anna. Sie dachte nicht mehr an das Turmzimmer und an den Ausdruck sadistischer Vorfreude auf Elises Gesicht. Sie konnte nur an die Kathedrale in Chartres denken, an den mit Schaulustigen vollgestopften Platz, überall Polizei, und Fjodor Gusev schritt die Treppen hinauf ins Innere der Kirche.

Grigor Malenkov nahm den Vorschlag des französischen Außenministeriums an, Chartres privat zu besuchen. Für eine Einladung des Oberbürgermeisters zum Frühstück hatte er keine Zeit. Er verließ die Russische Botschaft in der Rue de Grenelle mit einem der Sekretäre des Handelsministeriums, gefolgt von einem schnellen Wagen, in dem vier seiner eigenen Sicherheitsbeamten saßen. Der französische Geheimdienst war für seine Sicherheit in der Kathedrale und in der Stadt verantwortlich. Der Besuch war nicht an die große Glocke gehängt worden. Malenkov freute sich darauf, einige Zeit mit der Besichtigung der Kathedrale verbringen zu können. Sein Begleiter hatte eine Kamera mitgebracht. Malenkov hatte mittelalterliche Architektur studiert und galt als Autorität für Moskaus frühe Kirchen. Selbst als junger Mann hatte er die kulturelle Geschichte seines Landes anerkannt. Jedes Gebäude wurde kostbar angesichts der Zerstörung und Verwüstung durch die vernichtenden Weltereignisse während des Krieges.
Rußland hatte viel von seinen alten Kultur-Gütern verloren. Er hatte genug Schutt und rauchende Ruinen gesehen, um die Schönheit zu schätzen und den Wunsch zu verspüren, sie zu bewahren. Ihre Ursprünge, manchmal eine Quelle der Ablehnung für die Puristen, kümmerten ihn nicht. Wenn Menschen Prächtiges zur Ehre des christlichen Glaubens erschaffen hatten, war es die Pflicht des menschlichen Geistes, diese Schätze zu erhalten.
Er saß entspannt im Wagen und redete kaum mit dem

ziemlich schüchternen jungen Mann neben ihm, der sich an seiner Kamera festhielt. Der Besuch verlief gut, die Reaktionen der französischen Presse und des Fernsehens waren freundlich, die Berichte in der Weltpresse befriedigend. Er hatte genau das Image geschaffen, das er für das erwünschte hielt. Ein Mann von schlichter Aufrichtigkeit, gepaart mit intellektuellem Scharfsinn, ein Liebhaber französischer Kultur und – was russischen Führern für gewöhnlich fehlte – mit Sinn für Humor. Man hatte Vergleiche zwischen ihm und Chruschtschow angestellt und war zu der Ansicht gelangt, daß Grigor Malenkov vom westlichen Standpunkt aus der bessere Politiker war. Zuhause würde man neidisch sein. Das nahm er gelassen hin, denn er kannte seine Feinde, und es gab keinen, vor dem er sich fürchtete. Er besaß die Freundschaft und das Vertrauen des Vorsitzenden, der diese Reise gutgeheißen und dem eingeschlagenen Kurs zugestimmt hatte. Von seinem eigenen Erfolg hatte er nichts zu befürchten.
Sie fuhren in Chartres ein. Plötzlich war alles voller Polizisten, die den Verkehr regelten und eine Straße für seinen Wagen freimachten. Sie bogen auf den Platz gegenüber der Kathedrale ein. Er war voller Menschen, die sich in respektvoller Entfernung vom Eingangsportal aufhielten. Die Sonne schien heiß. Als der Wagen hielt, stieg Malenkov aus, gefolgt von dem Ministeriumsmann, der sich nicht für Kirchenarchitektur interessierte. Aus dem zweiten Wagen kamen seine Geheimdienstbeamten und gruppierten sich unauffällig um ihn. Er winkte sie zur Seite und blickte hinauf zu der mächtigen Fassade. Schade, daß die Stadt so nahe an die Kirche herangerückt war. Man mußte sie aus der Entfernung betrachten, um sie richtig würdigen zu können. Der Präfekt von Chartres begrüßte ihn. Malenkov schüttelte verschiedenen Leuten die Hand, lächelte sie warm an und sprach in perfektem Französisch. Dann begann er die Treppen zur Kathedrale hinaufzusteigen und verschwand in der großen Westtür.

Der Mercedes der russischen Botschaft wartete auf dem Platz. Der Platz füllte sich rasch, als sich die Nachricht von der Ankunft des russischen Staatsmannes verbreitete. Der Fahrer sah einen französischen Polizisten auf sich zukommen und drückte den Knopf für den elektrischen Fensterheber. Der Mann war ein höherer Offizier, der Fahrer erkannte die Rangabzeichen eines Obersten an der Uniform. Ein großer Mann, mit dem typischen anmaßenden Polizeiausdruck im Gesicht.

Volkov beugte sich zu dem Fahrer hinab. »Sie müssen eine Runde drehen und wieder hierher zurückkommen. Wir möchten den Fahrweg freihalten. Ich komme mit Ihnen.« Er ging eilig auf die andere Seite des Autos, öffnete die Beifahrertür und stieg ein. Er fuchtelte aufgeregt herum. »Weiter, weiter, fahren Sie!« Der Chauffeur zögerte nur einen Moment. Die Gewohnheit, einer Autorität zu gehorchen, war so stark, daß er den Motor anließ und innerhalb weniger Sekunden losfuhr.

»Fahren Sie rund herum«, befahl Volkov. Sie schossen nach vorn und um die Biegung des Platzes. Der Mann spürte plötzlich etwas Hartes an der Seite, erschrocken verriß er ein wenig das Steuer, dann sah er die Pistole. »Weiterfahren«, sagte Volkov. »Der geringste Blödsinn, und ich blas dir dein Gehirn aus. Bieg dort ein – hier!«

Die Revolvermündung bohrte sich in ihn hinein, im Gesicht des Polizeiobersten stand Mord, der Fahrer tat, wie ihm befohlen wurde. Sie bogen in eine geschäftige Straße voller Leute mit Einkaufstaschen und sich langsam bewegender Autos ein. Für eine Sekunde kroch die Hand des Fahrers zum Türgriff, aber ein Knurren von Volkov ließ ihn zurückzucken. »Hier links, dann rechts.«

Wieder eine Straße, enger als diejenige, die sie verlassen hatten, eine Biegung nach rechts, die in einer Sackgasse endete. Links stand ein großes Warenlager mit der Aufschrift »Entreprises Kruger«. Die massiven Tore standen offen. Die Pistole bohrte sich dem Fahrer nachdrück-

lich in die Rippen. »Hier hinein!«
Halbdunkel verschluckte sie, als der Mercedes in den riesigen Schuppen glitt. Der Fahrer drehte sich halb zu Volkov um, in seinem Gesicht stand die nackte Angst, aber er konnte die Frage nicht mehr stellen.
Der Revolverknauf krachte gegen seinen Hals und zerschmetterte ihm den Kehlkopf. Er fiel nach rückwärts und erstickte. Volkov stieg aus, steckte den Revolver in den Halter zurück, ging zum Fahrersitz und zerrte den Toten auf den Boden. Aus dem Schatten trat Nicholas Yurovsky heraus. Er sah auf die Leiche hinab und dann zu Volkov. »Er ist tot! Du Trottel, Anton sagte, du sollst ihn nicht verletzen ...«
»Hab ihn zu hart getroffen«, sagte Volkov. »Macht nichts. Ich bring' ihn irgendwohin. Fahr das Auto zurück und beeil dich!« Er blickte auf die Uhr. »Ich hab' fünf Minuten bis hierher gebraucht.« Nicholas beugte sich zu dem Toten hinab. Blut und Speichel sickerten aus seinem Mund. Kruger hatte gesagt, der Mann sollte niedergeschlagen werden. Volkov hatte ihn ermordet. Der erste Fehler! Er sprang in den Wagen, startete und fuhr rückwärts hinaus in die Seitenstraße. »Viel Glück«, rief Volkov ihm nach. Nicholas antwortete nicht. Er fuhr auf dem Weg zurück, den der Wagen gekommen war, steuerte geschickt durch den dichten Verkehr, hupte oft, um durchzukommen. Er fuhr vor den Nordeingang der Kathedrale und kam nach drei Minuten zum Stehen. Malenkovs Wagen war für genau acht Minuten abwesend gewesen. Im Innern der Kirche stand Malenkov etwas abseits vom Präfekten von Chartres mit dem Rücken zum Altar, in Bewunderung für die um 1150 entstandenen Glasfenster an der Westseite versunken. In der Mitte erhob sich fast fünfzehn Meter hoch das große Fenster mit der Darstellung von Christi Kindheit, jede Szene in abwechselnd roten und blauen Tönen. Das von der thronenden Jungfrau überragte Fenster wurde flankiert von zwei weniger großen, aber noch immer etwa zehn Meter hohen Fenstern. Und über

allem die unvergleichliche Rosette, eine Blume aus Stein, Farbe und Licht. Die alte Kunst der Glasmalerei, die diese Dichtheit und Farbintensität hervorbrachte, war lange schon verlorengegangen. Kein modernes Verfahren erzielte diese Wirkung.

Für die Zuschauer wirkte Grigor Malenkov hingerissen. Der besondere Effekt bestand in dem dunklen und kalten »Chartres-Blau«, das von Lichtstreifen durchbrochen wurde, die den Beschauer in ein kaltes Scheinwerferlicht tauchten. Zu dieser Stunde war kein Gottesdienst, der Besuch war zeitlich genau abgestimmt, um eine Konfrontation mit der örtlichen Geistlichkeit zu vermeiden, die sich absichtlich fernhielt. Ein paar Zuschauer und Gläubige wurden von der Polizei in die Seitenschiffe gescheucht, und ein Rudel von SDECE-Leuten in Zivilkleidern beobachtete alles mißtrauisch. Anton und Régine Kruger waren unter den Gläubigen. Sie kniete, er saß neben ihr und beide drehten sich um, um die Russen anzuschauen.

»Wie ein Schauspieler auf der Bühne«, murmelte er ihr zu. »Im Scheinwerferlicht. Er hat sich nicht verändert. Aus dem hageren Mörder ist der fette Onkel geworden ...«

Régine erhob sich von den Knien. Anton war Atheist, aber sie hatte gebetet.

»Nicholas sollte draußen sein«, sagte sie. »Es ist beinahe elf Uhr fünfzehn.«

»In einer Minute gehen wir und sehen nach«, sagte Anton. »Das heißt, wenn wir hinausdürfen, ehe er gegangen ist. Sieh, jetzt geht er weiter. Komm, wir gehen.«

Er nahm ihren Arm, und sie gingen nach hinten, weg von der russischen Gruppe. Ein Gendarm und der ihn begleitende Geheimdienstagent dirigierten sie zur Seitentür. Sie traten hinaus in den blendenden Sonnenschein, zwei ältere, wohlhabende Franzosen, die vorsichtig die Stufen zum Platz hinunterstiegen. Sie gingen zum Westportal, wo die Menge sie aufnahm. Der schwarze Mercedes wartete vor dem Haupteingang. Der Chauffeur, das Gesicht von einer

Kappe verdeckt, saß regungslos und steif auf dem Fahrersitz. Kruger preßte den Arm seiner Frau.
»Es ist Nicholas«, sagte er. »Und ich kann die Maximova in der Menge sehen. Sie hat den Strauß.«

»Würde es Ihnen etwas ausmachen, wenn ich Sie etwas frage?«
Anna drehte sich zu Fritz von Bronsart um. »Natürlich nicht.«
Er saß ihr gegenüber, beugte sich ein wenig nach vorn und verschränkte die Hände zwischen den Knien. »Weshalb sind Sie mit uns verbündet? Weil Sie Nicholas lieben?«
Sie zögerte. Die einfache Antwort genügte nicht. Dies war eine Gelegenheit für die Wahrheit, der Augenblick, in dem Selbsterkenntnis ein wichtiger Teil dessen war, was mit ihnen allen geschah.
»Nein«, sagte sie. »Es ist mehr als das. Ich liebte Nicholas, ehe ich irgend etwas über seinen Vater oder seine Herkunft wußte. Zuerst wollte ich das nicht glauben, ich wollte nicht, daß er in so etwas verwickelt ist, noch viel weniger wollte ich selbst irgend etwas tun. Ich hatte keinerlei persönliche Motive.«
»Was hat Sie verändert?« fragte der junge Deutsche.
»Anton«, antwortete sie. »Er erzählte mir, was mit Nicholas' Vater und all den anderen geschah. Durch ihn verstand und fühlte ich, als sei ich dabei gewesen. Es war außergewöhnlich. Es änderte alles für mich. Ich habe vermutlich eine Menge Dinge in meinem Leben verabscheut und auf hübsch artige Weise dagegen rebelliert, aber ich hatte noch nie gehaßt. Ich haßte Gusev. Ich wollte, daß diese armen Menschen gerächt werden. Anton zeigte mir Gefühle, von denen ich nicht gewußt hatte, daß ich sie habe. Eine Art Gerechtigkeitsdurst. Das muß sehr melodramatisch klingen.« »Keineswegs«, sagte Fritz. »Mir ging es genauso. Meine Familie zerbrach nach dem Krieg. Meine Mutter ließ sich von meinem Vater scheiden, wir verloren unsere Besit-

zungen, unser Geld. Meine arme Großmutter starb ... Ich schämte mich, Deutscher zu sein, schämte mich, daß mein Vater Kriegsdienst geleistet hatte, schämte mich, der Enkel eines hingerichteten Kriegsverbrechers zu sein. Ich wußte nicht, wer ich war und wohin ich gehörte. Das muß sehr dumm für Sie klingen«, er warf ihr einen ängstlichen Seitenblick zu. Sie schüttelte den Kopf. »Wenn man ein von Bronsart ist«, sagte er schlicht, »muß man sehr stolz darauf sein. Man kann nicht generationenalte Familientraditionen beiseite wischen und nichts an ihre Stelle setzen. Anton Kruger gab mir meine Identität zurück. Er erzählte mir die Wahrheit und gab mir die Gelegenheit, die Lügen und die Schande loszuwerden. Ich erzählte Ihnen, ich habe eine Freundin. Ihre Familie waren auch Junker, aber ihr Vater war in der SS. Sie will absolut nichts mit ihm zu tun haben, ihre Mutter auch nicht. Er war erst neunzehn, aber sie empfindet es sehr bitter. Ich kann ihr nicht begreiflich machen, daß es auf unserer Seite nicht nur Konzentrationslager und Schrecken gegeben hat. Was wir vorhaben, wird ihr deutlich machen ...« Er zündete sich eine Zigarette an und bot ihr eine an. Ein paar Augenblicke rauchten sie schweigend. Im Hintergrund sang und plapperte es aus dem Radio.

»Das Wichtigste ist«, sagte er plötzlich, »daß niemand getötet wird. Anton und Nicholas haben uns allen versichert, daß das nicht geschehen wird. Ich weiß, einigen von den anderen würde es nichts ausmachen – aber ich bin Pazifist. Ich glaube an die Heiligkeit menschlichen Lebens. Und so ist auch Ilse, mein Mädchen.«

»Ich mache mir Sorgen wegen Elise«, sagte Anna. »Man sollte sie nicht mit ihm allein lassen. Oben in dem Zimmer war ein Ausdruck in ihrem Gesicht ...«

»Ich weiß«, sagte er unglücklich. »Wir müssen Anton und Nicholas warnen. Mein Gott, es ist beinahe Viertel vor zwölf! Inzwischen müßten sie am Treffpunkt sein ...«

Anna stand auf und ging zum Fenster. Sie kannte den Platz,

die Abzweigung an der N 10 hinter Chartres, wo Zepirov und Madame Jellnik warteten – auf das Auto mit Gusev, von Nicholas gesteuert und dicht gefolgt von einem weiteren Wagen voller KGB-Männer.

Die Tür zur Bibliothek öffnete sich. Elise stand im Türrahmen. Sie sah die beiden lächelnd an.

»Jetzt dauert es nicht mehr lange«, sagte sie. »Und wir haben ihn. Gräfin Yurovskaya, Herr Fritz – schaut nicht so besorgt. Es klappt alles, ich spüre es in den Knochen! Ich hole uns allen einen kleinen Drink, damit die Zeit vorübergeht. Oh, das wird ein großer Augenblick, das kann ich euch sagen – wenn sie ihn hierherbringen und mir übergeben ...«

»Elise«, Anna fuhr sie scharf an, und das Lächeln auf dem Gesicht der Dicken erlosch. »Er ist ein alter Mann, und Sie werden ihn nicht anrühren. Das sind die Anweisungen von Anton und dem Grafen. Wenn er verletzt wird oder ihm sonst irgend etwas zustößt, läuft der ganze Plan schief!«

»Das weiß ich«, sagte Elise. »Ich werde tun, was man mir befohlen hat. Ich werde ihm schon nicht den Hals umdrehen oder ihm die Haare ausreißen.« Sie starrte die beiden mit funkelnden Augen an. »Ich werde den Bastard verhätscheln, ihn füttern, seinen Nachttopf ausleeren, ihm die Kissen für die Nacht aufschütteln. Das habe ich kapiert. Gräfin. Sie brauchen mich nicht daran zu erinnern. Aber wenn er irgend etwas tut, wenn für uns irgend etwas schiefläuft, dann bringe ich ihn um. Und Anton Kruger weiß das. Deshalb hat er mir die Verantwortung für ihn übergeben. Ich hole jetzt unsere Drinks. Entschuldigt mich.«

Volkov hatte die Polizeiuniform ausgezogen. In einer Ecke des Schuppens stand eine Pappschachtel. Sie enthielt einen dunklen Anzug und eine Schirmmütze, von der gleichen Art, wie Nicholas sie trug. Er rollte die Uniform zusammen. Die Schiebetüren waren fest verschlossen. Er hatte über der

Tür, die zu einer Treppe und den oberen Büros führte, eine einzige Lampe angedreht. Sie zeigte den Mercedes der Krugers in einer entfernten Ecke. Volkov ging hin, öffnete die Tür und glitt hinter das Lenkrad. Er drehte den Zündschlüssel, der Motor startete mit sanftem Brummen. Er fuhr den Wagen langsam bis zum Eingang, achtete sorgfältig darauf, dem auf dem Boden zusammengekrümmten Toten auszuweichen. Er stieg aus, öffnete den Kofferraum und verstaute die Uniform darin. Dann bückte er sich und faßte den toten Russen unter den Armen. Volkov war ungeheuer stark, aber es war das Gewicht eines Toten, und er stöhnte. Er hob und stieß, bis er die Leiche über den Rand des Kofferraums gebracht hatte, und knickte die Beine ein. Die Kappe des Mannes lag noch auf dem Boden, und es gab Spuren im Staub. Eine kleine Pfütze aus blutigem Speichel glänzte im trüben Licht. Volkov konzentrierte sich. Nichts durfte zurückbleiben. Er konnte nicht zurückkommen, um alles in Ordnung zu bringen, es mußte sofort geschehen, und die Zeit war knapp. Er fand in einer Ecke einen Haufen altes Papier und wischte damit die kleine Pfütze weg. Er blieb stehen, bis alles aufgesaugt war. Aus Papier machte er einen Fächer und fegte damit den staubigen Boden so lange, bis nichts mehr zu sehen war, daß er einen Körper geschleppt hatte. Aber der feuchte Fleck machte ihm Sorgen. Er hatte eine vage Vorstellung davon, daß man durch Analyse menschliches Blut feststellen konnte. Er fluchte und begann zu suchen. Das Lagerhaus war ein Abstellplatz für einige der großen Containerlastwagen, die für die Gesellschaft arbeiteten und Möbel aus einer der Kruger-Fabriken exportierten. Volkov suchte nach Wasser, aber statt dessen fand er etwas anderes, eine Kanne mit Motorenöl. Er tröpfelte ein wenig davon auf den Fleck, wo der Mann sein Leben ausgehaucht hatte. Das Öl breitete sich aus und glänzte. Es sah ganz natürlich aus. Wenn der Schuppen das nächste Mal benutzt wurde, würde er verteilt und auseinandergefahren. Niemand würde darunter Spuren von irgend etwas vermuten. Befriedigt nickte er vor sich hin. Die Kappe und das schmutzige Papier warf er in den Kofferraum, schlug den Deckel zu und verschloß ihn. Er drehte das Licht ab, schob die Tür auf und fuhr rückwärts hinaus. Er hatte doch noch Zeit übrig. Er stieg aus, schloß die Türen und fuhr weg. Er parkte den Wagen am Eingang zum Platz, und schon sah er Anton und Régine Kruger durch die Menge auf ihn zukommen. Grigor Malenkov war soeben in der Westtür erschienen und schüttelte dem Präfekten noch einmal die Hände, ehe er die Treppen hinunter zu seinem Wagen ging.

»Tante Natalie, warum gebe ich dem Mann die Blumen?« Maximovas kleine Nichte zog an der Hand ihrer Tante. Sie wollte den Strauß halten, aber ihre Tante wollte ihn ihr nicht geben. Es war ein kleines selbstgemachtes Sträußchen Gartenblumen, von roten Bändern zusammengehalten.

»Weil er ein guter Mann ist«, antwortete Natalia Maximova und achtete darauf, daß die Leute sie hörten, »und ein Freund Frankreichs.« Eine kleine Gruppe Kommunisten hatte sich versammelt, und es war ihr gelungen, dicht an sie heranzukommen. Sie begannen höflich zu klatschen, als die sowjetische Gruppe die Treppe herunterkam. Die KGB-Männer bildeten einen Schirm um Malenkov, und Natalia Maximovas Herz begann wie wild zu hämmern. Es gab keine Möglichkeit, wie das Kind zu ihm gelangen konnte. Die Krugers, die, wie sie wußte, in der Menge waren, mußten sehen, daß es unmöglich war. Und ohne die Blumen ging alles schief ... Nicholas Yurovsky, der regungslos im Botschaftswagen saß, Volkov, der den echten Fahrer unschädlich gemacht hatte, Zepirov in seinem LKW und Olga in dem kleinen Citroën ... Ohne die Blumen würde alles in einem entsetzlichen Unglück enden. Mund und Kehle waren ihr plötzlich wie ausgetrocknet. Er hatte beinahe das Auto erreicht, und einer der Sicherheitsbeamten wollte gerade die Tür öffnen. Die Maximova handelte

instinktiv, denn etwas anderes konnte sie nicht tun. Sie preßte ihrer Nichte den Strauß in die Hände und stieß sie vorwärts.
»Jetzt, Schätzchen – renn los und gib sie ihm ...«
Es war Malenkov mit seinen für Effekte geschulten Augen, der das kleine Mädchen mit seinem selbstgemachten Strauß entdeckte. Er teilte mit einer Handbewegung die Abschirmung, trat vor und bückte sich, um die Blumen entgegenzunehmen. Verwirrt und scheu blickte die Kleine zu ihm empor. Er tätschelte ihren Kopf, lächelte. Die Blumen hielt er in der Linken. Er zeigte sie der Menge und winkte. Dann drehte er sich um und stieg in den Mercedes, gefolgt von dem Sekretär des Handelsministeriums. Die Tür wurde geschlossen, die Sicherheitsbeamten rannten zu ihrem eigenen Wagen, und die kleine Kolonne machte sich auf den Weg. Ein Fotograf hatte den Zwischenfall bemerkt. Das würde ein nettes Bild für die Lokalpresse geben. Natalia Maximova wäre in diesen Augenblicken fast in Ohnmacht gefallen. Sie stürzte aus der Menge hervor, packte ihre Nichte bei der Hand und eilte davon. Niemand hatte sie beobachtet. Sie verschwand und trug Janine, die nicht schnell genug rennen konnte. Auf dem Rücksitz seines Mercedes hob Anton Kruger den Hörer seines Autotelefons. Er gab ein Rufsignal, und von der anderen Seite der Stadt, auf der Straße, die zur Autobahn nach Paris führte, antwortete Olga Jellnik.
»Sie sind unterwegs«, sagte er. »Alles klappt bestens.«
In dem geparkten kleinen Citroën ertönte ein erregtes kleines Lachen, das sonst niemand hörte. Sie drückte auf ihren Kontrollknopf und sagte. »Gut. Wir sind bereit.«
Der nächste Anruf wurde von Zepirov in der Kabine des Containerlasters empfangen.

Zepirov schwitzte. Er wischte sich mit dem nackten Arm übers Gesicht, ein Fettschmierer war vor seinen Augen. Die Brille mit dem Fensterglas irritierte ihn. Es war sehr

anstrengend für ihn gewesen, den schweren Laster zu fahren. Er hatte ihn nach Krugers Anweisung an der Tankstelle übernommen und langsam, unter dem wütenden Hupen der anderen Fahrer, bis zur Abzweigung auf der rechten Seite der N 10 gesteuert. Er hatte sich auf den Randstreifen gestellt und so getan, als schliefe er. Seine Nerven waren so überreizt, daß er bolzengerade in seinem Sitz hochfuhr, als das im Handschuhfach versteckte Telefon summte.
»Sie sind unterwegs«, Olga Jellniks Stimme klang blechern. »Alles läuft gut. Ich werde in ein paar Minuten bei Ihnen vorbeifahren und direkt vor Ihnen anhalten. In dem Augenblick, in dem ich die anderen sehe, fahre ich raus, und Sie halten sich bereit, an mir vorüberzufahren.«
»Verstanden«, sagte Zepirov. Seine Hände waren ebenso verschwitzt wie sein Gesicht. Er wischte sie an seiner Hose ab und griff prüfend nach dem Lenkrad. So weit, so gut. Der Fahrer war gegen Nicholas ausgewechselt worden, Volkov war weg und brachte die Krugers aus der Stadt hinaus, und Natalia Maximovas Nichte hatte die Blumen überreicht. Es war zu schön, um wahr zu sein. Zepirov, der keinen Grund hatte, sich als Glückspilz zu betrachten, konnte einfach nicht glauben, daß nicht irgendein Unglück über sie kommen würde. Er war auf Anweisung seiner Firma nach Lausanne gereist – einer Firma übrigens, die mit dem Kruger-Imperium in Verbindung stand, deshalb hatte er überhaupt seinen Job – und hatte am Tag vorher angerufen, er sei krank.
Wenn alles vorüber war, würde er zurückfliegen und sich am nächsten Morgen zur Arbeit melden. Sein Alibi war sicher – falls er jemals zum Flugplatz kam ... Er verdrängte die pessimistischen Gedanken.
Dieses Mal, nur dieses eine Mal, und weil Männer wie Kruger und Yurovsky dafür verantwortlich waren, würde sich das Schicksal nicht gegen ihn kehren und ihm ins Gesicht spucken. Auf seine Sterne vertraute er nicht, aber er glaubte an die ihren. Er blickte in den Rückspiegel, und

dann sah er den kleinen grünen Citroën hinter sich auftauchen. Der Citroën stellte sich vor ihn, die Motorhaube auf die Hauptstraße gerichtet. Er konnte Olga sehen, die sich gespannt nach vorn beugte und die Hauptstraße beobachtete. Es war verrückt, daß eine Frau ihres Alters an einem Unternehmen teilnahm, daß so gefährlich war und soviel Nervenkraft erforderte. Sie hätte zuhause bei ihren Enkelkindern sein sollen. Aber sie hatte niemals geheiratet. In ihrem Leben gab es keinen Platz für etwas anderes als die Vergangenheit und die damit verbundenen Menschen. Er hatte noch keine Frau kennengelernt, die so wild auf Rache war außer Elise Rodzinskaya.
Olga Jellnik in dem Citroën warf einen kurzen Blick auf den Laster hinter ihr. Sie hatte ihm genügend Platz gelassen, um auszuscheren. Zepirov saß angespannt auf seinem Sitz. Wenn der Augenblick kam, war nicht sehr viel Zeit.

»Genosse Malenkov, soll ich sie wegwerfen?« Malenkov sah den Sekretär an. Der hielt den Strauß, bei dem das rote Band teilweise aufgegangen war, mit angewidertem Gesichtsausdruck in der Hand. Seine Miene und das mangelnde politische Gespür, das er dadurch verriet, ärgerten Malenkov. Welch ein Vollidiot, der ihm vorschlug, den Strauß des kleinen Mädchens aus dem Fenster zu werfen. Wenn ein solcher Vorfall gesehen und weiterberichtet würde, wäre das Wasser auf den Mühlen der Gegner seines Besuches. ›Geschenk eines Kindes zurückgewiesen‹. Er konnte direkt sehen, wie sich die rechtsgerichtete Presse darauf stürzte und etwas von schmählicher Beleidigung hinaustrompetete. Er bedachte den jungen Mann mit einem Seitenblick. Er hatte soeben seine Chance auf Beförderung verspielt. Malenkov vergaß oder vierzieh ein politisches Fehlurteil niemals, gleichgültig, wie wichtig es war. »Gewiß nicht«, fauchte er. »Legen Sie ihn auf den Sitz.«
»Es ist Unkraut dazwischen, Genosse«, erklärte der junge Mann. »Die Blumen riechen schlecht.«

»Dann legen Sie ihn nach vorn zum Fahrer«, sagte Malenkov unbeirrt.
Nicholas hatte jedes Wort gehört, und als der welke Strauß aus Feldblumen auf den Sitz neben ihm fiel, wurde ihm kalt. In dem Wagen gab es keine Abtrennung, das hatte er erwartet. Der Sekretär hatte recht, aus dem Strauß stieg ein schwacher Geruch auf. Jetzt noch schwach, aber nicht mehr lange. In weniger als zwanzig Sekunden würde sich der Nadelmechanismus, den Natalie Maximova ausgelöst hatte, völlständig durch die kleine Plastikkapsel gebohrt und das Niacyn-Gas freigesetzt haben. Er war genau für fünfzehn Minuten nach der Auslösung eingestellt. Nach diesen zwanzig Sekunden würden er und die beiden Russen im Fond bewußtlos sein. Sie waren jetzt außer Sichtweite der Stadt und hielten ein Tempo von sechzig Kilometern in der Stunde auf der alten Straße nach Paris.
Die Abzweigung, wo Zepirov und Olga Jellnik warteten, war nur sechs Kilometer entfernt. Er drückte den elektrischen Knopf und schloß sein Fenster. Mit der gleichen Bewegung stieß er sich die Mütze aus der Stirn und zog die darunter verborgene Gummimaske herunter. Im Rückspiegel sah er, daß dies beobachtet worden war, daß Malenkovs Gesicht vor Entsetzen erstarrte, den Mund geöffnet, und daß der Sekretär an seiner Seite unter dem Anzug nach der Pistole griff. Nicholas warf die Blumen über den Sitz zurück, und noch ehe er die Bewegung beendet hatte, klappte Malenkov zusammen. Er fiel gegen die Rückenlehne und verdrehte die Augen, der Sekretär sank schwer gegen ihn, die Pistole entfiel seiner schlaffen Hand. Nicholas begann zu beschleunigen. Er wollte vermeiden, daß ihn ein Auto überholte und die Gasmaske bemerkt wurde. Die Mitfahrer hinter ihm waren bewußtlos und würden es noch mindestens eine halbe Stunde bleiben, nachdem sich das Gas verzogen hatte. Im gegenwärtigen Augenblick war der ganze Innenraum des Wagens davon erfüllt.
Der Außenspiegel zeigte Nicholas den schweren Wagen mit

Malenkovs Leibwache, der heranbrauste, zwei Autolängen Abstand hielt und immer sofort aufschloß, wenn sich irgend jemand dazwischenzudrängen versuchte. Hoffentlich behielt Olga Jellnik die Nerven. Nicholas hielt eine gleichmäßige Geschwindigkeit und beobachtete den Wagen hinter ihm. Nichts war den Leuten aufgefallen.
Einen Kilometer weiter vorn sah er die Abzweigung und die grüne Schnauze des Citroën. Er verlangsamte die Fahrt und zwang den Wagen hinter sich, das gleiche zu tun. Auf einen halben Kilometer an die Abzweigung herangekommen, ließ er die Scheinwerfer zweimal kurz aufflammen. Ganz dicht vor der Straßeneinmündung trat er das Gaspedal voll durch, und der Mercedes schoß mit einer Stundengeschwindigkeit von 120 Kilometern davon.

Krugers Mercedes nahm die Nebenstraßen, fuhr rücksichtslos über schmale Wege, während Volkov hinter dem Steuer kauerte. Régine steckte ihre Hand durch den Arm ihres Mannes, um in den Kurven einen Halt zu haben.
»Muß er denn so fahren?«
»Wir können es nicht riskieren, auch nur eine Minute zu spät zu kommen«, sagte Anton. Er sah auf seine Uhr, sein Gesichtsausdruck war grimmig. »Bete bloß, daß Olgas Nerven nicht durchgehen. Ich hätte jemand Jüngeres dafür nehmen sollen, aber eine ältere Frau sieht überzeugender aus.«
»Sie wird's schon schaffen«, sagte Régine. »Sie ist so hart wie Stahl. Sie würde sie rammen, wenn es nötig wäre ... O mein Gott, schau!«
Ein Bauernwagen, beladen mit Stroh, bog direkt vor ihnen in die Straße ein.
Sie hörte Anton wütend fluchen, und Volkov ließ die Hand auf der Hupe liegen. Der Bauernwagen war weit davon entfernt, etwa an die Seite zu fahren und sie passieren zu lassen. Nein, er bewegte sich sogar weiter auf die Mitte zu und blockierte den Weg vollständig.

Volkov blickte über die Schulter zurück. Sein Gesicht war verzerrt. »Das Schwein macht das absichtlich – ich kann einfach nicht überholen!«
»Gib mir die Karte«, zischte Anton. »Warte, wir sind hier ...« sein Finger lief die eingezeichneten Landstraßen entlang. Auf einer Strecke von vier Kilometern gab es keine Abzweigung mehr. Und wenn sie zum Umkehren gezwungen waren, ging noch mehr kostbare Zeit verloren. »Hör auf zu hupen, du Trottel!« rief er. »Du machst es nur noch schlimmer. Laß dich zurückfallen, damit er dich im Spiegel sehen kann.«
»Wir kommen nicht hin«, sagte Régine. »Sie werden halten, und wir sind nicht da ...« Er schien sie nicht zu hören. Er beugte sich nach vorn, jeder Muskel angespannt, und beobachtete den Wagen, der gemütlich dahinschwankte und schaukelte und dabei ganze Strohbüschel auf die Straße fallen ließ.
Wieder sah er auf die Uhr. »Wir kommen zu spät«, sagte er. »Sie müssen auf uns warten.«

In dem Moment, in dem Nicholas plötzlich beschleunigte, hatte sich der Fahrer des Dienstfahrzeuges unbewußt entspannt. Er bemerkte den Zwischenraum, der sich zwischen ihnen auftat, nicht schnell genug, um nachzuziehen. Ehe er reagierte und aufschließen konnte, fuhr ein grüner Citroën direkt in seine Spur und hielt.
Die Männer hinter ihm schrien auf, und er bremste und scherte nach rechts aus, um einen Zusammenstoß zu vermeiden. Während er damit beschäftigt war, den Wagen wieder unter Kontrolle zu bekommen, kam ein riesiger silbergrauer Containerlastwagen aus derselben Einfahrt wie der Citroën und versperrte die Straße. Der Mercedes der Botschaft war ihren Blicken vollkommen entzogen. In dem Citroën saß eine Frau, eine grauhaarige Frau, die wie wild am Steuer drehte und den Wagen wendete, um dem Laster zu folgen. Der Russe beugte sich aus dem Fenster und rief

ihr ein paar Schimpfworte nach. Wäre er nicht so langsam gefahren, hätte es einen Unfall gegeben. Er betätigte die Lichthupe und setzte an, den Citroën und den Laster zu überholen. Augenblicklich setzte der kleine Citroën auch zum Überholen an, blieb auf gleicher Höhe mit dem Laster, ließ sich unschlüssig zurückfallen und machte es dem großen Wagen unmöglich, ihn oder den Laster zu überholen.

Der Fahrer hupte sie an, wurde wütend. Sie machte ihm im Rückspiegel ärgerliche Zeichen. Die Anweisungen der Männer lauteten, den Mercedes niemals aus den Augen zu lassen, und jetzt war es des starken Gegenverkehrs wegen unmöglich, den Citroën und den Laster zu überholen. Der rangälteste Sicherheitsoffizier, der auf dem Rücksitz saß, beugte sich vor.

»Ruft zur Polizei durch. Das könnte hier Ärger geben ... und wenn die Alte ... das nächstemal zurückfällt, geht raus, und wenn ihr sie zusammenschlagen müßt, schade!«

Nicholas sah Zepirov in dem hohen LKW hinter sich. Einmal sah er kurz in den Fond seines Wagens. Die beiden Männer lagen in tiefer Bewußtlosigkeit. Die nächste Abzweigung rechter Hand näherte sich, nur wenige Kilometer von derjenigen entfernt, bei der er den Sicherheitsleuten entkommen war. Er verlangsamte die Fahrt, und eine Sekunde lang ließ der Laster die Scheinwerfer aufleuchten. Das bedeutete, Olga hielt hinter ihm die Verfolger auf. Ihre Anweisung lautete, sie noch weitere drei Kilometer zu blockieren. Es war unwahrscheinlich, daß sie die Abzweigung nach rechts bemerkten, so kurz nach derjenigen, an der sie den Mercedes aus den Augen verloren hatten. Sie konzentrierten sich bestimmt ganz darauf, an den beiden Wagen vorbeizukommen. Von Zepirovs Laster abgeschirmt, schwenkte Nicholas in die Seitenstraße ein und raste davon. Es war genau zwölf Uhr. Er kannte die Route auswendig. Es war eine stille Gegend, nur ein paar Häuser standen verstreut in den Wiesen. Der Treffpunkt lag an einer Kreuzung, tief im Weideland. Er sah niemanden, auch keine anderen Autos. Als er zur Kreuzung kam, war keine Spur von Krugers grauem Mercedes zu sehen. Nicholas fuhr an den Straßenrand. Er stieg aus und riß sich die Gasmaske herunter. Sein Gesicht war schweißnaß. Mit einem Taschentuch trocknete er es ab. Er trug Lederhandschuhe, die es ihm fast unmöglich machten, eine Zigarette zu finden und anzuzünden. Er stand neben dem Auto und inhalierte tief. Inzwischen mußte das Duell zwischen Olga und dem Geheimdienstwagen vorüber sein. Nach der angegebenen Entfernung würde sie sich hinter den Containerlaster zurückfallen lassen und den Weg freimachen. Wenn sie dann an ihr vorbeischossen, fanden sie keine Spur des Mercedes und zwanzig Kilometer lang keine Abzweigung. Inzwischen war gewiß die Polizei verständigt, deren Autos sich auf der Straße drängten. Olga sollte in eine Tankstelle fahren und volltanken und sich so lange wie möglich dort aufhalten in der Hoffnung, die Verfolgungsjagd entferne sich immer weiter von ihr. Für den Fall, daß sie angehalten wurde, hatte sie einen Führerschein auf einen falschen Namen und mit einer Pariser Adresse. Sie mußte ganz verwirrt und in Tränen aufgelöst sein und sich bitterlich über die Angst beklagen, die ihr ein fremdes Auto eingejagt hatte, das sie ohne jede Rücksicht auf Sicherheit zu überholen versuchte. Zepirov fuhr zurück nach Chartres, um den Containerlaster in dem Lagerhaus zu parken, in dem Volkov den russischen Chauffeur getötet hatte. Dann mußte er nach Paris zurück, nach Orly und mit dem Flugzeug zurück in die Schweiz.

Alles war gelaufen wie geplant, außer daß die Krugers den Treffpunkt nicht erreicht hatten und daß inzwischen die Jagd nach dem Mercedes in vollem Gang sein mußte. Er sah auf seine Uhr. Zwölf Uhr zehn. Er hörte auf der schmalen Straße hinter sich einen Wagen kommen und wußte, das war nicht Kruger. Die Richtung stimmte nicht. Des Gases wegen konnte er nicht in den Mercedes steigen. Er wagte

auch nicht, so zu tun, als sei er in Schwierigkeitn, und sich unter der Motorhaube zu verstecken für den Fall, daß der Autofahrer anhalten und seine Hilfe anbieten würde. Er warf die Zigarette in die Hecke und rannte zum hinteren Teil des Mercedes. Als der kleine Peugeot 204 mit Vater, Mutter und drei Kindern auf dem Weg zur Großmutter im nächsten Dorf vorbeifuhr, bemerkten die Insassen den Chauffeur kaum, der sich im Kofferraum des großen, schwarzen Autos am Straßenrand zu schaffen machte.
Nicholas kehrte zurück und stellte sich neben das Auto. Wieder blickte er auf die Uhr. Wo zum Teufel waren die Krugers? Er wagte es nicht, zu lange zu bleiben, denn die Gegend war zwar einsam, aber wenn einmal feststand, daß Malenkov verschwunden war, würden alle Straßen und Wege abgesucht werden. Er ging ein paar Meter an der links abzweigenden Straße entlang, horchte, hoffte, den Wagen zu hören. Und dann sah er ihn.
Volkov fuhr wie ein Verrückter, der graue Mercedes schleuderte auf Nicholas zu, der umkehrte und zu dem russischen Wagen zurückrannte. Der Mercedes stoppte mit kreischenden Reifen direkt hinter ihm. Kruger und Volkov sprangen heraus. Nicholas warf einen Blick auf Régine, die kalkweiß im Rücksitz lehnte.
»Wir wurden aufgehalten ...« Anton war schon am hinteren Fenster und sah sich Malenkov und seinen Begleiter an. Er wandte sich an Nicholas.
»Sie sehen aus wie tot ... alles geklappt?«
»Vollkommen«, antwortete Nicholas. »Ich hätte Sie beinahe aufgegeben – Sie sind zehn Minuten zu spät.«
»Ich weiß, ich weiß, wir konnten es nicht ändern. Öffnen Sie die hintere Tür, Nicholas. Wir können sie nicht anrühren, ehe das Gas draußen ist.«
Nicholas riß die Tür auf und die Tür zum Fahrersitz ebenfalls. Er zog die Gasmaske über.
»Ich ziehe ihn heraus. Bereiten Sie sich darauf vor, ihn in Ihren Wagen zu bringen. Das Zeug verflüchtigt sich an der

Luft sehr rasch. In wenigen Sekunden besteht keine Gefahr mehr.«

Er griff hinein und packte Malenkov, indem er ihn unter den Armen hochhob. Er sackte ihm entgegen, sein Hut fiel herunter. Nicholas hob und zerrte, bis das schwere Gewicht des leblosen Körpers vom Sitz sackte. Er begann ihn aus dem Wagen auf die Straße hinauszuziehen. Volkov kam ihm zu Hilfe. Zusammen richteten sie ihn in eine halb sitzende Stellung auf; Volkov packte ihn an den Beinen und hob ihn vom Boden auf. Sie brachten ihn zu dem grauen Mercedes, und Régine stieg aus, um die Tür weit aufzuhalten. Sie setzten ihn auf den Boden und winkelten seine Beine an. Nicholas warf noch eine Reisedecke darüber. Er ging zurück, hob den Hut auf und fand den Blumenstrauß, verwelkt und zerdrückt, auf dem Sitz neben dem Handelssekretär. Er steckte die Blumen und den Hut unter die Reisedecke.

Er zog die Maske vom Gesicht und steckte sie in seine Tasche.

»Gut«, sagte er. »Fahren wir zurück nach Grandcour!«

Kruger starrte noch immer in den russischen Wagen. »Ist es jetzt gefahrlos?«

»Ja«, sagte Nicholas. »Ich lasse das Rückfenster offen. Wenn sie ihn finden, ist keine Spur mehr von irgend etwas vorhanden. Anton, beeilen Sie sich!«

Er sah, wie sich Kruger ins Wageninnere hineinbeugte. Als er wieder herauskam, hielt er die Pistole des Sekretärs in seiner behandschuhten Hand. Er ging zu seinem Wagen und zog die Decke von Malenkov weg. Er kauerte sich nieder und drückte Malenkov für einen Moment die Pistole in die Hand. Dann richtete er sich auf. Nicholas ging auf ihn zu, aber Kruger wich ihm aus und beugte sich in das Botschaftsauto. Nicholas kam in dem Moment hinzu, als Kruger dem Sekretär die Pistole an die Schläfe legte und abdrückte. Er ließ sie zu Boden fallen, schlug die Tür zu und drehte sich zu Nicholas um.

»Sehen Sie mich nicht so entsetzt an«, sagte er ruhig. »Das mußte sein. Nun wird niemand wissen, was passierte. Man wird unserer Erklärung Glauben schenken. Sie fahren. Volkov ängstigt Régine.« Er ging zurück, kletterte über Malenkovs Körper und setzte sich neben seine Frau und Volkov. Nicholas begab sich hinter das Lenkrad und startete.
»Fahren Sie ganz normal«, hörte er Anton Krugers Stimme. »Denken Sie daran, Sie chauffieren eine ältere Dame und einen Herrn und ihren Freund. Und wenn wir angehalten werden, gebe ich die Erklärungen.«
»Wir haben unsere Füße auf dem Schwein«, sagte Volkov. »So ist es richtig.«
Nicholas antwortete nicht. Der kaltblütige Mord an einem menschlichen Wesen ... Er war starr vor Entsetzen. Kein Töten, kein Blutvergießen – das war Krugers Versprechen gewesen, die Rechtfertigung für ihr Vorhaben. Jetzt waren zwei Männer tot.
Volkov hatte den Fahrer ermordet, Kruger den Sekretär umgebracht. Mit einem Revolver, auf dem Malenkovs Fingerabdrücke waren. Er fuhr schweigend durch die Seitenstraßen. Hinter sich hörte er Lachen. Ein rascher Blick in den Rückspiegel zeigte ihm Anton Kruger, der lächelte und eine Zigarette rauchte. Genau um zwölf Uhr vierzig schwenkten sie zum Tor von Château Grandcourt ein. Niemand hatte sie unterwegs aufgehalten.
Raoul Jumeaux war in seinem Büro, als ihn die Nachrichten über Telex erreichten. Er war mit Schreibtischarbeit beschäftigt gewesen, paffte seine Pfeife. Wegen Malenkovs Anwesenheit in Frankreich waren seine Sinne besonders geschärft, aber er befürchtete kein Unglück. Die Sicherheitsvorkehrungen waren befriedigend, es hatte keine Zwischenfälle gegeben. Eine kleine Gruppe von Zionisten, die vor der Comédie Française gegen die Verfolgung sowjetischer Juden protestiert hatte, war lange vor der Ankunft der Russen verscheucht worden. Wenn er an die Demonstration dachte, die dank seiner eigenen Voraussicht und Nicholas

Yurovskys Abtrünnigkeit verhindert worden war, mußte er sich selbst gratulieren. Der kurze Besuch der Kathedrale von Chartres hatte kein besonderes Problem dargestellt. Er war nicht in der Öffentlichkeit bekanntgegeben worden. Malenkovs eigene Leibwache sorgte für Sicherheit, und die Straße war kerzengerade. Die Abfahrt vom russischen Quartier war unter Bewachung von Jumeaux' eigenen Männern vor sich gegangen, auf ihren Vorschlag hin war der Wagen vom Hintereingang abgefahren. Er hatte weder eine sowjetische Standarte noch doplimatische Kennzeichen getragen. Wenn Malenkov die Kunst des französischen Mittelalters genießen wollte, machte Jumeaux sich keine Sorgen. Was ihm Kopfzerbrechen bereitete, war die Kranzniederlegung am Grab des Unbekannten Soldaten. Und der Russe bestand unbedingt darauf. Jedes Dach und jedes Gebäude entlang der Straße und am Arc de Triomphe würden dicht von Polizisten und Scharfschützen besetzt sein. Der Wagen, mit dem Malenkov dorthin fuhr, war kugelsicher und gepanzert – ein Entgegenkommen der französischen Regierung. Eine Motorradeskorte würde sich um den Wagen scharen wie Bienen um eine Honigwabe und einen menschlichen Schutzschild bilden. Das war die Gelegenheit, bei der irgendein Fanatiker möglicherweise einen Anschlag wagen konnte, und Jumeaux' ganze Aufmerksamkeit konzentrierte sich auf dieses Ereignis.
Der Besuch war bis jetzt ein großer Erfolg gewesen. Der Russe hatte sich der Presse und der Öffentlichkeit in einem günstigen Licht als der gemäßigte Mann mit liberalen Neigungen präsentiert. In Regierungskreisen war man von seiner Aufrichtigkeit beeindruckt. Er wünschte Freundschaft mit Frankreich, engere Wirtschafts- und Handelsbeziehungen zwischen beiden Ländern und den üblichen kulturellen Austausch, um die Entspannung zu fördern. Das Wort Entspannung hatte einen hübschen Klang, und der traditionellen Neigung der Franzosen, die mächtigen Amerikaner zu reizen, bot sich großer Spielraum.

Als seine Sekretärin mit dem Fernschreiben hereinkam, war er in seine Papiere vertieft und über die Unterbrechung nicht erfreut. Ein Blick in ihr Gesicht, und er war aufgesprungen und hatte ihr das Papier aus der Hand gerissen. »Malenkovs Auto auf Rückweg nach Paris verschwunden. Auf N 10 hinter Chartres von Eskorte abgeschnitten. Auto spurlos verschwunden. Alle Kräfte mobilisiert.«

»Jesus Christus!« brüllte Jumeaux. »Oh, mein Gott ...«

In diesem Augenblick begann sein Telefon zu läuten, und dann der zweite Apparat, bis das ganze Büro eine Kakophonie aus Lärm war. Der Innenminister. Die Russische Botschaft. Der Präsident selbst. Und dann noch eine Meldung, die ein aufgeregter Mann aus dem Vorzimmer hereinbrachte. Jumeaux stotterte mit purpurrotem Gesicht ins Telefon.

»Sie haben den Wagen gefunden«, zischte der Offizier. »Sekretär Sashevsky erschossen, der Fahrer ist verschwunden und Malenkov ebenfalls.«

Jumeaux legte seine Hand über die Sprechmuschel und stöhnte. Der Präsident der Republik Frankreich am anderen Ende der Leitung wiederholte seine wütende Frage und erhielt lange keine Antwort. Jumeaux sank auf seinen Sessel. »Ich muß Ihnen mitteilen«, seine Stimme klang flach und tonlos, »ich muß Ihnen, Monsieur le Président, mitteilen, daß dies die entsetzlichste Nachricht ist ... Genosse Malenkov wurde entführt. Das ist die totale Katastrophe.«

Anna und Nicholas waren allein. Er hielt sie eng umschlungen, ohne zu sprechen. Sie hatten die Krugers verlassen, die mit Volkov, Olga Jellnik, Natalia Maximova, Fritz und Elise feierten. Kruger hatte eine Flasche Champagner geöffnet, Toasts wurden ausgebracht. Es war mitten am Nachmittag, die Sonne brannte. Oben im Turmzimmer, wo Malenkov, einst Fjodor Gusev, mit Handschellen ans Bett gefesselt lag,

war es drückend heiß. Anna hatte Nicholas' Wink verstanden. Sie waren aufgestanden und hinausgeschlüpft. Sie hatte geweint vor Freude, daß ihm nichts passiert war. Er hatte sie einfach nur festgehalten und ihr Haar gestreichelt. »Ich kann es nicht glauben«, sagte sie. »Ich kann es nicht glauben, daß du es getan hast, daß er tatsächlich *hier* ist. Den ganzen Morgen über war ich krank vor Angst und habe mir vorgestellt, irgend etwas würde schiefgehen. Und nichts ging schief, außer daß sich Anton eines Fuhrwerks wegen verspätet hat – es ist beinahe ein Wunder.«
Sie hatten unten schon jede Einzelheit der Geschichte wieder und wieder erzählt, hatten einander gratuliert und ihre Rollen noch einmal durchgespielt. Volkov hatte die Ermordung des Fahrers nicht erwähnt, und Kruger sagte nichts von dem Mitfahrer in Gusevs Auto. Es herrschte eine krampfhaft gehobene Stimmung. Alle gratulierten Olga für ihren Auftritt mit dem Auto. Niemand hatte sie aufgehalten, sie war auf Seitenwegen zum Château zurückgefahren. Sie tranken auf das Wohl des abwesenden Zepirov, der mittlerweile auf dem Weg nach Lausanne war, um sein Alibi zu festigen. Alles war ohne einen einzigen Fehlschlag über die Bühne gegangen. Im nachhinein mußten alle über Antons Schilderung seines Duells mit dem Bauernwagen lachen. Nur Nicholas war still und in sich gekehrt.
»Was ist los, mein Liebling?« fragte Anna ihn. »Ist doch etwas schiefgegangen, und du hast es uns nicht erzählt?« Erschrocken wich sie von ihm zurück. »Mein Gott«, sagte sie »ist es das?«
»Nein«, antwortete er. »Alles ging genauso, wie Anton es geplant hatte. Außer daß Volkov den russischen Fahrer umgebracht hat. Er sagte, es sei ein Unfall gewesen, aber ich glaube, er hat nicht einmal versucht, den Mann zu betäuben. Es war kaltblütiger Mord. Und Anton – gib mir eine Zigarette, Liebling, dort auf dem Tisch liegen welche –« er machte eine Pause und zündete sie sich an. Sie sah, daß seine Hand leicht zitterte. »Anton«, sagte er endlich, »hat

nicht alles erzählt. Es war noch ein Mann bei Gusev. Anton hat ihm eine Kugel durch den Kopf gejagt, ehe wir losfuhren.«

Anna starrte ihn entsetzt an. »Warum?« flüsterte sie. »Warum hat er das getan? Oh, mein Gott, Nicholas, das ändert alles, das ist Mord!«

Er setzte sich aufs Bett, starrte vor sich hin und drehte die Zigarette in den Fingern. »Ich hätte es wissen müssen«, sagte er. »Wir konnten keinen Zeugen am Leben lassen. Aber ich dachte einfach nicht daran, Anna. Ich begriff nicht, daß es unvermeidbar war, die Begleitperson Gusevs umzubringen. Ich war einfach entsetzt, das ist alles. Er nahm den Revolver und erschoß den Mann, als erledige er eine Mücke. Er hat nicht mal mit der Wimper gezuckt.«

Sie setzte sich neben ihn. Er hielt ihre Hand. »Es war das Entsetzlichste, was ich je gesehen habe«, sagte er langsam. »Er lag einfach da, bewußtlos, hilflos – und Anton tötete ihn. Ich kann es noch nicht mit Abstand betrachten. Wenn es Gusev selbst gewesen wäre – ich hätte es nicht tun können.«

»Gott sei Dank«, sagte Anna ruhig. »Mein Liebling, ich weiß nicht, was ich sagen soll ...«

»Ich habe mir selbst schon alles gesagt, seit es passiert ist«, sagte er. »Er hatte keine Wahl, der Erfolg unserer Sache hing davon ab, daß die Einzelheiten geheimblieben. Er tötete den Feind ... Ich habe kein Recht, ihn zu verurteilen. Er mußte die Entscheidung treffen und tun, was getun werden mußte. Denk an meinen Vater und daran, was Leute wie der Tote ihm angetan haben und heute noch Millionen anderer Menschen in Rußland antun. Sie haben auch keine Skrupel, oder?«

»Nein«, sagte sie. »Aber deshalb dürfen wir nicht so sein wie sie. Noch etwas anderes bereitet mir Sorge. Ich glaube nicht, daß man ausgerechnet Elise für ihn sorgen lassen sollte. Ich fürchte, sie wird ihn schlecht behandeln.«

»Sie ist gefährlich, und sie ist voller Haß«, sagte Nicholas.

»Sie und Volkov. Er kam gerade, als ich das Turmzimmer verließ. Ich gehe hinauf und sehe nach. Und mach dir keine Sorgen. Sie wird es nicht wagen, irgend etwas zu tun.«

»Als du ihn hinaufgetragen hast«, sagte Anna, »sah er so alt aus. Ich habe nie an ihn als an einen alten Mann gedacht.«

»Ich denke an ihn als an den Peiniger meines Vaters«, sagte Nicholas. »Ich denke an das Jahr, das sie ihn in der Lubjanka festhielten und ihn geistig und körperlich gebrochen haben, ehe sie ihn aufhängten. Ich messe Gusev nicht mit irgendwelchen menschlichen Maßstäben. Aber ich werde auf Elise achten. Möchtest du mit mir hinaufkommen?«

Anna zögerte. Sie hatte einen Widerwillen gegen diesen schalldichten Raum mit dem Bett und den Handschellen. Und gegen den darin eingeschlossenen Urheber eines unglaublichen Verbrechens. Sie fürchtete sich davor, Gusev zu sehen, ihn sprechen zu hören. Nicholas wollte, daß sie mitkam. Die Konfrontation würde für ihn traumatisch sein, ein Alptraum. Er mußte ihm begegnen, und sie verstand, daß er den Moment gewählt hatte, in dem nur sie bei ihm war.

»Gehen wir«, sagte sie. »Wir sollten nachsehen, ob er o.k. ist.«

Gusev hatte Kopfschmerzen. Das Innere seines Schädels schien von Schlägen zu dröhnen, die gegen die zerbrechliche Schale klopften, in der sein Geist hauste. Seine Augen waren verklebt und tränten. Er wischte mit der freien Hand darüber. Ihm war weniger schwindlig als beim Erwachen. Der anfängliche Schock, sich in einem fremden Zimmer an ein Bett gefesselt zu sehen, hatte einer gespannten Wachsamkeit Platz gemacht. Die Angst machte seinen Kopf klar. Er setzte sich mühsam auf und sah sich um. Dabei nahm er jede Einzelheit seiner Umgebung wahr. Er erkannte die Abgeschiedenheit; die an dem kleinen Fenster vorüberziehenden Wolken ließen den Schluß zu, daß er sich irgendwo hoch oben befand. Aus der Rundung der Wände erriet er, daß er in einem Turm gefangen war. Die Vorbereitungen für

seine Entführung waren sorgfältig durchgeführt worden: die schalldichten Wände, die Doppeltür, die Doppelverglasung des Fensters. Wer immer ihn geschnappt hatte, verfügte über Erfahrung.
Seine erste Vermutung war die nächstliegende. Es ging um Lösegeld, und dies war ein Terroristenanschlag, möglicherweise von der gleichen Gruppe ausgeführt, die die Ölscheichs gekidnappt und in einem Hotel gefangengehalten hatte, bis sie mit einer riesigen Geldsumme fliehen konnte. In diesem Fall hatte er keinen Grund zur Besorgnis. Falls er der Gefangene des legendären Carlos war, würde ihm nichts geschehen. Seine Umgebung bestätigte ihn in dieser Annahme. Seine Lage brachte keine übertriebenen Unannehmlichkeiten mit sich. Dies allein schon verriet Kidnapper mit Selbstsicherheit und System. Er lehnte sich gegen das eiserne Bettgestell. Er hatte Durst. Auf dem Tisch neben seinem Bett standen ein Krug mit Wasser und ein Glas. Er versuchte, beides zu erreichen, aber er konnte nicht. Er bewegte die Zunge im Mund, um Speichel zu produzieren. Wieder reckte und streckte er sich und versuchte, den Tisch an sich heranzuziehen. Er erreichte dadurch nur, daß er halbwegs vom Bett glitt und schmerzvoll an seinen gefesselten Handgelenken zurückgehalten wurde. Es bedurfte ein paar Minuten großer Anstrengung, während seine Kopfschmerzen fast unerträglich wurden, ehe er seine frühere Stellung wieder eingenommen hatte. Er zwang sich, nicht an das Wasser zu denken, schloß die Augen und versuchte sich zu sammeln. Natürlich würden sie nicht zu erkennen sein, sie würden Mützen oder Masken tragen, damit er sie nach seiner Freilassung nicht identifizieren konnte. Er stellte sich das weltweite Aufsehen vor, das sein Verschwinden ausgelöst haben mußte. Es war durchaus möglich, daß die Franzosen ihn befreien würden. Er hoffte, sie würden es nicht versuchen. Die Chance für seine Sicherheit bestand im Verhandeln. Er riß die Augen auf, jeder Nerv spannte sich bei dem Geräusch, das jetzt von

der inneren Tür kam. Er konnte nicht glauben, was er sah. Zwei Leute waren ins Zimmer getreten und kamen auf ihn zu. Ein Mann und eine Frau. Keine Tarnung, keine Strumpfmasken oder Mützen, nicht einmal dunkle Brillen. Einen Augenblick starrten sie einander an. Gusev krächzte, Mund und Kehle waren ausgedörrt.

»Wer sind Sie? Wo bin ich?« Er sprach russisch.

Nicholas sah den ungepflegten alten Mann auf dem Bett an, dessen Augen in angstvoller Abwehr zusammengekniffen waren, dessen Gesicht grau und krank wirkte. Es fiel ihm schwer, zu sprechen. Er verspürte körperliche Übelkeit vor Abscheu und Ekel. Die kleinen dunklen Augen, verschlagen glitzernd und voll spürbarer Angst, sahen ihn aufmerksam an. »Wer sind Sie?«

»Brauchen Sie etwas?« fragte Nicholas ihn. Der alte Mann fuhr hoch, als er russisch von einem Russen gesprochen hörte.

»Wasser«, krächzte er. »Ich bin durstig. Ich bin krank.«

»Was sagt er?« flüsterte Anna. »Er sieht entsetzlich aus.«

»Er möchte Wasser«, sagte Nicholas zu ihr. »Gib ihm welches.«

Sie ging zum Tisch hinüber, goß etwas Wasser in das Glas und reichte es ihm. Er trank es gierig und hielt ihr das Glas noch einmal hin. Sie füllte es erneut.

»Rück den Tisch näher heran«, sagte Nicholas. »Er ist außer Reichweite gestellt worden.« Sie warfen sich rasch einen Blick zu. Der gleiche Gedanke durchzuckte sie beide. Elise hatte den Raum eingerichtet. Wenn sie nicht heraufgekommen wären, hätte Gusev stundenlang unter quälendem Durst gelitten. Anna stellte sich wieder neben Nicholas. Sie wollte Gusev nicht ansehen. Er redete wieder, und sie konnte nichts verstehen, weil er russisch sprach.

»Sagen Sie mir, wo ich bin«, sagte er zu Nicholas. »Und wer sind Sie?«

»Ich kann Ihnen nichts sagen«, antwortete Nicholas, »außer meinem Namen. Yurovsky.«

Gusev zeigte keinerlei Reaktion. »Werden Sie mich töten?«
»Nein«, antwortete Nicholas. »Man wird Ihnen später etwas zu essen bringen.« Er drehte sich um und hielt Anna die Tür offen. Sie gingen hinaus, und er schob den Riegel an der schweren Außentür vor. Sie stiegen die unbequeme Treppe hinunter, und unten wandte sich Nicholas an Anna. »Wir sollten lieber hinuntergehen und uns zu Anton setzen. Wir müssen die Nachrichten im Fernsehen anschauen.«
»Was hat er gesagt?«
»Er hat Fragen gestellt. Ich habe sie nicht beantwortet, aber ich sagte ihm meinen Namen. Er kann darüber nachdenken, was das für ihn bedeutet.«
»Was war das für dich für ein Gefühl, ihn zu sehen?« fragte sie ängstlich.
»Ein scheußliches«, sagte Nicholas. »Mir war ganz schlecht. Ich wollte nur noch hinaus aus dem Zimmer. Ich habe mir immer vorgestellt, was ich tun und sagen würde, wenn ich ihn von Angesicht zu Angesicht vor mir hätte. Ich dachte, ich würde den Wunsch verspüren, ihm das Leben aus dem Leib zu prügeln. Aber so war es keineswegs. Ich empfand nichts als Ekel.«
Anna legte ihren Arm in den seinen. »Wir werden bald nach Paris zurückfahren, mein Liebling«, sagte sie zärtlich. »Dort haben wir viel zuviel zu tun, um an ihn zu denken. Meine Mutter kommt am Montag an.«
»Ich muß allein mit Anton sprechen«, sagte Nicholas. »Du hattest recht wegen Elise. Ich will nicht, daß er verletzt oder gequält wird. Wir dürfen nicht auf sein Niveau sinken.« Sie gingen in die Bibliothek, wo sie Anton und die anderen Mitglieder von ›Retour‹ um den Fernseher gruppiert vorfanden. Eben begann die Nachrichtensendung.
Als erstes nach Beginn der Großfahndung ließ Jumeaux die Wohnungen jedes bekannten Mitgliedes von ›Retour‹ von der Polizei durchsuchen. Dies war ein Teil einer massiven Razzia bei allen bekannten antisowjetischen Organisationen, in erster Linie bei den Zionisten. Eine Anzahl von

Leuten wurden verhaftet. Zepirovs Frau und seine Kinder waren in ihrer kleinen Wohnung im Vorort St. Martin. Ein Anruf im Hotel in Lausanne erhärtete Zepirovs Alibi. Natalia Maximovas Wohnungsgenossin sagte, sie habe telefoniert und würde am folgenden Morgen zurückkommen. Volkov wurde vermißt, und die Verwalterin von Nicholas' Appartement beteuerte, daß er seit seiner Heirat nicht mehr gesehen worden war. Die gleiche Auskunft erteilte die Hausmeisterin des Hauses in der Avenue Gabriel. Madame Martin war nach ihrer Hochzeit abgereist und befand sich in Amerika. Man erwartete sie am Montag mit ihrem Mann zurück.

Jumeaux veranlaßte eine landesweite Fahndung nach Volkov, ohne mit einem Erfolg zu rechnen. Der Russe würde irgendwann betrunken in einem Winkel gefunden werden, wie schon so oft. Jumeaux glaubte nicht, daß er etwas mit Gusevs Verschwinden zu tun hatte.

Die ganze Sache war perfekt vorbereitet gewesen. Das Verschwinden des Autos war unerklärlich, falls nicht der sowjetische Fahrer mit den Entführern unter einer Decke steckte. Abgesehen von der Leiche des Sekretärs, gab es keinerlei Anzeichen für Gewaltanwendung oder einen Kampf an der Stelle, an der der Mercedes aufgefunden worden war. Jemand hatte sich gemeldet und berichtet, er habe den Mercedes neben der Straße gesehen, und ein Mann, vermutlich der Chauffeur, habe in den Kofferraum geblickt. Der Fahrer des Wagens mit der Familie sagte weiterhin, er habe den Eindruck gehabt, als säßen zwei Leute hinten im Auto. Meilenweit sei auf der Straße weder ein anderes Auto noch sonst jemand zu sehen gewesen.

Jumeaux schickte einen Assistenten in seine Wohnung, um ihm ein Köfferchen mit den nötigsten Dingen für eine Nacht zu bringen, und fuhr geradewegs nach Chartres ins Polizeihauptquartier, das man dort eingerichtet hatte. Etwa um vier Uhr stand er auf der Straße und betrachtete sich genau die Stelle, wo man den Wagen der russischen Botschaft gefunden hatte. Die ganze Straße war von der Polizei abgesperrt worden. Weiße Kreidestriche bezeichneten den Standort des Mercedes. Polizisten mit Hunden suchten die Gräben entlang der Straße und die Straße selbst ab. Etwa viereinhalb Meter von der ersten Kreidemarkierung entfernd befand sich eine zweite. Der verantwortliche Polizeiinspektor zeigte Jumeaux einen kleinen Ölfleck am vorderen Ende des markierten Stückes.

»Da war ein zweites Auto, direkt hinter den Russen«, sagte er. »Wir fanden schwache Reifenspuren und diesen Ölfleck. Aus der Entfernung zwischen den Vorder- und den Hinterrädern haben wir eine ungefähre Vorstellung von der Größe des Autos. Folgendes erscheint mir wesentlich: groß für einen Personenwagen, doch zu klein für einen LKW. Eher eine Limousine. Hier muß die Übergabe stattgefunden haben.«

»Fußspuren?« fragte Jumeaux.

»Zu viele«, sagte der Inspektor. »Als man den Mercedes gefunden hatte, wurde hier alles zertrampelt. Aber ich habe den Mercedes innen und außen auf Fingerabdrücke untersuchen lassen.«

»Ich möchte Sashevskys Leiche sehen«, sagte Jumeaux. »Und dann eine Analyse aller Dinge, die im Auto gefunden wurden. Aschenbecher, Bodenteppiche, Stoffasern, alles nur Erdenkliche. Und ich lasse die Fingerabdrücke von Sashevsky, dem Fahrer und Gusev von der Botschaft überprüfen. Wenn auch nur ein Fingerabdruck nicht genau dazupaßt, haben wir vielleicht etwas. Gehen wir.«

Die Leichenhalle roch nach Verwesung und Formalin. Es war ein Geruch, den Jumeaux gut kannte. Er und der Inspektor folgten dem Angestellten in einen düsteren Raum mit Kühlfächern an den Wänden. Meist wurden hier die Unfallopfer bis zur Identifizierung aufbewahrt. Der Angestellte teilte ihnen mit, daß im Augenblick nur drei Leichen da seien.

Er zeigte ihnen den nackten Sashevsky. An seinem Handge-

lenk befand sich ein Streifen mit den Erkennungsdaten. An seiner linken Schläfe war eine von Rauchspuren umgebene Einschußstelle zu sehen. Der Gesichtsausdruck war friedlich, die Augen geschlossen. Um den offenen Mund lag keinerlei Zug von Angst. Jumeaux betrachtete das Gesicht.
»Kernschuß«, sagte er. »Er wurde aus nächster Nähe getötet. Irgend etwas in seinen Händen gefunden?«
»Ist alles im Büro«, sagte der Inspektor. »Ich glaube, sie haben was.«
Er bat den Angestellten, die Leiche zu entfernen. Sie glitt, von einem Tuch bedeckt, in eine Nische in der Wand. Als sie sich abwandten, sagte der Inspektor zu Jumeaux:
»Die Russen wollen ihn ausgeliefert haben. Seit Auffindung des Wagens haben sie Himmel und Hölle in Bewegung gesetzt.«
»Sie können ihn nicht bekommen«, antwortete Jumeaux. »Nicht, ehe wir die Kugel draußen haben und wissen, aus welchem Revolver sie kam. Ich verhandle mit der Botschaft.«
Der Inspektor hatte Jumeaux sein eigenes Büro zur Verfügung gestellt. Ein Team von SDECE-Männern hatte sich bereits im Polizeihauptquartier niedergelassen. Jumeaux ging ins Büro, bestellte Kaffee und machte es sich hinter dem Schreibtisch des Inspektors bequem. Zwei Telefonanrufe störten ihn. Einer vom Auswärtigen Amt, wo man sich nach den neuesten Entwicklungen erkundigte. Und ein verärgerter vom politischen Sekretär der russischen Botschaft, der im Auftrag des Botschafters die Überstellung der Leiche Sashevskys an die Russen verlangte. Jumeaux weigerte sich höflich, und als die Streiterei weiterging, schlug er vor, man möge sich an das Außenministerium wenden. Er mochte die Beamten dort nicht und hatte daher keine Skrupel, ihnen das Problem aufzuhalsen. Die Autopsie des ermordeten Russen sollte an diesem Abend stattfinden. Noch in der Nacht würde er den ballistischen Bericht erhalten. Er wandte sich dem Stapel von Berichten auf seinem

Schreibtisch zu. Drei Briefumschläge waren darunter, einer davon groß und schwer.
Diesen öffnete er zuerst. Er enthielt eine Smith & Wesson 38 Automatik. Er faßte sie mit einem Taschentuch am Lauf. Die Leute von der Ballistik würden in kürzester Zeit wissen, ob aus ihr gefeuert worden war. Er läutete und ließ die Pistole zu ihnen bringen. Der zweite Umschlag war klein. Er enthielt Staub, einen alten zerdrückten Zigarettenstummel, ein wenig Asche in einem winzigen Plastiktütchen. Ein Zettel lag dabei mit der Aufschrift »Gefunden im Wageninnern«. Der dritte und letzte Umschlag war kleiner als die anderen. Er öffnete ihn vorsichtig und schüttelte ihn über einem Stück Seidenpapier aus. Etwas Verwelktes, Kleines flatterte heraus: Der Kopf einer Blume. Eine kleine gelbe Blume, zerdrückt durch die verkrampfte Hand des Toten. Als sich die Hand im Tode geöffnet hatte, fand man sie in der Handfläche. Jumeaux nahm sie mit einer Pinzette hoch und betrachtete sie genau. Dann steckte er sie wieder in den Umschlag.
Das Telefon auf seinem Schreibtisch läutete. Er nahm den Hörer ab. Paris war am Apparat. Als sich der Anrufer vorstellte, streckte er sich instinktiv in seinem Sessel. Sie hatten schon miteinander gesprochen, direkt nachdem die Nachricht vom Verschwinden Malenkovs durchgegeben worden war. Das Gespräch war sehr heftig und verletzend gewesen. Der militärische Rang eines Obersten verschleierte die wahre Identität des Anrufers. Es war ein Name, der unter seinen Untergebenen Schrecken verbreitete, ein Name, der alle normalen Vorstellungen von Autorität in Frankreich weit übertraf. Der Leiter des SDECE sprach am anderen Ende der Leitung, und Jumeaux' Unterkiefer begann langsam nach unten zu sinken.
»Aber das ist nicht möglich«, sagte er. »Das kann nicht ...«
Die barsche Stimme unterbrach ihn. »So lautet unsere Information von den Amerikanern«, sagte sie. »Sie bekamen den Anruf vor etwa einer Stunde. Es kann ein Scherz sein, aber

es ist unmöglich, das nachzuprüfen. Der Anrufer war mit Sicherheit ein Russe. Der Sachverständige, der ans Telefon gerufen wurde, ist sich dessen ganz sicher. Hoffen wir, daß es stimmt. Wenn ja, haben wir die Sache vom Hals. Also beruhigen Sie sich, Jumeaux. Übereilen Sie nichts. Das wäre für unsere Seite der größte Coup seit dem Krieg.«
Jumeaux legte den Hörer auf. Während der Hetze der letzten Stunden hatte er seine geliebte Pfeife ganz vergessen. Jetzt suchte er danach. Er brauchte ihren Trost.
Es konnte nicht sein. Es war unmöglich. Und doch schienen sich die Teile des Puzzles, die bislang wirr durcheinanderlagen, ineinanderzufügen. Es klopfte an der Tür. Einer seiner Männer trat ein.
»Die Sowjetische Botschaft hat dieses Telex durchgegeben, Sir«, sagte er. »Und die von der Ballistik sagen, aus der Pistole sei geschossen worden. Ich habe den Bericht über die Fingerabdrücke aus dem Innern des Mercedes und von der Karosserie. Und von der Pistole.«
Jumeaux nahm die Papiere entgegen. »Gut«, sagte er. Er zündete seine Pfeife an und sog heftig daran. Der Geschmack des starken Tabaks beruhigte. Er breitete die Berichte auf dem Schreibtisch vor sich aus. Die Ballistiker waren schnell gewesen. Innerhalb der letzten zwölf Stunden war aus der Pistole ein Schuß abgegeben worden. Er wußte auch ohne die Autopsie, daß damit Sashevsky getötet worden war. Er begann mit der Überprüfung der Fingerabdrücke. Es gab Dutzende davon, verwischt und durcheinander, Zeugen von weiß Gott wie vielen Menschen, die den Wagen benutzt hatten. Beifahrer, Fahrer, Mechaniker. Aber lauter Russen, deren Fingerabdrücke nachgeprüft werden konnten. Es würde seine Zeit brauchen, aber es war möglich, jeden Fingerabdruck mit einem Angestellten oder Minister der Botschaft in Verbindung zu bringen. Jumeaux warf sofort einen Blick auf die Fingerabdrücke, die man an der Pistole gefunden hatte. Es gab zwei verschiedene. Er zog wieder an seiner Pfeife, damit sie nicht ausging, und

studierte das Blatt mit den Fingerabdrücken des sowjetischen Chauffeurs und Sashevskys. Wie erwartet, waren Malenkovs Fingerabdrücke nicht verzeichnet oder konnten nicht zur Verfügung gestellt werden. Er verglich die Abdrücke mit denen auf der Pistole. Die von Sashevsky waren klar. Außerdem war da ein deutlicher Abdruck eines Daumens und eines Mittelfingers, die jemand anderem gehörten. Jumeaux begann sie sehr sorgfältig mit der Vielzahl derjenigen Abdrücke zu vergleichen, die seine Männer im Innern des Wagens abgenommen hatten. Er fand einen, der paßte. Dann noch zwei. Ein guter Abdruck auf dem inneren Türgriff, neben dem Platz, auf dem Sashevsky gefunden worden war. Dieselbe Hand hatte die Pistole gehalten. Jumeaux legte die Papiere zusammen und schüttelte sie zurecht. Die Teile des Puzzles paßten ineinander. Die zweiten Fingerabdrücke auf der Pistole gehörten jedenfalls nicht dem verschwundenen Fahrer. Wer immer Sashevsky getötet hatte, *er* war es nicht gewesen. Jumeaux griff zum Telefon und wurde mit der Sowjetischen Botschaft verbunden. Er sprach mit demselben Zweiten Sekretär, den er an das Auswärtige Amt verwiesen hatte. Er war äußerst höflich und konziliant und versprach, am späteren Abend die Leiche Sashevskys auszuliefern. Er unterstrich die Dringlichkeit, die Fingerabdrücke aus dem Wagen zu identifizieren, und bat darum, daß in den von Genosse Malenkov benützten Räumen Fingerabdrücke genommen würden, damit die seinen identifiziert werden konnten. Man versicherte ihm, dies würde geschehen. Dann lehnte sich Jumeaux zurück. In der Botschaft wußte man noch nichts. Und im Augenblick wurde der Vorfall noch geheimgehalten. Man war geneigt, es als üblen Scherz zu betrachten, aber er wußte, daß sein Chef, der gefürchtete Oberst, dazu neigte, daran zu glauben. Er wollte es ja selbst gerne glauben. Erst vor einer Stunde war die Botschaft der USA in Paris angerufen worden. Der Anrufer hatte sich selbst als Grigor Malenkov vorgestellt und in den Vereinigten Staaten um

Asyl ersucht. Er hatte betont, er halte sich versteckt und würde sich wieder melden.

»Ein Glück«, sagte Elise, »daß Sie keine Hunde halten, Monsieur Kruger. Wir wollen doch nicht, daß sie was ausbuddeln.« Sie lehnte sich heftig atmend auf einen Spaten. Volkov stand neben ihr. Sein Spaten steckte in einem weichen Erdhaufen. Anton sah die Frau an und nickte. Sie waren alle drei nötig gewesen, um den russischen Fahrer zu verscharren. Das Grab lag in dem Waldgelände, welches das Schloß umgab. Die Erde war weich und locker durch verrottetes Laub von Jahrhunderten. Sie schwitzten und hatten Durst. Sie hatten sehr tief gegraben und zwei Stunden angestrengt gearbeitet, um das Grab groß genug zu machen und es nachher wieder zuzuschaufeln.
»Dieses deutsche Muttersöhnchen hätte helfen sollen«, schimpfte Volkov. »Der und seine Skrupel – haben Sie gehört, was er wegen des toten Sashevsky für ein Theater gemacht hat? Ich hätte ihm beinahe eine runtergehauen.«
»Deshalb habe ich ihm auch nichts von dem Fahrer gesagt«, erklärte Anton. »Er ist jung, und er liebt es nicht, zu töten. Das ist eine Reaktion auf seine Vergangenheit. Eine Menge Deutsche empfinden wie er. Man muß nachsichtig sein. Der Junge wird schon tapfer sein, wenn er an die Reihe kommt.«
Elise sah ihn an und wischte ihr verschwitztes Gesicht mit dem Ärmel ab. »Er fragt dauernd nach Gusev«, sagte sie. »Ich hab' ihn heute morgen erwischt, als er dort rumschnüffelte. Den hab' ich aber rasch verjagt! Ich traue ihm nicht, der ist ein Weichling, typisch deutsch. Entweder heulen sie sich die Augen aus dem Kopf, oder sie hängen einen an einer Klaviersaite auf!«
Kruger drehte sich um, und sie begannen, langsam zum Schloß zurückzugehen.
»Fritz hat das alles nicht unmittelbar gesehen«, sagte er langsam. »Nicht wie wir. Für uns ist es anders. Es ist gut, daß die junge Generation das menschliche Leben achtet.

Menschen mit den Ansichten dieses Jungen sind nötig, wenn die Welt weiter existieren soll. Besser das Deutschland des Fritz von Bronsart als das von Baader-Meinhof!«
»Ich kann nicht philosophieren«, sagte Elise. »Ich weiß nur, was ich fühle. Ich weiß, wie sie meinen Vater weggeschleppt haben, um ihn zu töten, und wie ich geweint und geschrien hab', während mich dieses Luder von einer Mutter zurückhielt. Einen von denen umzubringen, macht mir überhaupt kein Kopfzerbrechen.«
»Wir gehen von hinten hinein«, sagte Anton. »Wascht euch sorgfältig. Achtet darauf, daß nirgendwo Erde oder Schmutz übrigbleibt. Laßt die Spaten im Gärtnerschuppen, wischt die Erde ab.«
Er ging zur Rückseite des Schlosses und schlüpfte durch den Hintereingang in das Gewölbe, das zum Küchenteil führte. Er warf die Schuhe von den Füßen. Schlamm und welke Blätter klebten daran. Das machte nichts. Er spazierte oft durch seine Wälder. Er hörte die Köchin und die Haushälterin miteinander reden, blieb stehen und streckte den Kopf in die Küche.
»Ah, Louise, hier riecht es aber gut.«
»Coq au vin, Monsieur«, gab ihm die Köchin Auskunft. Die Haushälterin, eine Witwe in den Vierzigern, war schon seit zehn Jahren bei ihnen. Sie wohnte mit ihrem dreizehnjährigen Sohn in einem Häuschen auf dem Grundstück. Die Köchin hatte ihr Haus im Dorf. Ihr Mann und ihr Sohn arbeiteten in den Gärten, und ihre Schwiegertochter half zusammen mit einer anderen Frau aus Grandcourt im Schloß beim Putzen.
Sie waren an die vielen Gäste im Château gewöhnt. Die Krugers hatten oft Freunde zu Besuch. Diesmal war es eine fröhliche Versammlung. Sie redeten viel und verbrachten eine Menge Zeit mit Fernsehen, und Madame Kruger war sehr erleichtert, daß der Neffe, der angehender Popmusiker war und den ganzen Tag am Schlagzeug saß, beschlossen hatte, nicht zu Besuch zu kommen.

»Marie, unsere Gäste reisen Ende der Woche ab«, sagte er. »Madame und ich gehen für ein paar Tage nach Paris. Sie können das Haus abschließen und Ferien machen. Es war für Sie eine anstrengende Zeit, sich um so viele Leute zu kümmern.«
Die Haushälterin wehrte schnell ab. Es machte ihr nichts aus, viele Leute um sich zu haben, solange sie nicht zu anspruchsvoll waren. An die Freigiebigkeit und Liebenswürdigkeit der Krugers war sie gewöhnt. Allerdings wußte sie, daß sie als Gegenleistung höchste Anforderungen erfüllen mußte.
»Es hat niemandem von uns etwas ausgemacht«, sagte sie. »Louise hat Ihnen für heute abend eine ›bombe surprise‹ zubereitet.«
»Mein Lieblingsgericht!« rief Anton. »Danke. Ich habe einen langen Spaziergang gemacht. Marie, würden Sie so freundlich sein und den Tee in die Bibliothek bringen?«
Er ging hinaus und ließ die beiden zufrieden zurück. Gusev wurde zweimal am Tag mit Essen versorgt. Um sechs Uhr morgens, bevor das Personal kam, und um zehn Uhr abends, wenn alle gegangen waren. Alle Spuren wurden sorgfältig beseitigt, es wurden nur Grundnahrungsmittel verwendet, so daß nichts auffiel. Eier, Brot, Käse, eine Schale Suppe jeden Abend. Alles vorrätig.
Seit Gusevs Ankunft war Anton einmal oben gewesen und hatte ihn durch das Guckloch in der inneren Tür betrachtet. Er hatte schlafend, mit weit geöffnetem Mund, auf dem Bett gelegen. Kruger blieb einige Zeit und sah ihn nur an. Er betrat das Zimmer nicht. Er wollte ihm nicht gegenübertreten, ehe sie es gemeinsam taten. Elise berichtete, daß er niemals mit ihr sprach. Er verhielt sich vollkommen still und schien schreckliche Angst zu haben.
Anton fand Régine in der Halle. Sie war damit beschäftigt, auf einem der Tische Blumen zu arrangieren, und trat eben zurück, um einen besseren Eindruck zu bekommen. Eine bemerkenswerte Frau, mit kühlem Kopf und ruhig, spielte

sie für ihre Mitverschworenen die vollendete Gastgeberin, als seien sie nichts anderes als Gäste, die ein Wochenende auf dem Land genießen. Sie sah ihn und lächelte. Die Liebe hatte sich zwischen ihnen nie abgekühlt. Sie hatte sich kaum verändert. Er trat zu ihr und legte den Arm um sie.

»Alles in Ordnung?« Sie hatten in der vergangenen Nacht den Toten auf einen Schubkarren geladen und in den Wald gefahren. Régine war es, die eine Decke über ihn gelegt hatte.

»Ja, mein Herz. Alles erledigt.«

»Nicholas hat angerufen. Annas Mutter kommt am Montag. Rousselles Nachricht wird sie erwarten. Er trifft sie noch am selben Abend. Er wird anrufen und uns wissen lassen, was geschieht.«

»Gut«, sagte Anton. »Ich dachte, Jacques würde sie interessant finden. Es ist so nützlich, Freunde zu haben ...« Er drückte sie an sich, und sie lachten beide.

6

Sheila Campbell traf in Begleitung von Ruth Paterson genau planmäßig auf dem Flugplatz Charles de Gaulle ein. Sheila flog gerne. Sie sagte, sie habe dadurch Zeit, in Ruhe zu arbeiten, und amüsierte sich insgeheim über Ruths Nervosität. Die verstohlen geschluckten Beruhigungspillen waren ein unerwartetes Zeichen menschlicher Schwäche. Sheila hatte keine Nachsicht mit den Neurosen anderer Leute. Ruth mußte mit ihr überallhin reisen, in allen möglichen Flugzeugen, einschließlich eines Viersitzers, in dem die Sekretärin vor Angst buchstäblich krank geworden war. Sheilas Standpunkt war unnachsichtig. Wenn sie etwas tun konnte, konnten alle anderen es auch. Sie hatte sich nach einer gut vorbereiteten Pressekonferenz und einer Sendung im Fernsehen auf die Reise gemacht. Das Verschwinden des sowjetischen Spitzendiplomaten während seines Parisaufenthaltes war für ihre PR-Leute ein wahres Gottesgeschenk. Sie beantwortete Fragen über ihren eigenen Aufenthalt in Paris und betonte mit Nachdruck, daß sie für die amerikanische Öffentlichkeit die Tatsachen über die wahren Möglichkeiten einer Entspannungspolitik mit den Russen herausfinden und feststellen wolle, ob dies antiamerikanische Tendenzen seitens der französischen Regierung zur Folge habe. Ohne es auszusprechen, ließ sie durchblicken, daß sie dies für möglich halte. Über die sensationelle Entführung von Grigor Malenkov befragt, erklärte sie, daß sie zur richtigen Zeit am richtigen Ort sein werde, falls irgend etwas geschehen sollte. Wie befürchtet, fragte dann natürlich die Reporterin einer beliebten überregionalen Tageszeitung, ob sie bei ihrer Tochter, der Gräfin Yurovskaya, und ihrem neuen Schwiegersohn wohnen werde. Sheila verzog ihr Gesicht zu einem hinreißenden Lächeln und antwortete, sie halte nichts davon, wenn sich Schwiegermütter in die Angelegenheiten neuvermählter Paare mischten. Deshalb würde sie im Ritz absteigen. Kurz bevor sie landeten, warf sie einen Blick zu Ruth, die neben ihr döste. Sie hatte sich mit einem Drink Mut eingeflößt, und auf die Tabletten hin wirkte das wie ein Betäubungsmittel. Sheila stieß sie unsanft in die Rippen.

»Wach auf«, sagte sie. »Wir landen in einer Minute.« Sie legte den Stoß Korrespondenz zusammen, und Ruth schloß ihn in ihre Aktentasche ein. Sheila blickte rasch prüfend in einen kleinen Spiegel, benützte Lippenstift und Puder und setzte sich ein kleines Seidenkäppchen neckisch ins Haar. Es könnten Fotografen am Flugplatz sein, was sie allerdings bezweifelte, aber sie wollte ihnen nicht unvorbereitet gegenübertreten. Die französischen Zeitungen beschäftigten sich wie die Weltpresse vornehmlich mit Grigor Malenkovs Verschwinden.

Sheila sah zu, wie die Maschine über der Stadt tiefer ging. Die unmittelbar bevorstehende Landung war bereits angesagt worden, die Schilder »Rauchen einstellen« und »Sicherheitsgurte anlegen« leuchteten über ihnen auf.

Das Gerücht hatte Washington in der Nacht vor ihrer Abreise erreicht. Malenkov war nicht entführt worden. Er hatte seine eigene Flucht inszeniert und wollte sich nach dem Westen absetzen. Die Amerikanische Botschaft in Paris war in höchster Alarmbereitschaft. Sheila hatte weder zu Ruth noch gegenüber sonst jemand etwas von dem Gerücht erwähnt. Es ergaben sich ungeheure, politisch unabsehbare Möglichkeiten, was die sowjetisch-amerikanischen Beziehungen betraf. Aber wenn Malenkov um Asyl nachsuchte, mußten ihn die Vereinigten Staaten aufnehmen. Sowohl Frankreich als England waren auf dem Sprung, falls er auf sie zukommen sollte. Aber bis jetzt hatte der zweite Anruf bei der Botschaft seinen Wunsch unterstrichen, bei den Amerikanern Zuflucht zu suchen. Er erbat Geheimhaltung um jeden Preis, denn er hatte nur dann die Chance, die Botschaft lebend zu erreichen, wenn er seine eigenen Leute im ungewissen ließ. Er hatte versprochen, den Plan für sein Auftauchen bei einem dritten Anruf darzulegen. Aber er durfte sich nicht übereilen. Wo er sich jetzt befand, war er vollkommen sicher, solange die französischen Sicherheitskräfte ihren Eifer bei der Suche eindämmten.

Sheila wußte sehr gut, daß sich das Gerücht innerhalb von Stunden über Washington ausbreiten würde, nachdem man es ihr zugeflüstert hatte. Die Presse konnte eine Zeitlang überredet werden, die Nachricht geheimzuhalten, aber irgendwo tat sich unweigerlich ein Leck auf, und wenn Malenkov bis dahin seinen Ortswechsel nicht vorgenommen hatte, war es zu spät. Die mächtigen Geheimdienste der Sowjetunion würden aufgeboten werden, um jeglichen Kontakt zwischen ihm und dem Westen zu unterbinden. Wenn er unerwartet kam und um Asyl bat, gab es genügend moralische Beweggründe, die für seine Aufnahme sprachen, für eine Weile wenigstens, während die Verhandlungen mit seiner Regierung weitergeführt wurden. Aber Amerika durfte sich nicht von vorneherein mit ihm verschwören. Der Botschafter hatte seine Ansichten darüber nach Washington gemeldet, und der Präsident der Vereinigten Staaten hatte ihn darin bestärkt. Erst mußte Malenkov die Botschaft erreichen, dann konnten die Diskussionen über Recht und Unrecht geführt werden. Aber unter keinen Umständen durfte sich die Botschaft an seiner Auffindung beteiligen. Wenn den Franzosen an der Verbindung zur NATO gelegen war, würden sie aufhören, ihn zu suchen, und ihm die Chance geben, selbst seinen Weg zu machen.

Die Landung war weich, man konnte ohne Schwierigkeiten von Bord gehen. Ein Angestellter der Botschaft erwartete Sheila, um sie durch den Zoll und zu einem Wagen zu begleiten. Als sie in die Halle hinauskam, sah sie Anna.

Anna mit einem großen, blonden Mann neben sich. Einen Augenblick war sie ganz verblüfft, und das zeigte sich auch auf ihrem Gesicht. In ihrer Erregung, sich die diplomatische Welt zu erobern, hatte sie ganz ihre Tochter vergessen.
Anna sah das rasche Stirnrunzeln. Als ihre Mutter auf sie zukam, erstarrte sie. Sie spürte Nicholas' Hand auf ihrem Arm. Er schob sie vorwärts. Dann standen sie einander gegenüber. Sheila neigte sich und küßte sie. Es waren keine Fotografen da, nur der Angestellte der Amerikanischen Botschaft.
»Liebling«, sagte sie, »wie schön, dich zu sehen.«
»Hallo, Mutter. Ich möchte dir Nicholas vorstellen.«
Sheila hielt ihm ihre Hand mit nach unten gekehrter Handfläche hin. Ihre Erfahrungen mit adligen Russen im Exil gingen dahin, daß sie einem die Hand küßten. Sie lächelte ihn nicht an. Nicholas blickte ihr geradewegs in die Augen, nickte höflich und gab ihr einen so kräftigen Händedruck, daß sich ihre Ringe tief ins Fleisch eingruben.
»Guten Tag, Mrs. Campbell«, sagte er. Sheila drehte sich um. »Meine Sekretärin, Ruth Paterson.« Sie sah wieder Anna an. »Wie nett von dir, daß du mich abgeholt hast, Liebes. Die Botschaft hat uns einen Wagen geschickt. Unser Gepäck kommt gerade heraus. Ich werde mich ein paar Stunden hinlegen, um die Zeitverschiebung einzuholen. Warum kommst du heute abend nicht zum Essen? Für den Rest der Woche habe ich einen ausgefüllten Terminkalender.«
Es war Nicholas, der antwortete:
»Das ist sehr nett von Ihnen«, sagte er, »aber wir haben vor, Sie zum Essen einzuladen. Wir werden Sie etwa um acht Uhr abholen. Angenehme Ruhe.« Er nahm Anna am Arm und führte sie zur Tür. Sheila, Ruth und der Amerikaner folgten.
Ruth zog die Augenbrauen hoch und ließ sie rasch wieder sinken. Zum ersten Mal in all den Jahren mit Sheila erlebte sie, daß sie von oben herab behandelt wurde. Abgesehen

von dem politischen Kreis, den Sheila organisierte, wo immer sie auftauchte, versprach auch der Streit mit ihrem neuen Schwiegersohn recht interessant zu werden. Nun, da sie sicher gelandet und das Flugzeug weder abgestürzt, gekidnappt noch explodiert war, fühlte sich Ruth voller Energie. Mit Sheila würde sie eine Menge einflußreicher Leute kennenlernen. Im Augenblick stand sie noch am Rande der Arena, leistete nur Hilfestellung, aber eines Tages würde sie im Mittelpunkt stehen. Jede Bewegung, die Sheila machte, war eine Lektion für sie. Sie schlüpfte neben sie in den großen Botschaftswagen. Sheila sah sie scharf an.
»Was meinen Sie?«
»Sieht besser aus als auf den Bildern«, sagte Ruth. »Und kein leichter Fall.«
»Sie hat abgenommen«, bemerkte Sheila. »Sieht auch müde aus. Ich fand, er war unverschämt. Ich denke nicht daran, heute abend zum Essen zu gehen. Sie können zu mir kommen. Ruf sie an, wenn wir im Hotel sind.«
»Ich finde, Sie sollten gehen«, sagte Ruth. Sie war über ihren eigenen Vorschlag überrascht. Es könnte reizvoll sein, den Russen die erste Runde gewinnen zu sehen. »Es wirft ein schiefes Licht auf Sie, wenn Sie sich drücken und die Einladung ausschlagen. Er möchte Sie ausführen, Sie müssen gehen. Sie werden außerdem einen besseren Eindruck von ihm in seiner eigenen Umgebung bekommen. Ihre Tochter sah nervös aus.«
»Das tut sie immer«, sagte Sheila gereizt. »Nervös und leicht vorwurfsvoll. Wenn sie nicht mein Kind wäre, Ruth, ich würde sagen, sie ist eine taube Nuß. Na schön, ich gehe. Mein Gott, hat sich die Stadt verändert. Sieh dir diese scheußlichen Gebäude am Ende der Champs-Elysées an! Ich dachte, wir wären die einzigen, die so was machten!«
Sie gingen in ihre Suite im ersten Stock des Ritz hinauf. Dort erwarteten sie Blumen vom Geschäftsführer, Telegramme von Freunden aus den Staaten und aus Paris, ein Früchtekorb vom amerikanischen Botschafter mit einem

persönlichen Brief, Einladungen zu offiziellen und privaten Partys. Ruth sah alles durch und legte es der Reihe nach hin. Sie gingen durchs Schlafzimmer, wo sich Sheila bereits auszog. Wasser lief in die Wanne, und durch die Badezimmertür drang eine schwere Duftwolke.
»Was ist mit der Post? Irgend etwas Dringendes?«
»Ich komme schon zurecht«, sagte Ruth. »Nur etwas sollten Sie vielleicht sofort beantworten. Télévision Française möchte morgen früh einen Beauftragten schicken, um über eine Sendung in ihrem ›Forum‹ zu sprechen.«
»›Forum?‹« Sheila schälte sich aus ihrem Kleid.
»Das ist die beste Interview-Sendung im französischen Fernsehen«, sagte Ruth. »Höchste Einschaltquoten. Ähnlich wie das Wanger-Programm zuhause. Das müssen Sie machen.«
»Da kannst du Gift drauf nehmen«, Sheila lachte. »Ich mache mich gut vor den Kameras. Genau das brauche ich für diesen Trip. Ruf sie sofort an und arrangiere eine Verabredung für morgen. Versuche herauszubekommen, wer noch dabei ist, wer der Interviewer ist – haben sie ein Team oder ist es immer dieselbe Person?«
»Das kann variieren«, antwortete Ruth. »Gewöhnlich ist es ein Journalist, der die dem Gast entgegengesetzte Meinung vertritt. Gesprächsleiter ist Jacques Rousselle. Er ist sehr gut, eine Art French Frost.«
»Sag mir ...« Sheila setzte sich im Unterrock aufs Bett. Ihre Figur war so schlank wie die einer Zwanzigjährigen. »... woher zum Teufel weißt du alles über alles?«
Ruth lächelte sie an.
»Weil Sie mich feuern würden, wenn ich's nicht wüßte. Ich rufe jetzt an. Ich sorge dafür, daß Sie in ein paar Stunden geweckt werden.«

Gusev hatte geträumt. Er kämpfte mit einem Arm gegen eine Menschenmenge. Der andere Arm war ihm nach hinten gebunden. Sie zerkratzten sein Gesicht, spuckten und

schrien. Er spürte scharfe Nägel nahe seinem Auge, aber mit nur einer Hand konnte er sich nicht schützen.
Schwitzend und nach Atem ringend wachte er auf. Der Raum war voller Morgenlicht. Sein rechter Arm, den er im Schlaf verdreht und verrenkt hatte, schmerzte höllisch. Er setzte sich mühsam auf. Sein Herz raste, als wolle es ihm die Brust sprengen. Er wischte sich den Schweiß aus den Augen. Seine freie Hand zitterte. Die Menschen in seinem Alptraum hatten richtige Gesichter, und sie trugen deutsche Uniformen. Die Stimmen, die schrien und fluchten, waren russische Stimmen.
Es war kein Wasser da. Die sadistische Hexe hatte den Krug ausgeleert und ihn währenddessen angesehen. Dann überließ sie ihn wieder einer Nacht mit quälendem Durst. Er zwang sich zur Ruhe, raffte seine Willenskraft zusammen, die schließlich seinen galoppierenden Herzschlag besänftigte. Er blickte auf die Uhr, wie immer, um nicht den Begriff für die Zeit und das Datum zu verlieren. Er hatte Hunger. Sie stand neben ihm, während er aß, und riß ihm das Tablett weg, ehe er fertig war. Er ließ sich dazu hinreißen, unter ihren Augen das labbrige Essen wie ein Tier hinunterzuschlingen. Sie quälte ihn mit kleinen Nadelstichen, indem sie ihn beobachtete, wenn er den Nachttopf benützte. Weigerte er sich, stellte sie den Topf außer Reichweite und ließ ihn stundenlang liegen, bis er ins Bett näßte. Gusev kannte die Technik. Die Frau handelte instinktmäßig, aber so sicher, als sei sie darauf trainiert worden. Er spürte die unterdrückte Aggressivität in ihren Augen, den Wunsch, ihm körperliche Schmerzen zuzufügen. Er war so klug, niemals zu reden oder sie zu reizen. Das war sein einziger Schutz.
Er legte sich zurück und sammelte seine Gedanken wie jeden Morgen, er zwang sich zur Konzentration, statt auf das Öffnen der Tür zu lauschen und auf die Frau zu warten, die ihm das Frühstück bringen würde. Sie machte ihm Angst. Wenn sie zu spät kam, hatte er noch mehr Angst. Er

geriet in Panik, wenn er sich vorstellte, man würde ihn in dem schalldichten Raum vergessen und verhungern lassen. Nur der Gedanke an seine schlimme Lage und wie er damit fertig werden könnte, hielt ihn davon ab, das zu tun, was seine Peinigerin wollte: daß er sie fragte, was mit ihm geschehen würde.

Das würde er nicht tun. Er brauchte nicht zu fragen, wer ihn gefangenhielt. In den langen Stunden jener ersten Nacht nach seiner Gefangennahme hatte er sich an den Namen erinnert, den der junge Russe genannt hatte. Yurovsky. Nach dreißig Jahren, beinahe auf dem Grund seines Gedächtnisses begraben, wurde der Name wieder ausgesprochen, und das Gesicht trieb aus seinem Unterbewußtsein herauf, wie er es zuletzt gesehen hatte. Mit geschlossenen Augen, ein Gebet auf den bebenden Lippen, direkt bevor die Falltür unter dem Galgen aufklappte. Sie waren einer nach dem anderen gehängt worden. Yurovsky, der unwichtigste der Verbrecher, war der erste gewesen. Die anderen mußten zusehen, bis sie an die Reihe kamen. Graf Michail Yurovsky – der Verräter, der zaristische Offizier, der 1919 knapp seiner Strafe entkommen war, um in den Reihen der deutschen Feinde wieder aufzutauchen. Andere Namen folgten, stürmten wirr auf ihn ein, wurden durch den Zwang der Erinnerung nach oben gespült. Er sah sie im Zusammenhang mit seiner eigenen Gefahr.

Keine internationale Terroristengruppe, die massive Lösegeldforderungen stellte, sondern eine Bande von Russen, Abtrünnige, Nachkommen von Verrätern und Feiglingen. In jener ersten Nacht hatte er den Tod erwartet. Als nichts geschah, begann er zu überlegen und zu hoffen, daß seine Entführer tatsächlich um ihn feilschen würden. Die Freilassung der in Irrenanstalten festgehaltenen Dissidenten, der Schriftsteller und Intellektuellen, die zu Arbeitslager verurteilt waren ... Sie könnten der Preis für seine Freilassung sein.

Wenn es so war, würde die Sowjetunion bezahlen, um das

Leben einer ihrer mächtigsten Persönlichkeiten zu retten? Würden der kränkliche Vorsitzende und der Präsident der Partei das Zentralkomitee dazu bewegen, der Erpressung nachzugeben, um Grigor Malenkov zu retten? Er hatte eine Menge Feinde. Er konnte sich die Einwände vorstellen, die sie ins Feld führen würden, um von einem Eingehen auf die Forderungen der Entführer abzuraten. Er kannte diese Argumente selbst. Besser einen loyalen, mutigen Führer der Sowjetunion sterben lassen, als zulassen, daß die Würde und Souveränität seines Landes durch terroristische Faschisten in Frage gestellt wurde, die die Freilassung der geistig Unzurechnungsfähigen und der politischen Umstürzler forderten. Besser Malenkov sterben lassen, als einen so gefährlichen Präzedenzfall zu schaffen. Wenn er sich diese Argumente selbst vorhielt, wurde ihm mit Entsetzen klar, daß sie politisch viel einleuchtender waren als jene, die für seine Freilassung sprachen. Aber trotzdem hoffte er. Sein Lebenswillen war zu stark, um langer Verzweiflung Platz zu machen. Frankreich wurde vermutlich von den politischen Entwicklungen, die durch sein Verschwinden entstanden waren, geschüttelt. Die Vorstellung erheiterte ihn. Als er sich noch in den Händen von normalen Terroristen glaubte, hatte er nicht gewollt, daß ihn die Franzosen fänden. Nun waren sie möglicherweise seine einzige Hoffnung. Er rief sich die Ereignisse ins Gedächtnis, die zu seinem Zusammenbruch im Auto geführt hatten. Er ging in Gedanken jede Einzelheit durch bis zu dem Augenblick, als er gesehen hatte, wie der Fahrer die Gasmaske übers Gesicht zog und der Blumenstrauß nach hinten flog. Was hatten sie mit Sashevsky gemacht und mit seinem wirklichen Fahrer ... oder war das der echte Fahrer gewesen ... er hatte sich das Gesicht des Mannes nicht gemerkt.
Waren sie tot? Oder wurden sie wie er irgendwo im Haus festgehalten? Das glaubte er nicht. Man hatte sie gewiß getötet, zumindest Sashevsky. Er gehörte nicht zu der Verschwörung, er hatte seine Pistole gezogen. Aber zu spät. Es

war ein sehr rasch wirkendes Gas gewesen. Möglicherweise Niacyn. Sehr schlau. Perfekt geplant. Wie waren sie seiner Eskorte entkommen? Irgendwo unterwegs, vermutete er. Eine militärische Operation, von Zivilisten ausgeführt. Er hatte nur drei von ihnen gesehen. Den Mann namens Yurovsky und eine blonde Frau, dem Akzent nach zu urteilen Amerikanerin, und seine finstere Gefängniswärterin. Er hatte die Augen geschlossen gehabt. Jetzt öffnete er sie ruckartig und fand Elise mit einem Tablett neben seinem Bett stehen.
»Essen, du Bastard«, verkündete sie. »Ich geb dir drei Minuten Zeit zum Essen.« Sie ging ums Bett herum und versetzte dem blechernen Nachttopf einen Fußtritt. Sie blieb stehen und sah auf Malenkov hinunter. »Eines Tages schütt' ich den über dir aus«, sagte sie. »Eines Tages passiert was, und dann hab' ich dich eine Weile ganz für mich allein. Bevor ich das Leben aus dir rausdrücke. Willst du wissen wie, hm? Du dreckiger, stinkender Hurensohn. Damit!« Sie zog ein Stück Schnur aus ihrer Schürzentasche. Gusev sah es und blickte rasch weg. Es war in Abständen geknotet.
»Wie du's mit unseren Generälen gemacht hast«, sagte sie. »Nur langsamer. Ich werd dir die Luft abdrehen, und da laß ich mir' ne Menge Zeit. Her damit, du hast genug gehabt!« Sie riß ihm das Tablett weg. Er stopfte sich noch ein Stück Brot in den Mund, und sie stand da und lachte.
»Du siehst mir echt wie ein Schwein aus«, sagte sie. »Ein Schwein mit einem Kanten Brot in seinem dreckigen Maul. Du stinkst, weißt du das? Das ganze Zimmer stinkt nach dir! Möchtest frische Luft, was? Saubere Leinentücher? Wasser zum Waschen? Vielleicht geb ich dir das alles – aber jetzt noch nicht. Du kannst warten. Du hast ja wohl nichts vor, oder?«
Er antwortete nicht. Er schluckte das Brot hinunter und sah von ihr weg.
Sie fuhr fort, noch immer das Tablett haltend: »Wenn du saubergemacht werden willst, brauchst du nur darum zu

bitten«, sagte sie. »Sag einfach bitte zu mir, und ich mach es dir gemütlich und bring dir 'ne Tasse Tee und was drin, hm? Sprich einfach mit mir. Bitte doch!«
Gusev blickte auf in das grobe Gesicht mit den vor Haß glitzernden Augen und dem zu einem Grinsen verzerrten Mund. Er tat das einzige, was er tun konnte, sollte sie ihm nicht den Geist aussaugen.
»Ich will nichts von einer großen, widerlichen Kuh wie dir«, sagte er. »Und ich werde alles, was du mir antust, demjenigen berichten, der zuständig ist. Nimm das Essen weg, das ist Schweinefraß. Raus!« Er drehte den Kopf weg und spannte seinen Körper so gut er konnte.
Er spürte, wie nahe sie daran war, die Kontrolle zu verlieren. Er konnte das Vibrieren fühlen, das von ihr ausging, und bereitete sich auf den Angriff vor. Zur selben Zeit befiel ihn ein wildes Gefühl der Erleichterung. Er hatte bis zu diesem Augenblick niemals das plötzliche selbstmörderische Aufbegehren von Staatsgefangenen begriffen. Er hörte die Tür in den Angeln kreischen, als Elise hinausging. Er zitterte vor Erleichterung; neue Hoffnung und neue Kraft durchströmten ihn. Er würde sich nicht mehr vor ihr fürchten. Nicht einmal vor der Seilschlinge in ihrer Tasche. Und sie hatte eines sehr deutlich bewiesen. Sie hatte den Befehl, ihn nicht zu verletzen, und sie hatte diesem Befehl gehorcht, auch als er sie herausforderte. Jemand anderer gab die Befehle, und dieser Jemand war sein wirklicher Gegner. Nicht der junge Mann Yurovsky, dessen war er sicher. Aber ein Mann, vor dem sich dieses ungeheuerliche Weib fürchtete.

Sheila Campbell wandte sich an Anna. »Wo soll das sein? Ich habe noch nie davon gehört.«
Mutter und Tochter saßen unbehaglich nebeneinander hinten in Nicholas' Wagen. Er hatte es abgelehnt, in der Suite Drinks zu nehmen und sich auf diese Weise von Sheila einladen zu lassen. Er hatte Anna unten gelassen und Sheila abgeholt.

»Es ist nicht weit«, antwortete Nicholas. »Sie waren sicher noch nicht dort. Es sind in der Hauptsache Russen. Wir dachten, eine Abwechslung von Maxim's und den üblichen Orten würde Ihnen gefallen.« Sein Spiegelbild lächelte ihr im Rückspiegel zu. Sie hätte ihn umbringen können, aber sie beschloß, im Augenblick auf seine Spielregeln einzugehen. Sie würde dann die ihren aufstellen, wenn sie im Restaurant waren. Sie murmelte ihrer Tochter zu, die noch immer sehr blaß, aber ungewöhnlich hübsch aussah – muß vom Sex kommen, vermutete Sheila –: »Du weißt, ich hasse Borschtsch und all dieses eingelegte Zeug.«
Anna antwortete ruhig. »Es wird dir schmecken. Das Essen ist wundervoll.«
»Du siehst ein bißchen mitgenommen aus«, sagte Sheila noch immer flüsternd. »Aber das Kleid gefällt mir. Nicht deine üblichen Pullis und Jeans.«
»Nicholas hat es ausgesucht«, antwortete Anna. »Ihm gefielen meine Kleider auch nicht sehr. Ich denke, ihr habt eine Menge gemeinsam.«
»He«, sagte Sheila zu sich selbst. »Ich glaube gar, ihr wachsen Krallen.« Als die Autotür aufging und die Innenbeleuchtung aufflammte, hatte Sheila am Hals ihrer Tochter das Aufblitzen von Diamanten gesehen. Sie fragte sich, was das sein mochte. Sah Anna gar nicht ähnlich, sich selbst Schmuck zu kaufen. Vielleicht erteilte er ihr auch darin Unterricht. Brachte ihr wohl bei, wie sie ihr Geld ausgeben sollte. In der Dunkelheit wurde ihr Gesichtsausdruck hart. Schon von ihrer kurzen Begegnung her konnte sie feststellen, daß Nicholas sehr viel schwieriger zu behandeln war als sein Vorgänger. Paul Martin war verhältnismäßig einfach gewesen. Er trug seinen Minderwertigkeitskomplex wie ein Parteiabzeichen. Dieser Mann hier war keineswegs befangen. Er hatte eine Art, in kleinen Dingen seinen Willen durchzusetzen, die sie ärgerte. Daß sie zum Beispiel hinten neben ihrer Tochter saß, anstatt vorne neben ihm, was ihr viel besser gefallen hätte. Sie waren zur Rive Gauche hin-

übergefahren, und nachdem sie sich zehn Minuten lang durch dunkle Seitenstraßen gewunden hatten, hielten sie. Das Restaurant war hell erleuchtet. Über dem Eingang spannte sich ein Baldachin. »Chez Ludmilla«. Sheila hatte noch nie etwas davon gehört und konnte sich nicht vorstellen, was es sein sollte. Balalaikas und öde Russen, Kohlsuppe und Blinis. Abgestandener unverschämt teurer Kaviar für die Touristen. Sie lächelte süßlich, als Nicholas ihr aus dem Wagen half, und schwebte hinein.

Das Lächeln war noch immer da, als man sie zu einem Empfangstisch führte, aber es war ein wenig gequält. Die Einrichtung war ausgehendes neunzehntes Jahrhundert. Rote Plüschsessel und vergoldete Spiegel, blendend weiße Tischtücher, frische Blumen und an einem Ende des Raumes ein riesiger Tisch mit allen nur erdenklichen kalten Vorspeisen. Kellner in schwarzem Frack und altmodischer weißer Krawatte eilten herbei. Der Geschäftsführer selbst führte sie an ihren Tisch, verneigte sich vor ihr und äußerte die Hoffnung, daß sie alles zu ihrer Zufriedenheit vorfinden möge.

Er sprach russisch mit Nicholas, was sie ärgerte. Es war eines der elegantesten Lokale, die sie je besucht hatte. Ein Schritt um viele Jahre zurück in eine Welt von Stil und guten Manieren. Sie sah dem Geschäftsführer nach, der in seinem schwarzen Anzug mit der roten Nelke am Revers blendend aussah. »Erzählen Sie mir nur nicht«, sagte sie zu Nicholas, »daß er ein Prinz ist.«

»Nein«, sagte Nicholas. »Tatsache ist, daß sein Großvater Küchenchef bei einem Prinzen war. Hier haben nur die Kellner Titel. Ich habe unser Abendessen ausgewählt. Ich hoffe, es behagt Ihnen.«

»Das hoffe ich auch«, sagte Sheila. Sie holte ein Zigarettenetui von Cartier heraus und steckte sich eine ihrer selbstgedrehten Filterzigaretten in einen goldenen Halter. Nicholas zündete sie ihr an. Die Diamanten am Kleid ihrer Tochter blitzten auf.

»Das ist eine ungewöhnliche Brosche«, sagte sie. »Wo hast du sie gekauft, Liebes?«
»Nicholas hat sie mir geschenkt«, sagte Anna. »Sie gehörte seiner Großmutter. Die Kaiserin Alexandra gab sie ihr.«
»Wie großartig«, sagte ihre Mutter. »Sie hatten Glück, daß Sie sie nicht verkaufen mußten«, wandte sie sich an Nicholas. »Aber Ihr Großvater Etienne Druet war ja sehr reich, nicht wahr?« Wenn ihn der Angriff überraschte, so zeigte Nicholas das nicht. Er nickte, und sie hatte das Gefühl, ihn nicht einmal angekratzt zu haben.
»Nicht, als der Krieg zu Ende ging«, sagte er. »Er verlor alles.«
»Natürlich«, sagte Sheila. »Er war ja ein Kollaborateur. Wie Ihr Vater.«
»Mutter!«
Sie wandte sich zu Anna und machte eine besänftigende Bewegung, als wolle sie ein Kind beruhigen. »Nicholas macht das nichts aus, nicht wahr, Lieber. Ich mußte etwas über Sie herausbekommen. Alles, was ich nach der Mitteilung über eure Hochzeit bekam, war ein langer, begeisterter Brief von Anna, in dem sie mir vorschwärmte, wie wundervoll Sie sind. Niemand kann so vollkommen sein, deshalb habe ich eben ein paar Erkundigungen eingezogen. Das macht Ihnen doch nichts aus, oder?« Sie redete ihn direkt an und umging ihre Tochter. Aber es war Anna, die antwortete. Sie sprach mit leiser, aber scharfer Stimme.
»Mir macht es etwas aus«, sagte sie. »Mir macht es sehr viel aus, daß du in Nicholas' Vergangenheit herumgestöbert hast, um Dinge ans Tageslicht zu zerren, mit denen du ihn in Verlegenheit bringen wolltest. Ich weiß alles über die Druets, Mutter; ich weiß, daß sein Großvater im Gefängnis gestorben ist und daß man seinen Vater nach Rußland zurückgebracht und gehängt hat. Ermordet, sollte ich lieber sagen. Ohne Gerichtsverfahren ermordet. Es gibt nichts, was du mir erzählen könntest, was ich nicht schon wüßte. Wir sind zum Essen ausgegangen, um einen schönen

Abend zu haben, und ich hoffe, es wird ein schöner Abend. Ich wollte, daß du Nicholas kennenlernst. Wenn du dich für einen Versuch außerstande fühlst, dann wollen wir nicht länger unser aller Zeit vergeuden.«

Einen Augenblick herrschte Stille. Mutter und Tochter sahen einander an, und die latente Feindseligkeit eines ganzen Lebens wurde beinahe greifbar.

»Okay«, Sheila stieß einen tiefen Seufzer aus. »Lassen wir also die gesellschaftlichen Nettigkeiten, nachdem Anna nun einmal damit begonnen hat. Ich habe eine Pflicht Anna gegenüber, und die besteht darin, dafür zu sorgen, daß sie keinen Narren aus sich macht. Das hat sie schon einmal getan. Martin war eine Katastrophe, und ich hätte ihr das gleich gesagt, wenn sie ihn nicht schon vorher geheiratet hätte. Genau wie sie es mit Ihnen gemacht hat. Ich habe mich über Sie erkundigt, weil meine Tochter ein sehr reiches Mädchen ist und beschützt werden muß. Ich bin Republikanerin, und ich habe etwas gegen Titel und dagegen, daß Russen in meine Familie heiraten. Wenn Sie wollen, daß ich Sie akzeptiere, dann müssen Sie sich verdammt bewähren.«

Nicholas griff über den Tisch und nahm Annas Hand. Er drückte sie und gab ihr damit zu verstehen, daß dies nun seine Schlacht wäre.

Er schenkte Sheila etwas Wein nach, und sofort eilte ein Kellner herbei, um sie zu bedienen. Nicholas ließ eine Pause entstehen, bis sie wieder allein waren.

»Ich verstehe Ihren Standpunkt«, sagte er. »An Ihrer Stelle, mit so viel Geld und nur einer einzigen Tochter, würde ich ebenso handeln. Aber in einem täuschen Sie sich. Ich brauche mich Ihnen gegenüber nicht zu bewähren, Madame Campbell. Ich will Annas Geld nicht, ich will nicht einmal wissen, was sie damit macht. Ich habe genug, um für uns beide zu sorgen.«

»Ich weiß«, sagte Sheila verächtlich. »Sie arbeiten für Wedermans und verdienen kleine Brötchen.«

»Nach Ihren Maßstäben gemessen verdient auch der französische Staatspräsident kleine Brötchen«, erwiderte Nicholas. »Für eine erfolgreiche Politikerin haben Sie beachtenswert wenig Verbindung mit normalen Menschen. Sie sehen alles nur in Millionenwerten. Sie sehen den Ehemann Ihrer Tochter nur im Verhältnis zu sich selbst. Ich sagte, ich brauche mich Ihnen gegenüber nicht zu bewähren. Ich hoffe, wir werden Freunde, und es würde mir leid tun, wenn das nicht der Fall sein sollte. Aber der einzige Mensch, der mit mir einverstanden sein muß, ist meine Frau.«
Sheila preßte ihre Lippen fest aufeinander, dann hob sie plötzlich die Schultern. »Dann gibt es da ja wohl nichts mehr zu sagen, nicht wahr? Anna hat ihre Entscheidung getroffen, ohne mich um Rat zu fragen, und ich habe keinen Grund, mich besonders erfreut darüber zu zeigen. Einige der Pressekommentare in den Staaten waren nicht besonders günstig, wenigstens von meinem Standpunkt aus gesehen.«
»Du kannst in deiner eigenen Zeitschrift ja immer darauf antworten, Mutter«, sagte Anna. »Schließlich habe ich in deinem Leben einige Jahre lang nicht gerade die Hauptrolle gespielt. Ich sehe nicht ein, wieso ich jetzt so wichtig sein sollte.«
»Das bist du auch nicht«, sagte ihre Mutter. »Ich bin die einzige, die wichtig ist. Ich bin diejenige, auf die die Demokraten schießen, du bist nur Munition, das ist alles. Aber ich erwarte nicht von dir, daß dich das kümmert. Du hast dich ja niemals für das interessiert, was ich tue. Du bist deinen eigenen Weg gegangen, und ich habe dich nicht daran gehindert.«
»Nein«, sagte Anna langsam. Sie beachtete Nicholas nicht, der den Kopf schüttelte. Endlich kamen Dinge zur Sprache, die allzu lange unausgesprochen geblieben waren. Zum erstenmal in ihrem Leben fühlte sie sich imstande, ihrer Mutter die Stirn zu bieten. Zum erstenmal machte sie kei-

nen Rückzieher und tat so, als sei die Sache einen Kampf nicht wert.

»Nein«, sagte sie nochmals. »Du hast niemals versucht, mich zu hindern. Du hast gemerkt, daß ich nicht von deinem Schlag war, und hast dich einfach von mir befreit. Du hast dem nachgejagt, was du haben wolltest. Zum Teufel mit mir, sollte ich aufwachsen wie ich wollte. Du hast mir immer nur gesagt, ich könnte nicht erwarten, daß mich jemand um meiner selbst willen haben will, weil ich zu reich bin und du zu bedeutend. Das war es. Als ich Paul heiratete, hast du ihn ans Kreuz geschlagen. Ich sage nicht, daß meine Ehe funktioniert hätte, aber du hast dafür gesorgt, daß sie ganz bestimmt schiefgehen mußte. Jetzt versuchst du bei Nicholas das gleiche. Du willst, daß ich ihm mißtraue, willst ihn in die Defensive drängen. Nur um zu beweisen, daß ich einen Fehler gemacht habe, daß ich genauso eine Idiotion bin, wie du immer behauptest.«

Sheila wandte sich ihr zu und starrte sie an.

»Schlagfertig«, sagte sie kurz. »Nein, Irrtum, das warst du nie. Du konntest mit mir und deinem Leben nicht fertig werden, deshalb ranntest du weg nach Europa – wo du absolut nichts getan hast. Verbrauchtest das Geld, dessen du dich so geschämt hast, heiratetest einen Gassenjungen, der jeden ausquetschte, der ihm über den Weg lief, und hast das alles dadurch gerechtfertigt, daß du dir eingeredet hast, ich sei eine Rabenmutter. Jetzt willst du, daß ich über einen neuerlichen Blödsinn in helle Begeisterung gerate!«

»Das ist ungerecht«, sagte Nicholas ruhig. »Es tut mir leid, daß ich unterbrechen muß, aber keine von euch beiden redet vernünftig. Ihr beschuldigt einander nur, und mir scheint, jede hat teilweise recht. Anna erzählte mir von dem Brief, und sie zeigte mir Ihr Telegramm. Sie will nicht Begeisterung oder irgendwelchen Unsinn, der nicht ehrlich gemeint ist. Sie möchte nur, daß Sie ihr Glück wünschen, das ist alles. Können Sie nicht wenigstens das tun?«

»Jetzt bekomme ich den Schwarzen Peter zugeschoben«, sagte Sheila. Sie lachte kurz auf. »Sie sind ein schlauer

Redner, Nicholas, das muß ich Ihnen lassen. Das Schlimme mit mir ist, daß ich meine Meinung frei heraus sage und keine Trottel ausstehen kann. Wenn das Telegramm unfreundlich war, tut es mir leid, aber so sah ich das eben damals. Wenn Anna will, daß ich ihr Glück wünsche, und hofft, daß es mit Ihnen gutgeht, dann tue ich das eben.«
»In diesem Fall«, sagte er, »wollen wir darauf trinken. Schließen wir für heute abend Waffenstillstand und genießen wir unser Essen. Ich finde, es ist für Sie und Anna ganz gut, wenn Sie streiten, aber es wäre mir lieber, Sie würden das tun, wenn ich nicht dabei bin. Weshalb eßt ihr morgen mittag nicht zusammen und macht dann weiter?«
Während er sprach, beobachtete er Sheila. Hart wie Stahl, egoistisch, erbarmungslos und von messerscharfem Verstand. Aber mit Sinn für Humor. Und sie konnte einen Gegner respektieren, der gegen sie antrat. Er sah ein Lächeln, das sich vertiefte, und in ihren Augen einen Ausdruck, der Anerkennung verhieß. Er wußte, nach diesem Abend würde sie ihrer Tochter nähergekommen sein als je zuvor. Der Kellner kam an ihren Tisch.
»Kaviar-Blinis«, sagte Nicholas. »Sie machen sie hier wirklich gut. Anna, Liebling, ich habe Wild und Walnüsse bestellt. Als wir das letztemal hier waren, warst du begeistert davon.«
Sheila fühlte sich von dem Wortwechsel mit ihrer Tochter seltsam erleichtert und erfrischt. Obwohl sie auf Herausforderungen empfindlich reagierte und Kritik haßte, freute sich ihr kämpferischer Geist über das Echo in ihrem Kind, an das sie so lange nur mit Verachtung gedacht hatte. Anna entwickelte sich offenbar. Und das konnte nur das Verdienst dieses Mannes ihr gegenüber sein, dessen Selbstbeherrschung weder unter Beleidigungen noch versteckten Anspielungen ins Wanken geraten war. Er war heute abend in der ersten Runde des Kampfes Sieger geblieben. Obwohl Sheila nicht einen Augenblick die Absicht hatte, ihn als Sieger enden zu lassen, schätzte sie

ihn beinahe, weil er ihr in gleicher Münze zurückgezahlt hatte.
»Nur um das Thema zu wechseln«, sagte sie, »man hat mich gebeten, im ›Forum‹ zu erscheinen. Ich treffe morgen vormittag den Produzenten Rousselle zu einer Besprechung. Soviel ich weiß, handelt es sich hier um eine sehr wichtige politische Fernsehsendung.«
»Es ist die beste«, sagte Anna. Sie hatte nicht erwartet, daß sich Krugers Einfluß schon so bald bemerkbar machen würde. Sie tat so, als interessiere sie sich dafür. Nicholas sah sehr beeindruckt aus.
»Politiker kämpfen darum, in dieses Programm zu kommen«, fuhr Anna fort. »Es ist eine große Auszeichnung für dich, Mutter. Ich werde sehr stolz auf dich sein.«
Sie lachten alle, und plötzlich war der letzte Rest von Spannung verschwunden.
»Rousselle liebt Streitgespräche«, sagte Nicholas. »Es wird nicht leicht für Sie werden.«
»Ich lasse mich nicht ohne weiteres einschüchtern«, antwortete Sheila. »Er soll mich nur angreifen, ich schlage schon zurück. Ich freue mich darauf.«
»Sie werden großartig sein«, sagte Nicholas. »Anna und ich müssen das sehen. Sie wissen doch, daß es eine Live-Sendung ist?«
»Um so besser«, sagte sie. »Es gibt eine Anzahl Dinge, die ich den Franzosen gern sagen möchte. Übrigens, die Amerikanische Botschaft gibt eine Party für mich. Unser guter Botschafter ist die Nummer Eins unter den diplomatischen Langweilern, aber ich möchte so viele Leute wie nur irgend möglich kennenlernen, während ich hier bin. Es ist ja schön, daß es eine Botschaft gibt.« Sie warf Nicholas einen Blick zu und lächelte.
»Ich hatte mich auch schon mal um den Posten beworben«, sagte sie. »Ich habe sogar einen Franzosen geheiratet, um zu beweisen, wie frankophil ich bin. Aber es ist nichts dabei herausgekommen außer einer höllisch teuren Scheidung. Das Essen hier ist wirklich gut.«

Nicholas sah Anna an. »Alles geht gut«, signalisierte er ihr, »für uns persönlich und für unser Vorhaben.«
Es war nach Mitternacht, als sie Sheila ins Ritz zurückbrachten. Sie versprach, Anna anzurufen, wenn sie in ihrem Terminkalender eine Lücke entdecken sollte. Aber in den nächsten Tagen schien es keinen freien Augenblick zu geben.
Das Fernsehinterview war für Ende der Woche angesetzt.

Raoul Jumeaux richtete sein Hauptquartier in Chartres ein. Er hatte den ersten Stock der Präfektur mit Beschlag belegt, seinen persönlichen Stab aus Paris kommen lassen und verlegte die Nachforschungen nach Malenkov so nahe wie möglich an den Ort seines Verschwindens.
Er aß am Schreibtisch zu Mittag. Man hatte ihm ein Tablett mit Käse, Salat, Brot und einer Flasche Rotwein heraufgeschickt. Er arbeitete ohne Unterbrechung durch. Man übte Druck auf ihn aus, damit er Malenkov *nicht* fände. In den Nachforschungen klaffte eine Lücke, das Resultat amerikanischer Intervention auf höchster Ebene. Wenn Malenkov dabei war, sich in die Vereinigten Staaten abzusetzen, durfte er nicht gefunden werden, ehe er sein Vorhaben ausgeführt hatte. Jumeaux' Chef hatte diese Tatsache ganz klar ausgesprochen. Zur gleichen Zeit häuften sich die Proteste der Russen und mußten politische Feinheiten beachtet werden. Während er nicht wirklich nach ihm suchte, mußte Jumeaux die Sowjetunion überzeugen, daß Frankreichs gesamte Sicherheitskräfte mit seiner Wiederauffindung beschäftigt waren. Bis jetzt hatte es außer den streng geheimen Anrufen, die angeblich von Malenkov kamen und seine Absicht verkündeten, sich absetzen zu wollen, keine Verbindung gegeben. Keine Lösegeldforderung, keine Bedingungen der Terroristen. Nur eine Menge Anrufe von Witzbolden und Wichtigtuern. Nichts als Stille. Das gefiel Jumeaux nicht. Ihm gefielen auch die drei Anrufe nicht, die die amerikanische Botschaft angeblich bekommen hatte, und ihm gefiel die Stille nicht, die

darauf folgte. Er glaubte der Erklärung nicht, die sein Chef, der Oberst, so bereitwillig schluckte. Irgend etwas paßte da nicht zusammen. Er konnte es nicht erklären, aber sein Instinkt wies die Vorstellung von sich, daß Grigor Malenkov seine eigene Entführung inszenieren sollte, um im Westen Asyl zu suchen. Das konnte einfach nicht sein. Und doch sah er deutlich, wie seine Vorgesetzten und deren Mitarbeiter sich davon einlullen ließen. Wunschdenken trat an Stelle der Wahrheit, wenn die Fiktion so wünschenswert war. Es konnte eigentlich nicht wahr sein, aber wenn es durch irgendein Wunder doch wahr wurde, dann würde man daran glauben, danach handeln, und vielleicht würde das Wunder tatsächlich eintreten.

Er hatte in seinen persönlichen Notizen eine lange Liste der Ereignisse des Morgens angelegt, an dem Malenkov verschwunden war. Er hatte diese Liste gelesen und studiert, bis er sie auswendig kannte, und jedesmal vermißte er einen winzigen Faktor, ein winziges Stückchen fehlte in dem Muster.

Er beendete seine Mahlzeit, füllte sein Weinglas und stellte das Tablett mit den Resten auf den Fußboden. Er nahm die Liste zur Hand und studierte sie noch einmal.

9.37 Uhr	Malenkov verläßt die Sowjetische Botschaft. Seine russische Eskorte folgt ihm.
11.03 Uhr	Er trifft in Chartres ein. (Die Leute, die ihm vorgestellt wurden, waren listenmäßig festgehalten. Jumeaux hatte sie alle persönlich vernommen.) Malenkov macht einen Rundgang durch die Kathedrale. (Jumeaux hatte mit jedem Polizisten und jedem Sicherheitsbeamten gesprochen, der sich in dem Gebäude aufgehalten hatte.)
11.20 Uhr	Malenkovs Auto kehrt zum Westportal zurück.
11.30 Uhr	Malenkov tritt aus der Kathedrale heraus.

Jumeaux stieß plötzlich einen Ruf der Überraschung aus.

»11.20 Uhr Malenkovs Auto kommt zum Westportal zurück.«

Von woher zurück? Er kramte in den Blättern herum und legte seine Liste beiseite. Das war es. Russische Sicherheitsbeamte hatten ihren eigenen Bericht gemacht, und er deckte sich genau mit allem, was Jumeaux herausgefunden hatte. Da starrte es ihn an, vollkommen klar und von zwei seiner eigenen Männer und einem vor der Kathedrale postierten Gendarm bestätigt: Ein höherer französischer Polizeioffizier war in Malenkovs Auto weggefahren. Das Auto war erst nach schätzungsweise acht Minuten zurückgekehrt. Der begleitende Wagen mit der Eskorte war nicht beordert worden. Aber jemand hatte Malenkovs Fahrer gesagt, er soll rund um die Kathedrale fahren. Ein höherer französischer Polizeioffizier. Auf einem anderen Blatt waren sämtliche Gendarmen und ihre Dienstgrade aufgezeichnet. Auf der Liste stand niemand im Rang eines Obersten.
Jumeaux lehnte sich zurück und fluchte. Wer hatte Malenkovs Wagen weggelockt, wer war in der Uniform eines Gendarmen erschienen und hatte den Fahrer geblufft und dazu bewegt, seinen Posten vor der Kathedrale zu verlassen? Acht Minuten. Man brauchte keine acht Minuten, um die Kathedrale zu umfahren. Mein Gott, murmelte er. Dann schimpfte er erneut. Ein Mann spielte einen höheren Polizisten. Jumeaux streckte den Arm aus und wollte nach dem Telefon greifen, dann zögerte er, hielt ein. War dies das fehlende Stück in dem von ihm ausgearbeiteten genauen Muster? Ja, es war ein fehlendes Teil, eine riesige, klaffende Lücke, die er übersehen hatte. War er blind gewesen? Aber es war nicht das, wonach er eigentlich gesucht hatte. Nicht der Gendarm, der auf seiner Liste erschien, hatte ihn die ganze Nacht wachgehalten. Er zwang sich, die Zeittabelle weiter durchzulesen.

11.30 Uhr	Malenkov verläßt die Kathedrale. Er schüttelt dem Präfekten und einigen Prominenten die Hand. Ein Kind gibt ihm einen Blumenstrauß. Er begibt sich zum Auto.
11.35 Uhr	Er fährt ab, gefolgt von seiner Eskorte.

Raoul hob das Weinglas und leerte es. Er schenkte den Rest Wein aus der Flasche nach und trank ihn langsam.
Noch eine Liste, von der gleichen großen Büroklammer zusammengehalten. Der Inhalt des Mercedes: Der Umschlag enthielt Staub und Rückstände aus den Sitzen und den Aschenbechern, die verwelkte Blume, die man in der Hand des ermordeten Sekretärs gefunden hatte. Die Pistole mit Malenkovs Fingerabdrücken darauf. Jetzt erkannte er das fehlende Teil. Malenkov hatte einen Blumenstrauß bekommen. Den hatte man nicht im Auto gefunden, nur die von einem Toten zerdrückte Blume. Und das bewies Jumeaux, daß der Strauß nicht hinausgeworfen worden war. Sashevsky hatte die einzelne Blüte in der Hand, als er getötet wurde. Das Kind, das die Blumen überreicht hatte, war verschwunden, war von einer Frau in die Menge zurückgezogen worden. Die Frau war nicht nach vorn getreten. Was war mit dem kleinen Strauß geschehen? Er war nicht an den Straßenrand geworfen worden, als Malenkov das Auto verließ oder hinausgebracht wurde. Die ganze Gegend war durchsucht worden. Weshalb waren die Blumen nicht da und weshalb hatte der Tote sie im Sterben umkrampft? Jumeaux leerte den kleinen Briefumschlag, Blätter und Staubfäden fielen heraus. Dann griff er zum Telefon. »Bertrand? Ich möchte etwas zum Analysieren schicken – sofort!«
Er wußte nicht, warum die Blume untersucht werden sollte und wonach. Er wußte nicht, weshalb die Schlange des Mißtrauens sich tief in seinen Gedanken entringelte, er wußte nur, daß das gemacht werden mußte und daß irgend etwas damit bewiesen werden könnte. Wenn es bei dem Blumenstrauß dieses Kindes nichts zu verbergen gab, weshalb war er nicht gefunden worden ...?»
Er telefonierte noch einmal. »Bertrand ... ja, hör zu, ich möchte, daß alle Kostümverleiher in Paris vorgenommen werden. Und die örtlichen Amateurtheater. Wenn irgendwo in den letzten Monaten die Uniform eines Polizeiobersten ausgeliehen wurde, brauche ich sämtliche Einzelheiten.

Nein, frag nicht, warum ... beeil dich!«
Er lehnte sich zurück und seufzte tief. Sie irrten sich. Sein Chef irrte sich, die Amerikanische Botschaft irrte sich, und sie hatten die Sicherheitskräfte und ihre eigene Regierung in die Irre geführt. Malenkov war nicht abgesprungen. Er war gewaltsam und nach einem genauen Zeitplan entführt worden. Wer immer die Botschaft angerufen hatte, war selbstverständlich als Russe identifiziert worden. Aber es war nicht Malenkov.
Er hatte nicht seine eigene Flucht organisiert – davon war Jumeaux von Anfang an überzeugt gewesen. Er war entweder tot oder wurde zu einem ganz bestimmten Zweck gefangengehalten, während man Zeit gewann, indem man die politische Gier des Westens anstachelte. Er war vollkommen sicher, daß seine Erklärung die einzig wahre sein mußte, wenn auch die sichtbaren Beweise noch immer fehlten. Die Tatsache, daß er von deren Existenz wußte, war Beweis genug. Aber er konnte nichts sagen oder tun, was seinen Chef betraf, solange er nicht wenigstens auf eine der beiden Fragen eine Antwort hatte. Der Polizist und der Blumenstrauß. Das klang wie der Titel einer Musikkomödie. Es klopfte. Bertrand erschien, ein gleichmütiger Mann Mitte Dreißig, fleißig und genau.
Jumeaux gab ihm den Umschlag mit der Blume.
»Welche Art von Analyse brauchen Sie?«
Jumeaux zögerte. »Geruch«, sagte er und wußte nicht, weshalb er dazu kam, ausgerechnet das zu sagen.

Paul Martin saß in Jacques Rousselles Büro in der Rue Carrier. Es war ein großes, unaufgeräumtes Zimmer mit einem riesigen Schreibtisch, Sesseln, modernen Bildern und Fotografien bekannter Politiker mit Widmungen für Rousselle. Es roch nach schwarzen Zigaretten und dem Rasierwasser des Produzenten, dessen penetranter Moschusduft angeblich die Sinnlichkeit der Frauen erregen sollte. Paul Martin assoziierte Rousselle immer mit diesem Duft. Die

Zahl seiner Eroberungen schien den Ruf zu bestätigen. Paul war der Meinung, daß das wohl eher mit dem ihm zu Gebot stehenden Möglichkeiten zusammenhing, Karrieren zu fördern. Rousselle war ein großer, magerer Mann, der immer nervös rauchte, mit einem Anflug von ergrauendem Haar und getönten Brillengläsern, die seine schlechten Augen verbargen. Seine Kleidung war konservativ. Er hatte einen scharfen Intellekt und ein untrügliches Gespür für Politik. Er wurde von den Politikern ziemlich gefürchtet und konnte für sein »Forum« mit zahlreichem Publikum rechnen. »Forum« war für einige Leute mit politischem Ehrgeiz das Sprungbrett, für andere der Ruin. Rousselle verstand sich perfekt auf die Kunst, unparteiisch zu wirken, während er zur gleichen Zeit gnadenlos Schwindler und Heuchler entlarvte. Seit einigen Jahren war er mit Paul befreundet. Anna hatte er kurz vor ihrer Scheidung kennengelernt, konnte sich aber kaum an sie erinnern. Seine Begegnung mit Anton Kruger vor zwei Jahren auf einer privaten Party war der Beginn einer Freundschaft gewesen, die sich in regelmäßigen Besuchen auf dem Schloß während des Sommers, in gemeinsamen Essen während Antons Aufenthalt in Paris und in einem ständigen Austausch von Neuigkeiten und Ansichten über die Welt, in der sie beide so erfolgreich waren, ausdrückte. Er empfand ungeheuren Respekt vor Krugers Intellekt und seiner Fähigkeit, sich für Dinge zu interessieren, die außerhalb des industriellen Bereichs lagen. Der reiche Mann bat niemals um etwas, und das schätzte Rousselle. Er achtete diese Freundschaft, und gelegentlich schnappte er Informationen auf, die ihm beruflich nützen konnten – wie der Besuch der Kongreßabgeordneten und rechtsorientierten Millionärin Sheila Campbell. Kruger hatte sie ihm für einen Auftritt in »Forum« vorgeschlagen, und Rousselle sah sofort, welch herrliche Sendung man daraus machen konnte. Deshalb hatte er ihren Ex-Schwiegersohn Paul Martin angerufen und ihn um einen Besuch gebeten.

Rousselles eigene politische Anschauung war liberal mit

einem leichten Linksdrall, aber er verabscheute Extremismus in jeder Form. Sheila Campbell wurde einmal in einem Artikel als eine Frau beschrieben, die in Fragen von Rassismus und Kommunismus die Ansichten Hitlers vertrat. Rousselle konnte es kaum erwarten, sie gemütlich vor seinem wohlbekannten Hintergrund, einer Weltkarte, sitzen zu sehen, während sich die Kameras auf sie einstellten und er bereit war, seine Fragen auf sie abzuschießen.

Er wollte, daß Paul Martin, für seine linken sozialistischen Ansichten wohlbekannt, ihr am Tisch gegenüber saß. Er selbst würde als Katalysator fungieren.

Paul lehnte sich im Sessel zurück und lächelte.

»Weißt du, Jacques, das ist außergewöhnlich, ganz außergewöhnlich! Ich habe an einem Zeitungsartikel über sie gearbeitet. Ich hatte eine perfekte Angriffsstrategie, und ich wollte daraus meinen Hauptbeitrag für den Monat machen. Die Feindin der Ost-West-Entspannung, der Prototyp der amerikanischen Matriarchin, die reich genug ist, sich dem Fortschritt in den Weg zu stellen, und ihren Einfluß ausschließlich im Interesse des Big Business geltend macht. Es war ein hundsgemeiner Artikel. Ich war ganz hingerissen davon!«

»Dies ist viel besser«, sagte Rousselle. »Ihr steht euch Auge in Auge gegenüber, und du kannst Kontra geben. Sie ist eine sehr harte Nuß. Es dürfte eine ziemliche Schlacht geben.« »Sie hätte doch niemals zugestimmt, wenn du ihr das gesagt hättest«, sagte Paul.

»Ich weiß nicht ...« sagte Rousselle. »Sie war ganz begierig. Wir haben ein paar Fragen für sie zusammengestellt, und sie hatte nichts dagegen. Ich sagte ihr, es sei live und ohne ein vorbereitetes Script. Alles, was ich tun könnte, sei, daß ich ihr in etwa die Linie andeute, die ich möglicherweise verfolge, aber ich könnte nicht für meinen anderen Gast garantieren. Ich sagte ihr, es sei Xavier Denis von AP, und sie fand das vollkommen in Ordnung. Ich hatte das Gefühl, sie würde über gar nichts meckern, wenn sie nur im Programm ist und die Chance bekommt, uns ein paar Steine an den Kopf zu werfen. Vor einer Bloßstellung hat sie sicherlich keine Angst.«

»Allerdings nicht«, sagte Martin eisig. »Sie ist ungefähr so schüchtern wie ein Panzer. Mein Gott, ich kann es kaum erwarten, ihr Gesicht zu sehen, wenn sie merkt, daß auf dem anderen Stuhl nicht der gute Xavier sitzt! Was passiert, wenn sie sich weigert, weiterzumachen?«

»Das wird sie nicht«, sagte Rousselle. »Nicht, ohne sich unsterblich zu blamieren und lächerlich zu machen. Ich werde dich als Vertretung vorstellen. Xavier schuldet mir ohnedies einen Gefallen – es macht ihm nichts aus, im letzten Augenblick zurückzutreten. – Wir werden es sorgfältig vermeiden, irgendeine Anspielung auf eine frühere Verwandtschaft zu machen. Wenn du es fertigbringst, die Ruhe zu bewahren, und sie die ihre verliert, dann wird das die Sendung des Jahres!«

»Ich frage mich, wie es meiner Ex-Frau gefallen wird, uns beide zusammen zu sehen«, murmelte Paul. »Aber sie ist ja wieder verheiratet, und dann ist es ihr wahrscheinlich gleichgültig. In gewisser Weise werde ich auch für sie ein paar Rechnungen begleichen. Diese Frau hätte niemals ein Kind haben dürfen. Sie hat Anna so viele Komplexe angezüchtet, daß sie einfach unmöglich war.« Er zündete sich am glühenden Ende seiner Zigarettenkippe eine neue an und machte einen tiefen Lungenzug. Rousselle beobachtete ihn, ohne etwas zu sagen. Martin hatte mehr als nur einen politischen Streit mit Sheila Campbell ausgetragen. Es mochten seit dem Ende seiner Ehe wohl drei Jahre vergangen sein, aber er litt noch immer darunter.

»Eines«, sagte Rousselle, »eines mußt du mir versprechen. Du wirst die Sache nicht persönlich werden lassen. Wenn sie in die Falle geht, darfst du dich nicht mitziehen lassen. Du vertrittst einen Standpunkt, der sich ausschließlich gegen ihre Ansichten, nicht gegen sie persönlich richtet. Das ist das einzige, was mir Sorgen macht, Paul. Kannst du

objektiv bleiben, wenn du so starke Gefühle hast?«
»Ja«, sagte Paul Martin. »Das konnte ich schon immer. Wie sehr sie mir auch zusetzte, die alte Hexe hat mich nie aus der Reserve gelockt. Ich laß dich am Freitag schon nicht im Stich.«
»Kein Wort zu irgend jemand«, sagte Jacques. Er grinste und sah dabei wie ein Schuljunge aus. »Sei gegen sieben zur Maske im Studio.«
Martin stand auf. Er klopfte Rousselle auf die Schulter.
»Ich gehe jetzt nach Hause, um ein paar Fragen auszuarbeiten. Der Artikel kommt in die Schublade. Aber das hier wird einfach wundervoll!«
Er hatte den Wagen zwei Straßen weiter weg geparkt. Pfeifend ging er hin, stieg ein und begann, sich in den Verkehr einzureihen. Es war ein strahlender Junitag, viel zu warm für die Stadt. Aber Martin hatte das Land noch nie gemocht. Er war in einer Stadt aufgewachsen und hatte in Kleinstädten gearbeitet, ehe er nach Paris kam. Das war seine Stadt, und er liebte sie. Annas Begeisterung, die Wochenenden auf dem Land zu verbringen, hatte er nie teilen können. Er haßte Spaziergänge, und das Landleben langweilte ihn. Er hätte gerne gewußt, wie es ihr ging. Diese Ehe war ja zum Scheitern verurteilt. Sie hatte nichts gemeinsam mit einem Mann wie Yurovsky. Diese Weißrussen waren doch alle gleich: introvertiert, haltlos und schwach.
Er hielt an der Ampel, drehte das Radio an und fand Musik. Malenkov wurde jetzt seit fünf Tagen vermißt. Die Zeitungswelt war voller Gerüchte. Er sei tot aufgefunden worden, und die Franzosen würden versuchen, das zu vertuschen. Er beabsichtige, um politisches Asyl nachzusuchen, und die ganze Entführung sei nur inszeniert worden. Eine riesige Lösegeldforderung sei insgeheim gestellt worden, und die französische Regierung stehe mit Wissen der Russen in verzweifelten Verhandlungen. Lauter Gerüchte, die aufs Geratewohl ausgestreut worden waren, aber nicht der Funke einer echten Neuigkeit, keine Spur. Irgend etwas ging jedoch vor, das wußte jeder. Die russischen Blätter und die Sprecher

der Partei machten ein gewaltiges Geschrei, redeten von Beleidigung und bezichtigten die Franzosen der Unfähigkeit. In der ganzen Welt stellte man Vermutungen an. China sparte nicht mit vernichtenden Kommentaren. Aber niemand kannte die wirkliche Situation. Man munkelte sogar, Malenkov selbst habe seinen Sekretär Sashevsky umgebracht, ehe er mit seinem Chauffeur floh.
Jumeaux war unerreichbar, er hatte sich in seinem Hauptquartier in Chartres eingeschlossen.
Die Ampel wechselte auf Grün, und Paul fuhr weiter. Er bog in den Place Vendôme ein, fuhr an der pompösen Fassade des Ritz vorbei. Hier wohnte Sheila Campbell. Typisch, wo sie doch die Möglichkeit gehabt hätte, in ihrer Botschaft abzusteigen. Er erinnerte sich an den Abend, an dem er Anna in der Bar getroffen und versucht hatte, sie von ihrer Ehe mit Yurovsky abzubringen. Plötzlich kam ihm das alles sinnlos und dumm vor, diese ganze Angst vor ein paar emigrierten Russen, Verfassern von Pamphleten und Broschüren, die in einer Welt demonstrierten, die von ihnen überhaupt keine Notiz nahm. Wieviel hatte Jumeaux noch gewußt, was er Paul nicht gesagt hatte? Er dachte an das gemeinsame Abendessen und an Annas weißes Gesicht, als sie die Geschichte von Baratina und den repatriierten Russen erfahren hatte. Nicholas Yurovsky war nicht als der Strohmann dargestellt worden, als der er sich später erwiesen hatte. Ein Schwächling, der brav heiratete und gehorsam Flitterwochen in Amerika machte. Vielleicht hatte er die Aussichtslosigkeit dessen eingesehen, was er und seine wenigen Freunde planten. Vielleicht hatte ihn Anna mit ihrer praktischen amerikanischen Nüchternheit davon überzeugt, daß man mit dem Entrollen einiger Transparente in der Comédie Française weder die Richtung der sowjetischen Politik ändern noch das Gewissen der Welt aufrütteln konnte.
Wie mochte Yurovsky der Aufenthalt bei seiner Schwiegermutter in Amerika gefallen haben? Er mußte die gleichen Erfahrungen gemacht haben wie er, Paul. Seine Stellung

war wohl ebenso unangenehm, wie die seine gewesen war. Sie mußten gemeinsam zurückgereist sein. Paul kannte das Datum von Sheilas Ankunft genau, denn in der Presse hatte eine kurze Notiz darüber gestanden. Komisch, daß niemand es für der Rede wert gefunden hatte zu erwähnen, daß sie in Begleitung ihrer Tochter und ihres Schwiegersohnes eingetroffen war. Die Heirat selbst hatte eine Menge Aufsehen erregt. Die Fotos und die Berichterstattung hatten ihm Schauer von Eifersucht über den Rücken gejagt. Er parkte seinen Wagen hinter dem Appartementhaus, in dem er wohnte, ging hinein, machte sich Kaffee, setzte sich an seinen Schreibtisch, um mit der Arbeit an dem »Forum«-Interview zu beginnen. In seine Schreibmaschine war ein Blatt Papier eingespannt, die unvermeidliche Zigarette war angezündet. An etwas so Wichtigem arbeitete er am liebsten zu Hause. Er wählte die Nummer seines Büros. Seine Sekretärin war am Telefon. Sie hatten miteinander geschlafen, aber während der letzten Wochen nicht mehr regelmäßig. Er fing an, ihrer müde zu werden, aber andererseits machte sie ihre Arbeit sehr gut, und ihre Erscheinung tat seinem Auge wohl. Er hoffte, sie auch nach Beendigung ihrer Affäre behalten zu können.
»Monique? Ruf die Air France an. Laß dir eine Liste ihrer Passagiere vom Flug aus Washington vom Zweiundzwanzigsten geben, ja? Nein, ich bin nicht sicher, welcher Flug, aber Mrs. Sheila Campbell kam an diesem Tag an. Ja, genau. Yurovsky. Ich buchstabiere. Y-U-R-O-V-S-K-Y. Graf und Gräfin oder Mr. und Mrs. Nicholas. Gut. Ruf mich hier wieder an, wenn du das hast, ja?«
Er trank seinen Kaffee und ging in die Küche hinaus, um sich noch einen zu machen. In Gedanken formulierte er Fragen. »Weshalb, Madame Campbell, sind Sie eine derart scharfe Gegnerin der amerikanischen Hilfe für die Dritte Welt, wenn Sie doch selbst diese unglücklichen Länder und ihre unterentwickelten Menschen als Brutstätte des Kommunismus bezeichnet haben?

Sie werden dahingehend zitiert, daß rechtsgerichtete Militärdiktaturen in Zentralamerika ein notwendiges Bollwerk gegen ähnliche Diktaturen von links sind. Gibt es Ihrer Ansicht nach irgendeine Ebene, auf der die Tyrannei moralisch untragbar ist?«
Er setzte sich wieder hin und begann zu tippen. Das Telefon läutete.
»Paul – ich habe die Passagierliste der Concorde nachgeprüft. Da war niemand mit diesem Namen dabei. An demselben Tag sind noch zwei weitere Flüge angekommen, und die habe ich auch nachgeprüft. Niemand namens Yurovsky flog an diesem Tag von Washington hierher. Ist es das, was du wissen wolltest?«
Paul Martin antwortete nicht sofort. Mit seiner freien Hand schob er den Wagen der Schreibmaschine zur Mitte. Sie waren also nicht miteinander zurückgeflogen. Vielleicht waren sie am Tag vorher angekommen. Oder am Tag danach. »Monique – such mir bitte Wedermans' Nummer raus. Ich hab' das Nummernverzeichnis gerade nicht zur Hand. Richtig. 77 324. Danke. Ich komme vor morgen nicht mehr. Ich ruf dich später an. Du kannst mir heute abend was zum Essen machen.«
Er rief selbst beim Wedermans-Verlag an. Er fragte nach Nicholas. Ein Mädchen war am Apparat. »Monsieur Yurovskys Büro.« Paul nannte seinen Namen. Ohne es zu merken, umklammerte er den Hörer krampfhaft. Nicholas meldete sich.
»Hallo«, sagte Paul. »Ich denke, Sie wissen, wer ich bin, obwohl wir uns nicht kennen. Ich wollte Anna anrufen und ihr vorschlagen, daß wir etwas miteinander trinken, aber ich kann keinen Anschluß bekommen.«
Er spürte das Zögern. »Ich nehme an, sie ist mit ihrer Mutter ausgegangen«, sagte Nicholas Yurovsky dicht an seinem Ohr. »Sie haben zusammen zu Mittag gegessen. Es ist nett, daß Sie anrufen, ich werde es ihr ausrichten.«
In seiner Art zu reden lag eine Abweisung, die Paul erken-

nen ließ, daß er gleich aufhängen würde.
»Ich möchte Sie gern kennenlernen«, sagte er rasch, »Ihnen und Anna alles Gute wünschen. Wie hat es Ihnen in den Staaten gefallen?«
»Wir hatten eine wundervolle Zeit. Danke für Ihre guten Wünsche. Ich werde ihr …«
»Wann sind Sie zurückgekommen? Ich habe schon vorher versucht, anzurufen.«
»Am Montag. Sie müssen mich entschuldigen, auf dem anderen Apparat ist ein Gespräch. Danke für Ihren Anruf. Auf Wiederhören.«
Paul Martin legte den Hörer zurück. Montag. Montag, den 22. Der Tag, an dem Sheila Campbell angekommen war. Der Tag, an dem niemand namens Yurovsky aus Washington angekommen war. Er saß ganz still und rauchte.
Yurovsky hatte gelogen. Er griff wieder nach dem Telefon und wählte die Nummer von Jumeaux im Hauptquartier in Chartres.

Fritz von Bronsart zögerte am Fuß der Turmtreppe. Es war mitten am Nachmittag, und die Temperatur kletterte in die Nähe von dreißig Grad. Anton und Régine waren nach einem ausgezeichneten Mittagessen nach oben gegangen, um sich auszuruhen. Elise war im Park verschwunden. Trotz der Hitze und ihrer Körperfülle verbrachte sie die meisten Nachmittage mit Spaziergängen an der frischen Luft.
Das Schloß war ruhig, die Empfangsräume durch Jalousien gegen die Sonne geschützt. Die friedliche Stimmung veranlaßte Fritz, auf Zehenspitzen durch die Halle und zum rückwärtigen Teil des Hauses zu gehen. Es war ihm nicht möglich gewesen, zu lesen, und er war auch zu ruhelos, um nach oben zu gehen und den verlorenen Nachtschlaf nachzuholen. Aus dem gleichen Grund, aus dem er nicht schlafen konnte, fand er es auch unmöglich, sich auf ein Buch zu konzentrieren. Der Gedanke an den im Turmzimmer gefangenen Malenkov ging ihm nicht aus dem Sinn. Seit er mit

Anna gesprochen hatte, wurde er dieses unangenehme Gefühl nicht los. Es war ihm unbehaglicher zumute als ein paar Tage zuvor, da er mit angesehen hatte, wie man den bewußtlosen alten Mann in das Zimmer mit den schalldichten Wänden und Fenstern hinaufgeschleppt hatte. Die Vorstellung, ein hilfloses menschliches Wesen in den Händen von Elise zu lassen, bereitete ihm Sorgen. Seine Angst hatte er unter dem Schock der Entdeckung vergessen, daß entgegen Krugers Versprechen ein Mord begangen worden war. Die Nachricht von Sashevskys Ermordung hatte ihn mit Grauen erfüllt. Er hatte bei Kruger wütend protestiert. Man hatte ihm gesagt, es hätte keine andere Möglichkeit gegeben, als den Russen zu erschießen, denn er sei wieder zu Bewußtsein gekommen und habe sie gesehen. Fritz hatte die Erklärung hingenommen, aber sein Gewissen bäumte sich gegen den Mord und seine eigene Verbindung dazu auf. Kruger war unerbittlich, aber überzeugend gewesen. Er hatte Fritz beiseite genommen und ihm ernst versichert, wie leid es ihm täte, daß er gezwungen gewesen sei, ein Menschenleben auszulöschen, aber die Sicherheit des Plans und aller damit Verbundenen habe auf dem Spiel gestanden. Er hätte keine andere Wahl gehabt, als das Leben seiner Freunde über das des Russen zu stellen. Fritz hatte diese Erklärung gelten lassen, denn es blieb ihm nichts anderes übrig. Sein erster Impuls war gewesen, sich unter Protest von dem Vorhaben zurückzuziehen, aber das wäre den anderen gegenüber ungerecht und unloyal gewesen. Und nichts konnte die Tatsache ändern, daß Gusev dort oben war. Wieder befiel ihn diese Unruhe. Sein Zusammentreffen mit Elise war häßlich gewesen und hatte seine innere Angst noch verstärkt. Der Gedanke, daß der Gefangene schlecht behandelt wurde, verfolgte Fritz. Die fette Frau erfüllte ihn mit steigender Abneigung, und ihr aggressives Gebaren erhöhte seinen Verdacht, daß sie etwas zu verbergen hatte. An diesem Nachmittag, als alle entweder ausgegangen waren oder schliefen, beschloß Fritz, nach oben in den Turm zu gehen und sich selbst von Gusevs Zustand zu überzeugen.

Er stieg die Treppe hinauf, noch immer sehr leise, als fürchte er, gehört zu werden, und blieb vor der äußeren Tür stehen. Sie war durch einen Bolzen abgesichert. Er schob den Bolzen weg. Er war geölt worden und machte kein Geräusch. Er spähte durch das Guckauge. Das Zimmer lag in gleißendem Licht. Gusevs Gestalt, durch das winzige Prisma verzerrt, lag auf dem Bett. Fritz öffnete die innere Tür und blieb stehen. Er wurde blaß.
Der Gestank von Schweiß, Urin und Fäkalien war überwältigend. Er mußte sich beinahe übergeben. Die Hitze war unerträglich, nicht eine Spur von frischer Luft, und der alte Mann auf dem Bett war hochrot und tropfte vor Schweiß. Fritz suchte nach einem Taschentuch und preßte es sich vor Mund und Nase. Gusev kam langsam hoch, bewegte sich mühsam. Der junge Deutsche eilte zu ihm, stützte ihn und half ihm, sich aufzusetzen. Sie sahen einander schweigend an.
»Oh, mein Gott«, murmelte Fritz, als er das schmutzige Bett und den verwahrlosten alten Mann ansah, der nach Atem rang und mit der rechten Hand ans Bettgestell gefesselt war. Tief in sein Bewußtsein eingegraben war die Schuld der Nazis, die Hilflose mißhandelt hatten. Folter, Gefängnis, Brutalität und Massenmord waren die Verbrechen, die das Ansehen seines Volkes und seines Landes besudelt und seine eigene Kindheit überschattet hatten. Seine Ablehnung jeglicher Grausamkeit war auch eine Ablehnung der Taten und Ansichten des Hitler-Deutschlands. Sein Entschluß, sich ›Retour‹ anzuschließen, war dem Wunsch entsprungen, die Schande vom Andenken seines Großvaters zu tilgen, ein Kriegsverbrecher zu sein. Aber er hatte alles davon abhängig gemacht, daß Gusev selbst von persönlicher Rache verschont blieb. Jetzt, da er ihn in einem Zustand von Leid und Erniedrigung sah, war die Wirkung niederschmetternd. Er suchte stammelnd nach Worten. Ohne zu überlegen, redete er deutsch.
»Mein Gott, wie konnte sie das tun ...«
Gusev hatte ihn beobachtet und die Beschämung und Ent-

rüstung auf seinem Gesicht gesehen. Die Art, wie er ihm geholfen hatte, sich aufzusetzen, verriet Mitleid. Er antwortete in der gleichen Sprache, mit rauher Stimme!
»Wer sind Sie? Sind Sie einer von denen?«
»Ja«, sagte Fritz von Bronsart. »Ja. Haben Sie keine Angst. Ich werde ihnen nicht weh tun. Ich werde versuchen, etwas frische Luft hereinzulassen.«
Er hantierte erfolglos an den doppelt verglasten Fenstern herum. Die Fensterrahmen waren festgeschraubt. Das Hemd klebte ihm am Körper. Der kleine Raum war wie ein Backofen, und der Gestank so beißend und ekelerregend, daß er sich einen Augenblick wegdrehen mußte. Es hob ihm den Magen.
»Geben Sie mir etwas Wasser», krächzte Gusev. Das klang schlimmer, als er sich fühlte, und er sah, wie der junge Mann zur Wasserkaraffe eilte und ihm ein Glas brachte. Dabei sah Fritz den vollen Nachttopf.
Gusev trank gierig, wobei seine Hand zitterte. Dann sank er zurück und rang keuchend nach Atem. »Danke«, sagte er. »Danke. Ich hatte so schrecklichen Durst in dieser entsetzlichen Hitze. Sie läßt mich hier ohne Wasser.«
»Ich werde das da ausleeren«, sagte Fritz. Er trug den stinkenden Topf weg, aus dem Raum hinaus und die Treppe hinunter. Er leerte ihn in dem Toilettenraum am Ende des Ganges aus und spülte mehrere Male, um den Gestank loszuwerden. Da waren Seife und Handtuch. Er durchtränkte das Handtuch und nahm es mit. Er beugte sich über Gusev und wischte ihm das Gesicht ab.
»Sie brauchen frische Bettwäsche und etwas anderes zum Anziehen«, murmelte er. »Sagen Sie mir, was hat sie noch mit Ihnen gemacht?« »Sie nimmt das Essen weg, ehe ich mehr als nur ein paar Bissen zu mir nehmen kann«, sagte der Russe. »Sie hat einen Knotenstrick in der Tasche. Sie sagt, sie wird mich damit erdrosseln. Sie sagen, Sie sind einer von denen – weshalb versuchen Sie mir zu helfen?«
»Man sagte mir, es würde Ihnen nichts geschehen«, sagte

Fritz. »Ungeachtet der Dinge, die Sie getan haben, hat man mir versprochen, keine Gewalt anzuwenden.« Er sagte es mehr zu sich selbst als zu Gusev. Ein Knotenstrick, Hunger, Durst, Hitze und Gestank. Der tote Sekretär. Nicht deshalb war er ein Mitglied von Krugers Gruppe geworden, um an der Mißhandlung eines hilflosen alten Mannes teilzunehmen, mochte er verbrochen haben, was er wollte.

»Wer sind Sie?« flüsterte Gusev. »Sie sind Deutscher ...«

»Von Bronsart«, sagte er. »Mein Großvater war General Claus von Bronsart, den Sie hängen ließen.«

»Ah«, Gusev seufzte. »Ich verstehe, weshalb Sie dabei sind. Die dicke Frau ... wie heißt sie?«

»Rodzinskaya. Ihr Vater wurde zurückgeschickt und erschossen. Sie haben ihn ausgesucht.«

»Ich erinnere mich nicht«, sagte Gusev schwach. »Das ist so lange her. Dreißig Jahre. Was habt ihr mit mir vor? Wann soll ich sterben?«

»Gar nicht«, sagte Fritz heftig. »Wer immer Sie sind und was immer Sie getan haben, mit Ihrem Tod wäre das nicht aus der Welt geschafft. Hören Sie: ich werde dem hier ein Ende machen. Sie wird sich nicht mehr um Sie kümmern. Ich werde mich dafür zur Verfügung stellen. Von jetzt an brauchen Sie keine Angst mehr zu haben. Sie werden eine gerechte Behandlung erfahren. Das verspreche ich Ihnen. Ich gebe Ihnen mein Ehrenwort.«

»Das Wort eines preußischen Ehrenmannes«, sagte Gusev langsam. »Ich hätte niemals gedacht, daß ich daran glauben würde. Wollen Sie mir wirklich helfen? Wenn nicht, dann werden sie einen Weg finden, mich umzubringen, gleichgültig, was man Ihnen gesagt hat ...«

»Ich werde mich darum kümmern. Ich werde mich jetzt sofort darum kümmern.«

Er ging hinaus und vergaß nicht, die äußere Tür mit dem Bolzen zu verriegeln. Die Handlung erfüllte ihn mit Abscheu. Langsam stieg er die Wendeltreppe nach unten, blieb an ihrem Fuß stehen. Ihm war schlecht. Der Gestank aus dem Raum haftete noch immer an ihm. Er spürte, wie der Zorn in ihm hochstieg und seinen Ekel vertrieb. Zorn nicht nur auf Elise Rodzinskaya. Er fühlte sich verraten. Anton hatte Versprechungen gemacht und sie gebrochen. Zuerst ein Mord, jetzt die absichtlich schlechte Behandlung des Gefangenen. Elise hätte es nie gewagt, ihn in diesem Zustand zu lassen, wenn ihr nicht Kruger freie Hand gelassen hätte. Er war von ihm selbst und von Gräfin Yurovskaya gewarnt worden, daß die Dicke verrückt vor Haß und zu allem fähig sei.

Sie trug einen Knotenstrick bei sich. Fritz ging in den Hauptteil des Hauses und in die kühle, schattige Bibliothek. Er goß sich einen Whisky ein, spritzte Soda dazu und trank. Dann füllte er das Glas erneut und setzte sich in einen bequemen Sessel. Sein erster Impuls war es gewesen, an die Schlafzimmertür der Krugers zu hämmern und die beiden zu Gusev hinaufzuschleppen. Jetzt war er froh, dem Wunsch nicht nachgegeben zu haben. Er brauchte Zeit zum Nachdenken.

7

»Ist dir klar«, sagte Nicholas, »daß übermorgen alles vorbei sein wird?«
Sie lagen im Bett und hatten die Vorhänge nicht zugezogen, so daß das Licht der Straßenlaternen das Zimmer schwach erhellte. Anna lag in Nicholas' Armbeuge, er hatte seine Hand weich um ihre Brust geschlossen. Sie waren müde nach der Liebe. Sie sah ihn an, sein Profil. Es schien ihr unmöglich, daß sie ihn noch mehr lieben konnte, und doch geschah das mit jedem Tag, den sie zusammen lebten. Seit ihrer Hochzeit hatte sich ihre körperliche Verbundenheit vertieft. Sein Verlangen war stärker geworden als zu Anfang ihrer Beziehungen. Es war, als brauche auch er die Stabilität und Beständigkeit der Ehe.
»Ich kann es einfach nicht glauben«, sagte sie. »Jedesmal, wenn ich daran denke, bleibt mir fast das Herz stehen. Mutter war beim Abendessen voll davon. Ich mußte immer denken, irgend etwas würde schiefgehen. Dutzende von Leuten sind im Zuschauerraum, die Kameraleute, die Techniker. Wie wollt ihr das fertigbringen?«
»Wie haben wir es fertiggebracht, ihn zu entführen?« erinnerte Nicholas sie. »Durch Planung. Anton und ich haben das hundertmal besprochen. Jeder weiß, was er zu tun hat. Und er wird tun, was man ihm sagt. Eine andere Möglichkeit hat er nicht.«
»Ich weiß nicht«, sagte Anna. »Ich bin einfach nervös, das ist alles. Ich wollte, du müßtest nicht dabei sein.«
»Liebling«, sagte er weich, »du mußt aufhören, dir Sorgen zu machen. Der schwierigste und gefährlichste Teil ist vor-

über. Anton hat alle verscheucht mit dem Gerücht, daß Gusev abspringen will. Niemand hat auch nur eine Ahnung, daß wir mit seinem Verschwinden etwas zu tun haben. Anton hat von Jacques Rousselle Karten für die Show bekommen, und du bekommst ein paar durch deine Mutter. Es wird ganz einfach sein.«
Sie rückte näher an ihn heran. »Und du glaubst wirklich, man wird dich machen lassen? Daß die Franzosen einfach dastehen und zuschauen und uns nachher laufen lassen?«
»Ja«, sagte Nicholas. »So wird die Sache laufen.« Er küßte sie. »Paul Martin rief mich heute an. Er wollte, daß wir uns alle treffen und zusammen etwas trinken.«
»Nein, danke«, sagte sie prompt. »Ich will ihn nicht sehen, und du hast nichts mit ihm gemein. Er ist nur neugierig, das ist alles. Ich wollte, er würde mich in Ruhe lassen. Hoffentlich hast du ihn nicht ermutigt.«
»Nein«, gab er zu. »Ich habe so bald als möglich aufgelegt. Ich glaube nicht, daß er es noch einmal versucht. Eigentlich solltest du dich geschmeichelt fühlen«, neckte er sie. »Drei Jahre nach der Scheidung ist er offensichtlich noch immer in dich verliebt ...«
»Und du solltest eifersüchtig sein«, Anna lächelte ihn an, »was du nicht bist. Du weißt genau, daß ich dir ganz langweilig treu sein werde.«
»Das will ich dir auch raten«, murmelte Nicholas. Er drehte sich zu ihr. Sie schmiegte sich ihm sofort in die Arme. Er küßte ihr Gesicht, ihre Augen und Lippen und hinunter bis zum Hals. Sie klammerte sich an ihn, antwortete seinem Drängen leidenschaftlich. In zwei Tagen würde alles vorbei sein. Die Gefahr, die Spannung, die Lügen ... es würde ganz einfach gehen, es war bis ins kleinste geplant, ebenso erfolgreich wie die unglaublich gewagte Entführung des Mannes. Damals hatte sie auch Angst gehabt, damals war sie von bösen Vorahnungen geplagt gewesen, die sich dann als unbegründet herausstellten.
Genau die gleiche nervöse Spannung erfüllte sie, wenn sie

an übermorgen dachte. Die Liebe mit Nicholas dämpfte ihre Ängste oder ließ sie sie zumindest für eine Weile vergessen. Als sie schließlich einschlief, träumte sie wildes Zeug. Das Fernsehstudio wurde zu einer weiten, dachlosen Höhle mit einem Durcheinander aus wirbelndem Licht und riesigen Kameras. Sie versuchte, Nicholas zu finden. Als sie ihn endlich gefunden hatte, drehte er sich um, und sie sah, daß es Paul Martin war.

»Jemand ist dort oben gewesen«, sagte Elise. Kruger sah sie an. Sie stand vor ihm und hatte die Hände in ihre breiten Hüften gestemmt. Sie hatte ihn allein angetroffen, gerade vor dem Abendessen.
»Bist du sicher?«
»Ja, ganz sicher. In dem Raum sind Dinge verändert worden. Ich habe die Handschellen nachgeprüft, um zu sehen, ob er rausgeschlüpft ist, aber sie sind fest. Ich versuchte, aus ihm rauszukriegen, wer dagewesen war, aber das Schwein wollte nicht reden.«
»Ich hoffe, du hast ihn nicht geschlagen«, sagte Anton scharf. »Es dürfen keine Verletzungen sichtbar sein!«
»Man wird schon nichts sehen«, sagte Elise. »Ich habe so eine Ahnung, wer es war. Volkov bestimmt nicht. Es ist dieser Fritz. Ich hab dir ja gesagt, ich habe ihn neulich erwischt, wie er da rumgeschnüffelt hat.«
»Was wurde in dem Raum verändert?« fragte Kruger sie.
»Der Topf ist ausgeleert worden. Die Wasserkaraffe war voll. Und *er* war frech wie eine Ratte! Ich habe es an seinen Augen erkannt, daß etwas los war. Und daß ich den Topf nicht ausgeleert habe, das weiß ich genau. Er sollte bis heute abend stinken.«
»Elise«, sagte Anton langsam, »wenn du dort oben etwas angerichtet hast ...«
»Habe ich nicht«, bekräftigte sie. »Ich habe den Bastard mit keinem Finger angerührt. Mag sein, daß ich mich nicht besonders um seine Bequemlichkeit gekümmert habe, aber

ich habe ihm nichts getan. Er muß gewaschen werden und braucht frische Bettwäsche, das ist alles.«
»Das könnte sehr ernst sein«, sagte Kruger. »Wenn Fritz dort oben war, warum hat er nichts gesagt? Sieht so aus, als sei er über den Zustand entsetzt gewesen. Wenn Gusev dir nichts sagen will, ist das vielleicht sogar noch verdächtiger. Sie müssen sich miteinander unterhalten haben. Er muß das Gefühl haben, daß Fritz Mitleid empfindet. Guter Gott, das könnte seine Chance sein! Begreifst du das nicht?«
Sie starrte ihn an und saugte ängstlich an ihrer Unterlippe. »Du glaubst doch nicht, daß der Narr auf ihn hört, oder? Du glaubst doch nicht etwa, er wendet sich gegen uns?«
»Ich weiß es nicht«, sagte Kruger. »Der Mord hat ihn aufgeregt. Wenn er anfängt, mit Gusev Mitleid zu haben ... er ist nicht wirklich einer von uns, er war es nie. Ich werde heute abend mit ihm sprechen. In der Zwischenzeit gehst du hinauf und machst das Schwein sauber. Nimm aus meinem Zimmer ein paar Kleidungsstücke mit. Régine wird sie dir geben. Volkov kann mit dir gehen, nur für den Fall, daß er etwas vorhat, wenn du ihm die Handschellen abnimmst. Aber laß nicht zu, daß er ihn anrührt, verstanden? Sieh zu, daß alles ordentlich aussieht. Möglicherweise muß ich Fritz selbst mit hinaufnehmen, um ihn zu besänftigen. Mal hören, was er zu sagen hat.«
Elise ging hinaus. Sie fand Volkov und ging in das Zimmer der Krugers, wo sie Régine erklärte, was sie brauchte. Dann gingen sie miteinander hinauf ins Turmzimmer.
»Fritz«, sagte Anton, »ich mach mir Sorgen um Sie.« Er hatte seinen Arm um die Schultern des jungen Mannes gelegt. Sein Gesichtsausdruck war besorgt.
»Das, was geschehen ist, hat Sie empört, nicht wahr? Ich spüre, Sie haben sich noch immer nicht beruhigt.«
»Ich verstehe nicht«, sagte Fritz von Bronsart unbehaglich, »empört worüber?« Kruger löste sich von ihm und blieb vor dem Kamin stehen, das Glas mit Whisky, das er vor dem Dinner trank, in der Rechten. »Über den Mord an dem

Russen«, sagte er ruhig. »Ich weiß, wie hoch Sie das menschliche Leben einschätzen. Sie haben Ihren Standpunkt immer klar dargelegt, und ich gab Ihnen das Versprechen der Organisation, daß niemand getötet werden würde. Ich selbst hätte das auch nicht gedacht. Ich mache mir nur Sorgen, daß Sie noch immer erbost sind. Übermorgen ist unser großer Tag, denken Sie daran. Wir müssen in vollkommener Übereinstimmung arbeiten.«
»Darüber habe ich schon nachgedacht«, antwortete Fritz. Seine blauen Augen hatten einen wachsamen Ausdruck. »Angenommen, Gusev macht nicht mit. Angenommen, er versucht zu fliehen, oder die französischen Behörden geben uns unseren Bürgen nicht – was geschieht dann?«
Kruger nippte schweigend an seinem Drink. Elise hatte recht. Der Deutsche war tatsächlich bei Gusev oben gewesen und hatte zweifellos mit ihm gesprochen. Während der einleitenden Unterhaltung hatte Kruger ihn gefragt, wie er den Nachmittag verbracht habe, und der Junge hatte geantwortet, er habe gelesen. Er war ein schlechter Lügner und konnte Anton nicht täuschen. In diesen wenigen Sekunden beschloß Kruger, aufs Ganze zu gehen. Fritz von Bronsart war vor allem ein aufrichtiger, ehrlicher Mensch, zu dessen Charakter Falschheit überhaupt nicht paßte. Daß er seinen Besuch bei Gusev verheimlichte, war ein sehr schlechtes Zeichen. Anton hatte gehofft, er würde es zugeben, vor Entrüstung explodieren, Elise beschuldigen, lieber irgend etwas tun als heucheln. Wenn man ihm nicht trauen konnte, war es besser, das zu wissen.
»Nun«, sagte Kruger, »wir müssen diese Möglichkeiten ins Auge fassen. Die Sache kann schiefgehen. Gerade so, wie dieser Sashevsky seine Augen im falschen Moment geöffnet hat, so kann irgend etwas anderes den ganzen Plan umwerfen. Wenn Gusev versucht, uns zu überlisten, müssen wir ihn erschießen. Und uns den Weg freischießen. Menschen werden ums Leben kommen. Einige von uns werden getötet werden. Das müssen Sie schon in Betracht ziehen, Fritz.«

»Und wenn nichts schiefgeht und alles klappt, dann ist er frei?«
»Natürlich. Er muß freigelassen werden. Das ist ein Teil des Handels, den wir abgeschlossen haben. Aber ich muß Ihnen eine Frage stellen«, sagte Anton vorsichtig. »Wenn Sie einen Revolver tragen und ihn am Freitag abfeuern müssen, können Sie das? Sie brauchen weder Angst zu haben noch sich zu schämen, wenn Sie nein sagen. Aber Sie müssen mir gegenüber ehrlich sein.«
Der junge Mann straffte sich. Als er sich an Kruger wandte, stand in seinem Gesicht offene Abneigung. »Weshalb sollte ich mich schämen? Und ganz bestimmt habe ich keine Angst zu sagen, daß ich keinen Menschen töten werde. Wenn Sie mich auffordern, diesen alten Mann zu töten, wird die Antwort nein heißen. Wenn ich schießen muß, um mich zu verteidigen, da bin ich mir nicht sicher. Ich kann für nichts garantieren.«
»In diesem Fall«, schlug Kruger vor, »würden Sie lieber nicht teilnehmen?«
»Ich habe das Recht, dabeizusein«, sagte Fritz. »Ich spreche im Namen meines Großvaters.«
»Das ist wahr.« Kruger nickte. Er war ruhig, verständnisvoll. »Aber Sie müssen damit einverstanden sein, sich zu bewaffnen.«
»Ich werde einen Revolver tragen«, sagte Fritz knapp. »Was ich damit mache, ist meine Sache. Guten Abend, Madame Kruger.«
Régine kam lächelnd auf sie zu. Sie hängte sich bei Anton ein.
»Das Abendessen ist fertig«, sagte sie. Auf dem sonst so blassen Gesicht des jungen Mannes brannten zwei rote Flecken. Er sah angespannt und verärgert aus. Ihr Mann wirkte entspannt und heiter. »Laßt uns hineingehen«, sagte sie. »Elise und Vladimir kommen auch gerade.«
Während des Essens herrschte Schweigen. Elise und Volkov redeten kaum etwas. Régine versuchte, zwischen Anton

und dem jungen Deutschen eine Unterhaltung zustande zu bringen, aber Fritz antwortete kaum, und ihr Mann war fast zu unbeschwert. Sie blieben nicht lange am Tisch sitzen. Sie versammelten sich in der Bibliothek, und Kruger legte eine Platte mit Beethovens 7. Symphonie auf. Die Musik erfüllte den Raum, kühn und lyrisch, beschwörend. Kruger lehnte sich zurück und lauschte mit geschlossenen Augen. Régine nähte, Elise und Volkov lümmelten sich gelangweilt auf dem Sofa herum. Fritz ließ sich von der Musik tragen. Heiterkeit und Größe, Hoffnung und geistige Erhebung – es war seine Lieblingssymphonie. Er mochte sie lieber als die bekanntere Fünfte oder die Neunte, die er immer in Verbindung brachte mit den Rundfunksendungen der Alliierten während des Krieges. Der beste der großen deutschen Komponisten, der in seiner großartigen Musik die Reinheit der deutschen Seele zum Ausdruck brachte. Fritz hatte Wagner schon immer gehaßt.

Er liebte sein Land und sein Volk. Er war trotzt allem stolz darauf, Deutscher und ein Mitglied seiner Familie zu sein. Er hatte an diesem Stolz festgehalten und an dem Glauben, daß nur eine vollständige Erneuerung die Schuld auslöschen konnte, die der Vergangenheit anhaftete. Als er sehr jung war, hatte er sich dem Pazifismus verschrieben. Das Mädchen, das er liebte und zu heiraten gedachte, hatte das gleiche getan. Er war der Gruppe ›Retour‹ beigetreten, weil er glaubte, das sei das richtige Mittel, das seinem Großvater zugefügte Unrecht zu bestrafen. Der große Anreiz hatte darin bestanden, daß es eine unblutige Vergeltung sein sollte. Aber jetzt war es anders. Es war bereits Blut geflossen. Kruger hatte ihm ganz klar zu verstehen gegeben, daß Gewalt und Tod am Ende ihrer geplanten Lösung stehen konnten – einschließlich dem Mord an Gusev. Dieses Teufelsweib, das da in seiner Nähe saß, hatte einen Knotenstrick bei sich. Er glaubte Gusev. Er hatte den Nachmittag damit verbracht, klar zu denken, zu überlegen, was er tun sollte.

Er haßte den Gefangenen nicht. Diese Entdeckung war für ihn zuerst ein Schock gewesen. Er hatte versucht, seine Vorstellung von Gusev, wie er sie von den Filmen bei jenem schicksalhaften Abendessen her in Erinnerung hatte, mit dem alten Mann in Einklang zu bringen. Jung und aufrecht, unbarmherzig. Und ein alter Mann, in seinem eigenen Kot liegend, hilflos und verängstigt.
Jetzt schien ihm nichts mehr so zu sein wie vorher. Sein Großvater war ein Ehrenmann gewesen, der getötet worden war, weil er seine Pflicht seinem Land gegenüber erfüllt hatte. Im Zusammenhang mit jenem Abend, bei Beethovens Musik, erkannte Fritz ganz klar seine eigene Pflicht. Als der letzte Ton verklang, entschuldigte er sich und ging hinauf in sein Zimmer.

Raoul Jumeaux kam früh am nächsten Morgen in Paris an. Er fuhr mit hoher Geschwindigkeit die Autobahn entlang. Er war auf dem Weg zu dem Haus am Place de la Gravité, wo sein Chef, der Oberst, sein Büro hatte. Es war ein herrlicher, heißer Tag, der ein wundervolles Wochenende versprach. Freitag, der 26. Juni.
Der Oberst empfing Jumeaux in seinem Büro im ersten Stock des Hauses aus dem achtzehnten Jahrhundert in der stillen, vornehmen Straße. Es war kein luxuriöses Zimmer. Es war altmodisch möbliert und unaufgeräumt. Der Oberst selbst war ein großer, stämmiger Mann mit strahlend blauen Augen unter buschigen, grauen Brauen. Er war ein Veteran des mörderischen Algerienfeldzuges, wo ihm sein skrupelloses Handeln zu rascher Beförderung verholfen hatte. Seine Untergebenen zitterten vor ihm, denn er war aufbrausend und verzieh Fehler niemals.
Jumeaux hatte gelegentlich versagt. Es dauerte lange, bis die seelischen Wunden verheilt waren, die ihm der Oberst beigebracht hatte. Er hatte ihn darüber hinaus mit öden, sinnlosen Aufgaben bestraft, die sich monatelang dahinzogen. Jumeaux wußte, er hatte eine Chance bekommen, sich

zu bewähren, als man ihm plötzlich die Verantwortung für die Nachforschungen nach einem tschechischen Spionagering übertrug, der über eine Exportfirma der CSSR arbeitete. Sein Erfolg hatte zur Schließung des Pariser Büros der Gesellschaft und zur Auflösung der Belegschaft geführt. Ein höherer Beamter des französischen Handelsministeriums beging Selbstmord, aber das brachte man in der Öffentlichkeit nicht mit Jumeaux' Entdeckungen in Verbindung. Der Oberst hatte ihn wieder eingesetzt und befördert. An diesem strahlenden Morgen sah er ihn kalt an und ließ ihn einige Zeit stehen, ehe er ihm Platz anbot. Jumeaux wagte es nicht, seine Pfeife hervorzuholen, denn sein Chef lehnte Rauchen ab. Er sehnte sich nach dem Trost seiner Pfeife. In diesem Büro unter den prüfenden, strengen Augen fühlte er sich immer unbehaglich. Der Oberst hielt nichts davon, wenn sich seine Beamten behaglich fühlten.

»Nun«, sagte er scharf, »was soll all diese Panik?«

»Malenkov«, sagte Jumeaux. »Ich fürchte, es ist nicht das, was wir hofften. Er hat nicht vor, zu irgend jemand überzulaufen. Wir sind zum Narren gehalten worden.« Er benützte absichtlich das Wort ›wir‹. Der Oberst würde über das, was er entdeckt hatte, nicht sehr erfreut sein.

»Erklären Sie mir, weshalb. Unsere Regierung und die Amerikaner sind davon überzeugt, daß diese Anrufe echt waren. Sie sollten doch die Nachforschungen einstellen. Was haben Sie gemacht?«

Jumeaux öffnete seine Aktentasche. Er stand auf und reichte dem Oberst einige Papiere. Der Oberst begann zu lesen. Plötzlich blickte er auf und sah Jumeaux an.

»Nyacin-Gas! Das wurde auf dieser Blume gefunden ...«

Jumeaux nickte. »Der Strauß war präpariert«, sagte er. »Wenn wir an Sashevsky eine Obduktion hätten vornehmen lassen, hätten wir das Gas in seinen Lungen gefunden. Er und Malenkov wurden dadurch ausgeschaltet, und das bedeutet, daß die Fingerabdrücke auf der Pistole eine Fälschung sind. Es bedeutet auch, daß der Fahrer am Komplott beteiligt war. Ich vermute«, er machte eine Pause, seufzte und fuhr dann fort, »der falsche Gendarm hat Malenkovs Auto irgendwohin gebracht, wo der Fahrer der Botschaft ausgetauscht wurde. Er ist vermutlich irgendwo verscharrt. Einen anderen Grund hatte der Gendarm nicht, den Wagen wegzufahren. Ich bin sicher, sie haben einen anderen Mann hineingesetzt. Es sieht so aus, als sei der Zwischenfall mit dem Citroën und dem Laster ein Teil der Entführung gewesen. Das führt uns zu den Telefonanrufen. Sie wurden von einem Russen gemacht.«

»Ohne Zweifel. Ich habe sie auf Band gehört, und sie wurden als authentisch anerkannt. Die Stimme gehört einem geborenen Russen etwa in Malenkovs Alter.«

»Aber er ist es nicht«, betonte Jumeaux. Er blickte einen Moment zu Boden und dann mit dem Mut der Verzweiflung direkt in die Augen des Obersten. In diesem Augenblick stand seine ganze Karriere auf dem Spiel, denn er mußte zugeben, daß er den Fehler gemacht hatte, der Malenkovs Entführung ermöglichte.

»Es ist ein Russe, der behauptet hat, er sei Malenkov«, sagte er. »Und ich glaube, er ist in den Händen von Russen. Russischen Emigranten, die hier in Frankreich agieren.«

Der Oberst beugte sich ein wenig nach vorn, beide Hände flach auf die Schreibtischplatte gelegt.

»Welche russischen Emigranten?« fragte er sanft.

»Eine kleine Gruppe, die sich ›Retour‹ nennt«, antwortete Jumeaux. »Ich habe sie beobachtet, und vor Malenkovs Besuch war ich von ihrer Harmlosigkeit überzeugt. Der Mann, den ich besonders im Auge hatte, ist der Sohn eines zaristischen Offiziers, der für die Deutschen kämpfte, repatriiert und gehängt wurde. Ich glaubte, ich hätte die Organisation zerschlagen und dafür gesorgt, daß dieser Mann außer Landes ging. Gestern erfuhr ich, daß er nicht wie angenommen in die Staaten reiste. Andere Mitglieder dieser antisowjetischen Gruppe haben alle für die Zeit der Entführung Alibis, aber seines war konstruiert. Für mich bedeutet das folgendes: wenn wir die anderen Alibis untersuchen, werden wir feststellen, daß sie auch fadenscheinig sind. Ich dachte, ich hätte es mit einer kleinen Gruppe von Fanatikern zu tun, die uns nur ein wenig lästig fallen. Aber wenn ich recht habe und Malenkov in den Händen dieser Leute ist, dann verfügen sie über eine hochintelligente und gefährliche Organisation. Das beweist die Tatsache, daß sie Nyacin beschaffen konnten.«

»Was haben Sie wegen dieses Mannes unternommen – wie war noch sein Name?«

»Nicholas Yurovsky. Nichts, ich wollte erst Bericht erstatten. Ich möchte ihn und seine Frau festnehmen lassen, aber das kann ich ohne Ihre Genehmigung nicht. Seine Frau ist die Tochter der Kongreßabgeordneten Sheila Campbell, die sich zur Zeit zu einem offiziellen Besuch hier im Lande befindet.«

»Ich verstehe«, sagte der Oberst. »Ein häßlicher diplomatischer Skandal, hm? Sie waren nicht sehr erfolgreich, Jumeaux. Nicht gerade besonders gründlich. Sie verdächtigen diese Leute und lassen sich von ihnen an der Nase herumführen. Sie lassen es zu, daß eine höchst gefährliche Organisation direkt hier ihr Unwesen treibt, und tun nichts, um das zu unterbinden. Ich wünsche einen vollständigen Bericht von Ihnen. Von Anfang an. Am besten, Sie beginnen sofort damit. Dann werden wir sehen, ob es möglich ist, Ihre sträfliche Dummheit und Pflichtvergessenheit auszumerzen. Ich hoffe nur«, sagte er und senkte seine Stimme, bis sie mehr ein Zischen als ein Flüstern war, »in Ihrem Interesse, daß wir Malenkov lebend wiederbekommen.«

Fritz von Bronsart erwachte sehr früh. Gestärkt durch den am Abend zuvor gefaßten Entschluß, hatte er gut geschlafen. Er erwachte gerade, als die Morgendämmerung anbrach, kleidete sich an, packte seinen Koffer, öffnete die Schlafzimmertür und schlich hinaus auf den Gang. Er

drehte kein Licht an. Er brauchte keines, denn er kannte das Haus zu gut. Er ging die Treppe hinab und kam in die Halle, in die durch die hohen Fenster graues Morgenlicht fiel. Einen Augenblick blieb er lauschend stehen. Nichts rührte sich, alle schliefen. Er schloß die schwere Tür auf, machte sie hinter sich wieder zu und stieg die Stufen in den Hof hinunter.
Die Vögel jubilierten in den Bäumen, am Himmel zeigten sich rosa Streifen. Es war kühl, er fröstelte einen Augenblick. Die Garagen befanden sich an der linken Seite des Schlosses. Schnell ging er dorthin und zog die Schwingtür auf.
Drinnen standen der Mercedes der Krugers und Olga Jellniks kleiner Citroën. Fritz probierte es zuerst beim Citroën. Er war abgeschlossen. Der Mercedes ebenfalls. Er sah sich in der Garage suchend nach einem Fahrrad um. Es war keines da. Wenn die Türen offen gewesen wären, hätte er den Motor des Citroën anlassen können. Wenn er die Tür mit Gewalt öffnet, brauchte er Zeit und lief Gefahr, entdeckt zu werden. Es blieb ihm nichts anderes übrig, als zu laufen und zu hoffen, auf der Straße mitgenommen zu werden. Er schloß das Garagentor und ging die Auffahrt hinab, auf die Landstraße hinaus. Die Sonne ging gerade auf, es würde wieder ein wunderschöner Tag werden. Wenn er bis zur Hauptstraße gehen mußte, brauchte er etwa eine dreiviertel Stunde. Einmal auf der Straße nach Chartres, konnte er bestimmt per Anhalter weiterkommen. Und bis die Krugers zum Frühstück herunterkamen und seine Abwesenheit entdeckten, war er bereits bei der Polizei.
Volkov erwachte an diesem Morgen viel früher als gewöhnlich. Er zog die Vorhänge an seinem Schlafzimmerfenster zurück und starrte in den rosigen Morgen hinaus. Er runzelte die Stirn und rieb sich das mit dunklen Bartstoppeln bedeckte Kinn. Er sah im Garten nichts Friedvolles oder Schönes. Er lebte nur in sich selbst, eingekapselt, hitzig, ohne die Segnungen großer Vorstellungskraft. Anton Kruger

hatte ihn am Abend vorher beiseite genommen, nachdem die Damen zu Bett gegangen waren, hatte ihm einen Drink eingeschenkt und ihm ernsthaft versichert, er sei das wertvollste Mitglied von ›Retour‹, ein tapferer und hingebungsvoller Kämpfer, der niemals zögerte, seine Pflicht zu erfüllen. Volkov hatte gestrahlt wie ein Junge. Ein Lob von Kruger war wie ein Ritterschlag für ihn. Murmelnd hatte er abgelehnt, aber der alte Mann hatte ihn tatsächlich umarmt und ihn mit Tränen in den Augen um seine Hilfe gebeten. Und um seinen Rat. Niemand hatte Volkov je um Rat gefragt. Man hatte ihm bis jetzt immer nur Befehle erteilt, und er hatte sie ausgeführt.

Sogar die antisowjetischen Pamphlete, deren Druck er aus seiner eigenen mageren Tasche bezahlt hatte, mußten von jemand anderem neu geschrieben werden. Er hatte versprochen, alles für Kruger zu tun. Dabei hatten sich seine Augen vor Rührung mit Tränen gefüllt. Dann erzählte ihm Kruger von dem Deutschen.

»Er hat sich gegen uns gewendet«, sagte Kruger. »Ich traue ihm nicht mehr. Ich hätte ihn niemals in unserer Gruppe bringen dürfen.«

»Aber wieso?« fragte Volkov. »Warum ... woher wissen Sie ... was hat er getan ...?«

»Sich mit Gusev angefreundet«, sagte Kruger sanft. »Hinter unserem Rücken. Mein Freund, er kann uns alle verraten. Was soll ich tun?«

Und Volkov hatte ihm die Antwort gegeben. »Töten«, sagte er. Während Kruger noch zögerte, wurde er Feuer und Flamme für die Idee. »Sie müssen«, fuhr er fort. »Wenn er zum Verräter geworden ist, gibt es keinen anderen Weg. Bedenken Sie, was auf dem Spiel steht! Dieses Mörderschwein kann uns entwischen, Sie und Madame Kruger und wir alle können ins Gefängnis kommen. Sie und ich auf die Guillotine! Da draußen ist dieser Fahrer vergraben, denken Sie dran!«

»Und er weiß, daß ich Sashevsky erschossen habe«, sagte

Kruger. »Sie haben recht, Vladimir, mein Freund. Es ist nur so, er war eine Zeitlang unser Kamerad.«
»Zur Hölle mit ihm«, knurrte Volkov. »Wir haben ihn wie einen von uns behandelt, wir haben ihn ins Herz geschlossen … Ich kümmere mich um ihn, machen Sie sich keine Sorgen.«
»Am Morgen«, sagte Kruger. »Sehr früh. Wir müssen sicher sein, daß es wie ein Unfall aussieht.«
»Ich werde ihm den Hals brechen«, sagte Volkov lachend. »Leicht. Während er schläft. Später können wir uns etwas ausdenken. Niemand braucht etwas zu erfahren.«
»Mein Sohn«, hatte Kruger gesagt und beide Hände auf die Schultern des großen Mannes gelegt. »Gott wird dir vergeben. Ich lege es in deine Hände.«
Volkov wandte sich vom Fenster ab. Auf seiner Uhr war es sechs. Er zog sich seinen schäbigen Morgenrock an. Dieser schmutzige kleine Verräter. Hasenherzig und feige von Anfang an, mit seinem Pazifismus und seinem preußischen Gehabe. Jammert um den erschossenen Sekretär, hält sich für was Besseres als die anderen. Sich mit Gusev anzufreunden, mit Gusev, der Volkovs Bruder und Vater hingemetzelt hatte und für den Selbstmord seiner Mutter verantwortlich war!
Will zur Polizei rennen, um Gusev zu befreien … läßt seine Freunde ins Gefängnis werfen, während er von Gewissen faselt und von dem, was er tun und nicht tun würde … dieser miserable kleine deutsche Schurke. Volkov ballte seine großen Hände. Er verdiente keinen raschen Tod. Eine Ratte wie der sollte erdrosselt werden und es auch lange genug merken. Er schlüpfte barfuß hinaus und schlich den Gang entlang zu Fritz von Bronsarts Zimmer.
Als Volkov und die Krugers das Schloß und den Park nach ihm absuchten, wurde Fritz auf der Hauptstraße von einem Lastwagen mitgenommen.
Der Fahrer war wortkarg. Er und das Innere seiner Fahrerkabine rochen nach Schweiß und abgestandenem Tabak-

rauch. Fritz machte es sich auf dem Sitz neben ihm bequem und sah zu, wie die Landschaft vorbeizog. Er nahm kaum etwas wahr. Man würde das Schloß umzingeln. Wenn sie mit Hilfe seiner Kenntnis des Turmes und der Eingänge geschickt vorgingen, konnten sie stürmen und Gusev retten, ehe die Hausbewohner überhaupt merkten, was vor sich ging. Er hatte viel Zeit damit verbracht, sich die Szene vorzustellen, und bis jetzt hatte er noch keine Skrupel. Kruger war ein Mörder, Volkov finster und mürrisch – Fritz hatte kaum ein Wort mit ihm gewechselt –, Madame Kruger war charmant, aber davon durfte er sich nicht umstimmen lassen. Elise Rodzinskaya war ein Ungeheuer. Die anderen, Maximova, die er mochte, die kleine Olga Jellnik, die Yurovskys, Zepirov ... er durfte nicht Leben gegen Leben abwägen. Sie waren ebenso getäuscht worden wie er. Mord gehörte nicht zu dem Eid, den sie alle geschworen hatten. Und ein Mord war bereits begangen worden. Er war sicher, daß die Ermordung Gusevs unweigerlich folgte. Er konnte und wollte kein Helfershelfer sein. Der Laster setzte ihn in einem Außenbezirk der Stadt ab. Er konnte die Turmspitzen der großen Kathedrale über den Dächern sehen. Es war noch immer sehr früh. Es herrschte nur geringer Verkehr, und wenige Leute gingen oder fuhren mit dem Rad zur Arbeit. Zwei oder drei Läden schickten sich an zu öffnen. Fritz begab sich auf den Weg ins Stadtzentrum, zur Polizei.

Kruger telefonierte zuerst mit Nicholas. Seine Stimme klang heiser und gepreßt.
»Wir stecken in einer Krise! Von Bronsart ist ausgerückt – ich glaube, er geht zur Polizei ... Ja, ja, ich habe ihm Volkov nachgeschickt. Rufen Sie Olga und Natalia an. Sagen Sie ihnen, sie sollen in das sichere Haus gehen und dort bleiben, bis sie von mir hören. Ich bringe jetzt unseren Freund hinaus. Sofort Erwarten Sie mich in der Auberge St. Julien. Machen Sie schnell!«
Nicholas sprang aus dem Bett, Anna folgte ihm. Er erklärte

ihr alles genauso, wie Kruger es ihm erklärt hatte. »Er glaubt, der Junge ist zur Polizei gegangen. Er bringt Gusev in die Auberge, wir treffen ihn dort. Schnell, Liebling, zieh dir irgend etwas an, und dann weg!«
»Aber es ist hoffnungslos«, protestierte Anna. »Wenn sie erst wissen, daß Anton ihn hat, schnappen sie uns alle! Ihr könnt ihn genausogut laufen lassen!«
»Nein!« Nicholas fuhr herum. »Ich bringe ihn in dieses Studio, und wenn es das letzte ist, was ich tue! Außerdem erwischt Volkov Fritz noch vorher. Komm jetzt.«
Sie sprangen ins Auto, und Nicholas fuhr mit höchster Konzentration. Etwa um neun Uhr bogen sie in den kleinen Parkplatz der Auberge St. Julien ein.

Als sie in sein Zimmer hineinstürmten, schlief Gusev. Seine erste Reaktion war Panik. Er kauerte sich auf dem Bett zusammen und erwartete den Tod. Sie waren gekommen, um ihn zu töten: diese Rodzinskaya, ein bulliger Mann mit grauem Haar und dem Gesicht eines Slawen, eine große, sehr blasse Frau. Gusev war kein Feigling. Ein mächtiger Wille stützte ihn und den Fatalismus seines Charakters. Der grauhaarige Mann hielt eine Pistole in der Hand. Die dicke Frau stürzte sich auf Gusev, der sich verkrampfte. Sie hatte ihn am Abend zuvor gewaschen und seine Kleider und Bettwäsche gewechselt. Seine Rippen schmerzten noch immer von den Püffen, die sie ihm versetzt hatte, damit er den jungen Deutschen verraten sollte. Er sah sie haßerfüllt an. Sie schloß seine Handschellen auf, und sein Arm fiel steif herab. Er sollte erschossen werden. So war es also. Er würde es verstehen, mit Haltung zu sterben. Besser als manche von jenen anderen gestorben waren, schreiend und zappelnd. Einige hatten versucht, sich die Kehlen mit Glasscherben durchzuschneiden. Oh, ja, er hatte viel Zeit gehabt, über sie nachzudenken …
»Gusev«, sagte Anton Kruger, »Fjodor Gusev, wir bringen

Sie von hier weg. Entweder Sie machen freiwillig mit oder wir bringen Sie bewußtlos fort. Wie soll es also sein?«
Er hatte Russisch gesprochen, und Gusev antwortete auf die gleiche Weise. »Wohin bringen Sie mich? Wer sind Sie?«
»Mein Name«, sagte Anton, »ist Krosnevsky. Er wird Ihnen nichts bedeuten. Durch Gottes Gnade konnte ich Ihnen entkommen. Wir bringen Sie an einen sichereren Ort.«
»Um mich umzubringen?« höhnte Gusev. »Warum nicht hier? Ich habe keine Angst.«
»Wir werden Sie nicht töten«, sagte Anton. »Sie werden nicht verletzt, außer Sie sträuben sich. Sie können lang ausgestreckt mit einer Beule am Kopf reisen oder in aller Bequemlichkeit. Wir brechen jetzt auf.«
Gusev stand auf. Er wankte ein wenig, dann fand er festen Stand. Er sah die Pistole an, die auf seine Brust gerichtet war. »Warum habe ich Sie nicht schon früher gesehen? Sind Sie der Anführer dieser Leute?«
»Es gibt keine Anführer«, erklärte Kruger. »Wir sind alle Kameraden. Jeder einzelne von uns erledigt seinen Teil.« Er deutete mit der Pistole auf die Tür. »Schnell. Elise, du gehst voraus, ich gehe hinter ihm, und Régine kommt nach mir. Folgen Sie einfach Elise«, sagte er zu Gusev. »Und wenn Sie nur eine verdächtige Bewegung machen, jage ich Ihnen eine Kugel durch die Rippen.«
Die Türen standen offen. Die Dicke ging voraus, sie warf Gusev über die Schulter einen bösen Blick zu. Sie begann, die schmale Treppe hinabzusteigen, und Gusev folgte langsam. Einmal, als er zögerte, eine besonders steile Stufe hinunterzusteigen, bohrte sich die Pistole in seinen Rücken, und Krugers Stimme hinter ihm befahl.: »Weiter!«
Einer nach dem anderen gingen sie steinerne Gänge entlang und durch die schwere Hintertür hinaus, die ihm die dicke Frau offen hielt. Er stand auf dem hintersten Hof des Schlosses und atmete die frische, warme Morgenluft ein. Der große Mercedes war vorgefahren.
»Hinein«, befahl Kruger, und Gusev kletterte nach hinten.

Die Revolvermündung bohrte sich tief in das weiche Fleisch seiner Hüfte. Kruger schloß die Tür, und die dicke Frau quetschte sich von der anderen Seite herein und setzte sich neben ihn. Er spürte, wie sich ihr Körper gegen den seinen preßte, und rückte ab. Seine Gedanken kochten vor Aktivität, flogen hierhin und dorthin, suchten fieberhaft nach einem Ausweg. Er sollte also nicht umgebracht werden. Eigentlich hätte er dem Russen das nicht glauben sollen, aber instinktiv tat er es. Und sein Instinkt war ein guter Ratgeber. Nicht der Tod, sondern etwas anderes war es, was für die Emigranten und ihren jämmerlichen Kampf gegen die Sowjetunion wichtig war. Kosaken, Gesindel aus der Ukraine, Letten und Esten, der Abschaum der Ausgewiesenen, die noch immer versuchten, das Mutterland zu verletzen, und zwar mit gelegentlicher Hilfe des CIA. Die Verachtung für diese Leute verdrängte die Angst um sich selbst, er spürte, wie die Kraft in ihn zurückströmte. Ihr einziges wirkliches Mittel gegen ihn war die Kugel, und wenn sie nicht vorhatten, sie gegen ihn zu benützen, würde alles für ihn ein gutes Ende nehmen, ganz gleichgültig, welches Ende sie sich vorgestellt hatten.
Er warf dem Mann neben ihm einen Blick zu. Etwa in seinem Alter, geborener Russe, bäuerliche Abstammung. Er strahlte Autorität und Macht aus. Er hatte gelogen, als er bestritten hatte, der Anführer zu sein.
»Wollen Sie mir sagen, was Sie mit mir vorhaben, wenn Sie mich nicht töten?«
Kruger sah ihn an. »Das erfahren Sie später«, sagte er. »Und Sie können wählen. Das ist mehr, als sie jemals irgend jemandem zugestanden haben.«
»Ihre Leute haben die Wahl selbst getroffen«, sagte Gusev ruhig. »Sie entschieden sich dafür, mit den Feinden Rußlands zu kämpfen.«
Die dicke Frau rammte ihm ihren Ellenbogen so fest in den Magen, daß er stöhnend nach Atem rang.
»Halt's Maul«, sagte sie zu ihm. »Halt dein dreckiges Maul!«

Sie fügte noch eine obszöne Bemerkung auf Russisch hinzu. Kruger blickte ungerührt geradeaus. Gusev verschränkte die Arme um die Mitte seines Leibes. Ihm war fast übel von der Heftigkeit des Schlages. Er saß still und redete nicht mehr. Statt dessen beobachtete er die Straßen und merkte sich die Verkehrszeichen. Niemand schien sich darum zu kümmern, daß er sehen konnte, wohin man ihn brachte. Rambouillet acht Kilometer. Das erkannte er deutlich.
Die Zweifel kehrten wieder, versuchten seinen anfänglichen Optimismus zu ersticken. Sie würden ihn doch töten. Er sackte auf seinem Sitz etwas zusammen. Man machte nicht den Versuch, das Fahrtziel vor ihm zu verbergen. Er wurde aus dem Auto gezerrt, die Pistolenmündung immer im Kreuz, und in ein Haus geführt, das einem Schild zufolge die Auberge St. Julien war. Man drängte ihn eine Treppe hinauf in ein kleines Zimmer. Dort fesselte man ihm die Hände auf dem Rücken und ließ ihn allein. Das Fenster war klein und fest verschlossen. Sein Rufen würde niemand hören. Er sank auf das Bett und wartete auf das Kommende.

»Warum hat er das getan?« fragte Anna. »Was hat ihn verändert?« Sie sah einen nach dem anderen an. Kruger mit finster zusammengezogenen Augenbrauen und blasser als sonst, Régine bleich und verängstigt und Elise Rodzynskaya mit einem halben Lächeln auf den Lippen und unergründlich wie ein Buddha. Nicholas und Anna hatten sie alle in Elises kleinem Büro im Rückgebäude der Auberge angetroffen. Auch der kleine, dünne Ehemann war da. Eingeschüchtert kauerte er in einem Sessel. Er sah verwirrt und verängstigt aus. Seine Frau hatte ihn beiseite genommen, nachdem sie angekommen waren, und die Krugers hatten gehört, wie sie mit ihm herumbrüllte. Dann kam sie wieder heraus und sagte nur: »Er wird tun, was man ihm sagt. Er weiß, er kriegt eins über den Schädel, wenn er's nicht tut.«
Sie hatten an Wichtigeres zu denken, als sich über ihn Sorgen zu machen. Auch Nicholas hatte sich diese Frage

gestellt, war aber nicht so sehr an der Antwort interessiert, die Kruger gab. »Er hat es mit der Angst bekommen, als es auf das Ende zuging.« Anna, die sich an den Morgen erinnerte, als sie miteinander im Schloß gewartet hatten, während Gusev entführt wurde, ließ diese Erklärung nicht gelten. Etwas Häßliches lag in der Luft, noch etwas anderes, als die für ihre Situation ganz natürliche Spannung. Fritz von Bronsart war kein Feigling. Jung, gewiß, und empfindsam, mit viel Phantasie und etwas Naivität. Aber keineswegs ein Mensch, der sich gegen seine Freunde wenden würde, um sich selbst zu retten. Anna kannte den preußischen Charakter gut genug, um sofort zu zweifeln. Sie wartete auf eine befriedigendere Antwort. Und Kruger erkannte mit seiner überragenden Intelligenz, daß sie diesmal in ihrem eigenen Interesse fragte und nicht als Nicholas Yurovskys Frau.

»Ich glaube, es begann mit Sashevskys Tod«, sagte er. »Ich glaube, er war davon seelisch erschüttert. Wenn Sie an ihn denken, wird Ihnen klar, daß er kein sehr beständiger Mensch war. All dieses Gerede über Familienehre, Hand in Hand mit Pazifismus. Ich habe das nicht erkannt. Mein Fehler. Wahrscheinlich ist er zusammengeklappt, als für ihn die Zeit zu aktivem Handeln kam. Ich nehme an, das konnte er einfach nicht durchstehen.«

»Aber deshalb würde er doch nicht zur Polizei gehen«, sagte Anna. »Er hätte doch einfach weglaufen können.«

»Woher wissen Sie, daß er zur Polizei gegangen ist?« griff Nicholas Annas Gedanken auf. »Er könnte doch einfach abgesprungen sein, wie Anna meint ...«

»Ich konnte das Risiko nicht eingehen«, sagte Kruger. »Ich habe Volkov geschickt, um sicher zu sein.«

»Während wir hier Vermutungen anstellen«, Régine Krugers Stimme war kalt und mißbilligend, »können schon die Polizisten durch das ganze Schloß schwärmen. Sie jagen uns vielleicht schon. Ich begreife nicht«, sie sah Anna an, und in den schönen Augen lag eine kalte, gläserne Härte, »ich begreife einfach nicht, weshalb Sie sich Sorgen um Fritz machen. Ich bete, daß Volkov ihn gefunden hat.«

»Ich hole uns Kaffee«, Elise stemmte sich hoch. »Wir lassen alle den Kopf hängen. Vladimir wird die kleine Ratte schon erwischen, ehe sie Unheil anrichtet. Er wird sicher jeden Augenblick hier anrufen und uns mitteilen, daß alles erledigt ist. Ihr werdet sehen.« Sie watschelte hinaus in die Küche. Man hörte, wie sie vor sich hin summte, völlig unpassend.

Anna wandte sich an Nicholas. »Laß uns für eine Minute nach draußen gehen.«

Sie hatten so viele Frühlingsmorgen genau an dem Platz verbracht, wo sie jetzt saßen. Damals, als sie sich ineinander verliebten. Von der Sonne gewärmt, die von dem tiefgezogenen Ziegeldach reflektiert wurde, umgeben von den Bäumen des Forstes von Rambouillet, der den kleinen Garten der Auberge schützte.

»Liebling«, sagte Anna, »es geht schief. Du weißt das.«

Nicholas zündete sich eine Zigarette an. Sie sah, daß seine Hand nicht ganz ruhig blieb. »Es kann nicht schiefgehen«, sagte er. »Nicht jetzt, so dicht vor dem Ziel.«

»Es ist schon schiefgegangen«, beharrte Anna. »Anton lügt. Dieser Junge würde nicht weglaufen, ohne etwas zu sagen. Er ist einfach nicht der Typ dazu. Wenn er nicht mehr mitmachen wollte, hätte er das gesagt. Er würde uns niemals, niemals an die Polizei verraten. Außer es gibt dafür einen sehr guten Grund, von dem man uns nichts gesagt hat.«

»Welchen Grund?« sagte Nicholas ärgerlich. »Was könnte es sein ...«

»Ich weiß nicht«, antwortete sie langsam. »Für einen Mord würde er nicht einstehen, da bin ich ganz sicher. Die Art, wie Anton den Russen erschoß, hat dich aufgebracht, nicht wahr? Wir wissen, für Fritz war es entsetzlich. Aber er lief nicht weg. Es ist noch irgend etwas passiert, von dem wir nichts wissen. Und was genau hat Volkov vor, um ihn aufzuhalten?«

Er wandte sich von ihr ab und rauchte seine starke Zigarette. Sein Profil war wie versteinert. Sie streckte die Hand aus und berührte seinen Arm.

»Bitte, Liebling«, sagte sie, »mach nicht weiter. Es läuft nicht so, wie wir dachten. Wie du dachtest. Zwei Tote, der Chauffeur und der andere Mann.«

»Das mit dem Chauffeur war ein Unfall«, sagte Nicholas schnell. »Ich war selbst dort. Volkov schlug zu kräftig zu – Anton *mußte* den anderen Mann töten.«

»Volkov ist losgeschickt worden, um Fritz zu töten«, sagte sie langsam. »Das stand auf all den Gesichtern in diesem Raum. Zum letztenmal, ich flehe dich an, sag Kruger, daß es aus ist. Wenn er weitermachen will, dann laß ihn. Aber du solltest der Sache ein Ende bereiten. Laßt Gusev gehen.«

Er hatte es bis jetzt vermieden, sie anzusehen, er hatte auch nicht auf die Hand an seinem Arm reagiert. Jetzt bedeckte er sie mit der seinen. Er schüttelte den Kopf.

»Ich kann nicht«, sagte er. »Wir sind schon zu tief drin, um einen Rückzieher zu machen. Du sagtest es selbst. Zwei Tote. Die einzige Hoffnung besteht darin, durch die Auslieferung von Gusev straffrei auszugehen. Und wenn die Wahrheit bekannt ist, werden wir eine Menge Unterstützung bekommen. Wenn wir ihn jetzt freilassen, sind wir alle innerhalb weniger Stunden festgenommen, ganz gleichgültig, was er uns verspricht. Auch du, mein Liebling. Daran hast du noch nicht gedacht, oder? Du hast dich da mit hineinziehen lassen. Jetzt gibt es kein Zurück. Wir müssen weitermachen. Es kann nun einmal etwas schiefgehen, wenn man etwas Derartiges unternimmt. Dabei können Menschen ums Leben kommen. Volkov schlug den Fahrer zu heftig ... mit Gusev war noch ein Mann im Wagen, damit hatten wir nicht gerechnet ... Fritz wird am letzten Morgen vermißt ...«

»Und wenn auch er ermordet wurde?« fragte sie ihn. Er antwortete nicht. Die Sonne stand hoch am blauen Himmel, ihre Strahlen brannten auf sie hernieder. Er sah auf die Uhr.

»Wir sind seit zwei Stunden hier. Volkov hat nicht angerufen. Er hat ihn nicht gefunden, du brauchst dir seinetwegen also keine Sorgen mehr zu machen.« Er stand auf und ging ins Haus. Anna folgte ihm nicht.

Der Koffer war schwer. Fritz wechselte ihn von einer Hand in die andere, aber er ging dadurch langsamer. Vergebens hielt er nach einem Taxi Ausschau. Es war zu früh, es waren noch keine unterwegs.
Er nahm einen Bus, fragte nach der Polizei und mußte sich unter den mißtrauischen Blicken seiner Mitfahrenden, meist Arbeiter und Ladenmädchen, sagen lassen, daß er in die entgegengesetzte Richtung fuhr und an der nächsten Haltestelle lieber aussteigen sollte.
Er ging den Weg zurück, den er gekommen war. Es wurde sehr heiß, trotz der frühen Stunde. Er war hungrig und schwitzte. Der Koffer wurde immer schwerer. Passanten zeigten ihm den Weg zu der Gendarmerie, wo Jumeaux sein Hauptquartier aufgeschlagen hatte – sehr zum Mißfallen der Geistlichkeit. Es war ein großes, häßliches Gebäude aus dem neunzehnten Jahrhundert an der Ecke des Boulevard Chasles. Bei diesem Anblick beschleunigte Fritz seine Schritte. Er hegte nicht die Spur eines Zweifels über sein Vorhaben. Er rechnete damit, daß auch er bestraft werden würde. Er sah weder den kleinen grünen Citroën, der auf der gegenüberliegenden Straßenseite parkte, noch die Umrisse von Volkovs Gestalt hinter dem Lenkrad.
Volkov war wie ein Irrer über die Landstraßen gefahren. Er hatte nicht die Spur von irgend jemand gesehen. Als er die Hauptstraße erreichte, hielt er an und versuchte darüber nachzudenken, was er als nächstes tun sollte. Der Deutsche mußte per Anhalter mitgenommen worden oder viel früher aufgebrochen sein, als sie annahmen. Kruger sagte, er sei unterwegs zur Polizei nach Chartres. Nachdem es keine Verkehrsmittel gab, mußte er zu Fuß unterwegs sein. Vielleicht auch per Anhalter. Volkov fluchte und schimpfte vor

sich hin und behielt während des Fahrens den Straßenrand im Auge, für den Fall, daß er ihn dort stehen sehen sollte. Aber seine Hoffnungen, ihn unterwegs zu finden, sanken. Mit dem Schwinden seiner Hoffnung wuchs die Wut.

Er hatte den jungen Mann nie gemocht, den er insgeheim nur den Deutschen nannte. Das Schicksal eines preußischen Generals mehr oder weniger erweckte in Volkov kein Mitleid. Er verwünschte Fritz, als er sich auf dem Weg zum Boulevard Chasles durch die schmalen Straßen schlängelte. In der Tasche trug er eine Pistole, die ihm Kruger gegeben hatte. Man brauchte ihm nicht zu sagen, daß er nötigenfalls unter Einsatz seines Lebens Bronsart davon abhalten mußte, die Polizei zu verständigen. Er parkte den Wagen und wartete. Er quälte sich mit der Vorstellung, daß der Deutsche bereits im Polizeigebäude sei. Er rauchte ununterbrochen die billigen französischen Zigaretten, die er sich als einzige leisten konnte, und beobachtete beide Straßenseiten. Und dann sah er ihn. Wie er flott mit dem Koffer in der Hand auf das Polizeigebäude zuging. Volkov handelte instinktiv. Er stieß die Autotür auf und stürzte hinaus.

Fritz war zwanzig Schritt vom Eingang entfernt, als er ihn rufen hörte. Er fuhr herum, wurde von dem schweren Koffer aus dem Gleichgewicht gebracht und sah Volkov auf sich zurasen.

»Halt! Halt!« hörte er ihn brüllen. Eine Frau auf dem Weg zur Arbeit kam Fritz direkt in den Weg. Er ließ den Koffer fallen, stieß so heftig mit der Frau zusammen, daß diese beinahe hinfiel, und rannte auf den Eingang zur Gendarmerie zu. Volkov hob den Arm mit der Pistole in der Hand und feuerte. Die erste Kugel prallte an einer Wand ab, die zweite zerschmetterte ein Fenster, die dritte traf Fritz von Bronsart in den Rücken. Volkov feuerte ein viertes Mal, und er sah, wie der Deutsche zusammensank und mit dem Gesicht nach unten zu Boden fiel. Ein paar Schritt vom Eingang entfernt, den zu erreichen er versucht hatte.

Die Frau schrie schrill und hörte nicht auf. Volkov hatte den

Eindruck, daß andere Menschen auf die Straße strömten. Er raste zurück zum Citroën und schwang sich hinein. Mit wild hin und her schwingender Tür raste er davon. Endlich konnte er sie packen und zuziehen. Er gab Vollgas, die Reifen kreischten, zu spät fiel ihm ein, daß er so nur die Aufmerksamkeit auf sich lenkte. Abrupt wurde er langsamer. Er hätte den Wagen nicht benützen dürfen. Die Frau auf der Straße hatte ihn gesehen, andere vielleicht auch. Man würde sich an seine wilde Fahrt durch die Innenstadt erinnern. Er schwitzte so sehr, daß seine nassen Hände am Lenkrad abrutschten. Er fuhr in eine Seitenstraße und stieg aus. Die Pistole behielt er in der Tasche. Munition hatte er auch noch.

Er würde das Auto stehenlassen. Das war sicherer. Zurück zum Schloß gehen. Aber wie? Er wagte es nicht, in Chartres zu bleiben, für den Fall, daß es Zeugen gab, die ihn gesehen hatten. Wenn er einen Bus erwischen könnte, um irgendwohin zu fahren, wo er sich bis zum Einbruch der Dunkelheit verstecken konnte. Der Bahnhof. Irgend etwas. Er hatte den Job erledigt. Von Bronsart war wie ein Toter zusammengebrochen. Kruger würde mit ihm zufrieden sein. Er begann zu gehen, und zu seiner Überraschung hielt ein Auto mit einer älteren Frau. Freundlich lächelnd fragte sie ihn: »Möchten Sie mitgenommen werden? Wohin denn?« Zögernd starrte er sie an. »Paris«, sagte er schließlich. Es war das erste, was ihm in den Sinn kam.

»Na, da haben Sie Glück«, sagte sie lächelnd. »Genau da fahre ich hin. Ich besuche meine Schwester. Steigen Sie ein.«

Volkov kletterte auf den Sitz neben ihr. Sie war eine hübsch anzusehende Frau, mit braunem, von grauen Strähnen durchzogenem Haar, in Baumwollrock und Bluse. Sie erinnerte ihn an Olga Jellnik. Er versuchte sich zu entspannen.

»Sie sind sehr freundlich«, sagte er. »Es ist ein heißer Tag. Dadurch erspare ich mir das Fahrgeld.«

»Es wird wirklich sehr heiß«, sagte die Dame. »Viel zu heiß,

um zu Fuß zu gehen. Ich hasse dieses Wetter. Das macht mich einfach fertig. Was haben sie in Paris vor?«
Volkov schluckte. »Man hat mir einen Job versprochen.«
»Ich hoffe, Sie bekommen ihn«, sagte sie liebenswürdig. Der Wagen bog in die Hauptstraße ein. Sie fuhr vorsichtig, aber nicht langsam.
»Sie sind kein Franzose, nicht wahr?« sagte sie.
»Nein«, antwortete Volkov. Er kam sich vor, als bewege er sich in einem Traum. »Ich bin Russe. Aber ich lebe schon mein ganzes Leben lang hier.«
»Wie interessant«, sagte sie. »Rußland hat mich immer fasziniert.« Sie fuhr weiter und warf ihm von Zeit zu Zeit einen kleinen Seitenblick zu, von einem freundlichen Lächeln begleitet.

Es war kühl im Krankenzimmer. Die Jalousien an den Fenstern spendeten Schatten, die Klimaanlage summte leise. Der Kriminalbeamte, der neben Fritz von Bronsart saß, sehnte sich nach einer Zigarette. Vier Stunden im Operationssaal, eine Kugel in der Lunge und eine zweite wenige Zentimeter von der linken Niere entfernt. Nach der Narkose in tiefer Bewußtlosigkeit und ohne große Hoffnung, durchzukommen. An der gegenüberliegenden Seite des Bettes saß eine Schwester in einem Sessel. Oberhalb der regungslosen Gestalt waren Infusionsgefäße angebracht, die ihren Inhalt langsam in die Venen träufelten. Das Gesicht des Kranken hatte die Farbe von grauem Lehm. Er sah aus, als sei er schon tot. Die Schwester interessierte den Kriminalbeamten nicht. Sie war betagt und mager, mit einem scharfen, mißtrauischen Gesicht. Jede Viertelstunde kontrollierte sie ihren Patienten. Der Beamte saß seit eineinhalb Stunden da. Bald sollte er abgelöst werden. Vor dem Gendarmeriegebäude erschossen und nur eine hysterische Frau als Zeugin. Gerüchte besagten, daß der Killer in einem grünen Auto davongefahren war. Das Auto hatte man am Morgen verlassen aufgefunden. Fingerabdrücke wurden

abgenommen und die Zulassungsnummer überprüft. Offensichtlich gestohlen. Das Opfer konnte man anhand seines Passes identifizieren, den man mit anderen Dingen in seinem Koffer gefunden hatte. Fritz Heinrich von Bronsart mit einer Adresse in West-Berlin. Beruf Student. Seine Mutter war bereits verständigt worden. Sie war unterwegs, aber es bestand wenig Hoffnung, daß sie noch rechtzeitig ankommen würde.
Richtig häßlich, diese beiden Kugeln. Ein Wunder, daß die eine die Niere verfehlt hatte. Der Kriminalbemate sah wieder den Kranken an und dann die Schwester.
»Es gibt keine Möglichkeit, daß Sie ihn aufwecken, nur für 'ne Minute oder so ...«
»Keine«, sagte sie schroff. »Er wird nicht vor dem Abend zu sich kommen. Das heißt, wenn er es noch so lange macht.«
»Scheiße«, sagte der Detektiv laut genug, daß sie es hören konnte, und hoffte, seine Ablösung würde sich beeilen.
»Was sollen wir tun?« fragte Régine Kruger ihren Mann. Er sah zu Nicholas hinüber.
»Weitermachen«, sagte er. »Einverstanden?«
»Einverstanden«, antwortete Nicholas. »Aber zuerst sollten Sie das Château anrufen. Wenn Fritz uns verraten hat, wird es dort von Polizei wimmeln. Wenn alles normal ist, wissen sie nichts von Ihnen, was immer auch passiert ist. Aber es sieht nicht gut aus. Kein Anruf von Volkov – es sieht nicht gut aus.«
»Am besten, ich rufe an«, sagte Régine. »Wenn jemand anders als einer vom Personal abnimmt, lege ich auf. Kommt mit mir.«
Sie versammelten sich in dem kleinen Büro, wo Elise die Rechnungen ausschrieb und die Buchhaltung führte. Régine setzte sich auf Elises Stuhl und wählte. Es läutete einige Male. Plötzlich versteifte sie sich. »Hallo? Marie – ja, ich bin's. Wir sind heute morgen sehr früh abgefahren. Ich möchte nur sagen, daß wir über Nacht wegbleiben. Schließ

alles ab, ja? Keine Nachrichten, alles in Ordnung?« Ihre Stimme klang völlig unbekümmert.
»Gut. Danke.« Triumphierend schwang sie sich zu den anderen herum. »Nichts! Niemand war in der Nähe des Hauses – keine Nachrichten. Er kann nicht zur Polizei gegangen sein – oder Volkov hat ihn abgefangen.«
»Er hätte telefonieren sollen«, sagte Nicholas. Kruger zeigte erste Anzeichen von Ungeduld.
»Aber er hat nicht – was sollen wir also tun? Hier herumsitzen und den ganzen Tag warten? Ich mache mir keine Sorgen mehr. Vielleicht hat Ihre Frau recht, vielleicht ist Fritz nur davongelaufen. Ich glaubte es nicht«, plötzlich sah er grimmig aus. »Ich glaube es noch immer nicht. Ich denke, Volkov hat ihn erwischt. Aber möglicherweise ist er verhaftet worden. Daran hat noch niemand gedacht. Aus ihm kriegen sie nichts heraus.«
»Er ist ein tapferer Mann und ein echter Patriot«, sagte Régine ruhig. »Er wird uns nicht verraten. Wenn Anton recht hat, verdanken wir es ihm, wenn wir heute abend Erfolg haben.«
»Was geschieht, wenn das Schwein da oben nicht mitmacht?« fragte Elise.
»Er wird mitmachen«, antwortete Nicholas rasch. Er mochte den haßerfüllten Ausdruck in ihren Augen nicht. Es war, als hoffe sie auf Gusevs Weigerung und die unvermeidliche Konsequenz.
»Er ist zu klug, um nicht mitzumachen. Er glaubt, er kann etwas aus uns herausschlagen. Er wird allem zustimmen, um am Leben zu bleiben.«
»Und wenn er es nicht tut?« Annas Stimme kam aus dem Gang. »Wer wird ihn töten?« Sie drehten sich alle um und sahen sie an.
Elise kicherte. »Ich«, sagte sie. »Keine Sorge, Gräfin. Das können Sie alles mir überlassen.«
»Gib ihm etwas Ordentliches zu essen«, sagte Anton. »Es wird Zeit, daß wir alle etwas zu essen bekommen. Dann

werden wir hinaufgehen und ihm den Vorschlag unterbreiten. Sehen Sie nicht so besorgt drein, Anna, meine Liebe. Alles wird bestens klappen. Ich weiß es. Nicholas, wollen Sie mit Elise hinaufgehen und ihn im Auge behalten, während er ißt?«

Die dicke Frau öffnete den Mund, als wollte sie protestieren, schloß ihn dann aber wieder. Sie ging in die Küche und kam nach einer Weile mit einem Tablett wieder.

Nicholas stand auf und folgte ihr, als sie das Zimmer verließ.

Elises Mann bereitete ihnen das Mittagessen. Régine sagte, sie wollten etwas Einfaches haben, das man draußen essen konnte. Im Inneren der Auberge war es heiß und stickig. Anna setzte sich neben sie. Sie hatte keinen Appetit. Plötzlich wirkten die Krugers, die sie so sehr bewundert und geliebt hatte, beinahe düster und furchterregend, wie sie an ihrem Wein nippten und sich über die Pastete unterhielten, als speisten sie unter den allergewöhnlichsten Umständen auf dem Lande. Anton füllte ihr Glas immer wieder nach.

»Sie brauchen das«, sagte er zu ihr. »Das alles ist eine große Anspannung. Glauben Sie nur nicht, daß ich nicht ebenso empfinde.«

Aber er empfand nicht so, und Anna wußte das. Er war unmenschlich ruhig und sicher. Die sanfte Régine war so ungerührt wie ein Felsblock. Nicholas kam zurück, und sie drehte sich ängstlich nach ihm um.

»Was hat er gesagt?«

»Nichts«, antwortete er.»Und wir auch nicht. Elise löste ihm die Handfessel, und er fraß wie ein Wolf. Dauernd beobachtete er mich und wartete darauf, daß ich sprechen würde. Aber ich sagte nichts.«

Er schüttelte den Kopf, als Régine ihm Pastete und Salat anbot. Er trank Wein. Seine Hand war unsicher wie zuvor. Anton sah auf die Uhr. Er schob seinen Teller zurück und trank ruhig seinen Wein aus. Dann sah er zuerst Nicholas an und lächelte darauf Anna beruhigend zu. »Ich denke, wir sollten jetzt hinaufgehen und mit ihm reden«, sagte er.

Volkov schlief ein. Im Schlafzimmer war es sehr heiß, und er lag nackt und schwitzend auf dem Doppelbett, das Gesicht in die Kissen vergraben. Die ältliche Dame, die ihn in Chartres mitgenommen hatte, weckte ihn mit sanfter Liebkosung. Er fuhr sofort hoch und wußte nicht, wo er war. Da sah er sie lächelnd neben sich sitzen und erinnerte sich.

Sie hatte auf sehr nette Art vorgeschlagen, nach der Ankunft im Appartement ihrer Schwester eine Omlette und eine Tasse Kaffee zuzubereiten. Volkov hatte Hunger und mußte unbedingt das Schloß anrufen. Deshalb hatte er zugestimmt. Als sie in der Wohnung waren, schüttelte die Dame auf seine Frage hin den Kopf und erklärte, ihre Schwester habe kein Telefon. Sie hatte ihn gebeten, sich zu setzen, hatte ihm Kaffee gekocht und durch die offene Tür von der winzigen Küche her mit ihm geplaudert.

Volkov hatte seine Ungeduld gezügelt. Hier war er in Sicherheit, weit weg von Chartres. Das war das Wichtigste. Er konnte nachher von einer öffentlichen Telefonzelle aus anrufen und dann zum Bahnhof gehen. Er konnte sich ein Taxi nehmen und zur Auberge St. Julien fahren und sich dort mit den Krugers treffen …

Als er mit dem Essen fertig war, stand er auf und wollte gehen. Die Frau kam zu ihm und legte ihm die Arme um den Hals, wobei sie sich auf die Zehenspitzen stellen mußte, um ihn zu erreichen. Sie sah in sein überraschtes Gesicht und flehte: »Bitte, Sie sind ein so netter Mann, und ich bin einsam. Gehen Sie nicht …« Volkov, dessen Mutter auf so schreckliche Weise umgekommen war, besaß einen angeborenen Respekt und eine Verehrung für Frauen, die in vollkommenem Gegensatz zu seinem übrigen Charakter stand. Er hatte nie geheiratet oder eine ständige Geliebte gehabt. Er behandelte selbst die gewöhnlichen Dirnen, die

er gelegentlich aufsuchte, derart höflich, daß sie sich über ihn lustig machten. Er brachte es einfach nicht fertig, die zarten Arme von seinem Nacken zu lösen oder ihr zu widerstehen, als sie ihn küßte.
Er liebte sie, weil sie ihn darum bat, und fand eine Freude daran, die alles andere aus seinen Gedanken auslöschte. Er wollte nicht einschlafen, aber er tat es, und als sie ihn weckte, war es dunkel.
»Du mußt jetzt gehen«, sagte sie. »Meine Schwester wird bald von der Arbeit zurückkommen.«
Er sah auf die Uhr und konnte gerade noch einen wüsten Fluch unterdrücken. Es war nicht ihre Schuld. Sie sah in ihrer einfachen Bluse und dem Rock süß und mütterlich aus. Er hatte in seinem ganzen Leben noch nie solche Leidenschaft und Hingabe bei einer Frau erfahren.
Er entschuldigte sich hastig, so lange geschlafen zu haben. Es machte nichts, versicherte sie ihm. Er brauche das. Schlaf sei gut für einen Mann. Es tat ihr leid, daß er gehen mußte, aber ihre Schwester ... Volkov zog sich rasch an. Jetzt war es zu spät, um zur Auberge zu gehen. Sie würden ohne ihn gegangen sein. Ins Studio kam er ohne Eintrittskarte nicht hinein.
Er nahm die Hand der kleinen Dame und küßte sie. Sie errötete.
»Danke«, sagte er. »Du hast mir ein großes Glück gegeben. Ich werde dich nie vergessen.«
»Einsamkeit ist etwas Schlimmes«, sagte sie weich. »Ich möchte nicht, daß du denkst, ich habe das nur getan, weil ... Ich fand, du bist ein so charmanter Mann, so ein Gentleman ... Ich lebe seit dem Tod meines Mannes allein. Wenn du jemals wieder in Chartres bist ... meine Adresse.«
Sie steckte ihm ein Stückchen Papier in die Tasche. Er hatte beschlossen, zum Schloß zurückzukehren. Kruger hatte ihm einen Schlüssel gegeben. Zepirov war wie geplant von seiner Geschäftsreise aus Lausanne zurückgekommen. Zepirov würde im Studio sein. Volkov fragte sich, wer von

ihnen für ihn, für seine tote Mutter und seinen Vater sprechen würde, wenn die Zeit kam … Am Gare Montparnasse nahm er den Zug.

Fjodor Gusev setzte sich gerade auf. Er war sich dessen bewußt, wie lächerlich Menschen aussahen, denen die Hände auf dem Rücken zusammengebunden waren. Er hatte zahllose Männer und Frauen gesehen, die sowohl geistig wie körperlich verletzlich und hilflos waren, nachdem man ihnen die schützenden Hände und Arme vom Körper weggebogen hatte. Er saß auf dem Bett, mit dem Rücken gegen das Kopfteil gelehnt, und versteifte sich, als die Tür aufging und die Leute hintereinander eintraten. Er kannte jedes Gesicht. Der Mann, der sich Krosnevsky nannte, und seine Frau, die abscheuliche Rodzynskaya, Yurovsky und das blonde Mädchen, das er schon einmal gesehen hatte, kurz nach seiner Entführung. Sie kamen herein und standen in einer Gruppe beisammen. Er beobachtete sie äußerlich ungerührt, aber mit einer immer größer werdenden bösen Vorahnung. Vielleicht waren sie jetzt gekommen, um ihn zu töten, ungeachtet des Versprechens, das ihm der alte Mann am Morgen gegeben hatte. Aber niemand trug einen Revolver. Er, der so viel Erfahrung mit dem Tod hatte, spürte nicht die Spannung, die die allerletzte Gewalt ankündigte, die der Mensch dem Menschen antun konnte.
»Nicholas«, sagte Kruger, »ich denke, Sie sollten das machen. Sie sagen ihm, was wir von ihm verlangen. Die Alternative kennt er, da bin ich sicher.«
Anna beobachtete ihren Mann. Gusevs Augen hatten sie kurz gestreift, aber jetzt hefteten sie sich auf Nicholas. Fast ohne Wimpernschlag. Gusev versuchte, sein Gegenüber einzuschätzen und die Bedeutung dessen zu verstehen, was er sagte. Anna hörte den Haß in der Stimme ihres Mannes, sah die geballten Fäuste. Mit Schrecken erinnerte sie sich an den Waisenknaben, der die Uhr seines toten Vaters in

Empfang nahm ... die Uhr, die sie in einem Zimmer im ersten Stockwerk dieser Auberge gefunden hatte. Das schien so viele Jahre her zu sein, doch war seitdem kaum ein Monat vergangen. Sie schloß die Augen und hörte Nicholas zu. Es war wie ein Spinnengewebe, dicht, engmaschig, unmöglich, daraus zu entkommen ... Sie sah Anton Kruger an. Er hielt seine Frau bei der Hand. Wie groß mußte der Haß sein, der all die Jahre überdauert, der ihm keine Ruhe gelassen hatte, bis er die Alpträume der Vergangenheit aufgespürt, die Filmstreifen zusammengetragen und die Spuren von Nicholas' Vater und der anderen bis in die hintersten Winkel der russischen Geheimpolizei-Akten verfolgt hatte. Die der Idee zugrunde liegende Absicht war ihr heldenhaft erschienen. Jetzt empfand sie sie als zutiefst beunruhigend. Kruger war entkommen. Er hatte eine Rachebewegung gegründet, die sein ganzes Leben umspannte. Er hatte das Leben anderer ebenso sorglos aufs Spiel gesetzt wie sein Geld. Um die Toten zu rehabilitieren und den verantwortlichen Mann zu bestrafen. Einen alten Mann, vor ihnen auf dem Bett zusammengekauert, der ängstlich zuhörte und überlegte, wie er sein eigenes Leben retten könnte. Er würde den von Nicholas genannten Bedingungen zustimmen ... er mußte, denn wenn er sich weigerte und diese Elise einen Schritt auf ihn zu machte, dann war sie gezwungen, sich ihr in den Weg zu stellen ... »Ich verstehe«, sagte Gusev schließlich. »Und wenn ich das nicht tue?«
»Dann sterben Sie«, hörte sie Nicholas sagen, und eine große kalte Übelkeit stieg in ihr hoch.
»Und Sie lassen mich frei, wenn ich es tue?« fragte Gusev.
»Im Austausch gegen garantierte Straffreiheit für jeden von uns«, antwortete Nicholas, »werden Sie unangetastet den Raum verlassen.«
»Ich verstehe«, sagte der Russe wieder. »Was ist, wenn die Franzosen diese Straffreiheit nicht gewähren? Was geschieht dann mit mir?«

»Sie müssen sie eben dazu überreden«, sagte Nicholas. »Sie werden Sie doch nicht opfern. Das wissen Sie genau. Wir möchten eine Antwort. Ja oder nein.«
»Keine Zeit, um darüber nachzudenken?« versuchte Gusev zu verhandeln. Selbstverständlich würden die Franzosen auf jeden Handel eingehen, um sein Leben zu retten. Das war im Augenblick nicht das Problem, sondern der Preis, den er persönlich zu bezahlen hatte – er dachte an die Folgen und sah deutlich den Abgrund, der sich vor ihm auftat. In diesen wenigen Sekunden überlegte er, ob eine Kugel nicht doch die bessere Lösung wäre.
»Nein«, sagte Nicholas rauh. »Nur eine Antwort. Wie wird sie lauten?«
Anna wurde fast ohnmächtig, als sie sah, wie er die Hand in die Tasche steckte und eine Pistole hervorzog. Sie stürzte sich auf ihn und packte ihn am Arm.
»Nein! Nicholas, nein ...« Er schüttelte sie ab, er schien sie überhaupt nicht zu hören. Gusev wartete. Er warf ihr einen bittenden Blick zu, den sie nicht bemerkte. Noch eine Verbündete. Aber was war mit dem anderen, dem Deutschen, geschehen ... Wenn er tat, was sie verlangten, kam es auf seinen Verstand an. Den Verstand eines Mannes, der brillant genug war, um in das Präsidium des Obersten Sowjet aufzusteigen. Er hatte es mit einem Haufen von Leuten zu tun, die sich nicht einmal untereinander einig waren ... Annas Geste ließ ihn einen Entschluß fassen. Schwäche, Skrupel ... er würde gewinnen.
»Ich werde mit Ihnen kommen«, sagte er. »Und ich gebe Ihnen mein Wort, ich werde nicht versuchen, zu fliehen.«
»Das ist nicht nötig«, Anton Kruger sprach zum erstenmal. »Graf Yurovsky wird die ganze Zeit eine Pistole auf Sie gerichtet halten. Wir brechen in zwei Stunden auf.«
Elise öffnete die Tür, und Anna stürzte als erste hinaus. Sie hörte Nicholas rufen, aber sie wartete nicht. Er erreichte sie draußen, packte sie am Arm und drehte sie gegen ihren Willen zu sich herum.

»Anna – halt! Was ist los mit dir? Ich hätte dich nicht mit hinaufkommen lassen sollen.«
»Nein«, sagte sie mit zitternder Stimme. »Das hättest du nicht. Als du diese Pistole herausgeholt und den alten Mann bedroht hast, hat irgend etwas in mir ausgehakt. Was immer er in der Vergangenheit getan hat, jetzt sind *wir* im Unrecht. Wir waren es, seit dem Augenblick, in dem jemand getötet wurde. Ich wußte das, und ich denke, du wußtest es auch.«
Sie machte sich von ihm los. »Ich kann dich nicht aufhalten, Nicholas, und ich werde es auch gar nicht versuchen. Aber ich will keinen Anteil daran haben.«
»Ich wollte nie, daß du da hineingezogen wirst«, sagte er. »Anton hat das getan, und du schienst zu verstehen und das gleiche zu fühlen wie ich. Ich mache dir keinen Vorwurf, Liebling. Du hast dich auf etwas eingelassen, ohne zu wissen, warum.« Er legte seine Hand an ihre Wange. »Geh zurück ins Appartement. Bleib dort, und ich komme zu dir, wenn alles vorüber ist. Hör nicht auf, mich zu lieben, ja?«
Sie schüttelte den Kopf, die Augen gingen ihr über. »Was immer geschieht«, sagte sie, »das könnte ich niemals.« Sie stieg in seinen Wagen, ließ den Motor an und fuhr aus dem Hof hinaus.
Nicholas ging ins Haus zurück. Alle sahen ihn fragend an. Elises kleiner Mann streckte seinen Kopf durch die Küchentür.
»Sie ist gegangen?« fragte Anton.
»Ja«, sagte Nicholas. »Ich habe sie nach Hause geschickt. Sie wird dort auf mich warten.«
»Ah«, sagte Elise, und ihr Kopf wackelte auf dem dicken Hals, »wieder verläßt uns eine Ratte ...« Nicholas trat auf sie zu und schlug ihr ins Gesicht.

Um fünf Uhr dreißig an diesem heißen Nachmittag, als die Sonne hinter dem Dach der Auberge verschwand, glitt der große Mercedes aus dem Parkplatz hinaus. Gusev saß hinten, eingeklemmt zwischen Elise und Nicholas. Anton Kruger fuhr, seine Frau saß neben ihm. Sie nahmen die alte Straße zurück nach Paris.

Anna fuhr auf der Autobahn. Sie fuhr nicht schnell, denn sie weinte noch immer. Je mehr Tränen sie wegwischte, um so mehr strömten nach und trübten ihr die Sicht auf die Straße. Sie hätte keinen Augenblick länger an diesem Ort bleiben oder die kleine Gruppe von Menschen ertragen können, die ihre Freunde gewesen waren. Anton Kruger – wie hatte sich ihr Bild von ihm verändert. Von der charmanten, dynamischen Vaterfigur, die sie ins Vertrauen gezogen und sich ihrer Hilfe versichert hatte, zu einem Mann, der fähig war, kaltblütig zu töten, und seelenruhig von weiteren Morden sprach. Armer Fritz von Bronsart – war er tatsächlich geflohen und nach Hause zurückgekehrt, oder hatte der finstere Volkov ihn erwischt? Régine, so elegant und weiblich, eine willige Helferin in allem, was Anna unerträglich fand. Eiskalt war diese Frau, überzeugt und fanatisch. Elise Rodzynskaya hatte ihr schon immer einen Schauder über den Rücken gejagt, selbst damals, als sie nichts weiter zu sein schien als die Wirtin der abgelegenen Auberge, wo sie und Nicholas ihre Wochenenden verbrachten. Und Nicholas, ihr Mann. Sie konnte diese Geste mit der Pistole nicht vergessen, aber sie dachte auch an die bebende Hand, an den angespannten Körper. Er war zu weit gegangen, um noch umkehren zu können. Er mußte seinen alten Haß loswerden, um weiterleben zu können. Das hatte sie gesehen, als er Gusev gegenüberstand. Und sie hatte sich umgedreht und ihn verlassen, war wieder einmal vor der Krise davongelaufen. Ihre Mutter pflegte ihr das immer wieder vorzuwerfen. Aber diesmal wies Anna diesen Vorwurf zurück. Diesmal hatte es größeren Mutes bedurft, die weitere Teilnahme zu verweigern. Die wirkliche moralische Herausforderung bestand in der Ablehnung der Methoden und Maßstäbe, die Gusev das hatten tun lassen, was er getan hatte.

Der Zweck heiligte niemals die Mittel. Sie fuhr ruhiger, da sie in den Abendverkehr eintauchte. Die Stadt zeigte sich von ihrer schönsten Seite im milden Abendlicht, Ströme von Menschen schlenderten auf den breiten Boulevards dahin, die Straßencafés waren dicht besetzt. Sie fühlte sich entsetzlich müde und schrecklich unglücklich. Nicholas. Nicholas, der ohne sie weitermachte. Der sie angefleht hatte, ihn auch weiterhin zu lieben.
Ihr Versprechen, daß dies das letzte sei, was sie tun könnte ... Sie parkte den Wagen, betrat den eleganten Eingang zu ihrem Appartementhaus und nahm den Lift in den ersten Stock. Sie war zu erschöpft, um die Treppe zu Fuß hinaufzugehen. Sie öffnete die Eingangstür, da war die vertraute Halle, der unerklärliche Trost, sich in der eigenen Wohnung sicher zu fühlen. Als sie die Tür schloß, trat Jumeaux aus dem Wohnzimmer.
»Guten Abend, Madame Yurovsky«, sagte er. Hinter ihm erschien noch ein Mann. »Wir haben auf Sie gewartet.«

8

Punkt sieben Uhr erschien Sheila Campbell in Begleitung von Ruth Paterson im Studio der Télévision Française. Sie hatte ihre Kleidung mit Sorgfalt gewählt, denn sie wollte lieber das Bild der arbeitenden Kongreßabgeordneten darstellen als das der millionenschweren Eigentümerin einer extrem rechten Zeitschrift. Sie trug einen königsblauen Seidenrock und eine Bluse mit Tupfen, sittsam hoch geschlossen, keinen Schmuck, nur kleine Goldstäbchen in den Ohren, und bestand darauf, sich selbst für die Kameras zu schminken.

Sie schickte die Maskenbildnerin weg und sagte in ihrem korrekten, aber nicht akzentfreien Französisch:

»Nein, danke, Mademoiselle. Ich schminke mich immer selbst. Ich möchte wie Sheila Campbell ausehen, nicht wie irgend jemand!« Jacques Rousselle schien es besonders eilig zu haben, sie in den Kosmetikraum zu schieben. Sheila machte das nichts aus, sinnloses Gequassel langweilte sie. Sie wollte mit der Sache vorankommen. Kritisch betrachtete sie sich im Spiegel. Das Haar gut frisiert, nicht zu streng, aber ordentlich, das Gesicht etwas grell mit dem übertriebenen Make-up mit Lidschatten und dunklen Brauen und Wimpern, aber wirkungsvoll, wenn man auf dem Bildschirm nicht blaß und nichtssagend aussehen wollte. Das Blau, das sie gewählt hatte, war eine gute Fernseh-Farbe. Sie drehte sich zu Ruth um.

»Ich freue mich darauf – heute abend sehen alle zu. Es wird morgen von CBC mit einem Kommentar übertragen. Okay, ich bin fertig, gehen wir und sehen wir uns meinen Gegen-

kandidaten, Mr. Denis, an. Ich wette, er ist ein Linker – wir werden uns gut amüsieren!«
Bei offiziellen Gelegenheiten ging Sheila nicht, nein, sie stürmte in die Räume. Ruth fragte sich, ob das ein absichtlicher oder ein unbewußter Tempowechsel war. Hätte sie ein langes Kleid getragen, es wäre wie eine Fahne hinter ihr hergeflattert. In dem kleinen Vorzimmer, wo die Getränke standen, erwartete sie Jacques Rousselle, und neben ihm stand ein Mann. Sheila blieb wie angewurzelt stehen. Rousselle trat auf sie zu und nahm sie verbindlich lächelnd am Arm.
»Meine liebe Madame Campbell, wie Sie ja wissen, mußten wir in letzter Minute wegen Xavier Denis' Erkrankung unser Programm ändern. Paul Martin kennen Sie natürlich?«
»Allerdings«, sagte Sheila. Sie war keinen Schritt weiter gegangen. »Und was soll ich von einer Programmänderung wissen?«
»Meine Sekretärin hat Sie heute nachmittag angerufen. Sie haben die Nachricht doch sicherlich erhalten?«
Sie drehte sich zu Ruth um. Ruth antwortete scharf: »Mich hat niemand angerufen, Monsieur Rousselle. Wir bekamen keinerlei Nachricht.« Sie starrte den Mann an, der als Paul Martin vorgestellt worden war. Dunkel, nachlässig gekleidet, mit einer Zigarette im Mundwinkel, ein Belmondo-Typ. Er genoß die Situation ganz offensichtlich. Sie konnte es einfach nicht glauben, daß dies Sheilas ehemaliger Schwiegersohn war. Aber die Reaktion ihrer Chefin bewies es ihr. Er trat auf sie beide zu und streckte die Hand aus. Seine Augen wirkten müde, aber sein Lächeln war boshaft.
»Hallo«, sagte er. »Man hat mich gebeten, für Xavier einzuspringen. Im letzten Moment. Ich hoffe, es macht Ihnen nichts aus, mit mir zu diskutieren.«
Sheila zögerte noch einen Moment. Man hatte sie hereingelegt, und sie wußte das. Es würde eine harte Diskussion werden. Ihr Zorn wuchs, aber sie ließ sich nichts anmerken.

Wenn sie sich weigerte, die Sendung mit Paul Martin zu machen, gab das Schlagzeilen, und sie stand als launenhafte Primadonna da. Und das war das letzte, was man von ihr sagen sollte. Fast unmerklich biß sie die Zähne zusammen, in ihren Augen glitzerte ein kämpferisches Funkeln.
»Ausmachen?« sagte sie zu Paul. »Nicht im geringsten. Es freut mich sehr, Sie nach all dieser Zeit wiederzusehen.« Sie wandte sich zu Rousselle um, auf dessen Gesicht ein verkrampftes Grinsen stand. Er hatte soeben einen scheußlichen Augenblick der Panik überstanden, als er fürchtete, sie würde doch aussteigen und damit seine Sendung platzen lassen.
»Sie wissen, daß Paul einmal mit meiner Tochter verheiratet war? Ruth, Schätzchen, bring mir bitte ein Glas Weißwein, ja? Nun, ich bin sehr glücklich, mit Paul im Programm zu sein, aber ich denke, wir sollten die Verwandtschaft vergessen.« Sie schenkte Paul ein verächtliches Lächeln. »Wir wollen uns ja schließlich keine Vetternwirtschaft vorwerfen lassen, nicht wahr?«
»Nein, nein«, pflichtete Rousselle ihr bei. »Das wird ganz bestimmt nicht erwähnt. Paul, du darfst dir vor der Sendung einen Scotch genehmigen – du kennst die Regeln.« Er kicherte und versuchte, einen Scherz daraus zu machen. Dann eilte er hinüber zu dem Tisch, um den Drink zu holen.
Sheila ging zu einem der schwedischen Ledersessel, setzte sich und schlug ihre schlanken Beine übereinander. Sie sah Paul an.
»War das Ihre Idee?«
»Ich habe Xavier Denis nicht die Grippe angehängt.«
»Grippe, du meine Güte!« sagte Sheila. »Im Juni bekommt man keine Grippe. Ich möchte, daß Sie wissen, daß Anna sehr glücklich ist. Diesmal hat sie eine gute Wahl getroffen. Ich bin voll und ganz einverstanden.«
»Das freut mich zu hören.« Paul nahm den kleinen Scotch von Rousselle entgegen, der dann wegging, um sich mit Ruth zu unterhalten. »Was mußte er tun, sich Flügel wachsen lassen?«

»Nichts«, antwortete sie. »Nur meine Tochter anständig behandeln. Wie ein Gentleman.«
»Ah«, Paul nickte. »Ich verstehe. Und ich dachte schon, der komische Titel hätte es Ihnen vielleicht angetan. Viel Glück für sie. Nach meinen Erfahrungen mit Ihrer Familie, meine liebe Sheila, werden sie es noch nötig haben.«
Sie blickte zu ihm auf, ihre Augen wurden schmal.
»Ich habe das komische Gefühl«, sagte sie heiter, »Sie haben das alles arrangiert, weil sie öffentlich mit mir abrechnen wollen. Schön, dann werde ich Ihnen mal was sagen. Als ich Sie zuerst sah, wäre ich verdammt gern ausgestiegen. Aber jetzt bin ich recht froh. Sie wollen einen Kampf. Schön, Sie sollen ihn haben.«
»Da bin ich sicher«, antwortete Paul Martin. Er trank seinen dürftigen Drink in einem Zug aus. »Das wird 'ne phantastische Sendung.«
Rousselle trat zu ihnen. »Ich denke, wir sollten ins Studio und uns bereit machen«, sagte er.
Es war eine riesige Bühne, das hohe Dach verschwand irgendwo oben im Dunkel. Kameras, Scheinwerfer und Mikrofone waren über Rousselles »Forum«-Runde angebracht: einem halbkreisförmigen Tisch, an dem Rousselle in der Mitte zwischen seinen Gästen saß, eine Weltkarte als Hintergrund. Vor seinem Platz lagen Notizen zum Programm; drei Karaffen mit Wasser funkelten im grellen Licht. Im Schatten hinter den Kameras hatte sich das Publikum versammelt. In der dritten Reihe von vorne hatten Anton Kruger, Régine und Fjodor Gusev ihre Plätze. Nicholas saß neben Gusev. Der Mantel bedeckte seine Knie und die Pistole, die Gusevs Seite berührte. Gusev trug einen Strohhut, den man aus Antons Garderobe hervorgekramt hatte. Er verlieh ihm ein komisches, flottes Aussehen und machte ihn bei flüchtigem Hinsehen unkenntlich. Sie waren ins Studio gegangen – Nicholas hatte Gusev am Arm gehalten –, hatten ihre Eintrittskarten vorgezeigt und ihre Plätze eingenommen. Zepirov war ebenfalls da, aber er saß weiter

hinten. Er blickte immer wieder über die Schulter zum Kontrollraum an der Rückseite des Studios, wo die Monitoren standen.
Ruth Paterson saß in der ersten Zuschauerreihe. Bevor sie ihren Platz einnahm, hatte sie Sheila noch zugeflüstert: »Viel Glück. Heizen Sie ihm ordentlich ein«, und die entsprechende Antwort erhalten: »Keine Sorge, das tue ich.«
Ruth sah Sheila aus der Dunkelheit außerhalb der blendenden Scheinwerfer an. Sheila war kühl und gefaßt, plauderte mit Rousselle und wartete auf das Aufleuchten des roten Lichtes. Ruth hatte sie niemals mehr bewundert als in diesem Augenblick. Man hatte sie im Visier, und die ganze Welt sah zu. Sie saß im vollen Scheinwerferlicht, in ihrem leuchtendblauen Rock, ihr rotes Haar schimmerte, sie lachte über irgend etwas, was Rousselle gesagt hatte (er verstand es großartig, die Leute unmittelbar vor der Sendung aufzulockern), und Ruth wußte, sie war bereit, den Kampf ihres Lebens zu kämpfen.
Anton Kruger erhob sich von seinem Sessel. Als er nach vorne ging, eilte ein Techniker auf ihn zu und stellte sich ihm in den Weg. »Zurück auf Ihren Platz, Sie können nicht auf die Bühne! Wir kommen jeden Augenblick auf Sendung!«
Anton steckte ihm einen Zettel zu.
»Geben Sie das Monsieur Rousselle – rasch, ehe die Sendung beginnt. Es ist äußerst wichtig.«
»Ich kann nicht«, sagte der Mann und schüttelte den Kopf.
»Sie geben ihm das«, sagte Kruger, »oder ich tue es. Sofort!«
Der Techniker nahm den Zettel, rannte über die Bühne und händigte ihn Rousselle aus, wobei er wild gestikulierte und auf Kruger deutete. Anton blieb stehen, wo er war, und wartete. Der Mann kam zurück und packte ihn am Arm. »Kommen Sie, zurück auf Ihren Platz, bitte ...«
Rousselle entfaltete den Zettel, runzelte die Stirn. Kruger drehte sich um und ging zurück zu Régine und den anderen. Er hatte einen ungehinderten Blick auf Rousselles Gesicht und sah, wie dieser den Mund weit aufriß wie zu

einem Schrei und ihn dann rasch wieder zumachte. Er erhob sich halb von seinem Stuhl, und jemand rief: »Ruhe! Wir sind auf Sendung!« Vivaldis Oboenkonzert wurde eingespielt, ernste, kühle Musik. Es war die Erkennungsmelodie von »Forum«. Kruger stieß Régine an, beugte sich zu Nicholas hinüber und nickte. Jacques Rousselle verpaßte beinahe sein Stichwort. Zum ersten Mal in seiner zehnjährigen Praxis als Spitzeninterviewer im politischen Fernsehen stotterte er bei der Vorstellung.

»Guten Abend, meine Damen und Herren. Heute abend sind unsere Gäste – eh, unsere Gäste ... die bekannte amerikanische Kongreßabgeordnete und Eigentümerin der bekannten ... eh, Ihnen allen bekannten politischen Monatszeitschrift ›Truth‹, Madame Sheila Campbell.« Er wendete den Kopf und verneigte sich vor ihr. Die Kameras brachten sie in Großaufnahme, Sheila lächelte und sagte: »Guten Abend.«

»Und Paul Martin, der politische Kommentator für den ›France Midi‹.« Paul grinste in die Kamera und sagte nichts. Rousselle fuhr fort, stockend, und überlegte verzweifelt, was er tun sollte. Der Zettel lag auf dem Tisch vor ihm. »Grigor Malenkov im Zuschauerraum. Er möchte in Ihrer Sendung erscheinen. Kündigen Sie ihn an, dann wird er vortreten.«

Zepirov war von seinem Sitz geglitten und nach hinten gegangen. Der Kontrollraum befand sich ein paar Stufen höher. Er hastete hinauf und öffnete leise die Tür. Drei Leute, zwei Männer und ein Mädchen, saßen am Kontrollpult, vor sich drei Monitore, einen für jede Kamera. Einer drehte sich um und sah ihn.

»Raus hier, hier ist eine Sendung ...«

Die Stimme des Mannes verebbte, als er die Pistole in Zepirovs Hand entdeckte.

»Keine Bewegung«, sagte er zu den drei ängstlichen Gesichtern, die ihn anstarrten. »Sorgen Sie dafür, daß die Sendung weiterläuft. Rühren Sie nichts an.« Er lehnte sich mit dem Rücken an die Tür und hielt die Pistole auf den Mann in der Mitte gerichtet. Er beobachtete den mittleren Bildschirm.

Rousselle redete und blickte dabei fest in die Kamera.
»Ich muß diese Sendung unterbrechen, meine Damen und Herren, mit einer Ankündigung, die sehr wichtig, ja vielleicht von historischer Bedeutung sein kann. Wenn sich der Herr, der mir diese Nachricht schickte, im Zuschauerraum befindet, würde er sich bitte nach vorne begeben?« Die Kameras schwenkten von der Bühne weg, die Scheinwerfer folgten ihnen. Plötzlich war der Zuschauerraum hell erleuchtet, und auf allen Bildschirmen Frankreichs zog Nicholas Yurovsky Gusev von seinem Sitz, und gefolgt von Anton Kruger gingen sie langsam auf die Mitte der Studiobühne zu. Rouselle sprang auf und kam um den Tisch herum, Paul war aufgestanden und Sheila Campbell saß regungslos, vollkommen überrascht.
Rousselle kam ihnen entgegen. Kruger machte eine Bewegung und zog den Strohhut weg. Aus dem Zuschauerraum ertönten überraschte Rufe. Das Mädchen im Kontrollraum schrie auf. Während der letzten Woche war das Gesicht auf jeder Titelseite, auf jedem Bildschirm erschienen. Rousselle zitterte buchstäblich vor Aufregung.
»Meine Damen und Herren!« rief er. »Der vermißte sowjetische Staatsmann, Grigor Malenkov! Mein Gott«, er wandte sich an die Kamera neben sich, »mein Gott, das ist einfach unglaublich! Ruhe! Ruhe bitte!« Er machte beschwörende Gesten in Richtung auf die Zuschauer.
Sheila Campbell hatte ihren Sessel verlassen und starrte in höchster Verwunderung von dem Russen zu Nicholas.
»Sie sind Grigor Malenkov?« fragte Rousselle.
»Das bin ich«, kam die Antwort.
»Einen Stuhl!« rief Rousselle, und sofort wurde einer gebracht. Nicholas ließ den Mantel fallen, den er über dem Arm getragen hatte, und die Pistole war deutlich zu sehen. Rousselle wich zurück. Aus dem Publikum ertönten Schreie. Im Kontrollraum trat Zepirov vor und preßte dem Mann die Pistole in den Rücken.
»Nichts berühren«, sagte er. Ein Telefon im Kontrollraum

begann zu schrillen. »Gehen Sie nicht dran.« Niemand rührte sich.

»Setzen Sie sich«, sagte Kruger, und Gusev gehorchte. Er blickte teilnahmslos vor sich hin. Kruger wandte sich an Rousselle. Die Kameras folgten ihm.

»Dieser Mann, bekannt als Malenkov, hat noch einen anderen Namen. Fjodor Gusev. Deshalb wurde er hierher gebracht. Um sich vor der Welt für die Verbrechen zu verantworten, die er gegen die Menschlichkeit begangen hat. Der Mann, der ihn bewacht, ist der Sohn des Grafen Michail Yurovsky, der von Gusev ermordet wurde. Ich selbst entging diesem gleichen Schicksal, das Hunderttausende von Russen zur Erschießung oder dem langsamen Tod in den Arbeitslagern verdammte. Dieser Mann, der hier vor Ihnen sitzt, war verantwortlich für die gewaltsame Repatriierung nach dem Krieg. Für die Durchführung der Abkommen von Jalta, die eine Million hilfloser Seelen der Rache Stalins ausgeliefert haben! Wir haben Gusev entführt, um dafür zu sorgen, daß nach all diesen Jahren die Gerechtigkeit ihren Lauf nimmt, daß die Welt die Wahrheit erfährt. Wir haben ihm nichts angetan. Aber wir stellen ihn vor Gericht. Nicholas, das Weitere überlasse ich Ihnen.«

Er drehte sich um und ging an seinen Platz im Zuschauerraum zurück.

Rousselle drehte sich zu Nicholas um. Sein Gesicht war blaß unter der braunen Schminke.

»Bitte«, sagte er, »nehmen Sie den Revolver weg.«

»Ich habe keine Angst davor«, sagte Gusev. Er sah den Interviewer an. »Er wird mich nicht töten. Dies ist ein Akt der Propaganda. Diese Leute sagen, sie wollten die Wahrheit. Sie reden von Gericht.« Er schlug ein Bein übers andere und verschränkte die Arme. »Im Austausch für mein Leben habe ich zugestimmt. Bitte, lassen Sie sie um meinetwillen gewähren.«

»Du Hund«, sagte Paul Martin laut und funkelte Nicholas an. »Wo ist Anna ...«

»Sei still«, zischte Sheila ihm zu. Sie hatte den den Amerikanern angeborenen Respekt vor einem Mann mit einer Pistole. »Halt den Mund, um Himmels willen!«
»Gusev«, sagte Nicholas, »berichten Sie von dem Abkommen von Jalta.«

»Nun«, sagte Jumeaux, »ich habe Sie freundlich gefragt. Zum letzten Mal, wo ist Ihr Mann?«
Anna saß in seinem Büro, ihm gegenüber. Er hatte ihr an seinem Schreibtisch Fragen gestellt, ihr Kaffee angeboten, sehr höflich zu ihr gesprochen und sein Bedauern darüber ausgedrückt, daß er sie hatte verhaften müssen. Er hatte sie immer wieder gefragt, wo er ihren Mann finden könne. Und sie hatte ihm immer wieder die gleiche Antwort gegeben.
»Ich weiß es nicht. Er ging heute morgen weg, und ich weiß nicht, wohin.«
»Sie gingen beide weg«, berichtigte Jumeaux sie. »Man hat gesehen, wie Sie beide im Auto wegfuhren. Wohin fuhren Sie, Madame, und wo ist er jetzt? Glauben Sie mir, ich bekomme die Antwort auf diese Frage!«
Anna hatte keine Uhr, man hatte sie ihr weggenommen, und das beunruhigte sie. Man hatte ihr verwehrt, mit einem Anwalt zu telefonieren. Etwas anderes hatte sie eigentlich auch nicht erwartet, aber ihr ging es vor allem darum, Zeit zu gewinnen. Jumeaux' Gesicht war nicht mehr freundlich. Sein Benehmen ihr gegenüber war rasch aggressiv, drohend geworden. Er blieb breitbeinig vor ihr stehen. Während der letzten halben Stunde war er ständig auf und ab gegangen.
»Meine Geduld ist bald zu Ende«, sagte er. »Ich liefere Sie einem Verhör aus. Und das wird Ihnen gar nicht gefallen. Sie haben mich belogen, nicht wahr – Sie waren von Anfang an beteiligt an dieser niederträchtigen Verschwörung!« Plötzlich brüllte er sie an!
»Wo ist er? Wo ist Malenkov?«
Anna sah müde zu ihm auf. »Wie spät ist es?«
»Halb acht. Aber das wird für Sie bald keine Rolle mehr

spielen, Madame. Sie werden sich nicht mehr darum kümmern, ob es Tag oder Nacht ist, wenn meine Leute Sie in die Zange nehmen.«
Sieben Uhr dreißig. Sie hatte Nicholas diese Zeit erkauft. Mehr konnte sie nicht für ihn tun.
»Wenn Sie einen Fernsehapparat besitzen, drehen Sie das ›Forum‹ an. Das wird alle Ihre Fragen beantworten.«
Jumeaux hätte sie beinahe geschlagen. Er holte schon aus, dann konnte er sich gerade noch beherrschen. Sie sah aus, als sagte sie die Wahrheit.
»In der Kantine ist ein Apparat«, sagte er. Er packte sie und zog sie unsanft hoch. »Um Ihretwillen hoffe ich, daß Sie keine Witze gemacht haben«, sagte er.
»Gewiß nicht«, sagte Anna. »Ich wünschte bei Gott, es wäre einer.« Sie fuhren mit dem Lift in die kleine Kantine hinunter.
Über der Kaffeebar stand ein Fernsehgerät. Jumeaux schaltete ihn ein. Die Kantine war leer. Außer dem Nachtpersonal waren alle nach Hause gegangen. Sie hörten Nicholas' Stimme, noch ehe das Bild erschien.
»Berichten Sie von dem Abkommen von Jalta.«

Gusev blickte in die Kamera. Er sprach langsam, prononciert, in ausgezeichnetem Französisch.
»Mein Volk führte den totalen Krieg. Einen Krieg, wie er sonst nirgends in Europa geführt wurde. Unsere Verluste waren enorm, unser Land verwüstet. Um die Deutschen aufzuhalten, begannen wir mit der Taktik der verbrannten Erde. Wir brannten jeden Getreidehalm nieder, jedes Gebäude, jeden Schuppen, wir töteten die Tiere, die wir nicht mitnehmen konnten. Wir hinterließen dem Feind nichts – außer unsere Toten. Und niemand ergab sich. Niemand außer den Verrätern. Und es gab Verräter. Russen, die sich gegen ihre eigenen Landsleute wandten und in die deutsche Armee eintraten, um ihr Leben zu retten. Russen, die gegen ihre Brüder kämpften, die sich der SS und den

Vernichtungskommandos anschlossen. In Jalta forderte Stalin die Auslieferung dieser Verbrecher.«
»Kriegsgefangene«, korrigierte ihn Nicholas. »Männer, die sich ergeben hatten und in deutschen Lagern lebten. Stimmt es etwa nicht, daß sie offiziell als tot erklärt wurden, weil nicht zugegeben werden durfte, daß sie in Gefangenschaft geraten waren?«
»Was uns betraf«, sagte Gusev, »gab es keine Überläufer zu den Nazis. Sie erkauften sich ihre Freilassung aus den Lagern, indem sie in die deutsche Armee eintraten.«
»Sie hatten keine andere Wahl«, sagte Nicholas. »Sie wurden getäuscht, man sagte ihnen, sie brauchten nicht zu kämpfen. Die andere Möglichkeit war, zu verhungern.«
Gusev sah ihn an. Die Kameras fuhren ganz nahe heran. »Genau das taten ihre Landsleute zu Hause«, sagte er. »Sie verhungerten und starben, um ihr Land zu schützen.« Im Zuschauerraum begann Elise Rodzynskaya aufzubegehren. »Warum läßt er ihn davon quatschen? Warum sagt er ihm nicht, er soll von Baratina erzählen ...«
»Wird er schon«, sagte Anton. »Er läßt Gusev sich selbst einen Strick drehen. Still, hör zu ...«
»Weshalb hatten die russischen Gefangenen, die sich nicht den Deutschen angeschlossen hatten, solche Angst, nach Hause zurückzukehren?« Nicholas stellte die Frage ganz ruhig. »Was hatten sie zu befürchten?«
Im Studio herrschte Totenstille. Rousselle, Sheila und Paul Martin beugten sich in ihren Stühlen nach vorne. Sie konnten nicht wissen, daß das Gebäude inzwischen von bewaffneter Polizei und Soldaten umstellt wurde.
»Sie schämten sich«, erwiderte Gusev, »schämten sich, ihren Familien und ihren Nachbarn gegenüberzutreten. In Rußland wurde ein Soldat, der seine Waffen dem Feind auslieferte, als Verräter angesehen. Und natürlich gab es die Propaganda der Alliierten.«
»Der Alliierten?« fragte Nicholas. »Propaganda der Alliierten, die versprochen hatten, sie nach Hause zu schicken?

Meinen Sie nicht, sie hätten durch die Westmächte eine Ahnung von anständiger Behandlung gewonnen, vielleicht Zeitungen gesehen, Bücher gelesen und erfahren, was wirkliche Freiheit bedeutete, selbst in einem Gefangenenlager? Vielleicht meinen Sie das, wenn Sie von alliierter Propaganda sprechen?«

»Man hat ihnen eingeredet, sie würden bestraft, wenn sie nach Hause kommen«, antwortete Gusev. »Das war die Propaganda – sowjetische Staatsbürger so zu verängstigen, daß sie sich von ihrem Vaterland lossagten!«

»Nachdem das Abkommen geheimgehalten wurde und die Brutalität, die dazu nötig war, diese armen Menschen zu repatriieren, vor der Weltöffentlichkeit verborgen blieb, schien diese Propaganda nicht sehr viel Sinn zu haben«, sagte Nicholas. »Und sie wurden bestraft, nicht wahr? Was geschah mit ihnen, Gusev, mit den gewöhnlichen Soldaten, die in Gefangenschaft geraten, vielleicht verwundet waren und ihre Zeit als Gefangene der Nazis verbracht hatten? Fürchteten sie sich nicht mit Recht vor der Heimkehr?«

Jacques Rousselle beugte sich über den Tisch, vollkommen gefesselt von dem unglaublichsten Vorfall, der jemals auf einem Bildschirm vor sich gegangen war. Er sah, wie Sheila Campbell Nicholas Yurovsky durchbohrend anstarrte. Da erst fiel ihm ein, daß der Russe ihr Schwiegersohn war. Zwei Schwiegersöhne ... Er konnte Paul Martins Unruhe spüren. Jeden Augenblick konnte er sich einmischen. Rousselle hatte die Kontrolle verloren und kümmerte sich nicht darum, was geschah. Solange niemand ins Studio hereinplatzte und unterbrach. Aber das würde niemand wagen, nicht, solange diese Pistole auf Malenkovs Brust gerichtet war. Malenkov – Gusev – er lauschte wieder selbstvergessen dem Rededuell zwischen den beiden Männern.

»Ihnen ist nichts geschehen«, antwortete Gusev. »Sie kamen nach Hause und wurden wieder mit ihren Familien vereint. Nur die Schuldigen wurden bestraft. Und sie wurden sehr sorgfältig abgeschirmt, um ganz sicherzugehen. Jeder

bekam eine faire Gerichtsverhandlung.« Er machte eine Pause, und da platzte plötzlich Paul Martin dazwischen.
»Sie sagen, Sie hätten Russen erschossen, die sich der deutschen Armee angeschlossen und in deutscher Uniform gegen ihre eigenen Landsleute gekämpft hatten. Auf unserer Seite wurden Deserteure erschossen. Die Leute, die Yurovsky unschuldige Opfer nennt, waren Verräter! Sie haben meine Unterstützung, Genosse Malenkov!«
Gusev sah sich nach dem unerwarteten Verbündeten um. Paul Martin war blaß und aufs höchste angespannt. Schweißperlen glänzten auf seiner Stirn. Er funkelte Nicholas an. »Ihr Vater«, fuhr er fort, »Graf Yurovsky, wie er sich zu nennen pflegte, reiste von Gefangenenlager zu Gefangenenlager, um russische Gefangene für die Deutschen zu rekrutieren. Schon das allein verdient die Todesstrafe!«
»Danke«, sagte Nicholas, »daß Sie meinen Vater erwähnt haben. Mein Vater verließ Rußland im Jahre 1919. Er war niemals Bürger der Sowjetunion. Er hatte das volle Recht, sich der deutschen Armee in der russischen Division anzuschließen. Er warb nicht, um für die Nazis zu kämpfen. Er bot seinen russischen Kameraden eine Chance, gegen die sowjetische Tyrannei zu kämpfen. Die meisten seiner Rekruten kamen aus der Westukraine. Sie hatten 1939 ihre Heimat verloren, zugesehen, wie ihre Familien ermordet wurden. *Sie* wußten, was Kommunismus wirklich bedeutete. Gewiß, sie schlossen sich meinem Vater an, aber nicht, um für Deutschland zu kämpfen, sondern für die Befreiung ihres Heimatlandes!«
»In diesem Fall«, Sheila Campbell sah ihre Chance gekommen, »in diesem Fall unterschieden sie sich nicht von den Partisanen und den ›Maquis‹, die als Helden betrachtet werden. Es ist Anschauungssache, nicht wahr? Wenn man für die Kommunisten kämpft, ist man ein Held. Ist man dagegen, wird man zum Verräter!«
Sie warf Nicholas einen ermutigenden Blick zu. Jacques Rousselle beugte sich vor.

»Ihr Vater wurde hingerichtet?« fragte er Nicholas.
»Mein Vater wurde an Gusev und den NKWD ausgeliefert, trotz des Gebotes der Menschlichkeit, das die Repatriierung von Nicht-Bürgern gegen ihren Willen verbietet. Er wurde ein Jahr lang im Gefängnis von Lubjanka am Leben erhalten, zusammen mit anderen Führern der russischen Freiheitsbewegung, und dann gehängt. Einer der Generale, die zusammen mit ihm gehängt wurden, war Deutscher. Claus von Bronsart, der nur deshalb der Division zugeteilt worden war, weil er fließend russisch sprach. Schon dies ist eine offensichtliche Verletzung der Menschenrechte.«
»Das ist eine gute Geschichte«, sagte Gusev. »Außer daß Sie ein paar Einzelheiten ausgelassen haben. Ihr Vater war zaristischer Offizier in der weißrussischen Gegenrevolution. Er diente unter einem weiteren weißrussischen Kommandanten, Alexander Shuvalov, bekannt als ›der Schlächter‹. Dieser Mann, dessen Befehle Männer wie Ihr Vater ausführten, ermordete während dem, was wir den weißen Terror nannten, etwa sechzigtausend Menschen. Er trat ebenfalls der deutschen Armee als höherer Offizier bei. Ja, wir forderten ihn zurück. Wir wollten ihn wegen seiner Verbrechen gegen das Volk haben. Wir haben ihn dafür gehängt.«
»Nach dreißig Jahren?« warf Sheila ein. »Es gab auch einen roten Terror, wenn ich mich recht erinnere. Wie viele Unschuldige wurden dabei getötet?«
»Das war der Weltkrieg«, erwiderte Gusev. »Das Volk hat gewonnen.«
»Gusev«, sagte Nicholas, »wie würden Sie Ihre Rolle dabei beschreiben.«
»Ich führte Befehle aus und tat meine Pflicht«, antwortete Gusev.
»Und lauteten jene Befehle, gnadenlos gegen Ihre Opfer vorzugehen?«
»Es gab keine Opfer, nur Kriegsverbrecher.«
»Frauen und Kinder?« forschte Nicholas. »Lassen Sie mich

an einen Vorfall erinnern. Einen Vorfall, der typisch ist für tausend andere an Orten wie Baratina und in Gefangenenlagern in England und Europa. Da war eine Familie namens Zepirov. Keine Aristokraten, einfache Leute aus der Westukraine. Vater, Mutter und zwei Kinder, ein Junge und ein Mädchen. Sie haben diesen Vater verhört, Gusev, und als er aus Angst log und vorgab, Pole zu sein, stellten Sie ihm eine Falle, wobei er sich als Russe verriet. Dann gab er es zu, nicht wahr, sagte, er sei zwangsweise von der deutschen Armee zusammen mit seiner Familie verschleppt und zur Zwangsarbeit nach Deutschland gebracht worden. Er bat Sie um Gnade, um Verständnis. Er kam auf Knien zu Ihnen, Gusev, und flehte Sie an, seine Frau und seine Kinder nicht nach Rußland zurückzuschicken. Er sah ein, daß er selbst gehen mußte. Er weinte und bat, nicht wahr ... erinnern Sie sich nicht?«
»Nein«, sagte Gusev tonlos. »Die ganze Geschichte ist eine Lüge. Derartige Vorfälle gab es nicht. Britische Offiziere waren ständig zugegen, wenn ich Gefangene sah. Sie leiteten die Verhöre, ich war nur Beobachter.« Er zuckte verächtlich mit den Schultern. »Sie erfinden nur Schauergeschichten. Kein Wort daran ist wahr.«
»Oh, doch«, sagte Nicholas. »Denn die Zepirovs waren durchaus real. Sie haben Ihre Pflicht getan, nicht wahr, Gusev, Sie haben Ihre Befehle ausgeführt? Die ganze Familie sollte zurückgeschickt werden. Keine Gnade, keine menschlichen Gefühle für die Frau und die beiden kleinen Kinder ... Noch am selben Tag töteten Zepirov und seine Frau die kleine Tochter und begingen anschließend Selbstmord. Der Junge rannte davon. Er ist hier, Gusev, oben im Kontrollraum, und sieht sich diese Sendung an.« Ein Stöhnen stieg aus dem Zuschauerraum auf. Nicholas schüttelte den Kopf. »Nein, vielleicht erinnern Sie sich wirklich nicht an einen einzelnen Fall von Unmenschlichkeit. Es gab ja so viele, nicht wahr? Um so schlimmer.«
Einen Augenblick herrschte Stille. Auf seinem Posten im

Kontrollraum sah Zepirov, wie sich die drei Techniker umdrehten und ihn anstarrten. Er fuhr sich mit der Hand über die Augen und gab ihnen einen Wink mit der Pistole. Sie wandten ihre Aufmerksamkeit wieder den Monitoren zu. Die Stimme von Paul Martin beendete die Pause.
»Darf ich Ihnen eine Frage stellen, Genosse Malenkov?«
Gusev nickte Paul zu.
»Gab es von seiten der westlichen Alliierten irgendeinen Widerstand gegen dieses Abkommen von Jalta?«
»Überhaupt nicht«, antwortete Gusev. »Diese Russen wurden von jedermann als Verräter betrachtet. Außer von ihnen selbst und den Reaktionären, die es zur Mode gemacht hatten, sich als Märtyrer zu bezeichnen. Die Engländer und Amerikaner waren für die Auslieferung verantwortlich.«
»Ja«, sagte Nicholas, »das waren sie. Stimmt es nicht auch, Gusev, daß die Sowjetarmee Gefangenenlager mit Tausenden von alliierten Gefangenen überrannt hatte und daß diese Gefangenen bei den Verhandlungen als Tauschobjekte verwendet wurden?«
»Es stimmt auch«, mischte sich Sheila wieder ein, »daß in den Staaten bei den Truppen gemeutert wurde, die dazu abkommandiert waren, diese armen Menschen in ihr sowjetisches Paradies zurückzubringen. Sie sagen, nur die Schuldigen seien bestraft worden. Wie kommt es, daß Männer ihre Frauen und Kinder töteten und Selbstmord begingen, wenn die Unschuldigen nichts zu fürchten hatten? Was hatten die Frauen und Kinder getan, außer daß sie ihren Männern gefolgt waren?«
»Wenn sie es taten, dann nur infolge der Propaganda der Alliierten, wie ich schon sagte. Die Verantwortung liegt bei den Alliierten, die ihnen Lügen erzählt haben, so daß sie Angst davor hatten, zurückzukehren.«
»An Orten wie Baratina gab es keine alliierte Propaganda«, sagte Nicholas. »Ganz im Gegenteil. Dort waren dreißigtausend Mann mit ihren Offizieren. Mein Vater war dort und General Shuvalov. Sie alle hatten derartige Angst vor dem

Kommenden, daß die Engländer die Offiziere nur von ihren Männern trennen konnten, indem sie ihnen vortäuschten, sie würden in Deutschland angesiedelt. Mrs. Campbell sprach von Meuterei unter den amerikanischen Truppen. Das gleiche geschah bei den Engländern. Sie führten ihre Befehle aus, die Russen zu euch zurückzuschicken, aber die Art, wie dies zu geschehen hatte, gefiel ihnen nicht. Sie konnten die Selbstmorde nicht mehr ertragen, und daß die Frauen ihre Kinder lieber töteten, als sie in die Züge steigen zu lassen. Sie bekamen keine regulären Truppen für diese Aktion, also mußten sie schließlich die Militärpolizei beauftragen. Als jene Transporte in Ihrer Zone ankamen, strömte gewöhnlich das Blut unter den Türen heraus. Und da waren Sie, Gusev, um sie in Empfang zu nehmen. Mit Ihren Listen, die Ihnen von den Alliierten ausgehändigt worden waren. Unsere Offiziere hatten diese Listen in gutem Glauben angefertigt. Die Leute, die auf diesen Listen standen, wurden aus den Viehwaggons geholt und erschossen. Das war ihre gerechte Verhandlung. Der Rest wanderte in die Arbeitslager in Sibirien. Das war der Preis für das Verbrechen, in Gefangenschaft geraten zu sein – ganz gleichgültig, ob man für die Deutschen gekämpft hatte oder nicht. Zehn Jahre Zwangsarbeit. Mütter und Kinder getrennt, um einander nie wiederzusehen.«

»Wo ist der Beweis für all das?« sagte Paul Martin laut. »Sie bedrohen einen Mann mit der Pistole und nennen das eine faire Verhandlung. Woher wissen Sie, daß unschuldige Kriegsgefangene in Arbeitslager geschickt wurden? Oder waren das etwa die verdammten Kosaken, die ihre eigenen Landsleute niedergemetzelt hatten, wie einst für den Zaren, die in Wirklichkeit zur Zwangsarbeit verurteilt wurden?«

»Meine Quelle ist Alexander Solschenizyn«, sagte Nicholas. »Das gleiche System verdammte auch ihn.«

»Mir scheint«, sagte Jacques Rousselle, »das der Westen nicht ohne Schuld ist. Dies ist eine äußerst ungewöhnliche Situation, meine Damen und Herren, für die wir hier im

Studio vollkommen unvorbereitet sind. Aber mir scheint, es hat sich eine Debatte über ein Thema entwickelt, das seit dem Krieg ein Geheimnis geblieben ist. Ich weiß einiges davon, aber nicht sehr viel. Und dieses wenige erst seit neuestem, nachdem Solschenizyn den Westen von den Bedingungen in den Arbeitslagern unterrichtet hat. Abgesehen von der moralischen Seite der Repatriierung dieser Leute und der Art, wie die Sowjets mit ihnen umgingen, erhebt sich die Frage der Legalität. Hatten die Alliierten das Recht, sie auszuliefern. Oder wurden sie, wie Monsieur Yurovsky behauptet, als Tauschobjekt für alliierte Gefangene verwendet?«

»Das war ganz sicherlich ein Handel«, sagte Sheila. »Und nicht nur weil sie Tausende von Engländern und Amerikanern festhielten und nicht freilassen wollten. Es war viel schmutziger.« Sie sah in die Kamera, die sie in Großaufnahme brachte. »Es war eine politische Entscheidung auf höchster Ebene zwischen London und Washington, daß Stalin besänftigt werden mußte und nichts getan werden durfte, um die Beziehungen zwischen den Alliierten und den Sowjets zu gefährden. Ich habe persönlich davon Kenntnis, denn ich habe mir das Studium der angloamerikanischen Beziehungen zur Sowjetunion zur besonderen Aufgabe gemacht.

Einige der offiziellen Protokolle würden Sie vor Beschämung in Tränen ausbrechen lassen, könnten Sie sie lesen. Wir und die Engländer sagten uns von allen moralischen, rechtlichen und menschlichen Grundsätzen los, um Stalins Appetit auf Rache zu befriedigen.« Sie machte eine sekundenlange Pause und gestikulierte wild mit der Hand. »Dieser Mann, Grigor Malenkov, ein führendes Mitglied des Präsidiums, soll Fjodor Gusev sein, der verantwortlich war für diese schrecklichen Vorgänge. Aber ich sage zu jedem, der uns heute abend zusieht, daß die wirkliche Schuld, die moralische und politische, in der Art und Weise liegt, wie unsere Regierungen stillschweigend die Tyrannei Sowjetrußlands geduldet haben. Wir haben Stalin diese Leute ausgeliefert, unbeküm-

mert um Gesetz und Menschenrechte. Wir tauschten Männer, Frauen und Kinder gegen Stalins zweifelhaftes und trügerisches Wohlwollen. Und was haben wir mit dieser schrecklichen Auslieferung erreicht? Nichts! Es bestärkte Stalin lediglich in seiner Meinung über die westlichen Alliierten, sie seien zu schwach und zu verängstigt, um sich gegen ihn aufzulehnen. Das Resultat war der Kalte Krieg.
Wenn wir uns gegen ihn erhoben hätten, nicht nur in dieser besonders betrüblichen Angelegenheit, sondern in lebenswichtigen Fragen wie dem Einmarsch in Berlin und der sowjetischen und alliierten Einflußnahme, wäre eine Menge Leid abgewendet worden, und ein Teil von Osteuropa wäre heute frei.«
In diesem Augenblick sah Jacques Rousselle die Polizisten aus den Schatten ins Scheinwerferlicht treten.
Im Kontrollraum sah Zepirov sie auf dem Monitor und zog sich zur Tür zurück. »Keine Bewegung«, sagte er zu den dreien, die ihn beobachteten. Er öffnete die Tür, glitt hinaus, schloß sie hinter sich und wollte die Treppe hinuntersteigen. Drei bewaffnete Gendarmen erwarteten ihn. Er hob die Hände über den Kopf.
Jumeaux hatte Anna mit sich genommen. Er war zu seinem Büro hinaufgerast und hatte sie hinter sich hergezerrt. Das ganze Gebäude hatte sich in eine wirbelnde Hölle verwandelt. Telefone läuteten, Türen wurden zugeschlagen, Männer rannten durch die Korridore. Sie wartete schweigend, während Jumeaux seine Instruktionen empfing. Der Raum war voller Menschen, sie wurde beiseite gestoßen. In dem Durcheinander hätte sie ohne weiteres weggehen können, aber sie blieb.
»Wir fahren ins Studio«, schrie Jumeaux. »Mein Gott, die Russen werden verrückt! Und Sie kommen mit mir!«
Sie wurde nach unten gedrängt und in ein Auto gestoßen. Andere Wagen fuhren vor, in der Ferne konnte sie das Heulen von Sirenen hören. Jumeaux saß neben ihr, grimmig und aufs äußerste angespannt.

»Was für ein Unglück«, jammerte er. »Welche Katastrophe, ich bin ruiniert, ist Ihnen das klar? Gott allein weiß, was das für Auswirkungen haben wird!«
Die Kameras im Studio waren abgeschaltet worden. Nicholas stand neben Gusev und stellte sich einem Ring von Polizisten entgegen, die sich rund um die Bühne versammelt hatten. Er hielt die Pistole an Gusevs Stirn, mit der Linken umklammerte er seine Schulter. Rousselle hatte Sheila gepackt und war mit ihr nach hinten verschwunden. Langsam folgte auch Paul Martin. Jumeaux trat nach vorn in das gleißende Licht. Er streckte die Hände vor, um zu zeigen, daß er unbewaffnet war.
»Yurovsky«, rief er, »es ist alles vorüber. Lassen Sie ihn frei!« Die Atmosphäre in dem riesigen Studio knisterte vor Spannung. Die Kameraleute gingen nach vorn, um die Szene zu beobachten. Im Zuschauerraum erhoben sich die Krugers und Elise langsam von ihren Plätzen. Alle starrten auf die beiden Männer, die im Scheinwerferlicht allein auf der leeren Szene standen, mit der Weltkarte hinter sich an der Wand. Gusev spürte das kalte Metall der Pistolenmündung an der Schläfe. »Kommen Sie nicht näher«, rief er heiser, und Jumeaux erstarrte.
»Sie sind umzingelt«, sagte Jumeaux. »Und ich habe Ihre Frau hier. Sie möchte mit Ihnen reden.« Er drehte sich um und zog Anna nach vorne.
Nicholas sah sie ins grelle Licht treten. Es war alles vorüber, genau wie Jumeaux gesagt hatte. Das Unglaubliche war vollbracht worden. Die Wahrheit konnte nie wieder verheimlicht werden. Was sie in dieser Nacht begonnen hatten, würde sich in Diskussionen und Verurteilungen rund um die Welt fortsetzen. Für ihn bestand nicht mehr die Notwendigkeit, Gusev zu töten, um das Urteil zu vollstrecken. Das hatte dieser schon selbst getan.
»Nicholas«, sagte Anna mit klarer Stimme, »denk an dein Versprechen. Laß ihn jetzt frei!«
Aus dem Zuschauerraum gellte ein Schrei. Elise wollte nach

vorne, wurde aber von Anton zurückgehalten. »Hör nicht auf sie – bring den Hund um! Bring ihn um!«
Gusev sprach noch einmal.
»Sie verlangen Straffreiheit«, verkündete er, und in seiner Stimme bebte die Angst. »Gewähren Sie sie ihnen! Mein Leben hängt davon ab.«
Nicholas wandte sich an Jumeaux. Aus den Augenwinkeln sah er eine Bewegung von der Seite, aus der die Polizisten näherrückten. »Wenn einer von Ihnen noch einen Schritt macht«, sagte er, »werde ich ihn erschießen. Lassen Sie meine Frau zu mir kommen.«
»Gehen Sie«, Jumeaux stieß Anna wütend nach vorn. »Gehen Sie!« Sie trat vor und stellte sich neben Nicholas.
»Anton, Régine und Elise, kommt hierher. Wo ist Zepirov?« fragte Nicholas.
»Hier«, rief Zepirov. »Sie haben mich festgenommen.«
»Laßt ihn frei«, befahl Jumeaux. Die Gendarmen lösten die Handschellen, die Zepirovs Gelenke gehalten hatten, und stießen ihn nach vorn. Paul Martin trat dicht an Sheila Campbell heran. Sein Gesicht war grau.
»Wenn ihr dafür irgendwas passiert, bringe ich diesen Bastard persönlich um! Damit kommen sie doch nie durch ...«
»Oh, doch«, erwiderte Sheila. »Sie wollen Malenkov unverletzt zurückhaben. Die Franzosen werden allen ihren Forderungen zustimmen. Ich muß schon sagen«, sie drehte sich um und flüsterte Ruth zu: »Ich hätte nicht gedacht, daß sie den Mut zu so was hat ...« Auf ihren Lippen spielte ein kleines stolzes Lächeln, als sie sich wieder zu ihrer Tochter umwandte, die neben Nicholas stand.
»Noch welche?« fragte Jumeaux brüllend. »Noch welche von euch hier drin?«
»Nein«, antwortete Nicholas. »Aber es gibt noch andere. Ich wünsche eine offizielle Garantie, daß niemand für irgendeine Tat verfolgt wird. Ich fordere Straffreiheit für jedes Mitglied von ›Retour‹. Und ich verlange, daß diese Garantie

live über das Fernsehen erteilt wird.«
Jumeaux schwieg. Er hatte vom Eliysée-Palast die Anweisung erhalten, jede Lösegeldforderung zu erfüllen, jeden Terroristen freizulassen, allen Forderungen zu entsprechen, um Malenkov lebend zurückzubekommen. Aber Verhandlungen mit dem Fernsehen lagen nicht in seiner Kompetenz.
»Warum Fernsehen?« fragte er. Aber er wußte, weshalb.
»Weil ich sicher sein will, daß Sie Ihr Wort halten«, antwortete Nicholas. »Wenn Sie es nicht tun, werde ich Gusev töten und dann mich selbst. Wir sind alle bewaffnet. Sie werden keinen von uns lebend bekommen. Außer meine Frau, die nichts damit zu tun hat.« Er sprach leise mit Anna. »Geh zu deiner Mutter, mein Liebling. Und mach dir keine Sorgen, es wird alles gut.«
Sie schüttelte den Kopf. Paul Martin sah das und erriet, was sie ablehnte. »Nein«, sagte sie. »Ich bleibe bei dir.«
Jumeaux hatte Rousselle nach vorne gerufen. Zwischen den beiden fand eine kurze Unterredung statt. »In Ordnung«, rief er Nicholas zu. »Es geht live hinaus.«
Rousselle erteilte seine Befehle. Die große Bühne wurde wieder dunkel, die Kameras surrten. Aufnahmegeräte, die bereits auf die Szene außerhalb des Studios eingestellt waren, wo Reporter die neuesten Nachrichten über die Vorgänge im Innern verbreiteten, wurden plötzlich ins Aufnahmestudio zurückgebracht. Nicholas sagte mit fester Stimme: »Kommen Sie hier herauf und geben Sie mir Ihr Versprechen vor der Kamera.« Jumeaux trat vor. Er blickte in die Kamera und sah sich selbst auf einem Seitenmonitor, der den Mitwirkenden zeigte, welche Kamera auf Sendung war.
»Wiederholen Sie Ihre Bedingungen«, sagte er zu Nicholas.
»Keine Strafverfolgung für die Entführung von Grigor Malenkov«, sagte er. »Keine Strafverfolgung für irgendeine damit im Zusammenhang stehende Tat, keine Verhaftungen, keine Verhöre. Wir liefern ihn Ihnen aus, und Sie geben uns im Namen der französischen Regierung das

Versprechen, daß wir, ohne weiter verfolgt zu werden, hier herauskommen. Andernfalls«, Nicholas blickte offen in die Kamera, »stirbt er, und wir nehmen uns das Leben.«
Jumeaux straffte seine Schultern. Für ihn gab es ohnedies keine Zukunft mehr, aber er hatte die Möglichkeit, im Angesicht von fünfzig Millionen Zuschauern Malenkovs Leben zu retten, ehe er dem Obersten seinen Rücktritt einreichte. Ein jämmerlicher Ausgleich.
»Ich habe die Befugnis, Ihre Bedingungen anzunehmen«, sagte er. »Sie bekommen die Garantien, die Sie fordern. Sobald Sie Grigor Malenkov freilassen, sind Sie selbst alle frei und können gehen, wohin Sie wollen.«
Aus dem Zuschauerraum stieg ein Seufzer auf, als Nicholas die Pistole sinken ließ, sich langsam abwandte und sie auf einen Tisch legte. Sofort nahm Jumeaux Gusev beschützend am Arm, seine Männer stürzten vor und umringten ihn. Er blieb stehen und sah sich um nach Nicholas, den Krugers und Elise Rodzynskaya. Er redete russisch mit ihnen; sehr leise.
»Wir haben Ihnen nichts zugesichert«, sagte er. Dann wurde er weggeführt.
Es war alles vorüber, als Fritz von Bronsart das Bewußtsein wiedererlangte und seine Enthüllungen über Malenkov und das Château Grandcourt flüsterte. Seine Mutter war von Deutschland herübergeflogen und wartete neben seinem Bett. Sie saß dort, seit er in einen künstlichen Schlaf gefallen war, bis er bei Anbruch der Dämmerung wieder erwachte. Seine Gedanken waren überraschend klar. Er starrte sie an aus einem eingefallenen, wächsernen Gesicht gleich einer Totenmaske. Er verspürte keinen Schmerz, nur ein großes Verlangen, abzugleiten und zu schlafen.
Sie hielt seine Hand und weinte. Man hatte erwartet, er würde während der Nacht sterben. »Was ist passiert?« flüsterte er. »Malenkov ...«
Sie erzählte ihm kurz, worüber die ganze Welt an diesem Morgen las und sprach. »Ich war einer von denen«, sagte er,

und sie nickte, obgleich sie nicht wirklich verstand. »Mein Großvater – die Wahrheit ...«

»Ja, Liebling«, beruhigte sie ihn. »Ja, es ist alles in Ordnung.« Ihr Vater, der hingerichtete Kriegsverbrecher, war öffentlich von aller Schuld freigesprochen worden. Man hatte ihr das gesagt, aber sie kümmerte sich nicht darum. Sie hatte nie gewußt, wie sehr ihrem Sohn daran lag.

»Das ist gut«, murmelte Fritz. »Werde ich sterben, Mutter? Ich habe das Gefühl.«

»Nein«, schluchzte sie und nahm seine Hand zwischen die ihren. Nein, nein, das wirst du nicht, aber du mußt stark sein, Liebling ... du mußt das Leben festhalten. Um meinetwillen und für Ilse ... sie kommt heute mit dem Flugzeug. Denk an uns, wie sehr wir dich lieben – denk an Ilse ...«

Er schloß für einen Moment die Augen, dann zwang er sich, sie wieder zu öffnen. Er wollte schlafen. Aber wenn er schlief, wachte er vielleicht nicht wieder auf, und dann würde er sie nicht mehr sehen.

Ilse. Er wollte Ilse sehr gerne wiedersehen. »Keine Sorge, Mutter«, sagte er. »Ich versuche es.«

Paul Martin sah ihnen nach. Malenkov war fortgeführt worden, und jetzt standen Jumeaux' Männer und die Polizisten herum wie hungrige Hunde, während ihre Beute über die Bühne und aus dem Studio hinausging. Nicholas hatte seinen Arm um Anna gelegt. Die Krugers gingen würdevoll Arm in Arm, die dicke Frau und der Mann namens Zepirov ein paar Schritt hinter ihnen. Martin suchte in seinem Mantel nach einer Zigarette. Sheila Campbell wurde umringt. Reporter strömten herein, Kameras surrten, Scheinwerfer flammten auf, Rousselle gab ein Interview und gestikulierte wild mit den Armen. Martin hielt sich im Hintergrund. Jumeaux war mit Malenkov weggegangen. Er konnte sich die Szene draußen vorstellen. Eine riesige Menschenmenge hatte sich versammelt, die Weltpresse und die Fernsehkameras richteten sich auf den Wagen der Sowjetischen Botschaft, in dem der

Botschafter selbst wartete, um Malenkov in die Obhut seines Landes zurückzuführen. Paul zog an seiner Zigarette. Es war glänzend gegangen. Einer der perfektest ausgeführten Propaganda-Coups der modernen Geschichte. Und deshalb hatte er versucht, sich einzumischen, Gusevs Sache zu unterstützen. Er hatte versagt, hoffnungslos versagt. Die Selbstmorde, die Frauen und Kinder – und die erbarmungslose Gerissenheit von Sheila Campbell, die die politische Bilanz gezogen hatte. Sie hatte vorher nichts davon gewußt. Ihre Überraschung, als das Programm über den Haufen geworfen wurde, war ganz echt gewesen. Aber mit dem unfehlbaren Gespür, das Menschen ihres Typs eigen ist, hatte sie die Gelegenheit erkannt und ergriffen, der Weltöffentlichkeit die unerbittlichen Anschauungen des rechten Flügels klarzumachen. In ihrer Seele gab es nicht die Spur von Mitgefühl oder moralischem Bewußtsein, sie hätte die grausamen Gewaltherrschaften Südamerikas ebenso glühend verteidigt, wie sie Rußland dafür anklagte, daß es Männer bestrafte, die Seite an Seite mit dem nationalsozialistischen Feind gekämpft hatten. »Das ist eine gute Geschichte, aber Sie haben einige Einzelheiten ausgelassen.« Gusev hatte recht, recht mit allem, was er zu seiner Verteidigung hervorgebracht hatte. Martins Zigarette war zu Ende geraucht. Er trat sie mit dem Absatz am Boden aus.
Der galante zaristische Offizier Yurovsky, die Kosakengeneräle, die ukrainischen Freiwilligen, die romantische Kosakenkavallerie selbst, eine Nation in der Nation. Sie hatten sich selbst getötet, weil sie schuldig waren und sich vor der Strafe fürchteten. Sie waren hingerichtet worden, weil sie ihr Land und ihr Volk in einem Krieg um das nackte Überleben schmählich verraten hatten. Jetzt würden sie dank einiger fanatischer Emigranten und einer scharfzüngigen amerikanischen Politikerin als Märtyrer in die Geschichte des Westens eingehen. Er schritt langsam dem Ausgang zu. Es war leer geworden, nur ein paar Techniker blieben. Auch die Straßen draußen waren leer. Die Menschenmassen, die Polizei, die

Leute vom Fernsehen, sie alle waren nach Hause gegangen. Es war ein warmer Juniabend. Er stieg in seinen Wagen und fuhr mit geöffneten Fenstern. Er hatte Kopfschmerzen und brauchte dringend einen Drink.

Volkov saß wie hypnotisiert vor dem Bildschirm in der Bibliothek von Château Grandcourt. Er hatte sich einen der Ledersessel herangezogen und kauerte sich darin zusammen. Er merkte, daß er zitterte, und eilte schuldbewußt davon, um sich einen großen Wodka zu holen, den er schnell austrank. Er nahm sich nicht gerne etwas von Anton Krugers Getränken, ohne zu fragen. Es war ihm unangenehm, allein im Schloß zu sein, während die anderen weg waren, aber er konnte sonst nirgendshin. In seinem eigenen miesen Zimmer gab es solchen Luxus wie Fernsehen nicht. Noch immer krampfhaft zuckend vor nervöser Spannung, starrte er auf den Bildschirm, und als Nicholas mit Gusev gezeigt wurde, stieß er einen halb erstickten Schrei aus und umklammerte sich selbst fest mit beiden Armen. Manche der Spitzfindigkeiten gingen über ihn hinweg, er hörte nur, was er hören wollte, den langen Katalog der Leiden seines Volkes, verdichtet in den Todesfällen und Selbstmorden in seiner eigenen Familie. Er hörte zu, und er weinte, ohne es zu merken. Er ballte die Fäuste, bis sie schmerzten. Alles kam an den Tag. Endlich die Wahrheit. Er starrte glühend auf Gusev. Als er Volkovs Vater und seine Männer als Verräter beschrieb, raste Volkov vor Wut und beschimpfte den Mann auf dem Bildschirm. Volkovs Vater war Offizier in der Weiß-Ukrainischen Truppe gewesen, ein Emigrant wie Michail Yurovsky. Elise Rodzynskayas Vater hatte sich der SS angeschlossen und bei den Vernichtungstruppen gedient, die gegen die Juden in Rußland vorgingen ... das hatte nichts mit ihm zu tun ... Er wußte nicht, wer die anderen beiden waren, die sich immer einmischten. Eine Amerikanerin und ein Franzose. Er schien sich auf Gusevs Seite zu stellen, während die Frau zu *ihren* Gunsten redete ... Als die Außenaufnahme

eingeblendet wurde und Volkov die Polizisten und Soldaten auf den Straßen sah, fluchte er. Er wünschte, er wäre bei Yurovsky und den Krugers, könnte die Gefahr mit ihnen teilen. Als wieder das Studio ins Bild kam und Gusev frei gelassen wurde, verlor er einen Augenblick die Kontrolle über sich und schleuderte das leere Wodkaglas an die Wand.
Die Kommentare gingen weiter, das Bild wechselte zu Szenen vor dem Gebäude, und durch Wut und Enttäuschung drangen allmählich Worte an sein Ohr, die ihn beruhigten. Das bekannte Gesicht eines Nachrichtensprechers erschien auf dem Bildschirm. »So endet die erstaunlichste politische Entführung seit Menschengedenken. Nicht nur der Mann Grigor Malenkov, alias Fjodor Gusev, stand heute abend vor Gericht, sondern die sowjetische Gerechtigkeit und die westliche Moral. Das, was einige Verrat und andere Patriotismus nannten, mußte klar umrissen und verteidigt werden. Welches Urteil auch immer die Welt von heute über die Auslieferung jener Russen an ihr Heimatland fällen mag, am Urteil über Grigor Malenkov kam kein Zweifel bestehen. Einzig zweifelhaft ist, was mit ihm nach seiner Rückkehr geschehen wird. Ironie des Schicksals! Nun ist es sein Verhängnis, nach Hause geschickt zu werden.«
Volkov saß da und überlegte. Dann lächelte er langsam. Schlauer Anton Kruger. Ein Genie. »Nun ist es sein Verhängnis, nach Hause geschickt zu werden.«
Ein Mann, der es zugelassen hatte, daß er zum Gegenstand öffentlicher Streitigkeiten wurde, der die Sowjetunion vor aller Welt auf die Anklagebank gebracht hatte, der dem Feind im Austausch gegen sein eigenes Leben einen ungeheuren moralischen Sieg zugestand. Volkov ließ sich auf Hände und Knie nieder und sammelte die Scherben vom Boden auf. Gut gelaunt ging er hinaus, schenkte sich noch einen Drink ein, einen größeren als das letzte Mal, und leerte ihn auf einen Zug. Er schob den Sessel an seinen Platz zurück und machte es sich darin bequem. Er dachte nicht

mehr daran, daß er Fritz von Bronsart erschossen hatte. Er schlief ein.

Sie wurden durch einen Seiteneingang hinausgedrängt. Zwei Polizeiautos rasten heran, die hinteren Türen flogen auf, und die Krugers, Nicholas und Anna, Zepirov und Elise wurden hineingestoßen und weggebracht. Sie mußten die vor dem Studio wartende Menge passieren. Fernsehkameras und Scheinwerfer waren in aller Eile aufgestellt worden, eine Meute von Fotografen und Reportern drängte sich heran, Polizeiautos und Motorräder standen bereit.

Sie fuhren im Konvoi, bis sie das Zentrum von Paris erreicht hatten. Hinter dem Invalidendom bog der vorausfahrende Wagen mit den Krugers und Elise in eine Parklücke ein. Der zweite Wagen hielt dicht dahinter an. Der Polizist am Steuer wandte sich zu Nicholas um. »Wir lassen Sie hier raus«, sagte er kurz angebunden. »Aber ich würde keinem von Ihnen raten, nach Hause zu gehen. Die Reporter haben sich dort vermutlich eingenistet und erwarten Sie. Und Sie dürfen keine Interviews geben und sich nicht fotografieren lassen, verstanden?« Er sah seinen Fahrgast angeekelt an. Dreckiger Terrorist, besagte sein Gesichtsausdruck.

»Wir werden in ein Hotel gehen«, sagte Nicholas.

»Gut.« Der Polizist drehte sich verächtlich weg. »Also raus dann.«

Die Krugers standen schon auf dem Gehsteig, Elise neben ihnen. Zepirov sagte ängstlich zu Nicholas: »Meine Frau ... ich kann sie jetzt nicht einfach sich selbst überlassen ... ich muß nach Hause ...«

»Dann tu das«, sagte Nicholas. »Es wird schon gutgehen. Mach dich morgen aus dem Staub – kannst du irgendwohin?«

»Zum Bruder meiner Frau«, sagte Zepirov unsicher, »wenn er uns nach der ganzen Sache noch haben will.«

Anton und Régine traten näher. Elise hielt sich etwas im

Hintergrund. Kruger sah plötzlich sehr müde aus. Zum erstenmal sah Anna ihn als alten Mann. Régine hatte wie schützend seinen Arm gefaßt. Sie waren allein auf der stillen Straße, nur sie fünf, im Licht einer Straßenlaterne. Die Polizeiautos waren weg. Nicholas trat auf Anton zu und streckte ihm die Hand entgegen. Dann umarmten sich die beiden. »Wir haben gewonnen«, sagte Nicholas, »dank Ihrer Hilfe.«

»Jeder hat seinen Teil beigetragen«, sagte Anton langsam. »Gott Dank, jetzt können unsere Toten in Frieden ruhen. Aber für uns wird es noch lange Zeit keine Ruhe geben.«

»Das macht mir nichts aus«, sagte Elise Rodzynskaya. Ihr Gesicht war naß von Tränen. »Mein Vater ... ich wollte, ich hätte den Revolver gehabt ...« Sie drehte sich plötzlich um und verschwand im Schatten.

»Ich denke, ich gehe auch«, sagte Zepirov. »Ich kann mit der Métro fahren ...« Er schüttelte Anton und Nicholas die Hand, verbeugte sich vor Anna und Régine. Einen Augenblick straffte er sich, als er sie ansah.

»Ich bin stolz auf alles, was wir getan haben«, sagte er. »Meine Mutter und meine kleine Schwester – und alle Freunde, die lieber starben als zurückzufahren, sind auch stolz auf uns. Gott schütze euch alle.« Dann ließ er die Schultern sinken und wurde wieder er selbst, als auch er seines Weges ging. »Wir kehren ins Schloß zurück«, sagte Régine. »Heute nacht werden sie uns nicht dorthin folgen. Sie nehmen an, wir bleiben in Paris. Ich möchte Anton nach Hause bringen.«

Nicholas sagte zu Anton: »Wir setzen uns morgen miteinander in Verbindung. Nach dem, was Gusev gesagt hat, müssen wir entscheiden, was wir tun sollen. Anna und ich verbringen diese Nacht im Hotel; möglicherweise müssen wir uns einige Tage von ihrer Wohnung fernhalten. Gute Nacht, Régine. Paß auf ihn auf ...«

Anna küßte sie. Für einen Moment sah sie Trauer in den Augen der alten Frau.

»Seid vorsichtig, meine Lieben«, sagte sie, und dann waren auch die Krugers verschwunden. Anna und Nicholas fanden ein Taxi, das sie zum Hotel des Deux Mondes in der Avenue de l'Opéra brachte. Es war ein einfaches, konservatives Hotel, in der Hauptsache von Geschäftsleuten benützt, die sich kurz in Paris aufhielten.

Ihr Zimmer war sauber und nüchtern, hell erleuchtet. Nicholas schloß die Tür und breitete seine Arme aus. Eine Zeitlang sprachen sie nicht, standen eng aneinandergeschmiegt und küßten sich nicht einmal. Anna preßte ihn an sich, mit geschlossenen Augen, und spürte den Trost seines Körpers, die Kraft seiner Umarmung. Sie beide waren in diesem unpersönlichen Hotelzimmer unendlich einsam.

»Ich möchte, daß du etwas weißt«, sagte Nicholas plötzlich und hielt sie ein wenig von sich weg. »Und du mußt mir glauben. Ich hätte ihn nicht kaltblütig erschossen.«

»Ich wußte das«, sagte Anna. »Ich wußte, daß es Bluff war, aber zum Glück sonst niemand. Ich kann nicht glauben, daß es wirklich vorbei ist – ich bin nur unendlich müde. Spürst du das auch?«

»Uns geht es allen so«, sagte Nicholas. Er setzte sich aufs Bett und hielt noch immer ihre Hand. »All die Pläne, die Gefahr, die Spannung – und dann ist ganz plötzlich alles vorüber. Ich bin völlig ausgebrannt, das ist alles. Aber ich bin auch glücklich, auf ganz seltsame Weise.«

»Deines Vaters wegen«, sagte sie zärtlich.

»Ja, und wegen Zepirov, der Maximova und all den anderen. Ich kann nicht in Millionen denken, nur in Individuen. Jetzt weiß die Welt, was wirklich geschehen ist. Das ist wichtiger, als was sie mit Gusev anfangen werden, wenn er nach Rußland zurückkommt. Du hast doch nicht aufgehört, mich zu lieben, oder?«

»Immer stellst du mir diese Frage«, flüsterte Anna, »wo du doch die Antwort kennst.«

»Es ist nicht vorüber, mein Liebes«, sagte er, als sie Seite an Seite den Schlaf erwarteten. ›Von uns genießen Sie keine

Immunität‹, Gusevs letzte Worte und das Todesurteil in seinen Augen, von dem sie nichts wußte. Er würde es ihr auch nicht sagen, ehe er und Anton beschlossen hatten, was für die Mitglieder von ›Retour‹ das beste sei.
»Ich weiß«, antwortete Anna und verstand doch nicht. »Aber nach einer gewissen Zeit wird Gras über die Sache wachsen. Schlaf jetzt, Liebling.« Er spürte, wie sie wegglitt, aber er lag da, betrachtete den Widerschein der Straßenlampen durch die Schlitze in den Vorhängen und konnte nicht schlafen. Elise, Zepirov, Natalia Maximova, die kleine Olga Jellnik, Volkov – was war mit ihm geschehen? Sie alle mußten geschützt werden. Die Krugers hatten das Geld und die Möglichkeiten dazu. Er und Anna auch. Alle anderen am Rande, die durch kleine Beträge geholfen, Informationen gesammelt, Routen ausgekundschaftet hatten, sie waren ohne Unterstützung. Nach und nach würde man sie entdecken und verfolgen. Die Lichter der Straße vermischten sich mit der Morgendämmerung, noch ehe Nicholas einschlief.

Régine Kruger legte die Arme um ihren Mann. »Du siehst so müde aus, mein Liebling. Das war eine schreckliche Anspannung für dich«, sagte sie zärtlich. »Geh gleich zu Bett, ich bringe dir etwas Heißes zu trinken.« Anton schüttelte den Kopf. »Nein, danke, mein Herz. Gehen wir in die Bibliothek. Mir ist nach einem ordentlichen Drink zumute, dann gehen wir miteinander hinauf.«
Régine sah sich im Raum um. Eine einsame Stehlampe brannte. Der übrige Raum lag in tiefem Dunkel. Die Haushälterin brauchte wirklich keine Lichter brennen zu lassen, wenn das Haus unbewohnt war. Es war vollkommen einbruchsicher. Sie durfte nicht vergessen, ihr das zu sagen. »Was möchtest du?« fragte sie ihren Mann.
»Whisky mit Soda«, sagte er. Er machte es sich in dem großen Ledersofa bequem. Der Rücken schmerzte ihn, und er war sehr müde.

»Ich nehme das gleiche«, sagte Régine. Sie setzte sich neben ihn. Sie tranken schweigend.
»Nun«, sagte sie, »du hast es für sie erledigt.«
»Ja«, Anton nickte. »Ich habe meinen Teil getan. Es war eine vollkommene Leistung. Er stellte sich selbst als Mörder und Feigling dar.«
»Sheila Campbell in das Programm einzuschleusen, war einfach genial«, sagte seine Frau.
»Ja«. Kruger lächelte. »Da zeigt sich eben die Überlegenheit des Berufspolitikers gegenüber dem Amateur. Ich konnte nicht riskieren, Nicholas allein die Sache zu überlassen. Sie hat den Beweis vollendet. Sie sollten recht zufrieden sein.«
»Was wird mit ihm geschehen, wenn er zurückgeht?« fragte sie
»Nichts Besonderes«, sagte Anton. »Früher hätte es natürlich einen Schauprozeß gegeben, in dem er bekannt hätte, daß er für den Westen gearbeitet hat und die Entführung ein Teil davon war. Jetzt – wer weiß? Ich habe ihnen diese Frage tatsächlich vorgelegt, und sie sagten, sie hätten kein Interesse daran, ihn öffentlich abzuurteilen. Politisch ist er ruiniert, und das ist es ja, was sie wollten.«
»Zemenov», sagte Régine. »Er könnte ein zweiter Berija werden ...«
»Nicht, wenn Gusev weiterhin Erfolg hätte«, stellte Anton richtig. »Sie waren immer Feinde. Wenn Gusev Vorsitzender würde, wäre es mit Zemenov aus. Deshalb hat der KGB dazwischengefunkt.«
»Aber welch ein Preis für seinen Ruin«, sagte Régine langsam. »Es ist etwas anderes, ob nur ein paar Menschen über Jalta Bescheid wissen oder die ganze Welt.«
»Darum kümmern sie sich nicht allzu sehr«, sagte Anton. Er umfaßte sein Whiskyglas mit beiden Händen. »Stalin war der Schurke – aber was ist mit England und Amerika? Alliierte Soldaten haben sie zurückgeschickt, Politiker wie Eden haben sie ausgeliefert ... Nein, sie machen sich nicht allzu viele Gedanken über die propagandistische Seite. Sie

werden in aller Ruhe zusehen, wie sich der Westen selbst wegen der moralischen Hintergründe und der eigenen Schuld in Stücke reißt. Wir haben Gusev für sie vernichtet, und jeder außerhalb des Sicherheitsdienstes zuhause denkt, es war das Werk russischer Emigranten. Das war ein sehr schlauer, geschickter Coup.«

»Was ist mit dir?« sagte sie. »Sie werden dich doch jetzt um Himmels willen in Ruhe lassen – du hast getan, was sie verlangten ...«

»Ich denke, dafür besteht gute Aussicht«, sagte Kruger. »Nach diesem Abend bin ich vollkommen bloßgestellt. Ich denke, wir können irgendwo untertauchen, etwa in der Schweiz, und sie werden mich nicht mehr belästigen.«

»Was ist mit den anderen?« sagte Régine traurig, »mit Nicholas und Anna? Ich habe sie so liebgewonnen. Der arme Zepirov und seine Familie ...«

»Nun, mein Schatz«, sagte Anton, »reg dich nicht auf. Sie haben erreicht, was sie wollten. Sie alle kannten das Risiko. Sie haben ihre Toten in Ehren begraben. Vielleicht passiert ihnen nichts ...«

»Das glaubst du ja selbst nicht«, sagte sie. »Man wird sie nicht so davonkommen lassen. Wenn der Geheimdienst seine Mitwirkung vor dem Politbüro geheimhalten will, muß er mit jedem einzeln abrechnen ... Kannst du denn gar nichts tun?«

»Nein«, sagte er. »Ich kann ihnen den Rat geben, sich abzusetzen und zu verstecken. Aber man wird sie finden. Einen nach dem anderen. Und nicht nur wir. Glaub doch diesen Unsinn von der Straffreiheit nicht. Der SDECE wird sie schnappen, als Warnung für alle anderen mit komischen Ideen. Sie sind alle so gut wie tot, mein Liebling, und wir können nichts tun, um ihnen zu helfen.«

»Volkov«, sagte Régine. »Was ist bloß mit ihm passiert?«

»Unwichtig«, sagte Anton Kruger. Er trank seinen Whisky aus und stemmte sich hoch. »Er war sowieso halb verrückt – je früher ihn jemand umlegt, um so besser. Komm, Herz-

chen. Heute nacht werden wir gut schlafen und morgen unsere Reisevorbereitungen treffen. Ich denke, die Schweiz kann sehr friedlich sein ...«
Er stockte, als er den Gesichtsausdruck seiner Frau sah. Ihre Augen waren aufgerissen und ihr Mund öffnete sich langsam zu einem Schrei. Volkov trat aus dem Schatten ins Licht der einzigen Lampe.

Die Schlagzeilen schienen Sheila Campbell entgegenzuschreien. KGB-Rache. Doppelmord im Schloß. Russische Emigranten erschossen ... Sie las die Zeitungen, angefangen mit dem seriösen Bericht des »France-Jour« und des »Figaro«, und endete mit der Regenbogenpresse. Ruth frühstückte mit ihr und sah, wie die Farbe aus dem Gesicht ihrer Chefin wich. Sheila schleuderte die Zeitungen weg. »Rache-Morde«, sagte sie. »Du begreifst, was das bedeutet. – Ruf bei meiner Tochter an!« Ruth wandte sich nach einigen Augenblicken wieder zu ihr um. »Keine Antwort«, sagte sie. Sheila stand rasch auf. »Wir fahren hin«, sagte sie. »Sie nehmen vermutlich keine Anrufe an. Vielleicht lungern die Presseleute überall herum. Komm, beeil dich, läute nach dem Wagen.«
Ruth sah sie an. »Sie glauben doch nicht, daß sie ihr etwas tun?« fragte sie langsam. Sheila zog ihre Jacke an und schnappte ihre Handtasche. »Wenn sie diese anderen beiden so schnell gefunden haben, wird Nicholas der nächste sein. Wenn sie ihn erschießen wollen, soll's mir recht sein. Aber ich will meine Tochter in Sicherheit wissen. Gehen wir.«
Vor dem Haus in der Avenue Gabriel waren Reporter, Fotografen und ein Aufnahmewagen. Sheilas Wagen mit dem Kennzeichen der amerikanischen Botschaft schoß hindurch. Sheila stieg aus und drängte sich rücksichtslos durch die Menge. Sie drückte auf den Klingelknopf an der Eingangstür. Eine Stimme knarzte aus der Sprechanlage.
»Hier ist Mrs. Campbell. Machen Sie auf!« Der Summer ertönte. Als sich die Tür einen Spaltbreit öffnete, drängten

und stießen die Reporter dagegen, aber Sheila schlüpfte hindurch und schlug die Tür von innen zu. Ruth blieb draußen. Mrs. Campbell rannte die Treppe hinauf in den ersten Stock und läutete an Annas Appartement. Die Tür ging auf, und Paul Martin stand vor ihr.

»Was zum Teufel tun Sie hier? Wo ist meine Tochter?«

Er trat zur Seite, und sie rannte an ihm vorbei. Sie blieb stehen und sah sich um.

»Anna? Anna ...«

»Sie sind nicht da«, sagte er. »Ich kam sofort vorbei, nachdem ich die Zeitungen gelesen hatte. Sie waren die ganze Nacht nicht hier.«

Sie drehte sich zu ihm um.

»Warum sind Sie überhaupt hergekommen?« fragte sie. »Sie hat nichts mehr mit Ihnen zu schaffen.«

Er ging ihr voran ins Wohnzimmer. Wie üblich rauchte er und sah triefäugiger und zerknitterter aus als sonst.

»Ich kam aus dem gleichen Grund wie Sie«, sagte er langsam. »Um sie in Sicherheit zu bringen. Weg von hier. Wenn sie die Krugers so schnell erwischt haben, können Sie sicher sein, daß sie auf Nicholas schon warten.«

»*Wo sind sie?*« fragte Sheila. »Wo sind sie letzte Nacht hingegangen?«

»Ich habe einige ihrer Freunde angerufen«, sagte Paul. »Keine Spur. Aber ich weiß nicht, wohin Nicholas gehen würde. Vermutlich haben sie sich irgendwie aus dem Staub gemacht, um dem Mob draußen zu entgehen.«

»Gehören Sie denn nicht auch zu diesem Mob?« fragte Sheila bissig. »Und übrigens, wie sind Sie überhaupt hier hereingekommen?«

»Ich habe einmal hier gewohnt«, antwortete er. »Ich habe noch einen Schlüssel.«

Sie warf ihre Handtasche auf einen Stuhl und setzte sich. Dann schlug sie die Beine übereinander.

»Ich muß sie finden«, sagte sie. »Mein Gott, in was für einen Schlamassel hat sie sich jetzt wieder hineingeritten ...« Sie

legte die Hand über die Augen, und Paul sah zu seiner Überraschung, daß sie weinte.
»Ich habe versucht, sie zu warnen«, sagte er. »Ich sagte ihr, in was für eine Geschichte dieser Bastard verwickelt war, aber sie wollte es nicht glauben. Ich habe sogar jemand im SDECE dazu gebracht, mit ihr zu reden. Aber den hat sie angelogen und weitergemacht. Ihnen ist ja wohl klar, daß ihr Leben jetzt keinen Pfifferling mehr wert ist. Ich hätte niemals gedacht, daß sie so rasch zuschlagen würden. Sie müssen den Krugers gestern abend vom Studio aus gefolgt sein.« Er hielt inne und sah Sheila an.
»Sie denken, sie sind Anna und Nicholas auch gefolgt? Sie denken, es könnte ihnen schon etwas passiert sein ...«
»Ich weiß nicht«, sagte er. »Was wollen Sie jetzt machen?«
»Die Botschaft anrufen«, sagte sie und stand auf, »und den Botschafter auf die Chefs im Sicherheitsdienst ansetzen. Sie muß gefunden und geschützt werden. Er kann meinetwegen vor die Hunde gehen. Ich will nur sie zurück haben.«
»Eines haben Sie dabei übersehen«, sagte er. »Angenommen, sie wird gefunden und sie sind beide wohlauf. Was geschieht, wenn sie ihn nicht verlassen will?«
»Darüber können wir uns unterhalten, wenn es soweit ist«, fauchte Sheila. Sie stand neben Annas Schreibtisch und griff nach dem Telefon. »Es ist witzlos, Muskeln zu haben, wenn man sie nicht zu gebrauchen versteht. Und ich habe Gott sei Dank eine ganze Menge Muskeln!«

»Ich hoffe, es macht Ihnen nichts aus, daß ich hergekommen bin«, sagte Volkov. Die Dame sah ihn über ihre Kaffeetasse hinweg an und lächelte. Der Arme sah sehr müde und abgespannt aus, als habe er schlecht geschlafen. Als sie ihm an diesem Morgen die Tür geöffnet hatte, war er nur dagestanden und hatte etwas gestammelt, bis sie ihn sanft hineingezogen hatte. Im Sessel schlief ein großer, schwarzer Kater. Sie hob ihn weg und bot Volkov den Platz an. Sie war sicher, daß er noch nicht gefrühstückt hatte, und so machte

sie ihm etwas zu essen. Es war so lange her, seit sie für einen Mann hatte sorgen dürfen.
»Ich bin sehr froh«, sagte sie. »Ich habe viel über Sie nachgedacht, und ich hoffte, Sie wiederzusehen. Das ist jetzt wirklich eine große Überraschung.«
Volkov stellte seine Tasse ab. Seine Hand zitterte. »Ich weiß nicht, wo ich hin soll«, sagte er. »Darf ich vielleicht für einen oder zwei Tage bleiben? Natürlich werde ich gerne dafür bezahlen.«
»Unsinn!« antwortete sie. Die gleiche Röte wie bei dem Handkuß überzog ihre Wangen. »Sie sind ja ganz aufgeregt«, forschte sie taktvoll. »Ist irgend etwas los? Kann ich Ihnen helfen?«
Er blickte an ihr vorbei und starrte auf das Arrangement von Blattpflanzen auf dem Fensterbrett, ohne jedoch irgend etwas zu sehen. Seine Augen füllten sich mit Tränen, eine rollte ihm über die Wange aufs Kinn und fiel dann herunter.
»Gestern nacht«, sagte er, »habe ich einen guten Freund verloren. Jemanden, dem ich vertraute. Haben Sie jemals solch einen Menschen verloren?«
»Meinen Mann«, sagte sie ruhig. »Ich weiß, was Sie fühlen. War er lange krank?«
»Nein«, sagte Volkov gedehnt. Er wischte sich mit der Hand über die Augen. »Es war sehr schnell vorüber. Ich fühle mich selbst wie tot.« Sie kam und legte ihm die Hand auf die Schulter. Sie lag dort so leicht wie ein Vogel. »Sie dürfen sich nicht quälen«, sagte sie. »Das hat überhaupt keinen Sinn. Ich weiß – ich habe geweint und geweint. Und allein zu sein ist das Schlimmste. Sie bleiben für ein paar Tage hier bei mir, bis Sie sich besser fühlen. Ich freue mich sehr, daß Sie hier sind.«
»Ich werde Ihnen nicht zur Last fallen«, sagte Volkov. Er bedeckte das Gesicht mit den Händen, und sie legte den Arm um ihn, während er schluchzte, und wartete still. Den Job in Paris hatte er wohl nicht bekommen, und dann starb sein Freund … armer Mann, er brauchte wirklich jemand, der sich um ihn kümmerte. Und er war doch solch ein Kavalier.

Sie hatte ein freies Schlafzimmer, wo er bleiben konnte. Und vielleicht, wenn sie es ihm sehr angenehm und gemütlich machte ...
»Ja, ja«, sagte sie, »ja, ja, weinen sie nur, wenn es Ihnen hilft. Danach fühlen Sie sich besser. Ich verstehe, wie Ihnen zumute ist ...«

»Wir fanden in der Stereoanlage versteckt einen starken Sender«, sagte Raoul Jumeaux, »und eine Menge anderes Zeug, einschließlich der neuesten russischen Dechiffriermaschine. Meiner Meinung nach hat Kruger schon seit Jahren für die Russen gearbeitet.«
Obwohl es draußen hell war, waren die Vorhänge in Sheilas Wohnzimmer im Ritz zugezogen und die elektrische Beleuchtung eingeschaltet. Raoul Jumeaux saß da, rauchte seine Pfeife und nippte an dem Drink, den Ruth ihm hingestellt hatte. Yurovsky und seine Frau saßen nebeneinander auf dem unbequemen kleinen französischen Sofa. Seine Männer hatten sie um zwölf Uhr mittags aufgelesen, als sie gerade das Hotel des Deux Mondes verließen. Jumeaux hatte seine wahren Gefühle ihnen gegenüber wohlweislich unterdrückt. Die Anweisungen seines Obersten waren klar. Er mußte sie finden und im Ritz abliefern. Der amerikanische Botschafter selbst hatte sich dafür eingesetzt. Sämtliche Vorsichtsmaßnahmen mußten eingehalten werden, um sie zu schützen – bis das Mädchen in ein Flugzeug nach New York gesetzt werden konnte und diese verwünschte amerikanische Politikerin dazu ...
Sheila stand am Kamin, nippte an einem Glas Weißwein und beobachtete Jumeaux. Sie war tadellos zurechtgemacht, wie immer. Ein heißes Bad und zwanzig Minuten Entspannung auf ihrem Bett hatten alle Spuren des morgendlichen Gefühlsausbruches beseitigt. Sie hatte ihre Arme kurz um Anna gelegt, als sie ankam, war dann aber sofort zurückgewichen, als sei ihr dieser Auftritt peinlich. Mit Nicholas hatte sie überhaupt nicht gesprochen. Die beiden hielten sich an

der Hand, was Sheila störte. Dadurch wurde die Vereinbarung, die sie, die Botschaft und Jumeaux getroffen hatten, nur unnötig kompliziert.
Anna war offensichtlich im Begriff, sich wie eine Idiotin zu benehmen. – Wie üblich, wenn es um Männer ging. Sheila konzentrierte sich auf den Franzosen. Sehr kühl und überlegen, mit dieser Pfeife. Sie hatte ihm das Rauchen nicht verboten, obwohl sie den Geruch haßte, denn er war für die Durchführung ihres Planes unbedingt nötig.
»Warum?« hörte sie Nicholas fragen, und seine Stimme klang heiser und müde. »Warum hat er es getan … warum hat er für sie gearbeitet?«
Jumeaux' breite Schultern hoben sich in einem spöttischen Zucken. »Vermutlich Erpressung. Kruger hat sehr rasch eine Menge Geld gemacht, und das kann man nicht, ohne ein paar Gesetze zu brechen. Wir werden das mit der Zeit herausbekommen, aber ich würde sagen, er wurde vermutlich vom KGB erpreßt und hat gemeinsame Sache mit ihnen gemacht. Ihre kleine Gruppe war eine ideale Tarnung für ihn. Er hat Sie alle dazu benützt, um ein äußerst schwieriges Manöver des KGB auszuführen.«
»Ich glaube es nicht«, sagte Anna leise. Ihre Hand umklammerte die von Nicholas fest. Er sah grau und abwesend aus. »Anton Kruger haßte die Kommunisten. Er hätte niemals etwas getan, um ihnen zu helfen!«
»Meine liebe Madame Yurovsky«, Jumeaux hoffte, geduldig zu wirken. »Einer der Hauptgründe, weshalb ich euch alle nicht verdächtigt hatte, war die äußerst raffinierte und professionelle Planung der Entführung Malenkovs. Das verleitete viele von uns zu der Annahme, er habe die ganze Sache selbst inszeniert. Als Spuren von Nyacin-Gas von unserem Chemiker gefunden wurden, wußte ich: wer immer ihn entführt hat, hatte Zugang zu Material, das ganz und gar jenseits der Mittel einer Gruppe russischer Emigranten lag. Aber da war noch etwas, was mich beschäftigte.« Er machte eine Pause, zündete seine Pfeife frisch an und paffte eine

Rauchwolke heraus. »Wenn die Entführung echt war, dann verhielt sich der sowjetische Sicherheitsdienst erschreckend lahm. Es muß Ihnen doch sicherlich aufgefallen sein, Yurovsky, daß das alles ein wenig zu reibungslos ging. Kamen Ihnen denn nie irgendwelche Zweifel?«

»Sie haben uns gewähren lassen«, sagte Nicholas. »Das meinen Sie.«

»Aber natürlich«, sagte Jumeaux. »Sie gaben Kruger das Gas, und sie drosselten die Tätigkeit des Sicherheitsdienstes, damit Sie ihn schnappen konnten. Die ganze Operation wurde von unserem alten Freund Zemenov geleitet. Ich hoffe nur«, fügte er hinzu und gestattete sich ein kleines, boshaftes Lächeln, »daß Ihnen allen völlig klar ist, wie sehr Sie sich haben zum Narren halten lassen.«

»Warum haben sie dann beide ermordet?« fragte Anna. Sie konnte das Gefühl innerer Kälte nicht loswerden. Jumeaux, Ruth, ihre Mutter – das waren alles nur Figuren in einem Spiel gewesen. Nicholas hielt ihre Hand, und das war Wirklichkeit. Die Krugers waren ermordet worden. Ihre erste Reaktion war blinde Panik und Entsetzen gewesen. Aber das wirkliche Grauen kam von dieser tonlosen, pedantischen Stimme, die ihnen erklärte, das alles sei eine abscheuliche Täuschung gewesen. Ein widerlicher Scherz, in den sie und Nicholas und all die anderen sich guten Glaubens hatten hineinmanövrieren lassen.

»Ich weiß nicht«, beantwortete Jumeaux die Frage. »Ich persönlich glaube gar nicht an einen Mord. Um ehrlich zu sein, es ist mir auch ziemlich gleichgültig. Kruger bekam, was er verdiente. Inwieweit seine Frau eingeweiht war« – wieder das Achselzucken – »sie war vielleicht nur gerade im falschen Augenblick da. Aber nehmen wir einmal an, sie haben sich ihres Agenten entledigt, nachdem er ihnen nicht mehr von Nutzen war. Was dagegen vollkommen sicher ist: jedes Mitglied von ›Retour‹ wird von den Russen liquidiert werden.«

»Auch wenn sie die ganze Suppe selbst eingebrockt

haben?« Ruth starrte ihn fassungslos an. Es war das erste Mal, daß sie etwas sagte.
»Sie können die Entführer eines Mitgliedes des ZK kaum straflos davonkommen lassen«, erinnerte er sie. »Besonders wenn sie sich im eigenen Land nicht verdächtig machen wollen. Wer immer Malenkov vernichten wollte – und das muß Zemenov, der Chef des KGB, gewesen sein –, muß jedermann davon überzeugen, daß es diese Leute waren. Sie werden jeden innerhalb der nächsten paar Monate erledigen. Und da wären wir bei Ihnen, Yurovsky, und Ihrer Frau. Offen gesagt, Sie sind hier unerwünscht. Wir weisen Sie aus Frankreich aus.«
Nicholas ließ Annas Hand los. Er zog eine Zigarettendose hervor, nahm zwei Zigaretten heraus und zündete sie an. Er gab ihr eine und lächelte sie zärtlich an. In seinen Augen war ein seltsamer Ausdruck.
»Wohin gehen wir?«
»In die Staaten«, antwortete Sheila. »Wir können Sie dort zusammen mit Anna verstecken. Kein Problem.« Sie sprach schroff und ging gar nicht auf seine Einwände ein.
»Ich verstehe«, sagte Nicholas. Er sah Anna an und lächelte wieder. Ihr kam blitzartig eine Erinnerung. Das Gesicht auf der verblaßten Fotografie in der kleinen goldenen Uhr. Der Zug um den Mund ähnelte plötzlich sehr dem seinen.
»Ich will nicht weg«, sagte er. Jumeaux sah sie aus ausdruckslosen Augen abschätzig an.
»Sie haben keine Wahl«, sagte er. »Sie werden ins Flugzeug gebracht.«
»Sie wissen ja gar nicht, welch verdammtes Glück Sie haben«, fauchte Sheila und wandte sich an Nicholas. »Sie haben Ihre Heldentaten gehabt – Sie sollten eigentlich wissen, was passiert, wenn Sie und Anna nicht wegkommen. Ich finde, die französischen Behörden waren äußerst hilfreich. Ich bin ihnen sehr dankbar. Die Maschine geht in einer Stunde und vierzig Minuten. Ich komme mit euch. Aber Sie und Anna reisen getrennt. Monsieur Jumeaux

meint, das wäre sicherer.«
Nicholas erhob sich, Anna tat das gleiche. Wieder verflochten sich ihre Finger ineinander.
»Ich möchte allein mit Anna sprechen«, sagte er. »Nur fünf Minuten.«
Sheila zögerte, aber Jumeaux zeigte keine Anzeichen von Mißbilligung.
»Warum nicht?« sagte er. »Gehen Sie dort hinein, ins Schlafzimmer. Aber nur fünf Minuten.«
Nicholas schloß die Tür hinter sich. In der Mitte des Zimmers stand Sheilas Bett, majestätisch, mit gerafften Vorhängen. Rosen und Narzissen in einer großen Vase verströmten ihren Duft.
Er nahm sie in die Arme.
»Wir haben das Rechte getan«, sagte er plötzlich. »Wie es auch gedreht und verfälscht werden mag, wir haben die Wahrheit gesagt. Drei Millionen Menschen wurden heimlich geopfert, das kann nie mehr abgeleugnet werden. Daran müssen wir festhalten. Nur das zählt. Kruger spielt keine Rolle. Die Lügen und die Morde und die schmutzigen Intrigen … sie haben nicht gewonnen, mein Liebling. Sie begreifen es nicht, aber es ist unser Sieg. Und jetzt will ich, daß du sehr vernünftig und tapfer bist.« Er drehte ihr Gesicht zu sich. »Keine Tränen, mein Liebes.«
»Ich weiß, was du sagen willst«, sagte Anna. »Und ich werde es nicht tun, ich werde …«
»Kehre mit deiner Mutter zurück«, sagte Nicholas. »Ich werde versuchen, später zu dir zu kommen. Wenn sie mich suchen, kümmern sie sich nicht um dich. Und ich muß versuchen, den anderen zu helfen. Ich kann nicht einfach verschwinden und sie ihrem Schicksal überlassen … Du bist alles, was ich auf der Welt habe, mein Liebling. Der beste Grund für mich, gut auf mich aufzupassen, denn nur so kann ich zu dir zurückkommen. Aber ich will dich in Sicherheit wissen. Ich gehe jetzt hinaus und sage es ihnen.«
Sie konnte ihn nicht aufhalten. Er riß sich von ihr los, und

ihr Schrei folgte ihm, als er in das Wohnzimmer zurück ging. Sie hörte, wie er ganz ruhig zu Jumeaux sagte: »Ich weigere mich, in die Staaten zu gehen. Ich möchte, daß meine Frau geht, aber ich bleibe. Sie ist in Gefahr, wenn ich bei ihr bin. Und sie können mich nicht des Landes verweisen oder irgend etwas gegen mich unternehmen. Sie haben vor fünfzig Millionen Menschen Ihr Versprechen gegeben. Das können Sie nicht brechen.« Anna stand wie erstarrt. Sie merkte nicht, daß ihr die Tränen über die Wangen liefen. Sie hörte ihre Mutter sagen! »Ich finde, das ist vernünftig.« Und dann schlug eine Tür zu.

Sie brachten sie im Lift hinunter, eingehüllt in einen von Sheilas Mänteln. Jumeaux und Ruth Paterson, die den Arm um Anna gelegt hatte. Man hatte ihr die Alternative zu einer freiwilligen Abreise genannt: Ein Betäubungsmittel und Abtransport durch die Ambulanz. Jumeaux hörte sich mit steinernem Gesichtsausdruck und eiskalt das verzweifelte Flehen an. Man brachte sie ins Flugzeug nach New York. Ihr Mann hatte es vorgezogen, um ihretwillen zurückzubleiben. Das war feinfühlig und bewunderungswürdig, und damit basta.

»Komm schon«, sagte Sheila kühl. »Reiß dich zusammen. Er hat das Richtige getan. Er wird schon zurechtkommen. Ruth, du gehst mit ihr, ich sehe euch dann an Bord wieder.« Im Hotelfoyer zögerte Anna einen Augenblick. Sofort packte Jumeaux sie am Arm, und Ruth schob sich von der anderen Seite dicht heran. Sie führten sie hinaus auf den Place Vendôme. Ein Wagen fuhr vor, die hintere Tür öffnete sich. Paul Martin streckte seinen Kopf aus dem Fenster beim Fahrersitz.

»Ich bringe dich zum Flugplatz«, sagte er. »Weniger auffällig als mit Sheila. Steig ein.« Er betrachtete sie im Rückspiegel. Die Sekretärin saß neben ihr. Sie sah erregt und aufs äußerste gespannt aus. Es war schwierig für ihn, das Gesicht seiner Ex-Frau zu sehen, denn sie hielt den Kopf nach vorn gebeugt, und ein Haarschleier verbarg es. Er sah,

wie Ruth Paterson einen Arm um sie legte. Er lenkte den Wagen vom Bürgersteig weg.
»Er wird schon dort sein«, sagte Paul Martin. »Keine Sorge.«
»Er kommt nicht«, antwortete Ruth. »Er bleibt hier. Sie wird notfalls gewaltsam ins Flugzeug geschleppt. Sie haben gesagt, sie geben ihr 'ne Spritze, wenn sie Schwierigkeiten macht.«
Er konnte Anna jetzt sehen. Sie hatte sich das Haar aus der Stirn gestrichen und lehnte sich zurück.
»Ich komme zurück«, sagte sie. »Ich komme einfach zurück und suche ihn, das ist alles.« Er erschrak, als er im Spiegel sah, wie sie lautlos weinte. Sie mußten an einer Verkehrsampel halten.
»Er wollte ihretwegen nicht mit«, sagte Ruth Paterson. »Er wollte sie nicht in Gefahr bringen. Die gottverdammte Ironie ist die, daß sie ihn sowieso nicht mitnehmen wollten. Sheila und dieser Franzose hatten das alles abgemacht. Sie und ich, wir sollten sie zum Flugplatz bringen, und ihn wollte man zurücklassen!«
»Wie reizend«, sagte Paul Martin. »Wirklich ganz reizend.«
»Er hat ihnen die Pointe verdorben«, sagte Ruth. »Er kam einfach herausspaziert und sagte, er würde bleiben. Mein Gott, das nenne ich Liebe ...«
Der Wagen fuhr an. Martin hatte endlich eine Zigarette gefunden und zündete sie an, wobei er mit einer Hand lenkte. Anna beugte sich vor. »Wenn du mich je geliebt hast«, sagte sie, »halt an und laß mich raus.« Er antwortete nicht. Für einen Augenblick trafen sich ihre Augen im Rückspiegel. »Mit meinen Mitteln können wir weg. Allein schafft er es nie. Sie werden ihn erwischen. Und dann könnte ich ebensogut auch tot sein.«
Er antwortete nicht. Er ließ den Wagen auf den Bürgersteig rollen, wobei der Fahrer eines Volkswagens wütend hupte, weil Martin kein Zeichen gegeben hatte.
»Dort drüben ist ein Taxistand«, sagte Paul Martin. »Viel Glück, Liebling. Denk manchmal an mich.« Die hintere Tür

öffnete sich und schlug sofort wieder zu. Er erhaschte einen kurzen Blick auf ihr Gesicht, als sie sich zu ihm niederbeugte, dann rannte sie zu einem wartenden Taxi.
Er drehte sich zu Ruth um.
»Dafür feuert sie mich«, sagte sie.
»Ich werde auch nicht gerade Jumeaux' bester Freund sein.« Er reihte sich wieder in den Verkehr ein. »Wir könnten sagen, sie ist einfach rausgesprungen, wenn das hilft«, schlug er vor. »Ich will ein attraktives Mädchen ja nicht um seinen Job bringen.« Dabei grinste er.
»Ich glaube«, sagte Ruth Paterson, »ich bin sowieso gerade soweit, zu kündigen. Warum sehen wir nicht zu, daß wir irgendwo etwas zu trinken finden? Ich fliege mit einer späteren Maschine.«
»Warum nicht mit mir zu Abend essen und morgen früh ein Flugzeug nehmen?«
»Warum nicht?« Sie öffnete ihre Handtasche, holte einen Spiegel heraus und betrachtete sich. »Sagen Sie«, fragte sie, »glauben Sie, die beiden schaffen es?«
Paul Martin schüttelte den Kopf. »Ich weiß nicht«, sagte er. »Aber sie sind wenigstens zusammen. Und das wollte sie.« Bei der nächsten Abzweigung bog er nach links ein und fuhr zurück ins Zentrum von Paris.